L'ŒIL DU PARADIS

Clive Cussler (1931-2020) est né aux États-Unis. Après avoir servi dans l'armée en tant qu'ingénieur mécanicien, il entame une carrière dans la publicité et se lance également dans l'écriture. Dès ses premiers romans, *Mayday !* et *Iceberg*, il donne naissance à son héros récurrent Dirk Pitt. Clive Cussler a également acquis une solide réputation de chasseur d'épaves, il était d'ailleurs président de l'Agence nationale maritime et sous-marine (NUMA). Cette activité a inspiré nombre de ses romans dont *Renflouez le Titanic !*, qui lui a valu un succès mondial.

Russell Blake est l'auteur de nombreux thrillers à succès et a coécrit avec Clive Cussler deux épisodes de la série *Fargo*.

Paru au Livre de Poche :

ATLANTIDE
CYCLOPE
DRAGON
ICEBERG
L'INCROYABLE SECRET
MAYDAY !
ODYSSÉE
ONDE DE CHOC
L'OR DES INCAS
PANIQUE À LA MAISON-BLANCHE
LA POURSUITE
RAZ DE MARÉE
RENFLOUEZ LE TITANIC !
SAHARA
TRÉSOR
VIXEN 03
VORTEX
WALHALLA

Avec Grant Blackwood
L'EMPIRE PERDU
L'OR DE SPARTE
LE ROYAUME DU MUSTANG

Avec Graham Brown
LA FOSSE DU DIABLE
L'HEURE H
LA HORDE

Avec Dirk Cussler
LE COMPLOT DU CROISSANT
DÉRIVE ARCTIQUE
LE TRÉSOR DU KHAN
VENT MORTEL

Avec Craig Dirgo
BOUDDHA
CHASSEURS D'ÉPAVES II
PIERRE SACRÉE

Avec Jack Du Brul
CORSAIRE
CROISIÈRE FATALE
JUNGLE
LA MER SILENCIEUSE
MIRAGE
QUART MORTEL
RIVAGE MORTEL

Avec Paul Kemprecos
À LA RECHERCHE
DE LA CITÉ PERDUE
GLACE DE FEU
MÉDUSE BLEUE
MORT BLANCHE
LE NAVIGATEUR
L'OR BLEU
SERPENT
TEMPÊTE POLAIRE

Avec Thomas Perry
LES SECRETS MAYAS
LES TOMBES D'ATTILA

Avec Justin Scott
L'ACROBATE
LA COURSE
L'ESPION
LE SABOTEUR

CLIVE CUSSLER ET RUSSELL BLAKE

L'Œil du Paradis

ROMAN TRADUIT DE L'ANGLAIS (ÉTATS-UNIS)
PAR FLORIANNE VIDAL

GRASSET

Titre original :

THE EYE OF HEAVEN
Publié par Putnam en 2014.

ISBN : 978-2-253-26010-3 – 1re publication LGF

Prologue

Quelque part en mer du Labrador,
1085 après J.-C.

Il faisait nuit noire. Les éclairs qui déchiraient le ciel bas et lourd illuminaient sporadiquement les visages crispés des hommes qui, rivés aux bancs de nage, souquaient de toutes leurs forces dans le but de maintenir le navire à flot. Le drakkar viking se balançait comme un jouet sur l'océan déchaîné. Pour garder l'équilibre, son capitaine devait accompagner les mouvements de la houle en passant constamment d'une jambe sur l'autre. Ce qui ne l'empêchait pas de surveiller les paquets de mer qui s'écrasaient contre la poupe.

Comme autant de falaises liquides, les lames de fond gonflées par le blizzard menaçaient à tout instant de submerger le robuste vaisseau. Fouettés par la pluie torrentielle, les hommes d'équipage poussaient résolument sur leurs longues rames. De leur courage dépendait la survie de tous, et ils le savaient. Le capitaine observait leurs efforts d'un air inquiet sans se laisser distraire par l'eau qui ruisselait sur son visage marqué d'une cicatrice blanchâtre. Un souvenir de guerre qui s'étirait depuis le coin de son œil gauche jusqu'à sa barbe blonde. Ayant grandi sur l'océan, ce dernier rejeton d'une longue lignée de marins vivant d'aventures et de pillages avait essuyé maintes bourrasques au cours de son existence. Il ne comptait plus les nuits passées à invoquer la clémence des dieux alors qu'il sillonnait les eaux traîtresses de la mer du Nord. Mais une tempête de cet ordre-là, même le navigateur le plus expérimenté n'en connaissait qu'une dans son existence.

Le vaisseau filait plein nord ; il avait fortement dévié de sa route mais le capitaine ne pouvait redresser le cap. L'eût-il fait, des tonnes d'eau salée se seraient déversées sur l'étrave et les auraient entraînés par le fond. Pour éviter cela, il n'avait d'autre choix que naviguer vent arrière en se soumettant à la fureur des éléments.

Un nouvel éclair déchira les nuées. Puis revinrent les ténèbres. Le capitaine s'accrochait à la barre, les muscles de ses bras puissants saillaient sous l'effort. L'eau salée glissait sur son manteau taillé dans une peau d'ours. Quand la foudre frappa derechef, derrière lui se découpa une tête de dragon en bois sculpté, elle-même aspergée d'écume.

Un homme se leva d'entre les rameurs. C'était un colosse à la peau tannée comme du cuir, à la tignasse rousse hirsute. Il traversa le pont en chêne et, malgré le roulis, parvint à rejoindre son chef sans tomber.

« Thor nous montre sa colère, hein, Vidar ? cria le capitaine par-dessus les hurlements du vent.

— Assurément, capitaine. Mais je crois que le pire est passé. La houle paraît moins forte que tout à l'heure.

— J'espère que tu as raison. J'ai mal aux bras comme si je m'étais battu toute la nuit avec une bête sauvage.

— Je sais ce que tu ressens. Tu connais ma femme. »

Les deux marins aguerris échangèrent un sourire sans joie, puis Vidar prit le relais à la barre.

« Pas la peine d'essayer de dormir au milieu de ce cauchemar. Comment vont les hommes ? demanda le capitaine.

— Comme tu l'imagines. Ils ont froid. Ils sont fatigués. » Ils avaient peur aussi mais cela, Vidar ne le dit pas car c'était une faiblesse inadmissible pour ces farouches guerriers.

« Ils ont passé trop de temps à boire de la bière et à jouir de l'hospitalité des autochtones. Cette tempête tombe à point nommé pour leur montrer les dangers qu'engendre la mollesse.

— Oui, capitaine. C'est une épreuve salutaire pour tous… »

Il y eut un fracas assourdissant. Le pont trembla sous leurs pieds. Les deux hommes levèrent les yeux vers le ciel embrasé, comme si un ennemi allait en surgir et leur tomber dessus.

Soudain, le capitaine sentit une présence dans son dos. D'instinct, il se retourna. Au même instant, une lame gigantesque souleva le navire par la poupe. Pendant quelques secondes, on n'entendit que le grondement de l'eau qui enflait sous la coque. Le drakkar resta un instant suspendu en équilibre au sommet de la vague, puis il bascula et plongea lentement de l'autre côté, le monstre liquide s'étant fondu dans la masse noire de la mer.

« Tu imagines si on l'avait reçue de face ? souffla Vidar.

— Ou par le flanc. Nous serions tous en route pour le Walhalla, maintenant. »

Leurs yeux se posèrent sur ce qu'il restait du mât brisé en deux comme une vulgaire brindille. Quelques heures plus tôt, quand le vent s'était levé, le capitaine avait dû choisir entre amener la voile pour éviter qu'elle ne se déchire et tenter d'échapper au grain en voguant à pleine vitesse. Il avait opté pour la deuxième option, et il avait eu tort. Maintenant ils en payaient les conséquences. Ses hommes étaient de rudes gaillards mais, après une journée passée à ramer, même en se relayant, ils n'en pouvaient décidément plus.

Le *Sigrun* figurait parmi les plus grands langskips – navires de guerre – jamais lancés. Conçu pour un équipage de quatre-vingt-dix hommes, ses bancs de nage pouvaient en accueillir quatre-vingts, à raison de deux par aviron. Long de trente-six mètres, large de cinq, il bénéficiait d'un mât amovible haut de quinze mètres, et d'une quille taillée dans la masse d'un gros chêne. Des pierres cubiques lui servaient de ballast. À pleine voilure, le *Sigrun* pouvait atteindre une vitesse de quatorze nœuds. Mais aux confins septentrionaux de l'océan, et dans de telles conditions atmosphériques, la vitesse importait peu. L'essentiel était de ne pas chavirer.

Le *Sigrun* était un drakkar typique, avec une coque symétrique mais un plat-bord plus haut que la moyenne, adapté à la navigation hauturière. Sa poupe et sa proue s'achevaient de semblable manière, par des têtes de dragon sculptées. Les langskips constituaient le fleuron de la flotte viking de ce temps-là. Taillés pour la vitesse, leur navigabilité n'avait pas d'équivalent. Pourtant, même le plus solide des drakkars n'avait pas la moindre chance face à une tempête comme celle qui malmenait le *Sigrun* et l'emportait bien au-delà des zones explorées.

De longues heures passèrent. Lorsque apparurent les premières lueurs de l'aube, entre les gros nuages gris, on crut déceler des signes d'accalmie. Le capitaine était sur le point d'accorder une pause à ses rameurs quand soudain une nouvelle menace se profila devant eux. Un iceberg grand comme une colline venait de surgir de la brume.

Le capitaine se tourna vers l'homme de barre et cria : « Glace ! Par l'avant ! »

Malgré son faible tirant d'eau, le drakkar chahuté par les vagues risquait à tout moment de toucher les brisants cachés sous la surface ; une fois la coque défoncée, ils sombreraient en un instant dans cette eau glacée qui les tuerait presque aussitôt. La proue oscillait au gré des courants que le gouvernail peinait à contrer. Constatant qu'ils s'approchaient de l'iceberg, le capitaine se prit à redouter le pire.

« Tenez bon, hurla-t-il à ses hommes. Souquez, bon sang ! Souquez ou nous sommes perdus. »

Furtif comme un spectre, le navire glissa le long de la paroi blanche. Le capitaine regarda médusé le monolithe passer devant son nez, telle une île flottante. Il se remit à invoquer les dieux mais en silence. La présence de cette falaise de glace signifiait une seule chose : ils avaient dérivé plus loin qu'il ne le redoutait. Mais où étaient-ils ? Avec les moyens rudimentaires dont il disposait, impossible d'évaluer une position sans le secours des astres. Or, la voûte céleste était toujours aussi opaque.

« Allez prendre un corbeau dans la soute », commanda-t-il.

Vidar transmit l'ordre au marin le plus proche, lequel s'empressa de l'exécuter. Le vent avait baissé d'un ton, il était temps de sortir l'une des armes secrètes à l'usage des navigateurs vikings : les oiseaux.

Deux hommes soulevèrent une trappe aménagée dans le pont avant, descendirent en fond de cale et remontèrent une cage en bois grossier à l'intérieur de laquelle s'agitait une forme noire. Le plus grand des deux marins déposa la cage devant le capitaine qui, jetant un regard courroucé vers le ciel, s'accroupit pour parler à l'oiseau.

« À toi de jouer, mon ami. Puisses-tu voler vaillamment. Ne trahis pas ma confiance. Notre sort dépend de toi. Que Odin te serve de guide. »

Il se redressa et adressa un signe de tête à l'homme d'équipage. « Relâche-le, et souhaitons-lui bon vent. »

Le marin leva la cage, Vidar le rejoignit, défit le lacet de cuir qui tenait la porte fermée et glissa la main à l'intérieur. Le corbeau ne se laissa pas faire mais la lutte était inégale. Vidar le coinça rapidement contre les barreaux, l'empoigna et le lança vers le ciel en marmonnant une prière de sa composition.

Le corbeau décrivit un arc de cercle au-dessus du navire, le temps de dégourdir ses ailes, puis il s'éloigna par bâbord.

« Dépêchons. Amenez la proue. Il faut le suivre. »

Les marins contemplèrent un instant l'oiseau noir qui rapetissait puis, très vite, ils alignèrent sur lui l'étrave et son dragon.

« Combien de corbeaux nous reste-t-il, Vidar ? demanda le capitaine.

— Un seulement. Les deux autres ont succombé.

— Cette tempête, on en parlera encore à la veillée quand nous serons des vieillards chenus.

— Je te crois. Mais nous l'avons vaincue. Et maintenant, nous savons où se trouve la terre ferme.

— Mais nous ignorons à quelle distance.

— Et si cette terre est hospitalière ou pas.

— Si j'en crois ce qui nous entoure, je doute qu'il s'agisse d'un rivage ensoleillé peuplé de jeunes filles accortes.

— Je crains que tu n'aies raison. »

Les deux hommes se turent, perdus dans leurs pensées. Pour l'instant, ils naviguaient à l'aveugle mais, sous peu, ils apercevraient un rivage. Et quand le ciel s'éclaircirait, ils pourraient enfin rentrer chez eux en se fiant à la course du soleil.

« Vidar, dis aux hommes de retourner aux bancs de nage. Je veux qu'on navigue à pleine vitesse tant qu'il fait jour. Pas question de passer encore une nuit en mer, surtout avec ces icebergs. »

Vidar se tourna vers les marins qui se reposaient, couchés là où ils avaient trouvé de la place. « Il est temps de mériter votre pitance. À vos rames, Vikings, et plus vite que ça ! »

En fin d'après-midi, des montagnes couronnées de neige se découpèrent sur l'horizon. Les rameurs galvanisés par cette vision prometteuse redoublèrent d'efforts. Vidar tenait la barre. Près de lui, le capitaine observait tantôt le rivage au loin, tantôt la masse liquide qui les en séparait et dont la surface charriait toujours plus de glaces flottantes, le plus souvent minuscules, parfois monumentales.

« Qu'en dis-tu ? » demanda-t-il. Son visage pâle et creusé témoignait de la tension qui le tenait éveillé depuis deux jours.

« C'est bien une terre, confirma son second. Voilà ce que je préconise. Trouvons d'abord une anse abritée pour y passer la nuit. Et demain matin, nous aviserons.

— Les hommes sont morts de fatigue. Il va falloir réparer le mât, d'une manière ou d'une autre. Le voyage promet d'être long et, à la rame, il le serait deux fois plus. »

Vidar hocha la tête. « Tu as raison.

— Regarde, un fjord, dit le capitaine en désignant d'un doigt noueux une sorte d'encoche entre deux falaises. On va s'y engager. Nous finirons bien par trouver un endroit où dresser le camp. Et avec un peu de chance, il y aura une rivière.

— Possible, concéda Vidar en plissant les yeux pour mieux voir la côte.

— De quoi refaire nos réserves d'eau. Et de viande aussi, qui sait ?

— Ce serait une bonne chose, car les vivres commencent à manquer.

— Suivons ce fjord et voyons où il nous mène. Il n'y a pas d'autre solution. La nuit va bientôt tomber.

— Ça me convient, pourvu qu'on échappe à ce vent.

— Alors, va pour le fjord. »

Vidar fixa ses hommes d'un regard impérieux. « Allez, les gars. Souquez. On y est presque. »

On n'entendait que le grincement des avirons. Autour du navire, pas un signe de vie, comme s'ils étaient les derniers humains sur Terre, comme si une puissance maléfique les avait précipités aux confins du monde connu, dans un purgatoire de glace.

« Courage, les gars. Courage… », criait Vidar pendant que le drakkar louvoyait entre les glaçons vers les falaises bleues et blanches qui encadraient l'embouchure du fjord. Il se pencha vers son capitaine. « Tu vois là-bas ? On dirait un chenal.

— Oui, je vois. Peut-être débouche-t-il sur une baie. Nous naviguerons jusqu'à trouver un abri. À moins qu'il n'y ait nulle part où accoster sur ces rivages inhospitaliers. »

En pénétrant dans le chenal, le navire rencontra un champ de glaces flottantes encore plus dense que les précédents. Les falaises qui le flanquaient se projetaient très haut vers les cieux, bloquant les rayons du soleil couchant. Il faisait de plus en plus sombre mais ici, au moins, on ne sentait plus le vent qui continuait de souffler sur la mer.

Le capitaine désigna quelque chose devant eux.

« À la base de ce glacier, là-bas. Une grève. L'espace est étroit mais suffisant, je pense, pour échouer le navire. Nous y serons en sécurité cette nuit. Demain dès l'aube, nous irons explorer les alentours. Je veux savoir ce que nous réserve cette contrée. »

Entre ses paupières mi-closes, Vidar observa la bande de terre plate couverte de glace. Il acquiesça et, pressant de tout son poids sur le gouvernail, tourna la proue vers la crique blanchie par les lueurs du soir. Les hommes à bout de forces donnèrent un dernier coup de rame, le drakkar parcourut encore quelques mètres puis toucha la croûte de glace. Il y eut une secousse, un raclement, et l'équipage se précipita sur la berge pour hisser le navire avant qu'il soit emporté par les vagues de la marée montante. Se servant de leurs haches de guerre pour creuser des prises dans la glace, ils purent l'extraire à moitié de l'eau – exploit réalisable grâce à la conception très particulière des langskips et à leur exceptionnelle légèreté. Le capitaine ordonna l'arrêt des manœuvres ; chacun avait donné son maximum et, la nuit approchant, mieux valait consacrer le peu d'énergie qu'il leur restait à dresser des abris sur le pont.

Le regard levé vers le ciel étoilé, le capitaine pria les dieux de l'aider à ramener son équipage sain et sauf. Demain, armés d'arcs et de flèches, ils s'enfonceraient dans les terres et, avec un peu de chance, tueraient assez de gibier pour se sustenter le temps d'effectuer les réparations. Non pas que regagner la patrie en ramant soit inenvisageable, mais avec une voile, même réduite, leur précieux chargement arriverait plus sûrement à bon port.

Avant de s'endormir, il se promit de mener sa mission jusqu'au bout, quoi qu'il en coûte. Il en avait fait le serment au chef de leur expédition avant qu'il ne meure dans ce pays étranger, si loin de leur terre natale.

À l'aube, le ciel était de nouveau menaçant. Quand Vidar se retourna sur sa couche, la fine pellicule de glace recouvrant son manteau produisit un léger craquement. Il ouvrit les yeux non sans peine et vit le navire saupoudré de blanc – la neige était tombée en rafales vers minuit. À deux mètres de lui, le capitaine s'étira, puis se leva en promenant son regard sur les hommes d'équipage encore plongés dans un profond sommeil. L'eau de la mer s'était changée en glace durant la nuit.

Voyant la masse orageuse qui roulait vers eux, il s'approcha de Vidar, lequel tentait de s'asseoir malgré le froid qui raidissait ses articulations.

« On risque fort d'essuyer encore un grain. Je vais dire aux hommes de dérouler le bout de voile qu'il nous reste. Elle nous protégera. Nous ne sommes pas encore tirés d'affaire, si j'en crois ces nuages. »

Vidar hocha la tête. « La tempête n'a pas dit son dernier mot. »

Le capitaine se tourna vers son équipage. « Mes amis ! Levez-vous. Détachez la voile et déployez-la sur le pont en guise de couverture. Hâtez-vous, sinon bientôt vous pataugerez dans la neige fondue ! »

Les marins abrutis de sommeil se mirent immédiatement au travail, tant et si bien qu'au moment où l'averse éclata, ils étaient déjà tous massés sous une tente de fortune. D'énormes grêlons se mirent à tambouriner sur la toile et quand arrivèrent les premières rafales, chacun se félicita d'avoir pour capitaine un homme aussi habile et prévoyant.

La tempête fit rage durant toute la matinée. Vers midi, le vacarme cessa et le blizzard perdit de sa puissance. On n'entendait plus que la respiration laborieuse des hommes blottis les uns contre les autres dans l'espace exigu et tiède.

Quand le capitaine releva le bord de la voile, il découvrit un paysage aveuglant de blancheur – la couche de neige montait jusqu'au plat-bord. Pris au piège dans un navire bloqué par les glaces au beau milieu de l'océan Arctique, leurs chances de survie étaient désormais fort minces.

Vidar risqua un œil lui aussi, puis, avec lenteur, les hommes d'équipage rabattirent un à un la voile au-dessus de leur tête et contemplèrent, ébahis, l'immensité du désert arctique.

Redoutant qu'ils ne cèdent au découragement, le capitaine bomba le torse et leur tint ce discours : « Le pire est derrière nous, mes amis. Profitons de cette accalmie. Je veux qu'une partie d'entre vous aille explorer les environs et revienne avant la nuit pour faire son rapport. J'ai besoin de savoir à quoi nous sommes confrontés. »

Le visage impassible, la mâchoire volontaire, Vidar prit la parole à son tour. « Que les trente meilleurs archers s'avancent. Prenez vos arcs, vos épées et une journée de vivres. Nous partirons dès que tout sera prêt. »

Galvanisés par la chance qui leur était offerte de pouvoir se dégourdir les jambes, les hommes débattirent entre eux et, sans faillir à l'esprit de camaraderie qui les animait, désignèrent les plus habiles au maniement de l'arc. Après de rapides préparatifs, les trente élus descendirent dans la neige fraîche et, les uns derrière les autres, s'éloignèrent à pas lents en direction du glacier qui fermait la crique. Ils passèrent un moment à chercher un passage que Vidar finit par trouver au pied d'un rocher saillant. Répondant à son appel, les hommes le rejoignirent, s'engagèrent dans la brèche et disparurent.

Le soir tombait quand le capitaine vit son lieutenant, reconnaissable à sa barbe rousse, ressortir de la faille en traînant derrière lui les archers accablés de fatigue. Ayant regagné le navire, Vidar prit son chef à part.

« Nous avons cheminé des heures durant sans rien voir d'autre que de la glace et encore de la glace. Il n'y a même pas d'oiseaux.

— Allons, Vidar, ce désert n'est pas infini. Qu'y a-t-il autour ?

— Des montagnes le bordent de toutes parts. Elles sont notre seul espoir. Nous tenterons de les atteindre demain. Là où il y a de la terre, il y a aussi de la vie. Si les dieux y consentent, nous vous rapporterons du gibier. »

Le capitaine pesa les paroles de son second.

« Très bien. Aux premières lueurs de l'aube, nous constituerons deux groupes de quarante hommes. Tu commanderas l'un, moi l'autre, et nous partirons dans des directions opposées, ce qui doublera nos chances de réussite. Les dix autres garderont le navire. »

Le lendemain matin, ils se mirent en route. Une longue cohorte de courageux guerriers n'ayant pour adversaires que le froid et la faim. Quand leurs pieds foulèrent la surface du glacier, le capitaine prit Vidar dans ses bras et lui administra une vigoureuse accolade.

« Bonne chance à toi. Puisse à la fin du jour ta gibecière déborder de victuailles.

— La tienne également. Nous rapporterons au navire toute la viande que nous aurons la force de transporter. »

Le capitaine le regarda au fond des yeux. Ils savaient l'un comme l'autre que cette expédition s'annonçait mal et qu'au bout du chemin, la mort les attendait sans doute. Mais ils avanceraient coûte que coûte, comme les farouches Vikings qu'ils étaient, et ce jusqu'à ce qu'ils tombent d'inanition. Désignant un sommet qui se dressait au loin, le capitaine déclama sans frémir :

« Allons-y, mes amis ! Il y a là-bas des rivières d'eau pure et des rennes bien gras qui n'attendent que vos flèches. Ne les décevons pas. » Après quoi, ainsi qu'il l'avait toujours fait, ce guerrier né pour commander prit la tête de ses troupes et, tel un lynx marchant dans la neige, ouvrit le chemin vers les montagnes.

1

Carthagène, Espagne,
de nos jours

Le *Bermudez* se balançait paresseusement en tirant sur la chaîne de son ancre comme un chien sur une laisse trop courte. Long de trente mètres, le navire de recherches sous-marines à coque d'acier était non seulement plus stable que la plupart de ses homologues, mais ressemblait davantage à un chalutier qu'à un bateau de plongée. À une vingtaine de mètres de sa poupe, un petit fanion rouge et blanc oscillait au gré des vagues.

On vit des bulles d'air exploser à la surface, près de la vaste plate-forme de plongée. Remi émergea des profondeurs turquoise, sa combinaison noire dégoulinant d'eau salée, et se hissa sur l'échelle de coupée. Elle releva son masque, réchauffa un instant son visage au soleil, puis repartit en arrière pour dégrafer plus commodément son gilet de contrôle de flottaison. Au même moment, Sam Fargo apparut sur le pont. Il descendit les quelques marches qui le séparaient d'elle et marqua une légère pause, le temps d'admirer sa beauté. Puis, avec un grand sourire, il la soulagea de ses palmes, de ses bouteilles et autres équipements.

« Quelle est donc cette adorable créature surgie de la vague ? Une sirène, peut-être ? » lança-t-il gaiement.

Remi le considéra d'un œil sceptique. « Serais-tu en train de me draguer ? » lui dit-elle en donnant une petite tape sur son torse nu.

Il haussa les épaules. « Un compliment par-ci par-là ne fait jamais de mal.

— Tu iras loin, jeune homme. Je te promets un avenir radieux. »

Sam souleva le gilet de flottaison d'un bras solide et légèrement bronzé. Cette pièce d'équipement devait peser dans les vingt kilos mais l'effort fit à peine saillir ses muscles. « Tu as vu autre chose ?

— Non. Je pense qu'on a fait le tour. » Une nouvelle gerbe de bulles s'épanouit à la surface de l'eau. Une tête apparut. « Tiens, Dominic remonte déjà. »

Le second plongeur grimpa sur la plate-forme où il se débarrassa de son matériel. Des cheveux poivre et sel coupés très court couronnaient son visage basané taillé en lame de couteau. Il leur sourit en levant le pouce.

« Je crois qu'on a fini, non ? » dit-il. C'était plus une affirmation qu'une question. En tant que capitaine du navire et chef de l'équipe de plongée recrutée par l'université de Séville afin d'explorer une épave immergée par quarante-deux mètres de fond, Dominic était seul maître à bord. Il ne consultait ses collègues américains, deux célèbres chasseurs de trésors, que par simple courtoisie. Pourtant, à la base, c'était les Fargo qui avaient signalé l'épave aux autorités maritimes espagnoles. Ils l'avaient découverte au fond de l'eau, et compris, après quelques recherches, qu'ils avaient affaire à un navire marchand du XVIIe siècle ayant sans doute fait naufrage lors d'une tempête hivernale. À présent, il reposait enfoui dans la vase, au bord d'une corniche surplombant une fosse sous-marine. Une fois leurs estimations corroborées par la faculté, un groupe de plongeurs et d'archéologues les avait rejoints sur les lieux. Depuis lors, les Fargo aidaient les universitaires espagnols à explorer le navire pour en évaluer la valeur historique.

« C'est aussi ce que je pense », confirma Remi en se coiffant avec les doigts. En séchant, ses cheveux auburn lançaient des éclats cuivrés. Elle descendit la fermeture Éclair de sa combinaison et sa main se porta machinalement vers le petit scarabée d'or qu'elle portait au cou, suspendu à une lanière de cuir. C'était un porte-bonheur que Dominic lui avait offert, au premier jour de la mission. Et il avait bien fonctionné puisque, malgré la profondeur à laquelle se trouvait l'épave, tout s'était parfaitement déroulé. En fait, pour les Fargo, la semaine avait consisté à profiter de la mer et du soleil dans un cadre idyllique tout en s'adonnant à la plongée, une activité qu'ils adoraient l'un et l'autre. Le capitaine était charmant, l'équipage courtois et efficace, ce qui ne gâtait rien. Comparée à certaines de leurs aventures passées, cette expédition ressemblait à une promenade de santé, songea Remi avant de se tourner vers Sam. « Puis-je faire un petit brin de toilette ?

— Votre cabine vous attend, madame, dit-il en esquissant une courbette. Le champagne est dans le seau, les chocolats sur l'oreiller.

— Comme je te connais, tu as déjà vidé la bouteille et gobé les chocolats, le taquina-t-elle.

— Tu lis en moi comme dans un livre ouvert. Comment as-tu deviné ?

— La tache marron sur ton menton. »

Soudain, ils entendirent un grondement sourd. Un grand yacht blanc équipé de puissants moteurs diesels faisait route dans leur direction. Quand il s'arrêta, à quelque deux cents mètres du *Bermudez*, Remi essaya de lire son nom et son port d'attache sur le tableau arrière. Malheureusement, une bouteille de plongée posée près de ses sœurs dans un casier sur mesure l'en empêcha.

« Encore un peu et il nous rentrait dedans, grogna Sam.

— Impressionnant, hein ?

— Quarante-cinq mètres, au bas mot.

— Et tu as remarqué toutes ces bouteilles d'air comprimé ? Ils ne font pas les choses à moitié. »

Un homme d'équipage s'avança vers la proue du yacht. Vingt secondes plus tard, l'ancre plongea dans la mer avec un grand bruit de chaîne qui se déroule. Quatre kilomètres plus loin, une côte rocheuse se découpait sur le ciel d'azur. À mi-distance, la Isla de Las Palomas, cernée d'une myriade de bateaux de plaisance. Un paquebot blanc comme neige venait d'entrer dans le port de Carthagène, escale incontournable des croisières en Méditerranée.

« Dominic, ne trouvez-vous pas étrange qu'un navire privé jette l'ancre ici, comme par hasard ? demanda Sam.

— Pas vraiment. Les plaisanciers ont coutume de se regrouper pour passer la nuit. Entre voisins, on s'entraide plus facilement.

— Mais nous sommes loin des routes maritimes empruntées par les plaisanciers, s'étonna Remi.

— Peut-être qu'ils se posent la même question à notre sujet, suggéra Sam. Après tout, ça fait une semaine que nous n'avons pas bougé et notre fanion de plongée se voit de loin.

— Vous avez sans doute raison, conclut Dominic. La curiosité est le propre de l'homme. »

Remi mit sa main en visière. La chaîne de l'ancre continuait à descendre. « J'espère seulement qu'ils ne plongeront pas sur l'épave, ou sinon, qu'ils ne toucheront pas aux artefacts.

— Je pense qu'il n'y a rien à craindre, la rassura Dominic. La plupart des plongeurs amateurs évitent d'explorer les épaves, surtout quand elles sont enfouies dans la vase. S'ils restaient coincés à l'intérieur, ce serait la mort assurée…

— Oui, bien sûr. » Remi présenta son visage au soleil de midi, ferma les yeux, puis les rouvrit et regarda Sam. « C'est bien toi qui parlais de chocolats et de champagne ?

— Une menace à peine voilée.

— Tu devrais savoir qu'il en faut davantage pour m'effrayer. »

Après avoir rangé le matériel, ils regagnèrent leur cabine, un compartiment plutôt spacieux si l'on se basait sur les critères en vigueur dans le domaine maritime. Les lambris d'acajou, sombres et patinés par le temps, dégageaient une impression de luxe et de confort. Sam s'installa à la petite table fixée dans la cloison, près d'un hublot. Remi passa tout de suite dans la salle de bains. La douche se mit à couler et la vapeur à se répandre.

« Toi aussi, tu crois qu'il s'agit de simples plaisanciers ? cria Remi sous le jet.

— Jusqu'à preuve du contraire.

— Pense aux statues anciennes contenues dans l'épave », insista Remi.

Une rumeur née au XVIIe siècle disait que le navire marchand transportait le jour de son naufrage une importante cargaison d'œuvres d'art antiques. Des objets volés en Grèce et destinés au marché britannique sur lequel ils se vendaient comme des petits pains depuis que la bonne société, aristocrates et grands bourgeois, s'en était entichée. L'inventaire raisonné du contenu de l'épave leur avait permis de confirmer cette version. Ils avaient en effet découvert dans la cale un grand nombre de statues inconnues, dont la valeur cumulée devait s'élever à plusieurs millions de dollars – autant qu'un coffre rempli d'or et de pierres précieuses.

Jusqu'alors, ils avaient tout fait pour garder le secret en attendant que le gouvernement espagnol intervienne et transfère les objets en lieu sûr. Même si les risques étaient minimes, on pouvait toujours craindre que des chasseurs de trésors travaillant pour des collectionneurs peu scrupuleux ne viennent piller le site.

« Oui, c'est vrai, concéda Sam. Je suis sûr que les Espagnols n'apprécieraient guère d'être dépossédés de ce trésor national. » Selon un accord préalable, Sam et Remi avaient promis de leur remettre tous les objets trouvés en fouilles – c'était leur manière habituelle de procéder, et cette attitude désintéressée leur avait valu d'être invités à participer à nombre d'expéditions passionnantes de par le monde. Ils n'étaient motivés que par l'amour de l'art et le frisson de la découverte. Sam ayant amassé une petite fortune plusieurs années auparavant en vendant sa société à une multinationale, l'argent était le cadet de leurs soucis.

« Dominic n'a pas l'air trop inquiet. Et il connaît ces eaux comme sa poche. » La douche cessa de couler, Remi sortit de la cabine, se drapa dans une serviette moelleuse et, avec une autre, entreprit de se frictionner la tête devant le miroir du lavabo.

« Exact, dit Sam, penché sur le portable ouvert devant lui.

— Il va quand même falloir qu'on surveille ce yacht.

— Entendu, capitaine. » Sam leva les yeux de son écran et les posa sur Remi qui, à demi cachée derrière la cloison de la salle de bains, était en train de démêler sa chevelure auburn. « T'ai-je dit que tu étais merveilleusement belle ?

— Pas assez. Je peux savoir où sont le champagne et les chocolats ?

— J'ai peut-être forcé le trait dans l'espoir de t'attirer dans cette cabine.

— Et ta ruse a fonctionné. J'espère que tu as prévu une compensation. »

Sam éteignit l'ordinateur et rabattit l'écran.

« J'ai quelques idées… »

2

En regagnant le pont principal, Sam et Remi jetèrent un coup d'œil à l'étage supérieur où les hommes d'équipage jouaient aux cartes autour d'une table encombrée de cannettes de bière. Ils riaient, mettaient leur mise dans le pot, étudiaient leur jeu et, entre deux tours, tiraient sur des cigarettes roulées à la main dont la fumée formait un nuage au-dessus de leurs têtes. Ils avaient rempli leur part du contrat et, pour eux, le temps était venu de se divertir, activité à laquelle les Espagnols excellaient.

Remi resta un instant à les regarder se chamailler comme des enfants. Un joueur accusa de tricherie son chef d'équipe ; ce dernier clama son innocence et, comme de bien entendu, tout se termina par une tournée générale, histoire de guérir l'honneur blessé du pseudo-tricheur. Quand Remi se retourna, elle vit Sam accoudé à l'arrière du bateau, le regard posé sur l'horizon. Une légère brise de sud agitait ses cheveux et sa chemise en lin blanc. Elle le rejoignit juste à temps pour assister avec lui à la scène qui se déroulait sur le yacht blanc. Quatre hommes enfilaient des combinaisons de plongée. Dès qu'ils furent équipés, ils sautèrent dans l'eau les uns après les autres.

« Tu penses ce que je pense ?

— Que notre secret n'en est plus un ? proposa Remi.

— Je me disais que j'irais bien piquer une tête, juste pour le plaisir.

— Je ne pourrai pas descendre très bas. J'ai encore besoin de temps en surface.

— Inutile d'aller jusqu'au fond. J'aimerais juste jeter un œil, pour m'assurer que nos soupçons sont infondés.

— Même les paranoïaques peuvent avoir des ennemis.

— Je ne te le fais pas dire. Alors, qu'en penses-tu ?

— Qu'il est temps de renfiler nos maillots. Mais après ça, j'espère que j'aurai droit à une longue séance de spa.

— Je t'accompagnerais volontiers mais je redoute un accident de décompression, blagua-t-il.

— Ça veut dire que toi non plus, tu ne peux pas rester longtemps sous l'eau, cher M. Cousteau, fit-elle en adoptant un air inquiet.

— Bon d'accord. Vos désirs sont des ordres, madame.

— J'aime mieux cela. »

Cinq minutes plus tard, ils étaient prêts. L'équipage du *Bermudez*, toujours absorbé par sa partie de cartes, ne les vit pas descendre sur la plate-forme de plongée.

« La visibilité est toujours de dix-huit mètres ? demanda Sam en ajustant son masque.

— Peut-être un chouïa de plus.

— Dans ce cas, on n'aura pas besoin de descendre beaucoup. Une plongée récréative, comme je disais.

— Près de l'épave, bien sûr.

— Ça tombe sous le sens.

— Et s'ils nous repéraient ?

— Nous resterons autant que possible dans l'ombre du *Bermudez*, expliqua Sam. En plus, je parie qu'ils ne lèveront même pas la tête. Tu sais ce que c'est quand on explore une structure sous-marine. La vision en tunnel. »

Remi acquiesça. « C'est un bon plan. »

Ils descendirent la lourde échelle d'aluminium reliant la plate-forme à la mer mais, au lieu de sauter dans l'eau, s'immergèrent tout doucement sans faire de bruit. Sam donna le OK, Remi répondit pareillement.

Ils plongèrent jusqu'à dix-huit mètres, sans se presser. Lorsqu'ils furent à une quarantaine de mètres du *Bermudez*, Sam fit signe à Remi de l'attendre et poursuivit sa descente vers la zone d'obscurité. Dix minutes passèrent. Remi commençait à s'inquiéter quand Sam réapparut. Il consulta son chronomètre de plongée et pointa l'index vers le haut.

Ils émergèrent à quinze mètres du grand yacht blanc. Sam cracha son détendeur.

« La main dans le sac, annonça-t-il. J'ai vu deux plongeurs à l'intérieur de la coque et deux autres à l'extérieur. Avec leurs lampes-torches, ils étaient faciles à repérer. Et dans un second temps, cinq autres ont surgi des flancs du navire en emportant des statues. Donc, les quatre que nous avons vu sauter dans l'eau tout à l'heure ne constituent qu'une partie de l'équipe. Je crois qu'ils sont plus d'une dizaine là-dessous.

— Comment peuvent-ils savoir… ?

— De toute évidence, c'est une opération parfaitement réglée.

— Ce qui soulève deux questions : qui sont-ils et qui les a informés ?

— Une personne qui connaît l'existence de l'épave et son emplacement. La liste est longue parmi les fonctionnaires espagnols.

— Mouais. Et d'après toi, ces pirates seraient… ? insista Remi.

— Il n'y a qu'un moyen de le découvrir. »

Elle secoua la tête. « Tu ne vas quand même pas…

— La meilleure défense c'est l'attaque.

— Il vaut mieux prévenir les autorités, tu ne crois pas ?

— Tu veux dire les gens qui les ont rencardés sur ce coup ? Je crains qu'ils ne se dérangent pas. »

Remi soupira. « J'aurais dû m'en douter. Tout allait trop bien jusqu'à présent.

— Allons voir ce qui se passe en face.

— Où ça, "en face" ?

— Tu sais ce que je veux dire.

— Oui, Sam. J'en ai peur. »

Ils s'approchèrent du mystérieux navire en nageant à trois mètres sous la surface. Quand ils furent près de la quille, Sam entra les coordonnées sur son GPS, vérifia que la voie était libre, puis désigna la poupe. Remi montra qu'elle était prête. Sam posa le pied sur le premier barreau de l'échelle, celui qui baignait dans l'eau, et se hissa, suivi de près par Remi.

« Déposons notre équipement ici, dit-il une fois parvenu sur la plate-forme arrière. Avec ces combinaisons, nous ressemblons à n'importe quel plongeur. Si quelqu'un nous remarque, on lui fera des signes amicaux.

— Je ne ressemble pas à n'importe quel plongeur, Sam. J'ai des courbes à certains endroits du corps et…

— C'est aussi pour cela que je t'aime.

— Me voilà rassurée. Je sais maintenant que tu ne t'enfuiras pas avec un homme-grenouille.

— M'enfuir ? C'est trop fatigant, surtout avec des palmes aux pieds. »

Remi le réprimanda d'un petit coup de coude.

Après avoir rapidement inspecté le pont inférieur, ils s'engagèrent dans l'escalier. Le yacht s'étageait sur quatre niveaux. Du deuxième, provenait une musique de jazz.

« On dirait qu'ils font la fête, là-haut, murmura Remi.

— La question est : voulons-nous y prendre part ?

— Je plaide pour la prudence.

— Donc on s'invite. »

Elle lui jeta un regard entendu. « Si je dis non, tu iras quand même.

— Bonne réponse. On va le faire discrètement, juste pour voir à qui nous avons affaire.

— "Discrètement" ? En tenue de plongée sur un yacht pareil ?

— Je n'ai jamais prétendu que mon plan était parfait », admit Sam.

Remi ricana. « Allez, ouvre la marche, grand chasseur. »

En atteignant le deuxième pont, Sam se retrouva face à trois jeunes beautés excessivement bronzées, couchées en tenue d'Ève sur des transats disposés autour d'un jacuzzi. L'une d'entre elles le regarda avec de grands yeux et baissa lentement les lunettes de soleil qu'elle portait en serre-tête.

Quatre messieurs nettement plus âgés qu'elles étaient assis à une grande table en teck garnie de plats raffinés et de bouteilles de champagne. La fumée âcre de leurs cigares dérivait dans la brise. Un cinquième individu, de trente ans à peine, se tenait près de la rambarde et surveillait le *Bermudez* à la jumelle. Tandis que le regard de Sam s'attardait sur les convives, l'un d'eux se leva – un homme à la carrure imposante, vêtu d'une chemise Robert Graham richement colorée, d'un pantalon ivoire en soie et lin de chez Armani et de mocassins Prada. Sam le fixa d'un air réjoui. Après une seconde d'étonnement, l'homme se fendit d'un sourire diplomatique, aussi distingué que le panama crème juché sur son crâne.

« Sam et Remi Fargo. Quelle heureuse surprise ! C'est fort aimable à vous de passer nous voir », dit-il avec un accent révélant son appartenance à la haute société britannique.

Sam sentit Remi piaffer derrière lui. Il s'approcha de la table sans se départir de son sourire affable, saisit par le goulot l'une des bouteilles qui trempaient dans les seaux à glace couverts de buée, en déchiffra l'étiquette et la remit à sa place.

« Mais c'est ce brave Janus Benedict ! Toujours branché Billecart-Salmon 1996, à ce que je vois.

— Pourquoi changer de cheval quand on a misé sur un crack ? Mais, si je peux me permettre, à quoi devons-nous le plaisir de votre compagnie ?

— Nous étions là-bas, sur ce bateau, vous êtes arrivés et comme on n'avait plus de moutarde…

— Votre humour infâme commençait à me manquer, Fargo. Bienvenue », chantonna Janus. La fine moustache grise qui barrait sa lèvre supérieure complétait admirablement le raffinement de sa diction.

Ses trois compagnons d'agapes écoutaient avec un amusement discret, visiblement ravis d'assister à cette joute verbale qui révélait la longue inimitié existant entre Janus et les Fargo.

Le jeune homme debout près de la rambarde s'avança vers Janus pour lui murmurer au creux de l'oreille : « Qu'est-ce que tu fabriques ? Vire-les immédiatement. Ou si tu préfères… »

D'un geste, Janus lui intima le silence puis, le prenant par le bras, il le conduisit à l'écart. « Reginald, arrête ça tout de suite, siffla-t-il. Sache qu'on doit ménager ses ennemis pour mieux savoir ce qu'ils manigancent.

— Ridicule. » Reginald glissa une main derrière lui pour empoigner le pistolet qu'il tenait caché sous sa chemise.

« Reginald, tu es mon frère mais si la situation sur ce bateau dégénère à cause de toi, tu le paieras très cher. Réfléchis, pour changer. Rien qu'une seconde. Dis-toi que si tu sors ton arme, tous nos projets s'écrouleront. Donc, tu vas cesser tes enfantillages et reprendre l'examen de ton nombril pendant que les grands s'amusent entre eux. » Janus fit un pas de côté, reportant son attention sur les nouveaux venus. « S'il vous plaît. J'insiste. Prenez une coupe de champagne. Oh, Remi, vous êtes toujours aussi ravissante… »

Remi avait retiré son capuchon de plongée. Elle descendit la fermeture de sa combinaison en disant : « Et vous, toujours aussi hâbleur, Janus.

— Il faudrait être aveugle pour ne pas remarquer votre beauté, chère madame », répliqua-t-il avant de se rasseoir.

Sur un claquement de doigts, un steward en uniforme blanc à épaulettes noires se matérialisa à l'entrée du salon.

« Veuillez apporter deux sièges pour mes invités, et des verres également. Dépêchez-vous, ordonna Janus.

— Oui, monsieur. »

Comme des lapins sortant d'un chapeau, deux autres stewards apparurent vingt secondes plus tard, munis des accessoires demandés. Le plus petit attendit que Remi et Sam s'installent pour remplir leurs coupes. Sous le soleil, le champagne brillait comme de l'or effervescent.

Janus fit les présentations, bras tendu, paume tournée vers le haut. « Voici Pasqual, Andrew, Sergueï. Mes amis, vous avez la chance de rencontrer Sam et Remi Fargo – que certains considèrent comme les chasseurs de trésors les plus talentueux du monde. Oh, et ce jeune homme que vous voyez là-bas, celui qui admire votre joli bateau, c'est mon frère cadet, Reginald. »

Les Fargo eurent droit à quatre hochements de tête.

« L'expression "chasseurs de trésors" me semble exagérée, Janus, corrigea Sam. Je dirais plutôt que nous sommes affligés d'une curiosité insatiable et que nous avons tendance à débarquer au bon endroit au bon moment.

— Oui, certes, Dame Fortune vous suit pas à pas, je vous le concède. Mais comme chacun sait, elle sourit d'abord aux audacieux. » Janus leva sa coupe. « Buvons au ciel d'azur et à la mer d'huile. »

Remi trinqua avec lui, Sam s'en abstint.

« Qu'est-ce qui vous amène sur les côtes espagnoles, Janus ? demanda-t-il. Si loin de votre terrain de jeux préféré ?

— J'avais besoin de vacances. » Le regard de Janus glissa sur les trois jeunes filles qui se faisaient bronzer près du jacuzzi. « Mon médecin m'a conseillé de respirer l'air marin et de prendre des bains de soleil. La vie est courte, mon cher, autant en profiter. » Il s'interrompit. « Et vous ?

— Nous avons le même médecin, apparemment, intervint Remi. C'est également ce qu'il nous a prescrit, à peu de chose près.

— Ça alors ? Les grands esprits… »

Sam se pencha en avant. « J'ai remarqué, bien malgré moi, que vous aviez assez de matériel pour ouvrir un magasin de plongée. »

Janus resta impassible ; à peine esquissa-t-il un petit sourire. « Certains de mes invités sont passionnés de chasse sous-marine. Et un hôte accompli comme moi se doit de les satisfaire. Je fais en sorte qu'ils disposent de tout ce dont ils ont besoin.

— Vu qu'il n'y a plus de bouteilles dans le casier, je suppose que nous avons raté les amis en question.

— Ah ? Sur un yacht de cette taille, impossible de savoir où sont les uns et les autres. Mais je ne serais pas surpris d'apprendre qu'ils sont allés plonger. Après tout, c'est l'un de leurs passe-temps favoris.

— Combien mesure-t-il ? Quarante mètres ? demanda Remi.

— Mon Dieu, non. Je dirais plutôt dans les cinquante et quelques. Je ne sais pas exactement. J'en possède plusieurs, vous savez ? C'est pénible à entretenir et ça coûte un bras mais à quoi bon s'épuiser au travail si on ne peut pas s'offrir un petit caprice de temps à autre ? »

Ils passèrent encore vingt minutes à blaguer et à s'étudier mutuellement, comme des gladiateurs tentant de repérer les points faibles de l'adversaire. Mais Janus maniait trop bien la rhétorique pour révéler la moindre faille. Sam et Remi voyaient clair dans son jeu – Janus savait qu'ils savaient – mais que pouvaient-ils faire, coincés à bord de ce yacht ? Estimant qu'ils perdaient leur temps, les Fargo remercièrent Janus pour son hospitalité et regagnèrent la plate-forme de plongée.

« Ça laisse un mauvais goût dans la bouche, tu ne trouves pas ? dit Sam pendant qu'ils bouclaient leurs harnais.

— Oui, comme un steak de requin avarié », répondit Remi avant d'enfiler son capuchon. « Ce Janus est vraiment expert dans l'art de parler pour ne rien dire.

— Il l'a toujours été. Tu te souviens de la dernière fois ? »

Sam et Remi avaient fait la connaissance de Benedict alors qu'ils étaient partis à la recherche d'un galion espagnol ayant disparu jadis au large des côtes normandes. Ils avaient fini par le trouver, mais seulement après avoir subi des avaries d'origine suspecte dues, selon eux, aux agissements des hommes de main de Janus. Dans certains cercles, son nom était fréquemment associé à des vols d'antiquités, mais il était surtout connu pour ses activités commerciales. Ce monsieur vendait des armes à un grand nombre de despotes africains via un réseau de sociétés-écrans. Grâce à ses relations haut placées et à son immense richesse, il n'avait jamais eu affaire à la justice, si l'on exceptait quelques amendes pour stationnement gênant. Par ailleurs, il possédait dans son escarcelle suffisamment d'entreprises propres – banques, compagnies d'assurances, sociétés immobilières – pour s'assurer une place de choix parmi la bonne société britannique. Il fréquentait les palais royaux avec plus d'assiduité que la plupart des diplomates de carrière et se mouvait dans les eaux traîtresses du pouvoir avec l'aisance d'un barracuda.

« On va devoir informer l'université et le ministère, murmura Remi. Il n'est pas question de le laisser faire. Toi et moi savons pertinemment qu'il ne partira pas avant que l'épave soit entièrement vidée de son contenu.

— Oui, mais je crains fort qu'il n'ait graissé quelques pattes. Je te parie que lorsque les autorités arriveront pour sécuriser le site, les archéologues espagnols n'auront plus que leurs yeux pour pleurer. »

Remi ajusta son gilet de plongée et se tourna vers Sam. « Je connais ce ton. Qu'as-tu en tête ?

— Nous aussi, nous avons des relations haut placées. Mais pour l'instant, il faut parer au plus pressé et faire preuve d'inventivité, sinon le trésor risque de se volatiliser.

— Et comme tu es un homme particulièrement inventif…, dit-elle en levant un sourcil.

— Moi qui pensais que tu m'aimais pour mon physique.

— Pas seulement. Tu es aussi très doué pour les massages du dos.

— Est-ce une allusion voilée ? demanda Sam en regardant l'eau qui clapotait sous la plate-forme de plongée.

— En plus, tu comprends vite. Tout pour plaire ! » répliqua-t-elle avant d'ajuster son détendeur et de plonger.

Quand sa tête refit surface, Sam s'immergea à son tour et, tout en nageant vers le *Bermudez*, essaya d'imaginer un moyen de contrecarrer les plans de Janus, malgré l'avantage numérique que ce dernier avait sur eux.

3

Dominic faisait les cent pas dans le poste de pilotage. Sam et Remi le regardaient, bras croisés. Ils attendaient que le département des Antiquités leur dise enfin quel type d'action allait être engagé pour protéger l'épave des pillards. Sam jeta un coup d'œil agacé sur la montre de plongée Anonimo Professionale CNS que Remi lui avait offerte pour son anniversaire. Comme personne ne répondait au téléphone – ce qui n'était guère étonnant puisqu'on était la veille d'un week-end –, ils avaient envoyé leur message d'alerte par radio.

Dominic cessa de déambuler et se tourna vers eux. « Mes amis, nous avons fait le maximum. Si j'apprends quelque chose, je vous avertirai.

— Qui d'autre pourrions-nous contacter ? La police ? Les gardes-côtes ? demanda Remi.

— Je veux bien les appeler mais j'ignore s'ils réagiront. C'est une affaire qui nous tient à cœur, vous et moi, mais vous savez bien que pour la majorité de la population, la sauvegarde des trésors archéologiques ne figure pas sur la liste des priorités. Nous n'avons plus qu'à prendre notre mal en patience et espérer que le ministère ou les instances universitaires se manifestent un jour.

— Et ce jour-là, il n'y aura plus rien à sauver », explosa Sam.

Dominic haussa les épaules. « Je partage votre colère. Et je vous promets que je ne lâcherai pas le morceau. »

Sam toucha le bras de Remi qui lui répondit par un regard appuyé.

« Eh bien, je suppose qu'on va devoir se plier au système, soupira-t-il. On ne peut ni les obliger à nous répondre, ni couler le yacht de Benedict. Encore que cette solution ne me déplairait pas. »

Remi lui décocha un regard noir. « Sam…

— Je viens de dire que j'y renonçais. Ne t'inquiète pas. » Sam tourna la tête vers Dominic. « Vous nous tiendrez informés ?

— Bien sûr. Dès que j'ai du nouveau. »

Sur le pont, l'équipage célébrait la fin de la mission autour d'un barbecue. La fête qui durait depuis le matin était de plus en plus animée. Les Fargo furent accueillis par les rires et les exclamations des joueurs de cartes, toujours rivés à leurs sièges. Le soleil du soir striait d'ambre les vaguelettes qui frisaient autour du *Bermudez*. Les Fargo savaient que les chances de voir débarquer les autorités diminuaient avec la lumière du jour.

De retour dans leur cabine, Remi s'assit sur le lit en regardant fixement Sam, lequel observait le yacht de Janus par un hublot.

« Tu sais qu'on ne verra personne avant lundi au mieux, dit-elle.

— Hélas oui. Ils ne bougeront pas le petit doigt. Soit parce que Benedict les a soudoyés, soit parce qu'on est vendredi soir et qu'en Espagne le week-end est sacré. » Sam reprit son souffle et poursuivit plus lentement : « Je crois que j'ai deviné comment ils vont procéder pour voler les statues sans se faire prendre, même si cette méthode est un peu tirée par les cheveux… Ils ne les chargeront pas sur le yacht.

— Mais alors, comment ?

— Grâce à un petit tour de passe-passe et en recourant à Mère Nature pour effacer leurs traces.

— Il est un peu tard pour les devinettes, Sam.

— Si j'étais à leur place, j'attendrais qu'il fasse nuit. D'après toi, combien de temps faut-il pour vider l'épave ?

— Rien que pour extraire les statues… une bonne journée. Mais sans craindre d'endommager le navire englouti et en courant le risque de perdre quelques pièces, précisa Remi.

— Bien. Donc, le plus délicat pour eux consistera à remonter les objets sans être vus. Raison pour laquelle ils attendront la nuit. Ensuite, ils utiliseront des grues de levage. »

Remi fronça les sourcils. « Mais tu disais qu'ils ne les chargeraient pas.

— Pas à bord du yacht. »

Elle le regarda d'un air éberlué, puis son visage se détendit. « Tu es un petit malin, toi !

— Pour coincer un voleur, il faut raisonner comme un voleur. S'ils mettent les bouchées doubles, ils auront fini dans six ou sept heures. Les lampes de travail compenseront largement le manque de lumière solaire. Je parie qu'ils vont bosser toute la nuit et qu'ils appareilleront demain matin à l'aube, voire avant.

— Mais nous allons leur mettre des bâtons dans les roues.

— Et pas qu'un peu. Je suis le grand spécialiste des bâtons dans les roues. J'ai pris cette option à la fac.

— Je croyais que c'était la dégustation de bières.

— L'une n'empêche pas l'autre.

— À quelle heure interviendrons-nous ?

— Je dirais vers quatre heures du matin. Mieux vaut trop tôt que trop tard.

— Tu veux bien m'expliquer comment nous allons procéder ?

— Enfin ! Je croyais que tu ne poserais jamais la question. »

*

La lune souriait malicieusement entre les nuages épars, et sa lumière froide miroitait sur la surface ridée de la mer. Quand Sam et Remi gagnèrent la plate-forme de plongée, les hommes d'équipage avaient rejoint leurs couchettes depuis belle lurette et dormaient d'un sommeil lourd, vaincus par l'alcool. D'un caisson étanche, Remi sortit deux gros masques de plongée munis de monoculaires de vision nocturne – un prêt du ministère de la Défense américain. Cet équipement leur avait été grandement utile pour explorer l'épave car il amplifiait la lumière de telle sorte qu'on y voyait comme en plein jour, même à de grandes profondeurs.

« J'espère que ça marchera, souffla Remi pendant qu'ils vérifiaient leurs harnachements respectifs.

— On fera de notre mieux. Mais bon, rien n'est jamais gagné d'avance. »

Elle lui tapota le haut du crâne. « C'est bon pour toi.

— Pour toi aussi, dit-il en reculant d'un pas. Ces masques sont de petites merveilles de technologie. Au cas où on aurait quand même besoin d'une source lumineuse, on pourra toujours allumer une torche. Si on fait bien attention à la braquer vers la coque, personne ne verra rien. »

Remi observa la légère houle. « T'ai-je déjà dit que j'adorais barboter dans l'eau froide en pleine nuit ? C'est si romantique !

— Je savais que tu insisterais pour venir.

— Tu me connais comme si tu m'avais faite. »

Un craquement retentit sur le pont supérieur ; ils se figèrent, écoutèrent pendant quelques secondes, puis se remirent à respirer normalement – c'était probablement les lattes qui refroidissaient.

Sam prit le masque que lui tendait Remi, enclencha la vision nocturne et ajusta la sangle par-dessus son capuchon. « Hé, tu sais quoi ? J'y vois clair ! Prête à te jeter à l'eau ? murmura-t-il.

— Comme toujours, mon grand. »

Elle enfila son masque, activa le dispositif et, après avoir revérifié que son sac de plongée était bien accroché, se glissa sous la surface. Sam la rejoignit un instant plus tard. Ils palmèrent de concert en se basant sur les coordonnées GPS relevées par Sam plus tôt dans la journée.

À trois mètres de profondeur, la visibilité était meilleure qu'ils ne l'avaient craint et le clair de lune assez lumineux pour qu'ils s'aperçoivent mutuellement. Selon les calculs de Sam, avec leurs lentilles de vision nocturne, ils disposaient d'un rayon utile d'une bonne dizaine de mètres, ce qui suffisait amplement pour ce qu'ils avaient à faire. Quand Sam se retourna et vit Remi nager avec l'aisance d'un dauphin, il ressentit une grande fierté. Encore une fois, elle avait accepté de l'accompagner sans hésiter un instant, malgré le danger et la difficulté de la tâche à accomplir.

Les flancs immergés du yacht apparurent au loin. Plus ils approchaient, mieux ils voyaient les filets dont ils avaient soupçonné l'existence. Ils étaient fixés sous la coque par des cordages en nylon eux-mêmes accrochés à de gros pitons d'acier. Sam désigna le premier, entre les mailles duquel on apercevait un grand nombre de statues. L'ayant survolé, ils passèrent au suivant. Mais alors qu'ils avançaient vers la proue, une vibration se diffusa à travers la masse liquide : les moteurs démarraient.

Remi se tourna vers Sam. Ce dernier répondit à son interrogation muette en désignant le filet le plus proche. Puis il sortit le couteau de plongée en titane XS Scuba qu'il transportait dans un étui sanglé à la jambe et s'éleva jusqu'au piton où le premier filin était attaché. D'un coup de palmes, Remi alla s'occuper du deuxième, non sans prendre le temps d'examiner au préalable la série de filets qui pendaient sous le bateau comme des fruits à un arbre. Il y en avait une bonne douzaine. Étant donné la longueur du yacht, les derniers disparaissaient dans l'obscurité. Sam se mit à scier la corde en nylon qui se trouvait devant lui. Remi fit de même avec la sienne. Les deux cédèrent l'une après l'autre. Ils regardèrent le filet bourré d'artefacts couler lentement, puis s'attaquèrent au deuxième.

Dix minutes plus tard, il ne restait que deux filets à détacher. Ils s'occupaient de l'avant-dernier quand le yacht bougea. Sam vit mollir la chaîne de l'ancre. Pour éviter de s'emmêler dans les mailles de la nasse qui se rapprochait d'elle, Remi dut se rabattre sur le côté. Sam l'imita. Voyant la chaîne se tendre à l'oblique, il comprit que l'ancre allait bientôt se décrocher du fond. Le mouvement entraîna le navire qui dériva sur quelques mètres avant de se stabiliser à la verticale de l'ancre.

Avec un peu de chance, ils parviendraient à détacher les deux derniers filets avant que le yacht accélère. Sachant qu'ils ne disposaient que de quelques secondes, ils redoublèrent d'énergie.

Bien qu'étouffé par la masse liquide, le bruit de la chaîne qui s'enroulait autour du cabestan faisait penser à une mitrailleuse tirant des rafales en continu. La proue qui se balançait sous le vent rendait leur tâche plus difficile, de même que la lente rotation des grosses hélices à cinq pales, les moteurs étant encore au point mort.

Le cordage de Sam finit par céder. Retenu d'un seul côté, le filet oscillait entre deux eaux. À l'instant où Remi sectionna l'autre lien, les moteurs passèrent au régime supérieur. Le yacht fit un bond en avant. L'effet de succion fut immédiat. Sam regarda le dernier filet et, constatant qu'il ne contenait qu'une statue, donna un bon coup de palmes pour se dégager du courant qui l'aspirait. Il avait vu trop de photos montrant les blessures causées par des hélices pour ignorer ce qu'il risquait. Aussi choisit-il de nager vers le fond, à la suite de Remi.

Mais le sort en décida autrement. Sa bouteille d'air comprimé s'accrocha dans les mailles. Pendant une seconde de pure angoisse, il se sentit emporté comme une algue dans le courant. Quand il parvint à se retourner, il eut une vision d'horreur – des myriades de bulles jaillissaient des hélices et, à trois mètres de lui, les pales en cuivre luisaient dans la pénombre comme des lames bien affûtées.

Peu avant que le yacht ne s'élance pour de bon, une nouvelle secousse l'attira encore plus près. Sam avait beau se démener, sa bouteille restait coincée. Il savait que, dans quelques secondes, quand l'ancre aurait fini de remonter, le yacht partirait pleins gaz et qu'il serait aussitôt haché menu. De nouveau, il se contorsionna pour tenter de trancher le filet dans son dos.

Sans résultat.

Alors, jouant le tout pour le tout, il chercha à tâtons les attaches de son harnais et, lorsqu'il sentit sa bouteille sur le point de se détacher, inspira à fond, donna un bon coup de reins et partit vers le bas en palmant de toutes ses forces.

Le choc fut si violent qu'il se répercuta sur toute la longueur de sa jambe ; l'hélice venait de cisailler le bout de sa palme gauche. Le yacht partit comme une flèche, provoquant un phénomène de courant-jet qui rejeta Sam vers l'arrière.

Après s'être longuement fait chahuter par les tourbillons, Sam finit par crever la surface. Il prit une bonne goulée d'air frais en regardant la poupe du navire rapetisser à travers la lentille de son masque, puis il replongea pour aller chercher Remi.

Elle s'était dégagée plus vite que lui. Sam l'aperçut malgré l'obscurité, à dix mètres de profondeur. Saine et sauve.

Il la rejoignit en toute hâte et lui prit la main. Quand elle posa les yeux sur lui et vit qu'il n'avait plus de bouteille, ses yeux s'agrandirent. Sam leva le pouce ; ils remontèrent ensemble.

« Qu'as-tu fait de ton matériel ? lui demanda-t-elle en émergeant sous le ciel étoilé.

— Les dieux de la mer exigeaient un sacrifice. C'était soit ma bouteille soit moi.

— Ça va ?

— On ne peut mieux. Retournons au bateau avant que l'aube se lève », ajouta-t-il en montrant le *Bermudez* qui flottait paisiblement sur les vagues noires.

Quand ils furent à bord et débarrassés de leurs combinaisons, ils convinrent de ne pas révéler leur aventure avant que l'épave passe sous la responsabilité du gouvernement. Étant donné les possibles accointances entre Benedict et certains fonctionnaires espagnols, la discrétion semblait de mise. Si l'escroc britannique apprenait trop vite le tour qu'ils venaient de lui jouer, les Fargo perdraient l'avantage qu'ils avaient acquis de haute lutte.

Sam examina sa palme gauche sectionnée transversalement. L'hélice était passée à cinq centimètres de son pied – cette vision lui provoqua un frisson rétrospectif. Heureusement, il faisait tellement sombre que

Remi n'avait rien remarqué. Il décida de la laisser dans l'ignorance.

« La grande statue qu'ils ont emportée représentait la déesse Athéna, murmura-t-elle.

— Nous donnerons son signalement aux autorités, si jamais elles se pointent un jour. Je ne fais confiance à personne sur ce bateau. »

Remi écarquilla les yeux. « Tu ne crois pas qu'un membre de l'équipage… ?

— Je ne sais que croire. Mais je trouve que l'argent sale de Benedict encourage pas mal de gens à l'immobilisme, ces temps-ci. Donc, je ne prendrai aucun risque. »

Elle hocha la tête. « Tu crois qu'on pourrait dormir un peu ?

— Je l'espère. Demain, on fera chauffer les téléphones et la radio de bord mais, pour l'instant, réjouissons-nous : notre intervention est une réussite. Même si on a perdu Athéna.

— Une fois que le vol sera signalé, Benedict aura du mal à lui faire passer les frontières et à la vendre.

— Effectivement, mais tu n'ignores pas que certains collectionneurs sont dénués de tout scrupule.

— Benedict atteindra bientôt les eaux internationales. J'imagine qu'il compte se réfugier au Maroc ou en Algérie. Les côtes africaines sont à moins de deux cents kilomètres d'ici. Une promenade de santé pour un navire pareil.

— Oui, mais le réveil sera dur pour lui.

— À propos de réveil, tu ne crois qu'il serait temps d'aller faire un somme ? »

*

Sur le pont arrière de son yacht, Janus Benedict, rouge de colère, écoutait le chef des plongeurs lui expliquer qu'en dépit de tous leurs efforts, leur prise se résumait à une seule et unique statue. Son jeune frère semblait prêt à étrangler le malheureux qui n'était pourtant nullement responsable de leur échec.

« Pauvre idiot. Comment tu as pu nous mettre dans une merde pareille ? » hurla-t-il. Sa chemise Versace en soie luisait sous le soleil.

Janus le fit taire d'un geste agacé, puis déclara posément : « Inutile de t'en prendre à Hector. Ce n'est pas de sa faute, Reginald.

— Comment ça, pas de sa faute ? On vient de perdre des millions de livres, tout ça parce qu'il n'a pas été fichu d'attacher correctement les filets ! »

Hector exhiba une grosse corde en nylon jaune, puis désigna le matériel de plongée qu'il venait de déposer sur le pont, près du bastingage. « Non, monsieur. Les filins étaient toujours accrochés aux rivets de la coque, on les a sectionnés. Regardez, ce sont les marques d'une lame. Et nous avons également retrouvé ce harnais pris dans les mailles du filet, ajouta-t-il. Ce n'est pas un accident. »

Janus hocha la tête, le regard braqué sur le rivage qui miroitait comme un mirage à l'horizon.

« Encore un coup des Fargo. Je ne vois pas d'autre explication.

— J'aurais dû les abattre quand j'en avais l'occasion », pesta Reginald.

Janus fit volte-face et le dévisagea. « Vraiment ? C'est ça, ta solution ? Commettre un meurtre de sang-froid devant témoins ? As-tu perdu la tête ? » marmonna-t-il. Puis il se tourna vers le dénommé Hector. « Très bien. Montez la statue sur le pont et mettez-la en caisse, comme convenu. Nous serons bientôt au point de rendez-vous. »

Il était prévu qu'un bateau de pêche algérien les rejoigne en pleine mer, prenne à son bord la précieuse cargaison pour la mettre à l'abri pendant que le yacht poursuivrait sa route en direction de Majorque. Cela, afin de parer à une possible bien qu'improbable intervention des gardes-côtes. Ce serait la parole des Fargo contre la sienne et, grâce aux pots-de-vin qu'il avait distribués aux autorités espagnoles, le problème se réglerait en deux temps trois mouvements.

« Avoue quand même qu'une balle entre les deux yeux nous aurait épargné bien des soucis », ronchonna Reginald pendant que Hector s'en allait, soulagé de n'avoir pas à payer les pots cassés.

« Combien de fois devrai-je te répéter qu'on ne doit jamais foncer tête baissée ? Surtout quand les enjeux sont si élevés. Il s'agit d'une partie d'échecs, pas d'un match de rugby. La stratégie doit primer sur la force.

— Dit l'homme qui vient de perdre des millions à cause de ses grandes théories », ricana Reginald. Le regard que lui lança son frère aîné lui fit immédiatement regretter ses paroles.

« Pour ta gouverne, mon petit bonhomme, sache que ces millions m'appartiennent et que j'ai le droit de les perdre si ça me chante. Compris ? À ta place, j'éviterais les insolences. C'est bien toi qui tenais absolument à t'associer, tu m'as même supplié en disant que la vie de play-boy te fatiguait. Et quand cette jeune femme a porté plainte contre toi à Cannes, je n'ai entendu aucune critique de ta part. Tu étais bien content d'avoir un frère comme moi pour te sortir de la mouise. » Janus s'accorda un instant pour respirer. « Ma patience a des limites, Reginald. Si tu veux travailler avec moi, tu dois respecter mes méthodes. On ne récolte que des ennuis à agir comme tu le fais, quoi que tu en penses. Les Fargo ont remporté la première manche mais la partie est loin d'être terminée. Nous nous retrouverons très bientôt, et ce jour-là, c'est moi qui raflerai la mise. »

Reginald le considéra d'un air faussement soumis. « Tu en parles comme si c'était déjà fait. »

Janus posa la main sur l'épaule de son frère et le guida vers la table ronde où un petit déjeuner fastueux venait d'être servi.

« La patience est toujours récompensée. Je n'ai pas dit mon dernier mot, fais-moi confiance. » Janus s'éclaircit la gorge et passa à autre chose. « Un amateur moscovite est prêt à nous verser plusieurs millions pour la statue d'Athéna. Ça couvrira nos frais de carburant et autres. »

Ils s'installèrent face à face. Un steward accourut, muni d'une cafetière. Un autre leur apporta des verres de jus d'orange pressé tandis qu'un dernier attendait qu'ils soient servis pour leur demander comment ils souhaitaient leurs œufs.

Reginald commanda une omelette, Janus un blanc d'œuf brouillé et, aussitôt après, se remit à contempler l'horizon. À voir son noble profil, ses traits apaisés, on aurait pu croire que l'opération s'était parfaitement déroulée. Mais Reginald connaissait ce regard. Il savait que Janus ne lâcherait pas le morceau et que les deux Américains ne perdaient rien pour attendre. Car sous ses airs policés, son frère était aussi furtif et mortel qu'un cobra.

Et quand viendrait le temps de la vengeance, les Fargo regretteraient amèrement d'avoir cherché à leur nuire.

Il n'en doutait pas un seul instant.

4

La matinée se déroula dans un relatif ennui. Les contacts de Dominic n'ayant toujours pas donné signe de vie, Remi décida de prendre les choses en main. Elle alluma son téléphone satellite et appela un numéro qu'elle connaissait par cœur. Selma Wondrash répondit à la quatrième sonnerie.

« Selma ? C'est Remi. Désolée de te déranger si tard.

— Enfin, vous voilà ! Ça fait presque une semaine que je n'ai pas de nouvelles. Je commençais à m'inquiéter.

— Nous étions trop absorbés par nos recherches sous-marines.

— Elles ont donné de bons résultats ?

— Oui. Mission accomplie. Pourtant, on a un petit souci.

— Le contraire m'eût étonnée. Que puis-je faire pour vous ?

— Tu connais des gens dans la Marine espagnole ? »

Remi entendit presque Selma réfléchir. « La marine espagnole… donne-moi deux minutes. Au pire, je trouverai quelqu'un qui connaît quelqu'un. Tu peux m'en dire plus ? »

Remi lui exposa son idée. « Oui, ça m'a l'air faisable, dit Selma. Je m'en occupe tout de suite. Il est une heure du matin mais je n'ai pas sommeil. Alors, autant me rendre utile.

— Moi qui craignais de t'avoir tirée du lit. »

Selma hésita. « Non, je suis comme les chouettes, en ce moment. En fait, il m'arrive d'avoir des insomnies.

— Je n'aime pas ça. Tu devrais prendre quelque chose – déjà qu'en temps normal tu dors très peu…

— Si ça persiste, je suivrai ton conseil. Mais pour l'instant, je me félicite d'avoir pu répondre à ton appel. Je vous préviens dès que j'ai des infos. Autre chose ?

— Arrange-toi pour que le Gulfstream soit prêt à décoller demain soir. Ça nous laissera vingt-quatre heures et des poussières pour récupérer de notre dernière plongée. Dis au commandant d'établir un plan de vol pour San Diego. On rentre à la maison.

— Génial. C'est comme si c'était fait. »

Sam avait racheté un Gulfstream G650 à un groupe d'investissement en difficulté souhaitant réduire ses frais de fonctionnement. Grâce à ce jet privé disposant d'un rayon d'action de plus de 12 000 kilomètres, leurs capacités de déplacement s'étaient accrues de façon considérable. Sam n'était pas homme à commettre des extravagances mais, comme ses comptables le lui avaient fait remarquer, on n'emporte pas son argent dans la tombe. Or la vente de sa société et les royalties liées à ses dernières inventions leur assuraient des revenus assez conséquents pour vivre à l'aise durant plusieurs centaines d'années.

Remi raccrocha et se pencha vers Sam qui, accoudé à la poupe, observait les eaux bleues de la Méditerranée comme s'il redoutait que Benedict ne revienne sur les lieux de son forfait.

« Selma va mobiliser le ban et l'arrière-ban. La connaissant, j'imagine que la Septième flotte sera là pour l'heure du déjeuner. »

Sam la prit par l'épaule et déposa un baiser sur ses cheveux. « J'ai beaucoup de chance de t'avoir à mes côtés. »

Elle se tourna vers lui, se dressa sur la pointe des pieds et l'embrassa tendrement. « Bravo pour cet accès de lucidité. Dois-je en conclure que j'aurai bientôt droit à ma séance de spa et autres petits plaisirs hédonistes ?

— Dès que nous serons chez nous. »

Ils contemplèrent ensemble la mer calme et les petits voiliers qui croisaient au large de l'île. « Tout bien pesé, ç'aurait pu être pire, dit Remi en touchant son scarabée porte-bonheur. Imagine qu'on ait dû affronter une bande de guérilleros armés jusqu'aux dents avec juste une épée et un fusil à silex pour se défendre.

— Ah, c'était le bon vieux temps. Tu as raison, bien entendu, mais je regrette quand même de leur avoir laissé cette statue. Si j'avais eu trente secondes de plus, j'aurais pu la récupérer.

— Je sais, mais étant donné que l'opération était totalement improvisée, je trouve qu'on s'en est bien tirés. »

Dominic sortit du poste de pilotage et s'avança vers eux. Il avait l'air d'un pirate avec son menton bleui par la barbe et le bandana rouge qui cachait ses cheveux. Le découragement se lisait sur son beau visage. « Toujours aucune nouvelle. J'ai peur que rien ne bouge d'ici lundi. Au moins, nous sommes débarrassés de ce yacht.

— Il peut revenir, répondit Sam. Et il faut s'assurer que l'épave ne coure aucun risque. Nous avons lancé quelques grappins de notre côté. Rien n'est gagné mais nous espérons obtenir de l'aide assez rapidement. »

Dominic les regarda entre ses paupières mi-closes. « Ce serait fantastique, dit-il en découvrant une rangée de dents très blanches. Je commence à trouver bizarre que personne ne me réponde. »

Une demi-heure plus tard, leur téléphone satellite sonna. Remi s'entretint à voix basse avec Selma, puis annonça après avoir raccroché : « La cavalerie va débarquer.

— Quand ? demanda Sam.

— Dans deux heures. Un navire doit partir du port de Carthagène mais il leur faut un peu de temps. »

Sam et Remi prenaient le soleil sur le pont principal quand ils entendirent un grondement à l'ouest. Remi promena son regard sur l'horizon et aperçut au loin un vaisseau gris filer vers eux. C'était un patrouilleur de classe Serviola, long de soixante mètres. Quand il fut assez proche, elle déchiffra le nom *Atalaya* peint sur son étrave.

Les Fargo se levèrent pour assister aux dernières manœuvres. Dominic les rejoignit au moment où le patrouilleur s'arrêtait pour jeter l'ancre à quelques encablures du *Bermudez*.

« Ça devrait suffire à dissuader les voleurs jusqu'à ce qu'une équipe de sauvetage en bonne et due forme arrive sur place et s'occupe des vestiges engloutis », dit Sam avant de raconter à Dominic ce qu'ils avaient fait la nuit précédente. Après quoi, il lui remit un papier sur lequel il avait inscrit les coordonnées GPS des artefacts. « Les plongeurs du yacht vous ont mâché le travail. Vous n'aurez plus qu'à remonter leurs filets. Un jeu d'enfant. » Il se tourna vers le navire patrouilleur et hocha la tête. « Comme nous avons plongé ce matin, nous allons devoir attendre quelques heures avant de prendre l'avion. Acceptez-vous de nous garder encore une nuit ?

— Avec grand plaisir, et demain, je vous conduirai à terre. »

Le lendemain matin, ils rassemblèrent leurs affaires, y compris le matériel de vision nocturne que Sam devait restituer à ses propriétaires. Puis ils partagèrent un déjeuner d'adieu avec Dominic. Partis pêcher quelques heures plus tôt, les hommes d'équipage avaient remonté de belles prises. Sam s'accorda un dernier verre d'albariño, un excellent vin blanc de Galice. « Nous apprécions votre hospitalité, Dominic, dit-il à la fin du repas. Mais le temps passe et il faut qu'on y aille. Vous êtes toujours d'accord pour nous ramener à terre ?

— Bien sûr. Donnez-moi juste cinq minutes. »

Ils s'installèrent à bord d'un canot de sept mètres en fibre de verre équipé d'un puissant moteur hors-bord, Sam et Remi sur le banc du milieu, Dominic aux commandes à la poupe. La mer était relativement calme. De temps à autre, la coque rebondissait sur une vague, produisant une gerbe d'éclaboussures. Vingt minutes plus tard, ils entraient dans le port commercial de Carthagène. Les Fargo prirent congé de leur ami et sautèrent dans un taxi qui les conduisit à l'aéroport de Murcie-San Javier, distant de vingt-deux kilomètres.

Leur avion attendait sur le tarmac. Les deux pilotes, Brad Sterling et Rex Fender, effectuaient les dernières vérifications pendant que Sandra, l'hôtesse, surveillait d'un œil aiguisé les allées et venues du personnel chargé de l'approvisionnement. En voyant paraître les Fargo, elle s'éclaira d'un sourire radieux. Remi nota qu'elle avait pris des couleurs en une semaine. Contrairement à eux, elle avait profité de son séjour en Espagne pour se reposer.

« Le plan de vol est déposé, les informa Brad. Nous devrions décoller dans vingt minutes maximum. Le trajet durera onze heures. Altitude : 48 000 pieds. Nous volerons au-dessus des nuages. Donc pas de secousses, normalement. »

Sam et Remi s'enfoncèrent dans les gros fauteuils en cuir meublant la partie salon, au milieu de la cabine. L'arrière avait été aménagé en chambre, avec un grand lit tenant presque toute la largeur. Toujours aussi attentionnée, Sandra avait prévu de quoi les faire patienter avant le décollage. Deux flûtes en cristal et une bouteille de Veuve Clicquot La Grande Dame 2004 les attendaient sur une table basse. Sam déboucha le champagne d'un geste théâtral. Ils le dégustèrent dans un silence religieux.

Les moteurs gémirent. Sarah verrouilla la porte. L'avion admirablement fuselé roula vers le bout de la piste, prit de la vitesse et s'élança vers le ciel de la

Méditerranée. Puis il vira gracieusement sur l'aile et mit cap à l'ouest.

Quand ils atteignirent l'attitude de croisière et que la péninsule ibérique eut disparu derrière eux, Sam et Remi allumèrent leurs ordinateurs portables pour consulter la documentation liée à leur prochaine expédition. Dirigée par leur ami, le commandant Wes Hall, et financée par la Garde côtière américaine, cette mission d'une semaine devait les mener aux confins septentrionaux du Canada, et plus précisément dans les fjords de l'île de Baffin, pour étudier la fonte catastrophique des glaciers au moyen d'un appareil collecteur de données géophysiques mis au point par Sam.

Ils atterrirent à l'aéroport international de San Diego peu après 21 heures. Selma les attendait au volant de la Cadillac CTS-V devant le terminal des vols privés. Remi la serra dans ses bras pendant que Sam entassait leurs bagages dans le coffre. Quelques minutes plus tard, ils roulaient vers La Jolla et leur grande villa donnant sur l'océan.

« Alors, on t'a manqué ? demanda Sam.

— Bien sûr. La maison est vide quand vous n'y êtes pas, répondit Selma.

— Comment va Zoltán ? S'est-il bien tenu ? » renchérit Remi. Zoltán était le gros berger allemand qu'ils avaient adopté lors d'une aventure en Hongrie sur les traces de la tombe d'Attila le Hun.

« Tu le connais. Il est toujours adorable, c'est dans sa nature. Pourtant, il se languissait de toi, Remi. Normal, tu es l'amour de sa vie. Franchement, je crois que si ce chien pouvait parler, ton mari aurait du souci à se faire.

— C'est une belle bête, je te l'accorde, dit Sam. Mais moi, j'ai des pouces préhenseurs. » Sa réplique provoqua un éclat de rire général.

Ils entrèrent dans le garage. Sam et Remi entendirent Zoltán aboyer avant même de descendre de voiture.

« Passe devant, dit Sam. Je te suis avec les bagages. Ton grand amour numéro 2 est en train de péter un câble. Va lui dire bonjour avant qu'il défonce un mur. »

La porte du garage se referma derrière eux. Selma alla ouvrir le coffre de la Cadillac, Remi la porte de communication. Quand elle passa dans le vestibule, Zoltán cessa d'aboyer et se mit à gémir. Sa truffe sensible avait détecté l'approche de sa maîtresse adorée. Elle trouva le chien assis sur le sol de la cuisine, frémissant d'excitation mais trop discipliné pour oser bondir vers elle. Remi s'avança, mit un genou à terre et le serra très fort. De son côté, il lui manifesta son affection par un vigoureux coup de langue tout en balayant joyeusement le carrelage de sa queue touffue.

Dès que Sam et Selma firent leur entrée, Zoltán se remit à geindre. Son bonheur était complet, à présent. Sam déposa les bagages près du frigo et frappa dans ses mains. Le chien n'attendait que cela pour courir vers lui. Sam lui fit un gratouillis derrière les oreilles, Remi les rejoignit et la grande scène des retrouvailles se poursuivit sous le regard attendri de Selma.

« Je monte vos affaires ? demanda-t-elle.

— Non, dit Remi. Sam s'en chargera. Un peu d'exercice ne lui fera pas de mal, après une semaine à se la couler douce.

— Oui, c'est vrai. J'ai passé mon temps à boire et manger, confirma Sam. C'est Remi qui s'est coltinée tout le boulot. J'avais trop peur de me froisser un muscle. »

Selma demeura impassible. « Eh bien, dans ce cas, je vous laisse. On se voit demain matin.

— Merci d'être venue nous chercher, Selma, dit Remi.

— De rien. Ça fait partie de mon travail », répondit Selma avant de se retirer dans ses appartements.

Quand ils montèrent à leur tour, Remi se laissa tomber sur la couette avec un soupir de bien-être. Zoltán était déjà couché en rond au pied du lit.

« C'est bon de rentrer chez soi, dit Sam. Surtout qu'ici, le sol est bien stable. Je vais me doucher. J'en ai pour une minute.

— Prends ton temps. Personne ne nous attend.

— Avec le décalage horaire, je ne sais plus si je dois prendre mon petit déjeuner ou un dernier verre. »

Remi se redressa. « Tu n'as pas trouvé Selma bizarre ?

— Bizarre ? Comment ? demanda Sam en déboutonnant sa chemise.

— Un peu éteinte. Préoccupée peut-être.

— C'est possible. Mais tu me disais qu'elle avait des problèmes pour dormir depuis quelque temps. Moi-même je suis un peu ronchon quand je manque de sommeil.

— Un peu ronchon ? s'écria Remi. Tu veux dire que tu te comportes comme un ours réveillé en pleine hibernation.

— Les ours ont besoin de se ressourcer, eux aussi.

— Peut-être qu'on devrait essayer de lui parler demain matin. Lui poser la question. Bon, pour l'instant, je n'ai qu'une envie, me débarrasser de la poussière qui me colle à la peau après ces dix mille kilomètres de vol.

— Je n'ai pas vu beaucoup de poussière dans l'avion.

— Tu vois ce que je veux dire.

— Moi, bientôt, je serai propre comme un sou neuf.

— Tu me laisseras en juger. »

5

Selma était déjà levée quand Sam et Remi descendirent au rez-de-chaussée où se trouvaient la salle de travail et la cuisine. Une bonne odeur de café flottait dans l'air. Le soleil entrait à flots par les larges baies vitrées donnant sur les eaux turquoise du Pacifique. C'est là que Selma se tenait, perdue dans ses pensées.

« Bonjour, Selma. Comment vas-tu ce matin ? Mieux dormi ? » lança Remi en allant se verser une tasse.

Selma se retourna vivement, comme surprise par leur arrivée.

« Oh, c'est vous ! bredouilla-t-elle. Non, pas d'amélioration de ce côté-là. Je… je crois que dormir… n'est pas mon fort…

— Selma. Qu'y a-t-il ? » insista Remi. Sam fronça les sourcils.

« Promettez-moi de rester calmes, dit Selma.

— Comment ça, “calmes” ? » s'emporta Sam. Le regard de Remi le fit taire sur-le-champ.

« Voilà justement ce que je voulais éviter, marmonna Selma.

— Ne fais pas attention à lui. Il est toujours grognon, le matin. Tu devrais le savoir, depuis le temps. Dis-nous juste ce qui se passe.

— Je n'en ai jamais parlé mais j'ai un problème aux hanches. Elles sont en mauvais état et on va devoir me placer des prothèses.

— Oh, Selma. Je suis désolée », dit Remi.

Selma respira à fond, comme si elle s'apprêtait à sauter dans le vide. « Je suis retournée chez le spécialiste il y a une dizaine de jours. Ça devient urgent. Il faut opérer.

— Selma ! Pourquoi n'avoir rien dit ? s'écria Sam. Ce n'est pas étonnant que tu ne dormes plus.

— Je sais, j'aurais dû vous prévenir. Mais ça tombe vraiment mal. Vous repartez dans deux jours. Je m'en voudrais de vous faire faux bond. Vous êtes tellement occupés tous les deux.

— Mais c'est absurde, Selma. Tu fais partie de la famille.

— L'intervention est pour quand ? s'enquit Sam.

— Dans six jours. À Scripps.

— C'est l'un des meilleurs hôpitaux de l'État, n'est-ce pas ?

— Absolument.

— Nous annulons notre voyage, décréta Remi sur un ton sans appel. Nous irons sur l'île de Baffin quand tu seras rétablie. » Elle s'approcha de Selma et la serra dans ses bras.

« Il n'en est pas question. Je refuse que vous changiez quoi que ce soit à vos projets. Je me sentirais affreusement mal si vous renonciez à cette expédition. De toute façon, vous ne pourrez rien faire de plus.

— Mais bien sûr que si, répliqua Sam. Je vais faire installer tout le matériel de rééducation dont tu auras besoin. Comme ça, tu pourras rentrer à la maison tout de suite après l'opération. Nous te trouverons le meilleur kiné. Et je te garantis que tu seras chouchoutée 24 heures sur 24, 7 jours sur 7. »

Ils s'interrompirent en entendant se fermer la porte des toilettes. Une jeune femme aux cheveux très courts, teints en noir avec quelques mèches rouges, se matérialisa devant eux. Elle portait un jean noir et un T-shirt blanc avec des avocats imprimés dessus. Selma s'écarta de Remi et s'éclaircit la gorge.

« C'est ma nièce, Kendra Hollingsworth. Je lui ai demandé de passer pour les présentations. Elle va m'aider pendant que je serai… indisponible. Kendra ? Voici Sam et Remi Fargo. »

Kendra fit deux pas en avant et leur serra la main. Sam remarqua les tatouages qu'elle avait au cou et à l'intérieur du poignet, ainsi que le petit diamant piqué dans sa narine.

« Enchantée de vous connaître, dit Kendra d'une voix mesurée.

— Moi de même, répondit Sam en décochant un regard discret à Remi qui resta de marbre.

— Kendra vient de décrocher son diplôme à l'université de Californie du Sud, dit Selma, consciente de la légère tension suscitée par l'irruption de sa nièce. Et elle a gentiment accepté de me donner un coup de main. Je la connais depuis sa naissance et je vous assure que c'est l'une des personnes les plus intelligentes que je connaisse. Elle est très douée.

— Quelle matière avez-vous étudiée, Kendra ? demanda Remi.

— J'ai suivi deux cursus en même temps : informatique et histoire. Je voulais prendre mathématiques aussi, mais c'était trop.

— Impressionnant », souffla Sam.

Kendra haussa les épaules. « Pas tant que ça. On s'en aperçoit dès qu'on commence à chercher du boulot. Normalement, je devrais choisir entre la programmation et l'enseignement, mais aucune de ces deux carrières ne me tente vraiment. Du coup, j'ai été ravie quand Selma m'a proposé de…

— As-tu présenté Kendra à Pete et Wendy ? demanda Sam à Selma.

— Pas encore. Je comptais le faire demain. Je voulais profiter du fait que nous sommes un dimanche et que tout est calme ici pour lui montrer le travail. »

Remi se plaça à côté de Sam. « Selma, j'aimerais que tu m'en dises un peu plus sur tes projets. Si on déjeunait toutes les deux, aujourd'hui ?

— Avec plaisir. Je vais lui expliquer le fonctionnement de nos systèmes en réseau, la briefer sur nos dossiers en cours et, après cela, je serai à toi. Disons… vers treize heures ?

— Parfait. Où veux-tu manger ?

— Oh, tu me connais, j'aime tout.

— OK, je connais un endroit sympa. Je me charge de réserver. Viens, Sam. Laissons-les travailler », ajouta Remi en entraînant son mari vers le grand salon.

Quand la porte se referma derrière eux, elle ajouta à mi-voix : « Elle fait gamine, tu ne trouves pas ?

— Nous avons tous été jeunes autrefois, rappelle-toi. Personnellement j'étais plutôt bon dans ma partie quand j'avais son âge.

— Pauvre Selma. Elle semble tellement abattue. Je veux dire, elle ne laisse rien paraître mais elle doit beaucoup souffrir. Je le vois dans ses yeux.

— Dieu merci, elle aura affaire aux meilleurs praticiens.

— Pourtant, c'est… je veux dire… On croit qu'elle sera toujours là auprès de nous et puis… un truc comme ça arrive… et on s'aperçoit que rien n'est définitif…

— Elle t'en dira peut-être davantage tout à l'heure. Mais surtout, reste positive. C'est important. Oh, et dis-lui bien que nous lui fournirons tout ce dont elle aura besoin, peu importe le coût. Traitement, kiné, matériel médical… absolument tout. Elle n'aura qu'à demander.

— Entendu. Mais la connaissant, le plus difficile sera de l'empêcher de reprendre trop vite le boulot. Tu sais comme ce poste lui tient à cœur.

— Oui, je sais, mais Pete et Wendy n'ont pas les deux pieds dans le même sabot. Ils prendront le relais en son absence et je suis sûr que tout se passera bien. En plus, pour mesurer la fonte des glaces, on n'a pas besoin que toute l'équipe soit au taquet. »

Remi alla se poster près des fenêtres ouvertes. La brise caressa ses cheveux. « Que dis-tu de ses tatouages ? »

Sam haussa les épaules. « C'est la mode aujourd'hui. Tout le monde en a.

— J'espère qu'elle est… sérieuse. »

Sam s'approcha par-derrière et referma ses bras autour d'elle. « C'est peut-être une manière de s'affirmer. La vie n'est pas toujours facile quand on est à la fac. On est tous passés par là.

— Toi peut-être mais moi, j'étais une fille sage.

— Et tu l'es restée. La meilleure de toutes. Hélas, tu es tombée sur un type bourré de défauts.

— Je sais me montrer indulgente. En plus, tu embaumes.

— C'est toi qui m'as offert cette eau de Cologne pour mon anniversaire. »

Elle se retourna, renifla le torse de Sam, puis lui donna un long baiser avant de s'écarter pour le regarder au fond des yeux. « J'ai fait le bon choix. »

*

Le soir même, Remi et Sam dînèrent au restaurant de l'hôtel Valencia, non loin de chez eux. Ils prirent des calamars en entrée puis une darne de thon rouge grillée à point. Sam commanda un malbec Cobos Réserve 2010, dont les notes de groseille et de chocolat offraient un parfait contrepoint aux épices relevant le poisson. Ils reparlèrent de Selma, de sa future opération et de leur prochain départ, le mardi suivant, après seulement deux jours de pause.

« Rappelle-moi de mieux aérer notre emploi du temps à l'avenir, dit Sam pendant qu'ils contemplaient le mouvement perpétuel des vagues sur la plage.

— Ce n'est pas ta faute. J'ai donné mon accord, après tout.

— Donc c'est *ta* faute ! Puisque c'est toi le cerveau de l'entreprise Fargo.

— J'ai dû rater cette note de service, monsieur l'ingénieur Cal Tech.

— Il faut savoir saisir sa chance. »

Sam régla l'addition et ils sortirent sur le gigantesque perron à colonnade du Valencia. Pour regagner leur villa, ils devaient d'abord longer une rue puis traverser une grande pelouse. Une berline était garée au bord d'un trottoir. À l'intérieur, un individu caché dans l'ombre leva un appareil photo muni d'un téléobjectif et le dirigea vers leurs silhouettes qui se découpaient sous le clair de lune.

Sam ralentit l'allure et se pencha vers Remi en jetant un coup d'œil discret sur leur droite. « Ne t'affole pas, mais je crois qu'on nous surveille.

— Où sont-ils ? murmura Remi sans s'arrêter.

— Je ne sais pas exactement mais j'ai vu quelque chose bouger dans l'une de ces voitures.

— Ce pourrait être tout et n'importe quoi. Des amoureux. Un chien. Un automobiliste sur le point de démarrer…

— C'est vrai mais, à cette heure-ci, il n'y a jamais personne dans le coin.

— Alors, qu'est-ce que tu préconises ?

— Tu t'arrêtes, tu te jettes à mon cou. Mais n'oublie pas de te tourner face à l'océan. Comme ça, j'aurai la voiture dans mon champ de vision.

— Est-ce une ruse pour me séduire ?

— Je crois que tu les connais toutes, depuis le temps.

— Tu dis toujours ça mais chaque jour, tu en inventes d'autres.

— Embrasse-moi, sublime créature. Tout de suite, avant que je ne vieillisse encore d'une minute. »

Remi s'arrêta et, se dressant sur la pointe des pieds, noua ses bras autour du cou de Sam.

Pendant qu'ils s'embrassaient, Sam laissa traîner son regard le long des véhicules en stationnement. Par un heureux hasard, au même moment, le photographe bougea son appareil. Un rayon de lune se refléta sur l'objectif.

Sam repoussa délicatement Remi. Ils repartirent d'un pas tranquille.

« J'ai vu quelque chose, dit-il. Comme un reflet sur une lentille. Bonne nouvelle, il n'y avait pas de fusil dessous.

— Comment le sais-tu ? s'inquiéta Remi.

— Parce que nous sommes encore vivants. Je t'annonce toutefois que quelqu'un nous surveille.

— Voilà qui est préoccupant. Je me demande pourquoi. Serait-ce un chasseur d'autographes ?

— Très drôle. On ferait mieux de rentrer et de vérifier que les systèmes de sécurité sont bien enclenchés. Et ensuite, j'irai faire une petite promenade, histoire d'en savoir un peu plus sur notre ami.

— Pourquoi ne pas appeler la police, tout simplement ?

— Et leur dire quoi ? Que j'ai vu un truc briller dans une voiture ? Ils vont me rire au nez.

— Là, j'admets que tu as raison.

— Même une montre cassée donne l'heure deux fois par jour. »

Selma était déjà montée se coucher quand ils regagnèrent leur domicile. Après avoir revérifié les détecteurs et les alarmes depuis le panneau central, Sam sortit par la petite porte côté garage et se fondit dans la nuit. La rue était calme. Il n'y avait aucun bruit, à part les vagues qui se brisaient sur les rochers de Goldfish Point et la rumeur lointaine de la circulation sur Torrey Pines Road. Sam refit discrètement le chemin à l'envers, contourna le premier véhicule de la rangée et, plié en deux pour éviter de se faire repérer, continua jusqu'à la berline suspecte.

Malheureusement, au bout de quelques mètres, il s'aperçut qu'elle avait disparu. À sa place, sur l'asphalte, sept mégots de cigarette prouvaient qu'une personne avait poireauté là pendant un certain temps.

Sam se releva, les mains sur les hanches, et regarda au bout de la rue.

Rien.

6

Le lundi passa à toute vitesse. Le mardi matin, jour de leur départ pour l'île de Baffin, Selma les conduisit à l'aéroport. Ils lui firent leurs adieux à l'entrée du terminal. Bien campé sur ses pattes, Zoltán tressaillait chaque fois qu'un avion passait au-dessus de lui. Remi s'agenouilla, l'embrassa et lui fit un gratouillis sous le menton.

« Je regrette, mon grand, mais je dois encore te laisser quelques jours », lui murmura-t-elle à l'oreille. Un battement de queue lui indiqua que le message avait été reçu. Quand elle se releva, le berger allemand lui lança un regard langoureux.

Sam se tourna vers Selma. « Tu nous diras comment s'est déroulée l'opération. » Elle acquiesça d'un air gêné car elle détestait être au centre de l'attention.

« Je suis un peu nerveuse mais le docteur dit qu'ils pratiquent ce genre d'intervention au moins douze fois par jour. Ce n'est rien, vraiment, insista-t-elle.

— Je suis certaine que tu seras sur pied en moins de temps qu'il n'en faut pour le dire, dit Remi. Mais je t'en prie, Selma, donne-nous régulièrement de tes nouvelles.

— Promis. » Selma s'éclaircit la gorge. « Bon, passons à ce qui nous occupe actuellement… Le matériel a été livré hier sur l'île de Baffin. Comme la piste de Clyde River est trop courte pour recevoir des appareils comme le vôtre, j'ai réservé un avion monomoteur qui vous attendra à Iqaluit. J'espère qu'il n'y aura pas de retard.

— Tu as pensé à tout, comme d'habitude », dit Sam.

Selma rougit. « Si vous avez besoin d'autre chose, Pete et Wendy s'en chargeront. Vous emportez votre téléphone satellite, donc vous ne risquez pas de vous perdre. Et quand vous aurez fini vos relevés glaciaires, je serai sortie de l'hôpital, prête à reprendre les choses en main. »

Selma baissa les yeux sur Zoltán et retourna vers la voiture. Quand elle ouvrit la portière arrière, le chien sauta sur la banquette avec un tel empressement qu'elle vit juste une fourrure brune lui passer sous le nez. « Il adore se faire véhiculer, dit-elle. Mais il doit se demander où est son petit déjeuner. »

Un employé de l'aéroport sortit leurs bagages du coffre de la Cadillac et les porta jusqu'à la salle d'embarquement des vols privés. Sandra les y attendait, toujours aussi pimpante. Elle les escorta sur la piste, gravit la passerelle devant eux et, pendant qu'ils rejoignaient leurs fauteuils, rangea leurs affaires dans les compartiments adéquats. L'avion décolla quelques minutes plus tard. Quand il atteignit son altitude de croisière, Sandra leur servit un petit déjeuner à base de fruits et de viennoiseries.

Ils étaient tellement concentrés sur leurs portables que les six heures de vol passèrent en un rien de temps. En atterrissant à l'aéroport international d'Iqaluit, sur la rive sud de l'île de Baffin, ils étaient reposés et prêts à entamer la prochaine étape de leur périple. Le Gulfstream roula jusqu'au bout de la piste et s'arrêta devant un hangar, à côté de plusieurs appareils à hélice dont un Cessna Caravan que deux hommes alimentaient en carburant.

« Tu paries que c'est le nôtre ? » fit Sam, penché sur son hublot.

Remi lui prit la main. « Le reste du chemin se fera à allure réduite. »

Quand Sandra ouvrit la porte du G650, une rafale de vent polaire s'engouffra dans la cabine, faisant immédiatement chuter la température intérieure. Remi se félicita d'avoir emporté des vêtements chauds. Entre San Diego et Iqaluit, il y avait une différence de vingt et quelques degrés. Ils le savaient l'un et l'autre et avaient quand même accepté de venir. Ils savaient également que le froid serait encore plus intense sur la côte orientale de Baffin – la plus grande île de l'archipel arctique canadien et la cinquième à l'échelle mondiale –, couverte de glace d'un bout à l'autre de l'année.

« Ne me regarde pas comme ça. Je te rappelle que tu t'es portée volontaire, dit Sam pour répondre au coup d'œil effaré que Remi venait de lui lancer.

— Oui, mais je n'avais pas vraiment mesuré le problème…

— Ce sera vite réglé. C'est l'affaire d'une semaine. Et il y aura du chauffage sur le bateau. Enfin, j'espère.

— Je ne sens déjà plus mes orteils.

— Allons ! On n'a pas encore débarqué !

— Il le faut ?

— C'était un peu l'idée de départ. »

Quand Sam posa le pied sur la passerelle, une bourrasque venant de l'autre bout de la piste le heurta de plein fouet. Il resta stoïque mais se demanda toutefois si Remi n'avait pas raison. « Tu vois ? Ce n'est pas si différent de Hawaii. »

Remi lui décocha un regard noir et le suivit en maugréant. Le plus costaud des deux hommes qui faisaient le plein du Cessna se dirigea vers eux en leur adressant de grands signes. « M. et Mme Fargo ?

— Ça dépend, répondit Remi. Il est chauffé, le bateau ? »

L'homme les considéra d'un air perplexe. Sam esquissa un sourire en souhaitant que son visage ne se fendille pas.

« Oui, c'est nous. Vous devez être le comité d'accueil. »

L'homme hocha la tête. « Ça m'en a tout l'air, dit-il en lui serrant la main. Allons prendre vos affaires. Profitons de ce qu'il fait encore jour. Atterrir à Clyde River comporte toujours une part de risques, même dans des conditions optimales. Au fait, je m'appelle Rick.

— Content de vous rencontrer, Rick. J'imagine que vous connaissez la région comme votre poche.

— On peut le dire. Ça fait plus de vingt ans que je la survole tous les jours. »

Après le décollage, Rick se mura dans le silence, ce qui ne fut pas pour déplaire aux Fargo. Le Caravan couvrit les sept cents kilomètres de trajet en ronronnant comme un gros matou. Quand la piste de l'aéroport de Clyde River apparut entre les nuages, il restait à peine une demi-heure de lumière. Ils se posèrent sans encombre et roulèrent jusqu'au petit baraquement qui tenait lieu de terminal.

Deux hommes en émergèrent, emmitouflés dans de grosses parkas. Sous l'un des bonnets, Sam reconnut le visage de son vieil ami, le commandant Wes Hall, chef de la mission de recherche.

« Sam, Remi, ça fait plaisir de vous revoir, lança Hall pendant que Rick sortait les bagages de la soute. Bon, j'admets que ce serait plus agréable si nous étions aux îles Fidji.

— Sauf qu'il n'y a pas beaucoup de glaciers, là-bas, si je ne m'abuse, répliqua Remi dans un sourire.

— Tu devrais mieux choisir tes thèmes de recherches, mon vieux, dit Sam. Par exemple, la prochaine fois, je te conseille de travailler sur le blanchissement des coraux de la Grande Barrière.

— Hélas, ce n'est pas moi qui décide. C'est ce qui fait la différence entre un simple officier des gardes-côtes et de célèbres aventuriers toujours sous le feu des médias.

— Pour l'instant, le mot "feu" me semble déplacé, répliqua Remi.

— Certes. Je vous présente mon adjoint, le lieutenant Ralph Willbanks. Lieutenant, voici Sam et Remi Fargo. »

Ils échangèrent des poignées de main sous les halos de buée qui sortaient de leur bouche.

« J'ai beaucoup entendu parler de vous, dit Willbanks.

— Ne croyez pas tout ce que le commandant raconte, l'avertit Sam.

— J'ai laissé certains détails de côté, lui renvoya Hall, comme les expériences de lévitation ou la fois où vous avez tué ce dragon. »

Tout le monde s'esclaffa.

Rick les rejoignit avec les bagages. Willbanks s'empara des deux sacs tandis que Hall désignait le Hummer arrêté quelques mètres plus loin, et dont on avait laissé le moteur allumé pour maintenir l'habitacle à une température convenable. Un enseigne de la Marine canadienne était assis au volant. Remi se laissa tomber sur la banquette arrière avec un soupir de soulagement. Sam s'installa à côté d'elle, Hall à l'avant et Willbanks à la droite de Sam.

Et l'énorme 4×4 partit en cahotant sur la piste en terre. « Nous ne sommes pas bien loin, dit Hall. Le bateau est ancré dans la baie de Patricia. Nous passerons la nuit à bord et nous appareillerons demain matin vers cinq heures. La glace n'attend pas…

— Je suppose que vous ne mettez pas de scotch dedans ? blagua Sam.

— Tu rigoles mais quand nous serons au milieu des fjords, tu pourras confectionner des cocktails avec de la glace de glacier. Il paraît que ça rehausse le goût. Pour ma part, je devrai m'abstenir, malheureusement. Jamais pendant le service. Je m'en voudrais de donner le mauvais exemple en m'enivrant avec des civils.

— Du moment que les collaborateurs extérieurs ont le droit de s'octroyer un petit remontant de temps à autre…

— Collaborateurs ? Le terme ne convient guère. Si vous étiez payés, je veux bien. Mais ce n'est pas le cas. Non seulement vous travaillez de manière bénévole, mais vous participez au financement de l'expédition. Vous êtes donc des hôtes de marque et vous serez traités comme tels.

— J'aime votre façon de voir les choses. Au fait, quelle est la température là-bas ? demanda Remi.

— Un petit – 16. Mais vous verrez, ça peut grimper jusqu'à – 14 dans la journée.

— Je suppose que vous n'avez pas de sauna ni de jacuzzi à bord ?

— C'est prévu mais ils ne seront installés qu'après cette expédition, rétorqua Hall. Désolé, je croyais que vous étiez au courant. »

Après un dernier virage, ils entrèrent dans Clyde River, une petite bourgade regroupant quelques maisons en bois battues par les vents. Certaines étaient éclairées de l'intérieur. On imaginait les habitants serrés les uns contre les autres pour se protéger du froid, surtout à cette heure où le soleil pâle dardait ses derniers rayons avant de disparaître derrière les montagnes.

« Où est le casino ? demanda Sam.

— Il flotte dans la baie. Par ce temps, chaque jour à bord est comme un coup de dés.

— Ah bon ? Il est neuf ?

— Absolument. L'*Alhambra* a été lancé voilà deux mois tout juste. Il mesure quarante-deux mètres, bénéficie des dernières innovations technologiques et, grâce à son étrave renforcée, brise sans difficulté des glaces superficielles faisant jusqu'à un mètre d'épaisseur.

Contre cinquante centimètres pour les anciens modèles de classe Bay.

— Des “glaces superficielles” d’un mètre d’épaisseur ?

— Oui. Ce n’est rien comparé aux performances des gros brise-glace de cent vingt ou cent cinquante mètres. En revanche, ceux-là sont incapables de manœuvrer à l’intérieur d’un fjord. Vous voyez, l’*Alhambra* cumule tous les avantages. Il est assez maniable pour aller partout sans craindre de s’échouer et assez robuste pour se ménager un chemin à travers la glace qui recouvre la mer, même à la fin du printemps et au début de l’été.

— Oh, le voilà ! » lança Remi en désignant le vaisseau blanc ancré dans la baie. Près de la proue, on reconnaissait le blason rayé de rouge des gardes-côtes américains. Les lumières du bord se reflétaient à la surface de l’eau noire. « Quarante-deux mètres ? Il paraît plus grand.

— C’est à cause de sa largeur, expliqua Hall. Presque douze mètres. Ça lui donne un aspect massif. J’adore. Bien sûr, sa coque pansue le rend un peu instable par forte houle, mais c’est un défaut commun à la plupart des brise-glaces. »

Le Hummer s’arrêta en faisant crisser le gravier sous ses énormes roues. À peine Sam et Remi eurent-ils mis le nez dehors qu’une rafale de blizzard transperça le tissu de leurs manteaux fourrés comme s’ils étaient en lin. Remi croisa les bras autour d’elle en serrant les mâchoires pour éviter de claquer des dents.

Hall les considéra d’un air compatissant. « J’ai deux vestes d’exploration arctique pour vous à bord, avec vos noms cousus dessus.

— Merci, Wes, dit Remi. Vous êtes un vrai gentleman. Grâce à vous et à mon mari, cette semaine sera pour moi comme une seconde lune de miel.

— Sam a toujours eu un côté romantique, je sais, dit Wes en souriant.

— Enfin quelqu'un qui me voit tel que je suis », abonda Sam.

Willbanks prononça quelques mots dans la radio et obtint une réponse entrecoupée de grésillements. Peu après, le canot amarré à la poupe de l'*Alhambra* démarra son moteur et mit cap sur le rivage. Sam et Remi suivirent les deux officiers sur la berge inclinée. Dix minutes plus tard, ils fonçaient à pleine vitesse en direction du brise-glace.

Sam se pencha vers Hall. « Selma dit que le matériel est arrivé en un seul morceau ? hurla-t-il alors qu'ils ralentissaient pour accoster.

— Exact. J'ai demandé à mes techniciens de le brancher sur nos systèmes et de vérifier qu'il fonctionne. »

Dès qu'ils furent à bord, Hall leur fit faire le tour du propriétaire. Il les présenta aux quinze membres de l'équipage puis les conduisit à leur cabine, une petite pièce dotée d'un cabinet de toilette avec douche, plus pratique que confortable. S'abstenant de tout commentaire, Remi écouta leur hôte expliquer le mode d'emploi des divers interrupteurs et autres boutons servant à contrôler la température, allumer l'interphone..., etc. Avant de prendre congé, Hall les invita à dîner en sa compagnie, après le repas des hommes d'équipage.

Quand la porte étanche se referma, Remi testa la fermeté de leur lit d'une main hésitante.

« Ça va être un long voyage, dit-elle.

— Au moins, ils ont le chauffage. Tu n'as qu'à te dire que nous sommes en camping.

— Moi qui adore camper !

— Tu as passé assez de temps sur le terrain avec moi. À la dure.

— "Assez" est le mot juste.

— Sept jours. Sept petits jours en mer. Comme si on faisait une croisière…

— Une croisière dans un enfer glacé. Je peux demander qu'on me rembourse ?

— Je crains qu'il ne soit trop tard.

— Et l'eau est trop froide pour s'enfuir à la nage. »

Les plats qu'on leur servit au dîner se révélèrent étonnamment savoureux. Ils passèrent une heure avec Hall à se raconter ce qu'ils avaient fait depuis leur dernière rencontre, puis les Fargo regagnèrent leur cabine, repus et fatigués par leur long voyage. Ils s'endormirent vite, bercés par le courant fluvial.

7

L'*Alhambra* voguait cap au nord, toujours plus loin au-delà du cercle arctique. Mû par ses deux gros moteurs diesels, il croisait au large des côtes septentrionales de l'île de Baffin. Depuis leur départ de Clyde River, trois jours auparavant, ils avaient parcouru plus de deux cent cinquante kilomètres, visité quatre fjords, cartographié leur relief subaquatique et mesuré le taux de fonte de leurs glaciers. Ils se levaient chaque jour avant l'aube et se mettaient au travail une heure plus tard, afin de profiter pleinement de la lumière quasi permanente.

On entendit les moteurs baisser de régime. Le brise-glace allait bientôt atteindre sa prochaine étape, un trait bleu sur une toile de fond d'une blancheur aveuglante. Des falaises abruptes se dressaient de part et d'autre de l'étroite embouchure comme des sentinelles veillant sur un royaume glacé. Peu avant qu'ils entrent dans le fjord, la surface de l'eau se mit à craquer. Bien qu'on soit presque en été, une fine pellicule de glace la recouvrait encore.

Hall surveillait la manœuvre par les vitres du poste de pilotage. À côté de lui, le timonier dirigeait la proue cuirassée du navire au centre du goulet qu'ils prévoyaient de remonter le plus loin possible.

« Il tranche la glace comme du beurre, fit remarquer Sam, posté devant une batterie d'écrans affichant en flux continu les données recueillies par ses propres instruments de mesure.

— Oui. Grâce au tout nouveau système de lubrification de la coque, lequel insuffle de l'air entre la glace et les flancs du navire. Moins la glace presse sur la coque, meilleur est le tranchant vertical, expliqua Hall en observant l'entrée du fjord avec ses jumelles. Tiens, on dirait que le passage bifurque sur la droite. Revoyons les clichés satellites. »

Hall se plaça face aux moniteurs et demanda au technicien de zoomer sur leur position marquée par l'icône de couleur jaune qui pulsait au centre d'un écran.

« Vous voyez ça ? Autrefois, ce glacier devant nous faisait quinze cents mètres de large. Sa taille s'est considérablement réduite. » Il se pencha sur l'écran. « Qu'en dites-vous, Connelly ? Vous croyez qu'on peut se faufiler dans ce chenal ? »

Le technicien effectua une rapide mesure à l'écran. « Oui, commandant. Mais c'est ric-rac. D'après mes calculs, nous disposons d'un espace de trente mètres. À la moindre erreur de pilotage, on risque de heurter les rochers. »

La glace flottante gagnait en épaisseur au fur et à mesure de leur avancée. Ils étaient sur le point de pénétrer dans le chenal quand Remi apparut en haut des marches, juste à temps pour voir les contreforts massifs défiler à faible distance, de chaque côté du poste de pilotage.

« C'est magnifique ! s'exclama-t-elle, émerveillée par l'incroyable spectacle.

— Absolument, absolument, répondit Sam sans lever les yeux des écrans de contrôle.

— Tu ne regardes même pas.

— J'ai admiré tout à l'heure. Maintenant, je gagne ma croûte. »

Elle alla se placer auprès du commandant Hall afin de mieux suivre la manœuvre.

« Ça m'a l'air terriblement étroit, dit-elle.

— Voilà pourquoi j'ai choisi cette coquille de noix au lieu d'un gros brise-glace classique. »

Ils étaient à présent dominés par les parois sombres encadrant le chenal ; elles se trouvaient littéralement à un jet de pierre. Le timonier réduisit encore les gaz. Une fois franchi le goulot d'étranglement, ils débouchèrent dans un vaste fjord entouré de falaises si hautes qu'elles ne laissaient passer que la lumière ambiante du soleil.

« Regardez, dit Hall. À vue de nez, je dirais que ce fjord s'étire sur un peu plus de deux kilomètres avant de rencontrer le glacier. Or, selon une étude basée sur des relevés satellites, il y a mille ans de cela, ce même glacier commençait là où nous sommes actuellement.

— Oups… voilà qui est bizarre, dit Sam en essayant de déchiffrer le flux de données qui se déversaient sur l'écran. Le magnétomètre. Il devient maboul.

— Maboul ? C'est le terme technique ? demanda Hall.

— Je ne plaisante pas. Regardez comme il s'affole. On dirait qu'il a détecté quelque chose sous la glace. »

« Un gisement de minerai ? proposa Remi.

— Je ne crois pas. Le signal que je capte prend sa source cinquante mètres devant nous et visiblement, ce n'est pas du minerai. Plutôt… un truc… fabriqué par l'homme.

— Ici ! s'écria Hall. L'épave d'un bateau de pêche ?

— Improbable, répondit Sam.

— Tu peux me donner ses coordonnées précises ?

— On est à quarante-cinq mètres, maintenant. À 15° sur tribord.

— Derrière cette butte enneigée ?

— Exactement.

— Timonier. Allez-y doucement. Approchez-nous au maximum mais ne coulez pas ce navire.

— Entendu, commandant. »

L'*Alhambra* avançait à une allure d'escargot, le frottement de la glace contre sa coque ne produisait plus qu'un discret gémissement. Puis il s'arrêta. Le pilote coupa les gaz, passa au point mort et regarda son supérieur d'un air interrogateur.

Hall se tourna vers Sam. « Bon, qu'est-ce que nous raconte ton gadget hors de prix ?

— Il dit que nous sommes à une quinzaine de mètres de la chose qu'il a repérée sous la glace.

— Et si c'était une carcasse d'avion ? suggéra Remi. Ou une épave datant de la Seconde Guerre mondiale ?

— Tout est possible mais, d'après la profondeur, je peux vous assurer que ce truc ne date pas d'hier. » Sam attendit deux secondes avant de poursuivre. « Il y a un détail qui me chiffonne. Sauf erreur de ma part, il n'est pas sous l'eau. Il est à la surface.

— Je ne vois rien, dit Remi.

— Parce que la glace est encore plus épaisse le long du rivage. Il doit y avoir une couche de huit mètres posée sur la roche, estima Sam en observant la zone en question à travers les vitres du poste de pilotage.

— Alors, qu'est-ce qu'on fait ? » demanda Hall.

Sam regarda ses écrans une dernière fois, puis se leva. « Il est temps d'aller faire une petite promenade. »

Hall, Sam, Remi et trois hommes d'équipage se déplaçaient avec prudence sur la glace saupoudrée de neige qui grimpait en pente douce jusqu'au mystérieux point cible. D'après leurs calculs, ils se trouvaient à cinq mètres au-dessus de la surface du fjord. À peine allumé, le détecteur de métaux que tenait Sam se mit à piailler comme une mouette effrayée. Sam continua d'avancer jusqu'à ce qu'il obtienne la longueur de la chose enfouie sous leurs pieds. Il annonça trente mètres.

« Pourrais-tu faire venir quelques hommes supplémentaires ? demanda-t-il à son ami Hall. Avec des outils de terrassement. Heureusement, j'ai vu qu'il y en avait à bord…

— Oui, nous avons des pioches, des pelles et une ou deux barres à mine », dit Hall, le regard posé sur la ligne droite que Sam venait de tracer dans la neige.

L'équipe appelée en renfort se mit immédiatement au travail. Au bout de deux heures, un homme signala une découverte. Sam et Remi se précipitèrent.

Sam s'agenouilla, examina le matériau de couleur brune affleurant sous la glace, puis se releva pour suivre des yeux la forme qu'on devinait dans le prolongement. « C'est du bois.

— Tu ne m'apprends rien, lança Remi. Mais dans ce cas, pourquoi ton détecteur a-t-il réagi ?

— Parce qu'en plus du bois, il y a du fer et sans doute d'autres métaux. »

Remi soutint son regard. « Tu penses comme moi ?

— Ne tirons pas de conclusions hâtives. » Sam se tourna vers les hommes qui attendaient ses directives. « Prenez bien garde à ne piocher qu'à l'extérieur de cette ligne sombre. Vous voyez l'endroit où le bois disparaît sous la glace ? Eh bien, restez de ce côté-là. »

Willbanks convoqua les autres marins restés à bord et tous ensemble, ils entreprirent de briser la glace en utilisant tout ce qui leur tombait sous la main – pelles, pioches, barres de fer, marteaux… En fin d'après-midi, le plus gros de la structure était dégagé. Et parfaitement identifiable.

« Un navire viking », souffla Remi, abasourdie.

Sam hocha la tête. « Effectivement. Le premier jamais découvert sur l'île de Baffin. On en a trouvé plusieurs au Groenland, mais pas ici. C'est excitant. Il est parfaitement conservé. La glace, sans doute.

— Il y a un truc bizarre, lança Remi qui se tenait à peu près au centre du navire. Tu peux venir voir ?

— Quoi donc ? » demanda Sam en la rejoignant. Les yeux plissés, Remi observait un objet figé à quelques centimètres sous la glace.

« J'ai du mal à voir ce que c'est », dit-elle.

Sam mit sa main en visière. « Moi aussi. Il fait trop sombre. » Puis, se retournant : « Quelqu'un aurait de la lumière ? »

Willbanks lui tendit une longue torche noire en aluminium déjà allumée.

« Merci », dit Sam. La plaque de glace était par endroits si opaque qu'elle absorbait le faisceau lumineux.

Quand enfin, le rayon tomba sur la chose en question, Remi recula d'un bond. À l'inverse, Sam posa presque son nez dessus.

Deux grands yeux bleus les contemplaient, ouverts à tout jamais sur le néant. Autour d'eux, le visage d'un homme à la barbe blonde. De l'épais manteau en peau de bête recouvrant son corps, dépassaient deux mains crispées sur un lambeau de tissu ressemblant à une voile déchirée.

8

Après dîner, Sam et Remi restèrent un bon moment avec Hall et Willbanks dans le poste de pilotage à regarder l'équipe de nuit s'activer autour du navire viking sous le puissant éclairage fourni par les lampes de chantier et le projecteur principal de l'*Alhambra*.

Remi exprima à voix haute ce que les autres pensaient tout bas. « C'est une découverte stupéfiante. Et totalement inédite. Un authentique langskip en parfait état de conservation. Avec son équipage, par-dessus le marché.

— Absolument, confirma Sam. Vous imaginez la valeur de ce navire pour la recherche scientifique ?

— Ils sont combien à bord, d'après vous ? Dix ? Un vaisseau de cette taille devait avoir besoin de… quoi, au moins quatre-vingts matelots, non ?

— On ne peut rien affirmer. Si je devais émettre une hypothèse, je dirais qu'ils se sont abrités ici pour échapper à une tempête et qu'une partie d'entre eux est descendue à terre pour explorer les environs, chercher de la nourriture et un débouché vers la mer. Quand le navire sera entièrement dégagé, nous obtiendrons sans doute quelques réponses. »

Remi frissonna malgré elle. « Quand je pense à ce qu'ils ont vécu... Ces hommes savaient qu'ils ne reverraient jamais leur patrie ni leur famille. Ils sont morts de faim et de froid au milieu de nulle part...

— Le seul point positif, nuança Hall, c'est que la mort par hypothermie est indolore. On s'endort et, à un moment donné, le cœur cesse d'irriguer le cerveau.

— C'est quand même terrifiant, admettez-le. Cet homme... qui contemple le vide. »

Ils gardèrent le silence un long moment, impressionnés par l'image que Remi venait d'évoquer. Finalement, Sam se leva.

« Avec un peu de chance, demain soir, les travaux auront suffisamment avancé pour qu'on effectue une première inspection. Je ne sais pas pour vous, mais moi je suis crevé. Ça faisait longtemps que je n'avais pas manié la pioche des heures d'affilée. »

Remi lui sourit. « Pareil pour moi. Messieurs, merci à vous et à votre équipage d'avoir accepté de participer à cette recherche. Tel n'était pas votre objectif de départ.

— Vous plaisantez ? s'indigna Hall. C'est un pan de notre histoire à tous. Mais vous venez de soulever un point important – et dont je dois me préoccuper. Nous avons un agenda très strict. L'*Alhambra* nous a été prêté pour un temps limité et une mission précise. Je me suis engagé à respecter ces impératifs, dans la mesure du possible. »

Sam hocha la tête. « Bien sûr, l'analyse de la fonte des glaciers ne doit subir aucun retard. Si vous voulez bien, je vais chercher une solution au problème. En tout cas, il n'est pas question de laisser le drakkar sans protection ni surveillance. N'importe qui pourrait s'en arroger la découverte. Vous l'avez signalée par radio, n'est-ce pas ?

— Oui. J'attends une réponse plus détaillée, répondit Willbanks. Les Canadiens ont promis d'envoyer une équipe dans les meilleurs délais. Mais il ne suffit pas de claquer des doigts. Il faut d'abord embaucher du personnel, trouver le matériel adéquat, un navire adapté…

— Je sais combien c'est difficile, l'interrompit Sam. On fera ce qu'on pourra et, pour le reste, on improvisera. »

Remi prit Sam par la main et, avant de l'entraîner dans la coursive qui menait à leur cabine, elle souhaita bonne nuit au commandant et à son second. « S'il vous plaît, ajouta-t-elle, dites bien à vos hommes que ce bateau est fragile. Qu'ils travaillent lentement et avec minutie…

— Bien reçu, dit Hall. Bonne nuit à vous deux. »

Le lendemain, vers les trois heures de l'après-midi, le drakkar était presque entièrement dégagé. Juchés sur le pont, les Fargo s'attaquaient à la partie la plus délicate du travail.

Ils avaient décidé de laisser une fine couche de glace autour des dépouilles des marins, afin d'écarter tout risque de putréfaction. En travers de l'allée centrale, gisait le mât endommagé. Remi se tenait penchée sur l'un des coffres en bois où s'asseyaient les rameurs. Il s'agissait là des seuls espaces de stockage, en dehors du petit compartiment aménagé sous le pont à la proue. Quant aux avirons, il n'en restait qu'une dizaine, les autres ayant sans doute servi à faire du feu.

« Sam ? Viens donc par ici », dit Remi après avoir retiré à l'aide d'un marteau et d'un burin le plus gros de la glace qui bloquait le couvercle du premier coffre.

Cinq mètres plus loin, Sam essayait de faire aussi bien.

« Tu es plus rapide que moi », dit-il en la rejoignant à pas lents pour éviter de déraper.

Ensemble, ils soulevèrent le couvercle. Sam le déposa soigneusement sur le pont, Remi plongea le bras dans le coffre et en retira une figurine en obsidienne.

« Pas vraiment nordique », fit remarquer Sam.

Elle lui tendit l'objet sans mot dire, puis sortit un deuxième artefact : un superbe bol en argile peinte. « C'est… incroyable. Il est comme neuf. Je n'ai jamais rien vu de tel. »

Sam le souleva pour mieux l'admirer. « Hallucinant. »

Wes Hall qui supervisait les travaux de déblaiement s'approcha, attiré par leurs exclamations. Il regarda le bol que tenait Sam, mais ne fit aucun commentaire.

Remi trouva ensuite un masque en cuivre qu'elle examina longuement.

« Tu peux tenter une estimation ? » murmura Sam qui n'en croyait pas ses yeux.

— Mieux que cela, répondit-elle d'une voix blanche. J'affirme que ces objets ne viennent pas d'Europe. Ce sont des artefacts précolombiens.

— Vous voulez dire aztèques ? » fit Hall, sceptique.

Remi secoua la tête. « Je ne suis pas spécialiste de l'art précolombien, mais je parie une bouteille de bon cognac que ces objets ont plus de mille ans et qu'ils ont été fabriqués dans une cité toltèque, olmèque ou maya. Une civilisation antérieure à celle des Aztèques, en tout cas.

— Qu'est-ce que des objets précolombiens font sur un navire viking au milieu de l'océan Arctique ? » demanda Hall.

Sam haussa les épaules. « Je serais bien en peine de te le dire. »

Remi continua d'inventorier le contenu du coffre qui recelait encore nombre de statuettes, la plupart ornées de glyphes. Un trésor dépassant toute imagination. Il n'y avait là ni or ni argent mais la preuve absolue que des Vikings avaient débarqué sur le continent américain et entretenu des contacts étroits avec les populations autochtones. Quand elle eut tout sorti, Remi photographia chaque objet sous des angles différents, puis remit tout en place. Pendant qu'elle procédait, Sam retourna vers le coffre sur lequel il s'était acharné quelque temps auparavant et l'ouvrit en deux ou trois coups de burin.

« Il contient plus ou moins la même chose », dit-il en présentant à Remi une belle urne en céramique de couleur orangée.

L'après-midi passa très vite. Dans les deux coffres suivants, ils trouvèrent d'autres artefacts précolombiens mais aussi des objets usuels ayant appartenu aux rameurs. En fond de cale, Sam découvrit une stèle gravée de caractères d'écriture qu'il identifia comme des runes. Ces pierres se rencontraient assez couramment dans les pays scandinaves, surtout sur les tombes vikings, mais étaient de moindres dimensions. Comme ni Sam ni Remi ne connaissaient l'écriture runique, ils se contentèrent de la photographier. À l'heure du dîner, ils avaient rassemblé assez de vestiges pour pouvoir affirmer que le drakkar et sa cargaison allaient révolutionner l'histoire des civilisations telle qu'on l'avait enseignée jusqu'alors.

Sam et Hall convinrent de suspendre momentanément les travaux. Ils passèrent une demi-heure à s'entretenir par radio avec des membres de l'Association archéologique canadienne, de l'université de Waterloo et de l'Association historique canadienne à Montréal. Tout ce petit monde tomba d'accord pour monter une expédition conjointe et ce, dans les meilleurs délais. Mais en attendant l'arrivée des équipes scientifiques, il n'était pas question de laisser le site sans surveillance et, comme il fallait vite trouver une solution, Sam fut bien obligé d'exposer l'idée qu'il avait en tête et dont il savait qu'elle ne plairait pas à Remi.

« Tu peux répéter ? Qu'est-ce que tu as fait ? » articula-t-elle, incrédule, quand il lui rapporta la chose, quelques minutes plus tard. Elle était assise sur leur lit, bras croisés, et le regardait d'un air catastrophé.

« J'ai dit qu'on était volontaires pour rester ici le temps qu'il faudra. » Et sans attendre que Remi exprime son opposition, il ajouta : « Tu as vu ce qu'il y a dans ces coffres. On ne peut pas repartir avec l'*Alhambra* en abandonnant ces trésors archéologiques à la merci de n'importe qui. Allons ! Je te connais. Et tu me connais aussi. C'est le genre d'opportunité dont nous rêvons depuis toujours. »

Remi bouda encore vingt secondes, puis se dérida ; elle était incapable de rester longtemps fâchée contre Sam. « Ça va te coûter très cher, mon petit gars. Je trouvais déjà pénible de passer une semaine dans cette boîte à sardines flottante. Et maintenant, tu veux m'emmener camper sur un glacier ? Mille séances de spa ne compenseront jamais une telle épreuve.

— Wes nous fournira une tente spécialement conçue pour les températures polaires. Et une chaudière au propane. Ce ne sera pas aussi désagréable que tu le crois. » En s'entendant parler, Sam réalisa qu'il racontait n'importe quoi. Bien sûr que ce serait désagréable. Non seulement il faisait quinze degrés au-dessous de zéro, mais ils allaient vivre au contact de la glace pendant une semaine, voire plus. « Je te revaudrai ça. Tu peux me demander tout ce que tu veux. Ce qui te passe par la tête.

— Vraiment ?

— Vraiment.

— Je m'en souviendrai le moment venu. »

Le lendemain matin, Sam et Remi assistèrent au départ de l'*Alhambra.* Le vaisseau fit machine arrière et, dans un concert de craquements, se dégagea de son sabot de glace. Une grande tente polaire revêtue d'une matière argentée réfléchissante se dressait derrière eux. Leur nouveau logement était pourvu de tous les équipements qu'ils avaient pu dénicher dans les réserves du brise-glace.

« Au moins, on n'aura pas besoin de frigo, dit Sam.

— À toute chose malheur est bon.

— Contre mauvaise fortune… » L'*Alhambra* parcourut encore une douzaine de mètres à reculons, effectua un demi-tour en trois temps, puis prit la direction de l'étroit chenal. Bientôt, il ne resta plus de sa présence dans le fjord qu'un bruit de moteur et une multitude de glaçons se trémoussant à la surface de l'eau.

Une chape de silence s'abattit sur l'immensité blanche.

« Enfin seuls, soupira Sam. Je me demandais quand ils se décideraient à partir.

— Moi non plus je n'aime pas trop la foule, renchérit Remi.

— Et tous ces jeunes, avec leur musique de sauvages.

— Je vais peut-être enfin pouvoir travailler un peu. »

D'un geste machinal, Remi toucha le scarabée d'or suspendu à son cou. Une bourrasque de vent fit tournoyer une poignée de flocons à ses pieds.

« Je vois que tu l'aimes toujours autant ce porte-bonheur, dit Sam.

— Il a été plutôt efficace jusqu'à présent. Nous avons découvert un drakkar quasiment neuf alors que nous ne le cherchions même pas.

— Pour un coup de bol, c'en est un. »

Remi explora toutes les poches de sa parka trop grande et finit par trouver leur téléphone satellite. Elle composa un numéro abrégé et attendit. Kendra répondit à la troisième sonnerie d'une voix énergique qui la surprit agréablement.

« Kendra ? Ici Remi Fargo.

— Madame Fargo, comment allez-vous ? Nous avons reçu vos messages au sujet du drakkar. Ça m'a l'air terriblement excitant.

— Oui, en effet. Cette découverte est l'une des plus stupéfiantes que nous ayons jamais faites. Mais ce n'est pas pour cela que j'appelle. Comment va Selma ?

— Son opération s'est bien déroulée. La rééducation a commencé mais ils souhaitent la garder encore deux ou trois jours à l'hôpital. Le matériel a été livré hier. Dès que Selma rentrera, elle sera en mesure de poursuivre ses exercices.

— Dites-lui que nous avons appelé et que nous lui souhaitons un prompt rétablissement.

— Bien sûr.

— Est-ce que Pete et Wendy ont trouvé des réponses aux questions que nous leur avons posées ?

— Je leur donne un coup de main mais nous n'en sommes qu'au stade du défrichement. Bon nombre de documents anciens attestent la présence des Vikings sur le continent américain mais rien ne prouve qu'ils soient authentiques. Certains historiens sont catégoriques, d'autres proposent des explications alternatives.

— Bienvenue dans le monde de la recherche archéologique. La bonne nouvelle c'est que notre découverte mettra fin aux débats. Les artefacts entreposés dans ce navire en sont une preuve incontestable. Mais continuez quand même à creuser.

— Pas de problème. Nous nous entendons très bien, tous les trois. Pete surtout m'a été d'un grand secours.

— Je suis ravie de l'apprendre. Écoutez, Kendra, une autre question ne va pas tarder à se poser. Déplacer le drakkar, le mettre à l'abri, le restaurer… tout cela nécessitera des efforts gigantesques. Voilà quelques années, nous avons été confrontés à un cas similaire, il s'agissait du sous-marin confédéré *CSS Hunley*. Quand Selma sera rentrée, vous lui demanderez d'appeler Warren Lasch – c'est l'homme qui a dirigé ce premier projet – et de le mettre en relation avec le Dr Jennings.

— Ce sera fait. »

Remi raccrocha aussitôt, afin d'économiser la batterie. Puis elle regagna le drakkar où Sam avait repris sa besogne. Tant qu'il fit assez clair, ils travaillèrent sans relâche, dégageant un coffre après l'autre de la glace qui les emprisonnait, prenant des photos, des mesures et des notes.

À la nuit tombée, recrus de fatigue, ils se glissèrent sous leur tente et, grâce au système de chauffage conçu pour les expéditions arctiques, ne mirent guère de temps à s'endormir.

Plusieurs jours passèrent ainsi, chacun apportant son lot de satisfactions. Ils progressaient lentement mais sûrement. À ce régime, la semaine s'écoula comme dans un rêve. Quand la sonnerie du téléphone retentit au matin du neuvième jour, Sam fut tellement surpris qu'il sursauta et faillit lâcher l'appareil en voulant décrocher.

« Oui ?

— Sam Fargo ? Ici le Dr Jennings de l'université de Montréal. Je suis en route avec mon équipe. Nous devrions arriver en vue du fjord demain matin de bonne heure. Comment ça va, de votre côté ? » Jennings, l'un des grands pontes de l'archéologie canadienne, avait été nommé à la tête du groupe chargé d'acheminer le drakkar et sa cargaison jusqu'au laboratoire conçu pour les accueillir dans la ville de Montréal.

« Pas trop mal, ma foi ! Pourtant, je dois admettre que dormir sur la glace devient lassant à la longue. »

Remi leva les yeux au ciel sans cesser de travailler.

« Je l'imagine aisément, répondit Jennings. Nous avons embarqué ce qu'il faut pour bâtir un vrai campement. Vous avez eu de la chance, il a fait beau. Mais je crains que le temps ne se gâte à partir de demain en fin d'après-midi, à cause d'un front orageux qui se déplace vers Baffin. Nous commencerons donc par construire des abris pour nous et pour le drakkar. Bien sûr, vous serez évacués avant que les éléments se déchaînent.

— Serez-vous en sécurité sur la glace pendant la tempête ? s'inquiéta Sam. Il vaut peut-être mieux que le navire reste dans le coin un jour ou deux, le temps que…

— À vous de décider si vous êtes ou non pressés de retrouver la civilisation.

— Je vais en parler avec ma femme mais il me semble qu'il serait plus prudent d'attendre à bord que le vent se calme. Après avoir sécurisé le site, bien sûr.

— C'est évident, mais je ne vous imposerai rien. On se voit demain. »

Sam raccrocha et mit Remi au courant. Elle tomba d'accord avec lui : ils n'étaient pas à deux jours près et leurs collègues ne méritaient pas d'essuyer une tempête alors qu'il existait une autre solution. Après quoi, ils se remirent au boulot sous le regard placide des dix Vikings conservés dans la glace. Comme ils disposaient de quelques heures de battement – un luxe rare puisqu'ils intervenaient habituellement dans l'urgence pour éviter de se laisser distancer par des concurrents mal intentionnés –, ils vérifièrent une deuxième fois le contenu des coffres et s'assurèrent que chaque objet figurait bien dans l'inventaire, assorti du numéro qu'ils lui avaient attribué.

Le lendemain matin, peu après le lever du jour, Sam et Remi l'entendirent approcher avant même d'apercevoir son énorme coque rouge. Le CCGS *Cameron* était si volumineux qu'il tenait presque toute la largeur du chenal – restaient à peine six mètres entre ses flancs et les parois. Le brise-glace de classe A1 mesurant soixante-dix mètres de long pour quinze de large, soit le double ou presque de l'*Alhambra*, appartenait à la Garde côtière canadienne. Malgré son fort tirant d'eau – 4,50 mètres –, il pénétra dans le fjord sans trop de problèmes, et ce, grâce aux relevés de profondeur fournis par l'*Alhambra*.

Le *Cameron* s'approcha en fendant aisément la couche de glace et s'arrêta à vingt-cinq mètres de la poupe du drakkar. Sam et Remi durent lever la tête pour apercevoir le capitaine et son second dans le poste de pilotage. Un homme de haute taille âgé d'une quarantaine d'années sortit sur le pont, marcha jusqu'à la proue et se pencha pour leur faire signe.

« Ohé ! cria-t-il. Vous devez être les Fargo ?

— Et vous le Dr Jennings, je suppose. Je reconnais votre voix, répondit Sam en lui retournant son salut.

— Dieu du ciel ! C'est le drakkar ? Mais il est comme neuf !

— Oui, c'est remarquable. Nous avons laissé une épaisseur de glace sur la coque afin de la préserver.

— Nous sommes sur des charbons ardents, inutile de vous le dire. Honoré de vous rencontrer.

— Nous de même, docteur Jennings, lança Remi.

— Appelez-moi Matthew. Il fait trop froid pour s'encombrer de politesses. »

L'équipe technique du *Cameron* commença par tester la solidité de la glace puis, en deux temps trois mouvements, descendit le matériel de construction et le transporta sur des chariots jusqu'à l'endroit où Sam et Remi avaient planté leur tente. Une bonne partie de la matinée et la moitié de l'après-midi furent consacrées à l'érection de cinq baraquements : deux pour les dortoirs, un pour le réfectoire, un autre pour les sanitaires et un dernier servant d'entrepôt et de centre de télécommunications. Pendant que les huit ouvriers procédaient au montage avec une assurance gageant de leur professionnalisme, Sam et Remi goûtèrent au confort de leur cabine. Ils prirent leur première douche depuis dix jours et eurent même droit à un copieux repas à base de fruits de mer, de bière et de vin blanc. Tout cela aux frais du gouvernement canadien.

Après le déjeuner, Sam et Remi rejoignirent les archéologues pour une réunion d'information. La salle était comble. Sam résuma les diverses étapes de leur intervention, et fournit à la docte assemblée une description des artefacts précolombiens entassés dans les coffres. Une discussion animée s'ensuivit.

Jennings prit la parole à son tour : « Nous savons que certaines colonies vikings du Groenland étaient en contact avec celle qui a été découverte autrefois au sud de l'île de Baffin, dans la vallée de Tanfield. Il existait donc une route commerciale entre l'ancien et le nouveau continent, même si elle n'a pas servi en continu sur toute la période. En revanche, nous n'avons jamais pu prouver que les Vikings avaient poussé plus loin vers le sud. Certains ont émis l'hypothèse qu'ils avaient exploré le Canada continental à la recherche de bois de construction. Mais rien n'a été établi de manière certaine.

— Nous effectuerons une datation au carbone 14, bien sûr, intervint l'un de ses collègues scientifiques.

Mais comme il possède une voile, on peut déjà supposer qu'il s'agit d'un drakkar de type tardif. »

Jennings posa son crayon devant lui. « C'est-à-dire qu'il a été construit entre 900 et 1300 après J.-C. La période qui a vu se répandre la saga de Leif Erikson, le navigateur islandais ayant vécu aux alentours de l'an 1000. Erikson avait tenté l'aventure après avoir appris l'existence d'un Nouveau Monde de la bouche de son compatriote Bjarni Herjólfsson, lequel avait abordé la côte du Newfoundland en 986, après une tempête qui l'avait emporté loin de sa route. Avec la découverte de ce drakkar et de sa cargaison, nous tenons enfin la preuve que les Vikings n'ont pas seulement voyagé vers l'ouest mais aussi vers le sud, jusqu'à l'actuelle Amérique centrale. »

Remi remit à chacun une copie de leurs notes et observations. Après un dernier flot de questions, toute la troupe descendit sur la glace pour une tournée d'inspection. Les archéologues étaient excités comme des gosses dans une confiserie ; on sentait qu'ils savouraient par avance les longues semaines qu'ils allaient passer ici, à préparer le navire viking pour son transfert vers Montréal.

Le ciel s'obscurcissait. En fin d'après-midi, le vent se leva sur l'océan, apportant de gros nuages noirs. Sous ces latitudes, même à l'approche de l'été, un orage pouvait avoir des effets dévastateurs. L'équipe technique étala une grande bâche sur le drakkar, la fixa solidement, puis alla consolider le campement.

Après quoi, tout le monde remonta à bord du *Cameron* qui fit demi-tour pour s'ancrer au milieu du fjord, là où l'eau était la plus profonde. Le vent redoubla de violence. Une demi-heure plus tard, une tornade chargée d'une pluie glaciale s'abattit sur eux. La foudre se mit de la partie ; à chaque coup de tonnerre, le gros navire tremblait comme un frêle esquif.

Par chance, les montagnes alentour leur épargnèrent le plus gros de la tempête. Au petit matin, songeant à ce qu'avait enduré l'équipage du drakkar millénaire, Sam et Remi se félicitèrent d'avoir eu beau temps pendant qu'ils étaient sous leur petite tente.

Au réveil, ils découvrirent un paysage immaculé. Peu avant midi, les Fargo firent leurs adieux aux hommes et aux femmes de l'expédition canadienne et le *Cameron* repartit en direction du chenal. Blottie contre Sam, Remi regarda les falaises abruptes glisser de part et d'autre du navire. Quand ce dernier s'engagea plus profondément dans le goulet, ils regagnèrent leur cabine avec le sentiment du devoir accompli.

Le capitaine les croisa dans la coursive. « Vous serez de retour à Clyde River demain matin, dit-il en leur serrant cordialement la main. Si je peux faire quoi que ce soit pour rendre votre voyage plus agréable, dites-le-moi.

— Je dois encore me réhabituer à l'eau chaude et à la nourriture comestible, plaisanta Remi.

— Eh bien, nous disposons des deux en grande quantité. Et je crois savoir que Jennings a laissé quelques bonnes bouteilles de vin blanc, au cas où vous auriez soif pendant les repas. Si vous avez des questions…

— Quand reviendrez-vous les chercher ? demanda Sam.

— Difficile à prévoir. Il faudra peut-être recourir à un vaisseau de plus fort tonnage si l'on doit transporter le drakkar en une seule pièce. D'après nos relevés, cette fissure dans la roche fait trente mètres de large dans sa partie la plus étroite. Donc, avec un peu de chance et de lubrifiant sur la coque, un gros brise-glace pourra peut-être s'y faufiler.

— Merci pour votre hospitalité, dit Remi. C'est tellement bon d'avoir autre chose que de la glace sous les pieds. »

Le capitaine hocha la tête. « Je n'en doute pas. Si ça vous amuse, montez donc sur la passerelle tout à l'heure, je vous ferai visiter. J'espère que le temps va s'arranger et que vous aurez une mer d'huile pour votre retour vers la civilisation… si tant est que Clyde River puisse être appelée ainsi. »

Après une autre poignée de main, le capitaine s'en retourna. Dans leur cabine, Remi vérifia que le téléphone satellite était rechargé puis elle le tendit à Sam avant de s'affaler sur le lit.

« Appelle donc Kendra. J'ai hâte d'avoir des nouvelles de Selma. Et, s'il te plaît, fais en sorte que Rick nous retrouve à l'aérodrome avec son coucou. En ce qui me concerne, j'ai passé assez de temps sur l'île de Baffin, même si j'étais en ta charmante compagnie.

— Je crains que tu ne trouves la vie bien ennuyeuse après des aventures aussi trépidantes, la taquina Sam. Que vas-tu faire si tu ne peux plus casser de la glace du matin au soir ?

— Rassure-toi, maintenant que nous avons la preuve que les Vikings entretenaient des contacts avec les Précolombiens, nous ne risquons pas de chômer.

Je pense qu'on devrait étudier de près les légendes locales ; elles renferment peut-être de précieuses indications. Les artefacts que nous avons trouvés sur le drakkar étaient considérés à l'époque comme des objets de valeur. J'aimerais bien savoir pourquoi nos Vikings transportaient des marchandises provenant de la région qu'on appelle aujourd'hui le Mexique. »

Sam hocha la tête. « Tu m'enlèves les mots de la bouche. Maintenant que…

— … nous avons une longueur d'avance, ce serait bien qu'on la garde. Si cette piste mène quelque part, j'aimerais autant qu'on arrive les premiers.

— Ah, je retrouve la fille que j'ai épousée.

— Je te conseille de mettre cette fille dans le premier avion que tu trouveras et de l'emmener loin d'ici. »

Sam ne se le fit pas dire deux fois. Il ressortit de la cabine, referma derrière lui la lourde porte étanche et se dirigea vers la passerelle où la réception était meilleure. Remi avait abattu un travail énorme sans jamais se plaindre. Il était temps que Sam lui exprime sa gratitude.

Après tout, ils avaient passé un marché.

9

Antibes

Le soleil couchant dispersait une brume dorée sur la villa de style toscan dressée face à la mer. Comme une fumée incandescente, un banc de nuages allant du rouge à l'orangé flottait très haut dans le ciel, reflétant les derniers rayons de l'astre qui s'enfonçait dans les eaux ambrées de la Méditerranée. La vue depuis la terrasse était tout bonnement sublime, raison pour laquelle Janus Benedict avait acheté cette propriété presque vingt ans auparavant, avant d'y adjoindre un court de tennis et une piscine qui n'avaient rien à envier à ceux qui équipaient les palaces de la Côte d'Azur.

Vêtu d'un blazer marine en soie sauvage qu'il portait déboutonné pour faire décontracté, Janus admirait le grand spectacle offert par la nature tout en sirotant un porto Fonseca 1923 trouvé chez un caviste lisboète alors qu'il effectuait un tour d'Europe à la recherche des meilleurs crus. Au fil des ans, le vin couleur rubis avait viré au grenat, s'enrichissant d'arômes secondaires qui justifiaient largement la somme que Janus avait dû débourser pour l'acquérir.

Près de lui, sur une petite table ronde en verre, un minuscule téléphone portable se mit à gazouiller. Avant de répondre, Janus posa son cigare Romeo y Julieta Short Churchill dans un cendrier en cristal taillé.

« Benedict, dit-il.

— Monsieur, on en sait davantage sur la découverte qui a été faite au Canada.

— Oui, Percy. J'écoute.

— J'ai eu du mal, le secret est bien gardé, mais j'ai quand même réussi à faire parler un professeur assistant. Il m'a suffi de lui expliquer que ses problèmes financiers ne seraient plus qu'un lointain souvenir s'il nous apprenait quelque chose d'utile », dit Percy en détachant ses mots comme avec un laser. Percy était l'âme damnée de Janus. Cela faisait des décennies qu'il exécutait ses basses œuvres.

« Je me suis toujours considéré comme un homme généreux.

— Certes. On dirait que vos amis Fargo ont encore décroché le gros lot. Sur l'île de Baffin, cette fois. Un langskip, apparemment. Et d'un modèle inédit.

— Intéressant, mais pas exceptionnel. Surtout, je ne vois pas ce que je pourrais en faire. Les antiquités nordiques n'ont pas grande valeur sur le marché.

— Oui, rien que du bric-à-brac. Des haches, des peaux de bêtes, ce genre de choses. »

Au ton employé par son interlocuteur, Janus devina que ce n'était pas tout. Mais il se garda d'insister. Percy finirait bien par cracher le morceau. « Pourtant, cette nouvelle confirme que nos deux zigotos ont le chic pour tomber sur des vestiges qui sortent de l'ordinaire.

— Il faut leur reconnaître ça, abonda Percy. D'ailleurs, ce drakkar vaut surtout pour les objets qu'il transportait.

— Je vois. Et ces objets…, fit Janus, espérant qu'il poursuivrait.

— Eh bien, il s'agirait d'une cargaison composée d'artefacts précolombiens. Des pots, des statues… des bricoles, quoi. »

Janus se redressa sur son siège. Son cœur battait la chamade. « J'ai bien entendu ? Tu as bien dit précolombiens ?

— Tout à fait.

— Je comprends mieux la raison de tout ce remue-ménage. Cette découverte fera date. J'imagine les bouleversements qu'elle risque d'engendrer dans le petit monde universitaire.

— Absolument.

— Mon cher ami, tu as fait du beau travail, comme d'habitude. Comme je connais les Fargo, ils ne vont pas s'en tenir là. Ces gens ont de la suite dans les idées et ils agissent vite. Je suis sûr qu'ils vont s'empresser d'exploiter les informations qu'ils viennent d'obtenir. Il ne faut pas les lâcher. Mais je te conseille de mieux choisir tes hommes à l'avenir. Celui de l'autre jour était un imbécile notoire. Sa maladresse leur a peut-être mis la puce à l'oreille. Je ne veux plus de cafouillages. » Percy lui avait parlé du photographe qui s'était fait repérer près de chez les Fargo, à la Jolla. Une négligence impardonnable.

« Bien sûr. J'ai déjà pris des mesures. Cette fois, nous avons opté pour une approche plus… euh… subtile.

— Je veux qu'on me tienne au courant de leurs moindres faits et gestes. C'est clair ?

— Comme de l'eau de roche. Je vous rendrai compte de tout ce qui semble pertinent.

— Où sont-ils en ce moment ?

— Dans leur jet privé. D'après le plan de vol établi par le pilote ce matin, ils regagnent San Diego.

— Très bien. Fais le nécessaire. Je t'accorde un budget illimité. Mon petit doigt me dit que, pour obtenir des résultats, il me suffira d'être patient. Ces gens ne restent jamais très longtemps au même endroit. La prochaine fois qu'ils se déplaceront, je veux arriver avant eux. »

Janus raccrocha, contempla un instant son téléphone, puis le reposa sur la table et tira une bouffée de son havane. Le soleil n'était plus qu'une tache pourpre et écarlate sur l'horizon, sa lumière ayant été remplacée par celles des luxueuses villas qui se succédaient le long de la côte jusqu'à Cannes. Il reprit une gorgée de porto et soupira de contentement. Quoi que les Fargo soient en train de manigancer, Janus n'avait pas l'intention de les laisser faire. Son dernier projet avait capoté à cause d'eux et, même s'il n'en laissait rien paraître, son orgueil en avait pris un coup. C'était comme s'ils l'avaient giflé.

Ils allaient le regretter.

Janus entendit coulisser une baie vitrée. Reginald sortit sur la terrasse et referma doucement derrière lui.

« Tiens, te voilà. Tu as raté le coucher de soleil, dit Janus pendant que son frère prenait place en face de lui, à la table en verre.

— J'en ai vu quelques-uns au cours de mon existence. Qu'est-ce que tu bois ?

— Un vieux porto.

— Il est bon ?

— Pas mauvais. Mais je crois que tu n'aimeras pas.

— C'est bien possible. J'ignore comment tu peux avaler des trucs aussi sucrés. On dirait de la mélasse. » Reginald pressa le bouton d'un interphone caché sous la table. « Simon, claironna-t-il. Soyez gentil, allez me chercher un Glenfiddich avec des glaçons, voulez-vous ? »

Après quelques secondes, une voix de stentor jaillit d'un minuscule haut-parleur. « Bien sûr, Monsieur. Très bien. Votre dose habituelle ?

— Rajoutez-en un doigt. La journée a été rude.

— Je vous l'apporte tout de suite, Monsieur. »

Reginald regarda un instant la mer qui s'assombrissait rapidement, puis sortit un paquet de cigarettes de sa poche de poitrine, en alluma une et recracha la fumée en pianotant nerveusement sur la table. Un domestique apparut avec un plateau d'argent surmonté d'un verre de scotch aux trois quarts plein dans lequel surnageaient deux petits glaçons. L'homme eut à peine le temps de faire demi-tour que Reginald en avait déjà descendu le tiers.

« Les Écossais savent au moins faire une chose, observa-t-il.

— Je vois que tu es de bonne humeur.

— Ouais, super. Alors, il y a quoi au menu ce soir ? Assassinat, viol, pillage ?

— Pas vraiment. J'ai réservé une table pour cinq au Carlton à dix-neuf heures. Nous dînons avec les von Schiff. »

Reginald gémit. « Non, pas eux. Qui tu veux mais pas eux.

— Ressaisis-toi, Reginald. Les affaires sont les affaires. Je te demande de faire bonne figure.

— Le fils est un crétin. Il tient de son paternel. Et la douairière est une vraie gargouille.

— Peut-être. Mais ce sont des gens précieux que nous avons tout intérêt à fréquenter. »

Reginald vida son verre et le tint à bout de bras. « Dans ce cas, je vais en prendre un autre.

— Je ne te le conseille pas, mon petit vieux. Tu risquerais de te donner en spectacle. »

Reginald lui lança un regard noir entre ses paupières plissées. « Je suis un grand garçon, Janus.

— Oui. Eh bien alors comporte-toi comme tel. Je ne veux pas que tu débarques au restaurant complètement soûl. Si tu tiens vraiment à finir cette bouteille, fais-le après dîner, pas avant.

— Nom de Dieu !

— C'est comme ça et pas autrement. Va te chercher une veste convenable et demande à Simon d'avancer la voiture. La cloche du dîner ne va pas tarder à sonner », dit Janus sans plus s'occuper de son frère et de ses états d'âme.

Reginald ricana mais, voyant que son insolence laissait Janus parfaitement indifférent, il se leva, écrasa son mégot d'un geste bref et rentra dans la maison.

Janus lissa ses cheveux grisonnants, termina son porto et se redressa pour vérifier le tombé de son pantalon ainsi que son nœud de cravate. Il n'était pas question d'apparaître devant les von Schiff dans une tenue laissant à désirer. Les Allemands étaient très à cheval sur les petits détails et il savait d'expérience que la présentation comptait énormément dans la réussite d'un projet.

Cela dit, Reginald n'avait pas entièrement tort. Le fils von Schiff était un crétin.

Mais s'il suffisait de passer deux heures avec un crétin pour empocher de copieux dividendes, il aurait été bien bête de ne pas le faire, et avec le sourire de surcroît.

Le sourire d'un grand prédateur.

10

Le voyage de retour dura toute la nuit mais se déroula sans encombre. Lorsque le G650 atterrit à San Diego, Remi se tourna vers Sam et le regarda d'un air épuisé.

« Enfin chez nous, dit-elle.

— D'ici à quelques minutes, normalement. Tu n'as pas prévu de replonger immédiatement dans le tourbillon des mondanités, j'espère.

— La seule sortie que j'ai prévu de faire me conduira au fond d'un jacuzzi, puis chez une masseuse qui soulagera mon épiderme mordu par le froid.

— Le froid n'est pour rien dans tes morsures.

— À ta place, je ne ferais pas trop le malin. Je n'ai pas oublié que c'est toi qui nous as embarqués dans cette glacière.

— Heureusement. Mais j'espère qu'à force de gâteries, je finirai par obtenir ton pardon.

— Sans compter qu'au moment où la nouvelle sera diffusée, on va encore se retrouver sous le feu des médias.

— Peut-être même auras-tu ta propre émission de télé-réalité.

— Aucune équipe de tournage ne serait assez stupide pour passer dix jours au-delà du cercle arctique.

— Là, j'admets que tu as raison. »

Kendra les attendait, adossée au capot de la Cadillac. La porte arrière était ouverte et l'on voyait Zoltán couché sur la banquette dont il occupait quasiment toute la largeur. Quand le chien aperçut Remi, il lança un jappement de bonheur et sa queue se mit à frapper le dossier comme un métronome réglé sur *allegro*. Remi croisa ses yeux chocolat et fondit comme une glace à la vanille.

« C'est qui mon gros garçon tout mignon ? » s'écria-t-elle en lui ouvrant les bras. Zoltán bondit et s'assit bien sagement aux pieds de sa maîtresse, attendant avec impatience qu'elle s'agenouille et le serre contre son cœur.

Sam réagit par le dédain. « Ne te fatigue pas à me dire bonjour. Je vois bien qu'il n'y a qu'elle qui t'intéresse. Moi, je ne sers qu'à payer ta pâtée. »

Remi leva les yeux au ciel. « Tu es jaloux !

— Pas du tout. Bon, d'accord, peut-être un peu. Il a de plus beaux cheveux que moi. Voilà. Je l'ai dit.

— Rien ne vaut le charme hongrois.

— Je n'aurais jamais dû naître en Californie.

— Ne t'inquiète pas. J'ai aussi un faible pour les surfeurs. »

Kendra les informa de l'avancée des recherches tout en slalomant entre les bouchons matinaux. « Nous avons collationné tout ce qui nous a semblé pertinent parmi les textes, anciens ou modernes, faisant allusion à de possibles contacts entre Européens et Précolombiens. Mais c'est un vrai casse-tête. L'histoire des civilisations méso-américaines se base sur des traditions orales que les Espagnols ont rapportées de manière plus ou moins fidèle. Il est très difficile de faire le tri entre ce qui est vrai et ce qui relève de la fable. Et comme ces documents représentent des milliers de pages, l'exercice risque de nous prendre des jours et des jours.

— Heureusement, nous avons du temps devant nous, dit Remi. Comment va Selma ?

— Elle se repose. Elle voulait m'accompagner à l'aéroport mais je l'en ai dissuadée. C'est encore un peu tôt, je trouve.

— Mais elle est en forme ?

— Ça peut aller. Encore que, à mon avis, il lui faudra du temps pour récupérer sa mobilité.

— C'était prévu, non ? Vous disiez que les médecins parlaient de six mois au minimum.

— J'imagine qu'elle doit ronger son frein, intervint Sam. Elle qui adore être dans le feu de l'action. »

Kendra hocha la tête. « Disons que c'est une malade difficile. Là, je cite le personnel médical. Le mot qu'ils emploient le plus souvent est "tonique". »

Remi sourit. « Je n'en doute pas. »

Kendra entra la première, suivie de Zoltán, Remi et enfin Sam. Ils trouvèrent Selma assise au salon, devant une tasse de thé, son déambulateur posé à côté d'elle. Zoltán la salua d'un bref jappement.

« Bienvenue chez vous, dit Selma en souriant.

— Selma. Comment vas-tu ?

— Bah, je m'accroche. J'ai mon fidèle déambulateur. Mais de temps en temps, j'ai encore besoin du roulant.

— Le plus important c'est que tu te rétablisses.

— J'aimerais que ça aille plus vite. J'en ai assez de dépendre des autres.

— Kendra s'en sort merveilleusement bien, dit Sam. Et nous, nous avons décidé de faire une pause entre deux aventures. Donc, tu ne rateras pas grand-chose. »

Remi hocha la tête. « C'est exact. Nous allons rester ici quelque temps. Alors, concentre-toi sur ta rééducation et n'essaie pas de jouer les mères poules avec nous. Kendra s'occupera de tout, insista Remi en décochant un coup d'œil à la jeune femme.

— Je ferai mon possible, mais c'est devenu une seconde nature chez moi… »

Sam monta les bagages dans leur chambre, où Remi le rejoignit peu après.

Elle se mit à faire les cent pas devant l'immense baie vitrée qui donnait sur la terrasse ouverte sur le Pacifique. « Je voudrais que Selma prenne son temps. Je crains qu'elle ne cherche à écourter sa convalescence.

— Nous fonctionnons tous de manière différente, dit gentiment Sam. On doit respecter ses choix. »

Remi cessa de déambuler pour scruter l'océan. Son bleu profond avait le don de l'apaiser. « Tu as raison, bien sûr. Mais je ne voudrais pas qu'elle en fasse trop, qu'elle se blesse et compromette ses chances de guérison.

— Tu sais ce qu'il te faut ? Une bonne séance de spa à l'hôtel Valencia. La totale. Tu te sens toujours tellement mieux après. Et quand tu sortiras, nous déjeunerons là-bas, sur leur terrasse. Je verrais bien un chardonnay, domaine Kistler, avec du crabe…

— Oh, Sam Fargo. Maintenant je me souviens pourquoi je te fréquente.

— Je croyais que c'était pour mes talents de pianiste.

— Et ton agréable voix de baryton. »

Il lui jeta un regard dubitatif. « N'exagérons rien.

— À chacun ses goûts, disait l'homme en embrassant sa vache… »

Ils passèrent la matinée et une partie de l'après-midi à l'hôtel Valencia. Quand ils regagnèrent leurs pénates, Remi était de bien meilleure humeur. Pour commencer, Sam lui proposa de compulser la documentation portant sur les mythes et traditions précolombiens que Pete et Wendy avaient rassemblée en leur absence.

Ils rejoignirent l'équipe de recherches qui travaillait paisiblement au rez-de-chaussée. Penché sur l'ordinateur de Kendra, Pete désignait quelque chose sur son écran.

Quand le crépuscule fit place à la nuit, ils n'avaient lu qu'une infime partie des textes, dont la plupart offraient des versions contradictoires d'un même événement. Pour éviter de se disperser, Sam et Remi décidèrent de concentrer leurs investigations sur la société toltèque aux environs de l'an 1000, et de tenter d'y déceler une quelconque influence européenne. Vers onze heures, ils souhaitèrent bonne nuit à Selma et Kendra puis se retirèrent dans leur chambre, épuisés mais contents d'avoir progressé ne serait-ce qu'un tout petit peu.

« Tu as vu comment Pete regardait Kendra ? demanda Remi en tapotant les oreillers, prête à goûter un repos bien mérité.

— Pas vraiment. J'ai raté un truc ?

— J'ai l'impression qu'il s'intéresse à elle.

— Pete ? Tu crois ?

— Oui, c'est assez flagrant. Je me demande ce que Wendy en pense.

— Je fais entièrement confiance à ton intuition. Chacun sait que les hommes sont les derniers à s'apercevoir de ces choses-là.

— C'est l'une des qualités qui vous rendent si attachants. »

Assis au pied du lit, Zoltán les considérait avec intérêt, les oreilles dressées.

« Ça m'en fait au moins une », dit Sam.

Remi se plaça derrière lui et le serra dans ses bras. « Je veux bien te pardonner de m'avoir obligée à camper sur la glace. Enfin, pour ce soir.

— Tu vas faire peur au chien.

— Il est plus courageux qu'il n'y paraît. »

Comme s'il suivait la discussion, Zoltán ferma les yeux en reniflant discrètement.

11

« Sam, vise un peu ça ! » s'écria Remi. Son deuxième café de la matinée refroidissait près du grand écran qu'elle fixait intensément.

« Quoi donc ? demanda-t-il en s'approchant.

— Quetzalcóatl.

— Le divin serpent à plumes des Aztèques ?

— Également appelé Votan par les Mayas.

— Oui ?

— Il est décrit comme un homme à la peau claire, aux cheveux rouges… avec des yeux qui se croisent, ajouta Remi.

— Qui se croisent ?

— Oui. Et attends un peu, dans les sagas nordiques compilées au XIVe siècle, il est question d'un explorateur nommé Ari Marson, un homme roux souffrant de strabisme, qui aurait disparu aux environs de 980 alors qu'il voguait vers le Groenland. D'après ces récits, il était vénéré comme un dieu par les habitants d'une contrée récemment découverte, située à dix jours de navigation du Vineland.

— Hein ? Où ça se trouve, le Vineland ?

— Plusieurs sources situent ce pays entre l'île de Baffin et la frontière nord-est des États-Unis. »

Sam effectua un rapide calcul. « Dix jours de navigation, ça veut dire qu'il aurait touché terre quelque part au sud des États-Unis. Au Mexique peut-être.

— Possible. Certains ouvrages parlent de Cuba. Et des récits légendaires prétendent que Quetzalcóatl venait de l'est – de Cuba donc – quand il a débarqué au Mexique.

— Intéressant. Et ça, qu'est-ce que c'est ? demanda Sam en désignant une autre image.

— Une représentation de Quetzalcóatl sous l'aspect d'un homme blanc et barbu.

— Pourtant, je croyais que le culte de Quetzalcóatl était bien antérieur au xe siècle.

— Effectivement, confirma Remi. Mais l'arrivée des Espagnols a tout bouleversé. Comme ils comprenaient mal, ils ont mal interprété. Et la mainmise de l'Église n'a rien amélioré, loin s'en faut. Dès qu'une chose les dérangeait, ils la modifiaient.

— L'histoire est écrite par les vainqueurs.

— Tout à fait. Quant aux dates indiquées dans les sagas, elles sont tout aussi peu fiables. En d'autres termes, quand on lit que tel événement s'est passé en l'an 980, il a très bien pu se produire en 1080. À l'origine, les sagas se transmettaient de bouche à oreille, alors tout dépendait de la rigueur du récitant. Ensuite, elles ont été couchées par écrit mais les copistes ont très bien pu commettre des erreurs, eux aussi. »

Sam hocha la tête. « Revenons à la présence des Vikings sur la côte est des États-Unis. Je crois me souvenir qu'une pièce de monnaie viking a été découverte dans le Maine au cours des années 1950.

— J'ai lu cet article, moi aussi. Les spécialistes débattent encore pour savoir s'il s'agit ou non d'un canular.

— Il y a toujours des débats à n'en plus finir. Ce serait génial de pouvoir mettre un terme à toutes ces tergiversations en apportant la vérité sur un plateau. »

Remi se rencogna dans son fauteuil pivotant. « Si nous prenons ces indices au pied de la lettre, ça voudrait dire que Quetzalcóatl était un guerrier viking.

— Dans certains récits, il est venu de l'est sur un drakkar aux flancs garnis de boucliers, et il a apporté avec lui de nouveaux savoir-faire, dont le travail du métal – du fer en particulier. Or, on sait que les Vikings étaient experts en la matière. Peut-être devrions-nous orienter nos recherches sur l'ami Quetzalcóatl. »

Remi hocha la tête. « Je l'ai déjà fait. Et c'est là que les choses se corsent. Je suis tombée sur un roi toltèque du XIe siècle que son peuple vénérait comme un dieu. Mais impossible de savoir s'ils le considéraient comme la réincarnation de Quetzalcóatl. Encore une fois, on ne peut qu'émettre des suppositions, la civilisation toltèque a été anéantie par les Aztèques et il n'en reste quasiment plus rien aujourd'hui. Tout ce qu'on sait, c'est que le roi en question s'appelait Cē Ācatl Topiltzin Quetzalcóatl et qu'il régnait sur la ville de Tollan, la moderne Tula située au centre du Mexique. Il aurait enseigné de nombreuses techniques à son peuple, dont la culture du maïs et la métallurgie, et amélioré les méthodes de construction traditionnelles. Il est décrit sous les traits d'un homme blanc portant une barbe, une tunique longue et des peaux de bêtes.

— Je sens venir une migraine.

— Je sais. C'est comme essayer d'attraper une anguille.

— Pourtant, c'est un bon point de départ.

— Je suis d'accord.

— À mon avis, il faut rassembler un maximum de documentation sur ce roi Quetzalcóatl et creuser jusqu'à ce qu'on trouve, dit Sam en regagnant son poste de travail.

— Bonne idée. Je vais mettre toute l'équipe dessus. »

Au cours des trois jours suivants, ils se consacrèrent exclusivement à l'énigmatique personnage dont le règne semblait correspondre à une période d'hégémonie toltèque sur le centre du Mexique. Les rares ouvrages prétendant retracer l'histoire des civilisations méso-américaines non seulement n'éclairaient pas grand-chose, mais se contredisaient sur de nombreux points. À force de recoupements, ils finirent tout de même par établir un tronc commun. Aux environs de l'an mille, un grand souverain avait pris les rênes de la société toltèque et l'avait transformée grâce à l'introduction de certaines technologies révolutionnaires. Suivant les auteurs, ce souverain était tantôt un homme blanc, tantôt un autochtone.

Il était dix heures du soir quand, après une longue immersion dans une nouvelle série de données, le cœur de Sam se mit à battre plus fort. Il venait de tomber sur un recueil rapportant une légende relative à Quetzalcóatl. Ce dernier, disait-on, avait été enterré avec un trésor dépassant toute imagination, composé d'objets d'or, de jade, et, cerise sur le gâteau, d'une pierre précieuse si exceptionnelle que beaucoup la considéraient comme un mythe, à l'instar de l'Eldorado : une émeraude sans défaut, grosse comme un cœur humain et possédant des propriétés magiques, que le peuple toltèque aurait offerte à son vénéré monarque en manière d'hommage posthume.

Le récit, riche en hyperboles et pauvre en éléments factuels, dressait la chronique des nombreuses expéditions menées par les Espagnols pour tenter de localiser la tombe. Tentatives qui s'étaient toutes soldées par des échecs. Avec le temps, l'intérêt s'était émoussé et on avait fini par classer l'émeraude parmi les fables concoctées par les conquérants européens pour inciter leurs commanditaires à mettre la main à la poche.

Mais, d'après Sam, une chose était à retenir de tout ce fatras : la description physique de Quetzalcóatl. L'auteur parlait d'un vieil homme à l'épaisse barbe rousse mêlée de gris qui mourut de mort naturelle et que son peuple coucha dans un cercueil de jade et d'or avant de l'ensevelir en un lieu sacré qui resterait à jamais inconnu.

Sur un chasseur de trésors tel que Sam, l'évocation d'une tombe cachée renfermant des richesses inestimables produisait le même effet qu'un chiffon rouge agité devant les naseaux d'un taureau de combat. Il éteignit ses écrans et monta retrouver Remi qui s'était retirée une heure plus tôt. En poussant la porte de leur chambre, il vibrait d'impatience, sensation familière qui s'était souvent révélée prémonitoire.

Il versa un doigt de cognac Rémy Martin XO dans deux verres, retrouva Remi devant les fenêtres ouvertes sur la baie de San Diego et lui parla de l'étrange découverte qu'il venait de faire. Sur l'immensité noire de l'océan scintillaient de loin en loin les lumières des navires qui voguaient vers le nord. Quand Sam en arriva à la tombe cachée de Quetzalcóatl, Remi ne se tenait plus de joie.

À quelque trois cents mètres du rivage, près d'un banc d'algues brunes, un bateau était ancré. Si quelqu'un s'était amusé à l'observer de plus près, il aurait aperçu à son bord deux hommes tenant de vulgaires cannes à pêche. En revanche, il aurait peut-être raté le principal : le micro directionnel pointé vers une grande villa perchée sur la colline et la présence d'un troisième individu qui, planqué dans un compartiment sous le pont, écoutait au casque les paroles qu'échangeaient les Fargo.

Mais personne n'aurait eu l'idée de s'intéresser à un simple bateau de pêche. Une fois la conversation enregistrée et analysée, l'opérateur la transmettrait à son client, avec toutes celles qu'il avait captées précédemment. Ces trois hommes étaient des professionnels du renseignement, spécialistes des écoutes et de l'espionnage industriel.

12

Le jour allait bientôt se lever. Le brouillard qui flottait au-dessus de Mexico reflétait la lumière des millions d'ampoules déjà allumées. Une circulation infernale encombrait les autoroutes reliant les banlieues surpeuplées et le centre de la capitale.

Quinze kilomètres vers le nord, dans la ville déshéritée de López Mateos, un vieux camion-poubelle effectuant son ramassage hebdomadaire gravissait péniblement une rue en pente. À López Mateos, il n'était pas rare de voir huit à douze personnes entassées dans une pièce de quinze mètres carrés. Les crimes violents liés au trafic de drogue y étaient plus fréquents que partout ailleurs dans la région. Le camion s'arrêta en grinçant ; un grondement de mauvais augure venait de retentir. Deux secondes plus tard, la terre se mit à trembler – doucement d'abord, puis de plus en plus fort.

Ébranlé par les secousses répétées, un mur de brique se fendit en deux et s'écroula. De l'eau jaillit comme un geyser d'une fissure dans la chaussée. Sous le regard horrifié des éboueurs, plusieurs maisons en parpaings s'effondrèrent sur elles-mêmes, comme aspirées dans les entrailles de la terre. Des enfants à demi nus couraient sur le bitume qui vibrait sous leurs pieds. Les quelques lampadaires accrochés aux façades commencèrent à clignoter, signe que des câbles électriques avaient cédé quelque part sur la ligne. Un réverbère oscilla un instant et se fracassa sur le sol, projetant des éclats de verre un peu partout.

Au loin, on voyait se balancer les gratte-ciel du centre-ville. Les séismes étaient courants dans le pays, mais celui-ci faisait partie des plus violents jamais enregistrés. La terre trembla encore pendant une bonne minute, puis tout s'arrêta.

On aurait dit que le quartier avait subi un bombardement. De profondes tranchées fracturaient le macadam, les canalisations rompues crachaient des tonnes d'eau qui venaient grossir les mares putrides où se déversait le contenu des égouts. Les habitants sortaient de chez eux pour tenter d'évaluer les dégâts engendrés par la catastrophe, la dernière sur la liste des calamités qui s'abattaient régulièrement sur eux.

Le soleil qui commençait à poindre au-dessus des montagnes projetait une lumière pâle sur les nuages de poussière flottant par-dessus les décombres. Les éboueurs contemplèrent encore un instant la rue défoncée, puis le vieux camion démarra, exécuta un demi-tour et redescendit la côte en bringuebalant.

*

À La Jolla, malgré les efforts de l'équipe de recherches, la tombe de Quetzalcóatl demeurait introuvable. Le deuxième jour, en fin d'après-midi, ils s'avouèrent vaincus. Sam avait mal aux yeux à force de guetter sur son écran l'apparition d'un glyphe insaisissable, d'un fil conducteur susceptible d'orienter leur quête. Pourtant, il n'était pas homme à renoncer si facilement. Bien au contraire, plus il rencontrait d'obstacles sur sa route plus il mettait d'énergie à les vaincre.

Lorsque Selma les rejoignit, Remi se leva pour l'accueillir. Sam frotta son visage las.

« Ça roule ? demanda Selma.

— Pas vraiment, dit Remi. Tu sais ce que c'est. Des récits tronqués, des hypothèses basées sur rien, des rapports incomplets…

— Ah, recherche, comme tu me manques ! déclama Selma.

— Tu te sens mieux ? demanda Sam en quittant son écran des yeux.

— Oh, comme ci comme ça. À chaque jour suffit sa peine.

— Le plus important c'est que tu progresses, dit Remi.

— Parfois j'ai l'impression de régresser », répliqua Selma. Cet aveu de faiblesse ne lui ressemblait guère. Elle laissa traîner son regard sur l'océan, puis se ressaisit en affichant un grand sourire. « Je venais voir comment vous vous en sortiez sans moi.

— On est dans une impasse, dit Sam. Pourtant, on a essayé des tas de pistes. » Il lui résuma leurs dernières avancées – ou plutôt leurs stagnations. Quand il eut fini, Selma hocha la tête.

« Eh bien, vous savez ce qu'il vous reste à faire. »

Sam et Remi se regardèrent.

« Non…, bredouilla Remi.

— Je vais passer deux ou trois coups de fil, pour tâter le terrain. Ça me fera le plus grand bien. À dire vrai, je m'ennuie horriblement, malgré les livres et la télévision. Vous aider m'aidera à retrouver le moral.

— Selma… », voulut protester Sam. Elle l'arrêta d'un geste.

« Si j'apprends quelque chose, je vous le dirai. Maintenant, remettez-vous au travail et cessez de vous chercher des excuses, sinon vous n'y arriverez jamais », plaisanta Selma. Puis, sans autre commentaire, elle fit habilement pivoter son déambulateur et, lentement mais sûrement, regagna ses appartements avec, sur le visage, l'expression calme et déterminée qu'ils lui connaissaient bien.

Sam soupira bruyamment, se leva et, pendant que Remi se replaçait face à son écran, s'étira en faisant jouer les muscles de son cou. Quand il eut remis ses vertèbres en place, il alla se verser une énième tasse de café et sortit sur la terrasse pour respirer l'air marin. Des mouettes volaient en cercle, portées par les courants ascendants. Une poignée de bateaux voguaient à la limite du banc d'algues brunes qui embrassait la côte. Des phoques gloutons se régalaient des prises qu'ils venaient de rafler sous le nez des pêcheurs. Sam voyait leurs têtes noires et luisantes émerger ici et là puis replonger dès qu'un poisson passait dans les parages.

Pas désagréable la vie d'un phoque, songea-t-il. Pour eux, tout était simple : une petite baignade, du poisson frais au déjeuner et, l'après-midi, pourquoi pas une sieste au soleil sur un rocher ? Ces animaux savaient ce qui était bon pour eux. Jamais ils ne s'abîmeraient les yeux à loucher sur des photos de bâtiments en ruines. Ils se fichaient bien de résoudre des énigmes, fussent-elles fondamentales pour l'histoire de l'humanité.

Après un dernier regard vers le ciel, Sam fit demi-tour et, non sans réticence, retrouva son fauteuil et son écran.

Deux heures plus tard, Selma les rejoignait. Elle arborait un air triomphant.

« Félicitations. L'Institut national d'Anthropologie et d'Histoire de Mexico vous invite à venir étudier sa collection d'artefacts toltèques. Un ancien collègue et néanmoins ami, Carlos Ramirez, dirige le département des Antiquités. Il fait également partie du conseil d'administration de l'université et son cousin a été ministre de l'Intérieur.

— Selma, c'est magnifique ! dit Remi en bondissant de son siège.

— En plus, c'est un homme charmant. Nous avons travaillé ensemble sur un projet de recherche voilà quelques années. On s'entendait vraiment bien et je constate qu'il ne m'a pas oubliée. Bon, passons. En ce moment, il est complètement débordé. Non loin de la capitale, des ouvriers qui venaient réparer des canalisations endommagées par le dernier tremblement de terre sont tombés sur plusieurs salles souterraines, connectées par un système de tunnels. Ce complexe serait d'origine toltèque, mais cela reste à confirmer. Deux de ses collègues sont en train d'effectuer des fouilles préliminaires. Il vous propose d'y participer.

— Selma, tu m'impressionneras toujours, s'écria Sam en la regardant d'un air abasourdi.

— Pourtant, je n'ai rien fait d'extraordinaire. Il m'a suffi de composer le préfixe téléphonique du Mexique et d'échanger deux ou trois mots avec mon ami Carlos.

— Quand pouvons-nous partir ?

— Apparemment, la plus grande partie de la ville est restée intacte. Seuls quelques quartiers ont été touchés. Des immeubles entiers se sont écroulés. C'était un séisme de force 7,8. Carlos vous recevra avec plaisir le jour qui vous conviendra. Votre réputation vous ouvre bien des portes.

— Tu lui as expliqué sur quoi nous travaillons en ce moment ? demanda Remi.

— Non, j'ai juste dit que vous faisiez des recherches sur Quetzalcóatl, les Toltèques, leurs légendes et la manière dont les Aztèques et, plus tard, les conquérants espagnols, les ont remaniées à leur convenance. Ce qui vous laisse une certaine latitude tout en justifiant par avance l'intérêt que vous pourrez porter à tels sujets plutôt qu'à tels autres.

— Tu es un génie, dit Sam.

— Sérieusement, je pense qu'il est temps de lâcher vos écrans et d'aller sur le terrain. Internet c'est bien beau mais, comme vous le savez… »

Remi hocha la tête. « En plus, ça te permettra de remettre les mains dans le cambouis.

— Moi aussi j'adore me salir les mains, intervint Sam. Sinon je ne sais que faire de mes dix doigts. L'heure est venue d'enfourcher nos montures et de galoper vers la frontière. *Hue dia !* »

Remi le considéra en fronçant les sourcils. « Je crains qu'il n'ait anticipé son séjour au Mexique en vidant une bouteille de tequila.

— Ridicule. Je suis sobre comme un juge, riposta Sam.

— Ça explique tout, conclut-elle en partant d'un éclat de rire communicatif.

— Kendra ? appela Sam. Pourriez-vous dire à nos pilotes de ranger les maillots de bain et de faire chauffer l'avion ?

— Quand voulez-vous partir ? » demanda-t-elle depuis son poste de travail situé près des portes-fenêtres.

Sam et Remi se regardèrent. « Demain matin ? proposa Remi. Disons huit heures ? Ce qui nous fera arriver à Mexico vers midi, heure locale.

— Ça marche. Et pour l'hôtel ?

— Je crois que la dernière fois, nous étions descendus au Four Seasons, dans la Zona Rosa. D'après mes souvenirs, c'est un bel établissement, bien situé.

— Je m'en occupe », dit Kendra, faisant encore une fois preuve de son sens inné de l'organisation. Un talent qu'elle partageait avec sa tante. Une question de gènes, sans doute. Les Fargo appréciaient de plus en plus son style direct et posé. « Des demandes particulières ?

— Selma vous fournira la liste du matériel que nous avons coutume d'emporter pour ce type de mission, dit Remi. C'est assez basique, vous verrez.

— Super. Je m'y mets tout de suite. »

Une fois les préparatifs terminés, les Fargo s'habillèrent pour aller dîner une dernière fois dans leur restaurant préféré, un italien du quartier de Gaslamp.

Ils montèrent dans la nouvelle voiture de Sam, une Porsche 911 turbo 918 Spider Cabriolet qu'il avait peu l'occasion de conduire. Sam ouvrit le toit décapotable, tandis que Remi, ses beaux cheveux dansant dans la brise, se lovait avec délectation au fond de son siège en cuir souple. Puis il alluma le moteur et, d'un geste enthousiaste, lança le bolide en direction de la bretelle d'accès à l'autoroute.

« Vas-y mollo, camarade, l'avertit Remi en regardant les gratte-ciel du centre-ville se profiler devant eux.

— Désolé. Ce petit bijou est tellement sensible qu'il s'envole dès qu'on effleure l'accélérateur.

— C'est bon, on a décollé, tu peux lever le pied.

— Tes désirs sont des ordres. »

La Porsche décéléra jusqu'à atteindre une vitesse plus raisonnable. Dix minutes plus tard, Sam remettait ses clés à un voiturier et pénétrait dans le restaurant, Remi à son bras. Le patron les accueillit comme des amis trop longtemps perdus de vue et les emmena vers l'alcôve qu'ils réservaient à chacune de leurs visites. Son épouse vint les saluer, leur proposa le menu du chef et une bouteille de Sassicaia 2009 – un grand vin rouge de Toscane.

Le repas fut agréable. Chaque plat était préparé et présenté à la perfection : en entrée, une bruschetta à tomber par terre, puis des ris de veau braisés, des raviolis nappés d'une sauce à la truffe et des crevettes accommodées de trois manières différentes. Au moment du limoncello, Sam et Remi n'avaient plus qu'une envie : retrouver leur lit au plus vite.

13

Le G650 traversait une épaisse couverture nuageuse. Quand il sortit de cette purée de pois pour se préparer à l'atterrissage, les Fargo virent qu'il pleuvait à verse sur Mexico. La piste de l'aéroport international Benito-Juarez était tellement trempée qu'en touchant le sol, les roues de l'appareil projetèrent de grandes gerbes d'eau. Puis ils roulèrent jusqu'au terminal des jets privés parmi les rapides va-et-vient des véhicules utilitaires qui, tous feux allumés, acheminaient bagages, carburant et autres victuailles vers les avions commerciaux sur le point de décoller.

Une GMC Yukon noire les attendait devant les portes coulissantes. Quand il aperçut les Fargo, le chauffeur descendit, les aida à s'installer sur la banquette arrière et rangea leurs bagages dans le coffre. Puis il regagna sa place au volant.

Le trafic était dense et la chaussée parsemée d'énormes nids-de-poule remplis d'eau de pluie et donc difficiles à voir. Blottis sous des parapluies ou des ponchos en plastique, les piétons se pressaient par milliers le long des trottoirs inégaux. Sous l'auvent d'un drugstore, un individu déguisé en poulet agitait une pancarte jaune marquée *Abierto* en grosses lettres rouges.

« Si un jour la chasse aux trésors ne rapporte plus, je pourrai toujours me reconvertir dans ce métier, observa Sam.

— Je paierais cher pour te voir ainsi accoutré.

— Pourtant, j'hésite. Ma réputation à La Jolla risquerait d'en souffrir.

— Dégonflé.

— Pas du tout.

— Poule mouillée. » Elle coinça ses mains sous ses aisselles en remuant les coudes. « Pouic, pouic, pouic… »

Sam lui fit un clin d'œil amusé. « Essaierais-tu de me transmettre un message ? Parce que, sache-le, ce poulet te regarde avec un certain intérêt.

— Je veux absolument te voir dans ce costume.

— Je sais que tu plaisantes. Sinon je serais terriblement inquiet.

— Moi, je plaisante ? répliqua Remi en levant les sourcils.

— J'abandonne. »

Ils s'enregistrèrent à la réception de l'hôtel et, dès qu'ils eurent défait leurs bagages, appelèrent Carlos Ramirez. L'homme, qui parlait anglais avec un fort accent mexicain, leur proposa de venir le voir dans l'après-midi, à l'heure qui leur conviendrait, avant d'ajouter qu'il se ferait une joie de les présenter aux responsables du nouveau chantier de fouilles. Sam et Remi déjeunèrent sur le pouce au restaurant du Four

Seasons, puis ils prirent un taxi pour l'Institut national d'Anthropologie et d'Histoire – l'INAH – situé au sud de la ville, près du parc archéologique de Cuicuilco.

Carlos Ramirez les retrouva près du portique de sécurité. Il arborait un costume gris anthracite à la coupe impeccable, des cheveux mi-longs, poivre et sel, une coquette moustache et un sourire permanent.

« Ah, señor et señora Fargo. Bienvenue. Je suis heureux de constater que la pluie ne vous fait pas peur, dit-il en leur serrant la main.

— Il fait un temps superbe, comparé à celui que nous avons eu lors d'un dernier voyage, répliqua Sam.

— Quelques gouttes n'ont jamais refroidi notre enthousiasme », ajouta Remi.

Carlos les conduisit dans son bureau à l'étage. « Mon QG officiel se trouve dans les locaux du ministère, au centre-ville. Mais à vrai dire, c'est ici que je passe le plus clair de mon temps. Je préfère l'ambiance de l'université à celle du gouvernement. L'archéologie est mon vrai métier. Malheureusement, mes nombreuses responsabilités ne me permettent guère de l'exercer. »

La pièce était immense avec, dans un coin, une table de conférence entourée de sièges en cuir bordeaux et, dans un autre, un grand bureau ovale posé près des fenêtres donnant sur le parc. « Je vous en prie, asseyez-vous. Je vais appeler mes collègues. Mais avant cela, dites-moi en quoi je peux vous aider.

— Comme Selma vous l'a sans doute expliqué, nous menons des recherches sur les Toltèques, dit Sam. La période autour de l'an mille, tout particulièrement. Et comme cette civilisation s'est développée ici, au Mexique, nous avons eu l'idée de venir voir sur place.

— Le monde entier célèbre vos réussites. Et notre nation vous doit énormément. Sans votre intervention, nous aurions été privés d'un inestimable codex maya. Vous pouvez compter sur moi pour vous fournir toute l'aide dont vous aurez besoin. Vous n'avez qu'à demander.

— C'est très aimable mais, en réalité, nous n'avons aucun projet d'envergure pour l'instant, dit Remi. Nous souhaitons simplement faire le point des connaissances en la matière. Avant d'entreprendre quoi que ce soit, il est bon d'en savoir un maximum.

— Oui, bien sûr. Par où aimeriez-vous commencer ?

— Pourrions-nous visiter votre collection d'artefacts et accéder à la documentation que vous possédez sur les Toltèques… et leur célèbre monarque Quetzalcóatl ?

— J'en serais ravi mais, hélas, nous n'avons pas grand-chose à vous montrer. Il se trouve que les prêtres aztèques ont détruit une bonne partie des textes retraçant le règne de ce monarque. Et pour tout arranger, les Espagnols – tantôt sciemment, tantôt par ignorance – ont largement remanié les rares chroniques qui subsistaient. Ce qui jette un doute sur la plupart de nos connaissances en la matière. »

Remi hocha la tête. « C'est justement ce problème qui nous a conduits vers vous. Nos recherches sur internet n'ayant rien donné, vous êtes notre dernier recours. Possédez-vous des informations inédites susceptibles d'éclairer notre lanterne ?

— Eh bien, répondit Carlos, sachez que vous tombez à pic. D'après les premiers sondages, les cryptes mises au jour par le tremblement de terre contiendraient de tels éléments. Bien sûr, il est encore trop tôt pour l'affirmer, mais nous avons bon espoir. Ces vestiges semblent avoir été enfouis à dessein, une pratique que les Toltèques réservaient aux sites de première importance. Or, leur capitale Tula se situe loin vers le nord. C'est donc très surprenant.

— Nous serions honorés de pouvoir visiter ce chantier, dit Remi.

— J'appelle les deux responsables des fouilles. Ce sont des esprits brillants, nos meilleurs spécialistes de la période. Vous travaillerez avec eux. » Carlos composa un numéro, puis débita quelques phrases en espagnol. « Ils nous rejoignent. Maribela et Antonio Casuela. Ils sont frère et sœur. »

Deux minutes plus tard, on entendit un coup discret à la porte du bureau. Une femme élancée, âgée d'une petite trentaine d'années, entra la première, suivie d'un homme guère plus vieux qu'elle. Ils se ressemblaient comme deux gouttes d'eau, mais ce qui surprenait le plus en eux c'était leur beauté. Maribela avait de longs cheveux d'ébène qui brillaient comme s'ils produisaient leur propre lumière, un teint mat, sans défaut, de hautes pommettes, des dents nacrées et de grands yeux d'agate. Sa version masculine n'avait rien à lui envier; avec sa mâchoire carrée et ses traits parfaitement sculptés, Antonio tenait plus du mannequin ou de la star de cinéma que de l'universitaire.

La jeune femme s'exprima la première. « Señora Fargo, dit-elle en serrant la main de Remi. Je suis enchantée de vous rencontrer. Je me passionne pour vos exploits depuis de nombreuses années. »

Carlos leur adressa un sourire radieux. « Remi Fargo, je vous présente Maribela Casuela.

— Tout le plaisir est pour moi, dit Remi en détaillant un bref instant la silhouette de son interlocutrice, moulée dans un pantalon noir et un chemisier rouge.

— Et vous devez être Sam Fargo », roucoula Maribela en serrant spontanément la main de Sam.

Quand leurs peaux entrèrent en contact, Sam sentit passer un léger courant électrique. Pour masquer son trouble, il se tourna résolument vers le frère. « Antonio, si je ne m'abuse ?

— Je suis vraiment ravi de faire votre connaissance », dit le jeune homme tandis qu'ils échangeaient une poignée de main.

Après quoi, les deux archéologues se dirigèrent vers les fauteuils posés près de Sam. « Je propose qu'on s'appelle par nos prénoms, intervint Remi. Pas de chichis entre nous. »

Dès qu'ils furent assis, Carlos leur exposa le projet des Fargo. À l'évocation des cryptes récemment déterrées, leurs yeux pétillèrent.

« Oui, c'est une découverte extraordinaire, dit Antonio. Les gravures décorant les parois demanderont à elles seules plusieurs années d'études. Mais ce n'est pas tout. Il y a au moins quatre chambres funéraires, reliées entre elles par un réseau de tunnels interconnectés. Les momies ont déjà été extraites. Grâce à leur bonne conservation, ces vestiges vont certainement nous aider à affiner notre perception de la civilisation toltèque. Attendez-vous à une expérience unique en son genre.

— Bien entendu, vous pourrez accéder librement à nos archives et à notre collection d'artefacts, ajouta Maribela. Encore que tout cela ait déjà fait l'objet de publications dans des revues universitaires.

— Dans quel état se trouve le quartier autour du site ? » demanda Sam.

Carlos fronça les sourcils. « C'est une zone sinistrée. On commence juste à y voir un peu plus clair. Nous avons déblayé l'accès aux cryptes et la police a envoyé des hommes sur place. Plus de cent personnes ont perdu la vie rien que dans cette *colonia*. Les survivants manquent d'eau, d'électricité… Il y a eu des pillages. Les équipes de secours sont à pied d'œuvre. En bref, la situation pourrait difficilement être pire.

— Doit-on craindre que les tombes soient vandalisées ? demanda Remi.

— On espère que non, répondit Antonio, mais les policiers qui les gardent touchent des salaires de misère. Donc, tout est possible. Nous avons catalogué l'ensemble des objets ayant une valeur scientifique. Nous les transférons peu à peu dans nos labos. Mais avant de les déplacer, nous tenons à les étudier sur site, ce qui ralentit encore la procédure. Vous savez combien cette phase est délicate… »

Remi hocha la tête. « Oui, il faut à tout prix éviter les dégradations. »

Maribela lui jeta un regard pénétrant. « Quelle est votre formation, si je peux me permettre ? J'ai lu quelque part que vous étiez anthropologue ?

— C'est exact, anthropologue physique. Mais cela fait des années que j'ai quitté l'université. Moi aussi, je préfère le terrain.

— Bien sûr. Il n'y a rien de tel que le frisson qu'on ressent en arrivant la première sur un site, n'est-ce pas ?

— En effet. Et j'ai beaucoup de chance que mon mari ici présent partage ma passion », dit Remi en prenant la main de Sam pour mieux ponctuer ses dires.

Antonio et Maribela les conduisirent ensuite dans le sous-sol du vaste bâtiment où étaient entreposés les archives photographiques et les objets trouvés en fouille et dont les Fargo avaient déjà vu une bonne partie sur internet.

« Le plus frustrant pour nous, déclara Maribela, c'est que les Toltèques ne connaissaient pas l'écriture. Donc, tout ce que nous savons à leur sujet provient de textes rédigés par la suite, à partir de la tradition orale, et de quelques rares pictogrammes. Mais il suffit de voir leurs glyphes pour comprendre qu'ils maîtrisaient parfaitement la symbolique, bien que les avis divergent sur l'interprétation qu'il convient d'en donner. »

Antonio acquiesça. « Même chose pour les textes. Surtout en ce qui concerne le roi mythique des Toltèques, Cē Ācatl Topiltzin, celui qu'on appelle tantôt Topiltzin Quetzalcóatl, tantôt Quetzalcóatl tout court. Les versions sont tellement nombreuses et contradictoires qu'on ne sait à laquelle ajouter foi. Par exemple, certains auteurs affirment qu'il s'agit d'un personnage mythologique sans base historique. D'autres qu'il était le premier roi toltèque. Selon d'autres encore, ses sujets le considéraient comme la réincarnation du Quetzalcóatl des origines, la première divinité d'Amérique centrale. » Afin d'illustrer son propos, Antonio leur désigna une série de bas-reliefs représentant un homme doté d'une grosse tête et d'une curieuse barbe.

« Effectivement, c'est troublant, admit Sam. Surtout la barbe. Les populations indigènes n'en portaient pas, que je sache. »

Maribela sourit. « Exact. Et, pour ajouter à la confusion, les conquérants espagnols ont traduit les chroniques aztèques en les adaptant à leur façon de voir le monde. Nous savons aujourd'hui qu'ils ont gravement dénaturé la tradition orale. Il faut dire qu'ils avaient beaucoup de mal à la comprendre. La plupart des traités qui nous sont parvenus ont été rédigés par des moines franciscains, lesquels se sont bornés à transcrire le peu qu'ils parvenaient à saisir. »

Antonio se rapprocha de sa sœur. « Et n'oublions pas les ouvrages qui, bien que plus sérieux, ont été écartés parce qu'ils contredisaient la version officielle. Les Espagnols avaient tendance à censurer toute référence à d'éventuels trésors. Non seulement cette pratique ne leur a pas porté chance, mais elle démontre qu'ils étaient prêts à anéantir l'héritage des Mayas et des Aztèques pour pouvoir s'enrichir et pousser le roi d'Espagne à financer d'autres expéditions.

— Les hommes ont toujours été motivés par l'appât du gain, quelle que soit l'époque », appuya Sam.

Antonio hocha la tête. « On peut donc affirmer sans grands risques d'erreur que les traités anciens ne font aucune différence entre Quetzalcóatl le dieu et Quetzalcóatl le souverain toltèque.

— Que sont devenus ces ouvrages plus sérieux que les Espagnols ont retirés de la circulation ? Ils contiennent peut-être des indices susceptibles de vous aider à localiser des sites ? dit Remi en évitant sciemment d'employer le mot "trésor".

— Certains se sont retrouvés en Espagne, d'autres ont coulé avec les navires qui les transportaient, d'autres encore ont purement et simplement disparu.

— Les avez-vous cherchés ? » insista Sam.

Antonio haussa les épaules. « Bien sûr. Nous sommes allés en Espagne plusieurs fois mais sans rien trouver de nouveau. Je sais que l'un de ces textes est conservé à La Havane, mais le gouvernement cubain n'est pas très accommodant, même avec les citoyens mexicains. Maribela et moi y avons séjourné quelques mois voilà quatre ans, dans le cadre d'une collaboration entre musées. Ils nous ont montré des pictogrammes et un texte manuscrit prétendument écrit par un conquistador, ayant trait aux Aztèques ou aux Toltèques. Mais ils nous ont interdit de les examiner de plus près et de les photographier. Malgré toutes nos demandes, ils refusent toujours de nous les prêter. Quant à les restituer, n'en parlons même pas. Pourtant, ces pièces reviennent de droit à l'État mexicain. C'est notre patrimoine national, pas le leur.

— Un texte manuscrit, disiez-vous ? rebondit Remi. De quoi parlait-il exactement ?

— Je serais bien en peine de vous le dire. Il était inintelligible – crypté sans doute, comme pas mal de documents sensibles de cette époque. Nous n'avons eu que quelques secondes pour l'examiner, alors pour ce qui est de le déchiffrer… Mais je me rappelle qu'il était illustré. Des dessins tirés de l'iconographie aztèque, et toltèque peut-être aussi, dont l'un représentait le fameux Quetzalcóatl.

— Les Cubains ont-ils tenté de savoir ce qu'il contenait ? demanda Sam.

— Non, je ne crois pas, répondit Antonio. À leurs yeux, c'est juste un vieux document qui traîne chez eux depuis des siècles. J'ai eu l'impression que personne ne s'y intéressait jusqu'à ce que le Mexique demande à le récupérer. À partir de là, c'est devenu un trésor national.

— Et où conservent-ils ces pièces ? » renchérit Sam sur un ton badin.

Maribela le regarda attentivement. « Dans le fort El Morro, à l'entrée de la baie de La Havane. Ils ont créé un petit musée à l'intérieur. Je suppose qu'elles sont encore reléguées au sous-sol. C'est là qu'on les a trouvées en 1763, quand les Britanniques ont rendu l'île à la couronne d'Espagne. »

Remi photographia quelques objets puis se tourna vers Antonio. « Je comprends que vous soyez aussi excités. Ce réseau de tombes souterraines semble très prometteur. Vous devez être ravis.

— Oui, je l'avoue, d'autant que nous n'avions rien découvert de neuf sur les Toltèques depuis bien longtemps, et que personne ne s'attendait à tomber sur des vestiges à cet endroit-là. Jusqu'à présent, il était communément admis que les Toltèques ne s'étaient implantés qu'à Tula. Maintenant, tout est remis en question. » Antonio fit une pause. « La légende dit que Quetzalcóatl a quitté Tollan pour entreprendre un voyage qui l'a mené jusqu'aux confins du monde connu, à savoir les cités mayas du Mexique et du Guatemala et peut-être au-delà.

— Pensez-vous que la légende de la tombe de Quetzalcóatl soit fondée ? demanda Remi.

— Non, elle s'est constituée à partir d'obscures allusions tirées d'un non moins obscur traité et de lettres destinées au roi d'Espagne. C'est une histoire à dormir debout.

— Donc vous ne croyez pas à l'existence d'une tombe ?

— C'est peu probable, répondit Antonio, avant d'ajouter sur un ton légèrement dédaigneux : pas mal d'aventuriers ont couru après ce fantasme depuis l'époque des conquistadors jusqu'à la nôtre et ils se sont tous cassé les dents. Non, le véritable trésor des Toltèques tient à leur histoire, or, malheureusement, cette histoire a disparu comme a disparu la chambre funéraire de ce souverain mythique, à supposer qu'elle ait jamais existé. En plus, vous avez dû entendre parler de l'émeraude, j'imagine. Grosse comme un cœur humain. Un peu de sérieux, enfin ! Une pierre de cette taille n'aurait pu venir que de Colombie. Or, les Toltèques n'ont jamais poussé si loin vers le sud et ils ne commerçaient pas avec les peuples de ces régions. Comme tant de légendes millénaires, elle ne repose pas sur des faits réels mais traduit une vision idéale, de folles aspirations… Un peu comme le mythe du Saint-Graal. »

L'examen du matériel archéologique se prolongea jusqu'au soir. Ensuite, les Fargo prirent congé en donnant rendez-vous aux Casuela le lendemain matin, devant le Four Seasons, pour la visite du chantier.

Dans le taxi qui les ramenait à leur hôtel, Sam appela Selma depuis son portable.

« Selma, dit-il à voix basse, je veux tout savoir sur les artefacts espagnols conservés à Cuba. Ce qui est de notoriété publique comme ce qui relève de la rumeur.

— Cuba ? Bien, je m'y mets tout de suite.

— Oh, et à tout hasard, vois si tu peux trouver le plan du fort El Morro à La Havane.

— Pas de problème. Je vous enverrai tout ça par mail. »

Il raccrocha et, dans la foulée, composa de mémoire un deuxième numéro. « Tu vois quelque chose d'autre ? demanda Remi en croisant son regard.

— Eh bien, cette histoire de Cuba m'a donné une idée. Qui, dans nos relations, connaît mieux ce pays que… Rube ?

— Rubin Haywood ? Mais oui, évidemment ! Je suis sûre que la CIA a des centaines d'analystes branchés en permanence sur Cuba. »

Le SUV roula sur une méchante bosse, s'envola et retomba lourdement. Par réflexe, Remi agrippa son siège d'une main et de l'autre chercha le petit scarabée d'or qu'elle portait en pendentif. Son téléphone toujours collé à l'oreille, Sam murmura : « Ton porte-bonheur pourrait nous être utile dans pas longtemps. Frotte-le un peu. Le génie apparaîtra peut-être. »

Ils éclatèrent de rire. Puis la voix de Rube retentit dans l'écouteur.

« Rube, c'est Sam. Ton vieux copain.

— Sam ! Ça fait des années. Tu es à Washington ? Tu m'invites à dîner ?

— Je vais y réfléchir, promis. Non, blague à part, je t'appelle pour un service.

— De quoi s'agit-il, cette fois ? »

Sam lui exposa le thème de leur recherche. Rube ne répondit pas aussitôt.

« Ça risque de prendre du temps, mais je peux mettre un analyste sur l'affaire. Il paraît qu'on obtient des résultats surprenants avec les ordinateurs, de nos jours.

— La qualité des données dépend du sérieux de la personne qui les entre dans la base.

— C'est ma foi vrai. Donc, tu veux savoir ce que Cuba planque dans les réserves archéologiques du fort El Morro ? J'ai beau te connaître, je trouve que tu as de drôles de préoccupations.

— En réalité, je t'appelle juste pour entretenir notre amitié.

— Mouais. Sais-tu que j'ai eu de l'avancement ?

— Vraiment ? Félicitations.

— Merci. Je pourrais te dire quel poste j'occupe actuellement mais je serais obligé de te tuer ensuite. Donc ne pose pas de questions.

— Merci de me prévenir.

— Bon, écoute, je vais mettre mes petits lutins au travail. Tu as toujours la même adresse mail ?

— Certaines choses ne changent jamais. »

Quand Sam raccrocha, Remi se colla contre lui. « Que penses-tu de nos nouveaux associés ? Cette Maribela est une vraie bombe, hein ?

— Qui ça ? Oh, la frangine ? Je n'avais pas remarqué. »

Remi lui donna un coup de coude. « Ça se voit quand tu mens. Tu clignes les yeux !

— Qui vas-tu croire, moi ou mes yeux menteurs ?
— J'étais en train de me dire… Cette fille n'est pas du tout comme je m'y attendais.
— Pareil pour son frère. Il n'est pas aussi laid qu'elle, mais quand même… »

Leur taxi passait devant des magasins et des immeubles d'habitation aux façades colorées, mais Sam et Remi ne voyaient rien de tout cela. Perdus dans leurs pensées, ils réfléchissaient aux obstacles qu'ils allaient devoir surmonter avant même de commencer à chercher la sépulture du grand Quetzalcóatl.

14

Le ciel gris ardoise se répandait en bruine sur le pare-brise de la grosse Chevrolet conduite par Antonio. C'était un phénomène climatique fréquent, le matin en cette saison, surtout dans le Distrito Federal ou DF comme le surnommaient les habitants de Mexico. Ils se rendaient tous les quatre – les Fargo et les Casuela – au nord de la ville, dans la misérable *colonia* de López Mateos, et les routes étaient si encombrées qu'ils devaient rouler au pas.

Antonio prit sur la droite, continua sur une centaine de mètres et tomba sur deux véhicules militaires flanqués de soldats lourdement armés, leurs M4 prêts à servir.

« Nos gardes du corps, expliqua Antonio en ralentissant. La police a demandé le renfort de l'armée après avoir essuyé des coups de feu, hier soir. C'étaient des gosses, probablement, mais le résultat est le même. Maintenant, tout le monde est à cran. »

Il se gara le long d'un trottoir fendu, près d'une épicerie couverte de tags dont la vitrine avait été brisée au moyen des barres de fer qui gisaient parmi les éclats de verre. Un sergent, si l'on en croyait les galons cousus sur son uniforme, s'approcha de la portière d'Antonio et demanda à voir ses papiers. Quand il les eut en main, l'homme y jeta un regard méfiant et fit signe que tout allait bien.

« Il cherche juste à épater la galerie, lança Maribela en se tournant vers Sam et Remi. C'est bien comme ça qu'on dit ?

— Absolument », confirma Remi.

Un cordon jaune était tendu en travers d'un étroit chemin de terre descendant vers une cavité creusée sous la rue, d'où émanait une effroyable puanteur. Les égouts. En essayant de respirer le moins possible, Sam et Remi regardèrent Antonio disparaître en contrebas. Soudain, on entendit démarrer un générateur électrique. Deux lampes s'allumèrent à l'intérieur de la cavité.

« Venez. C'est à environ cinq mètres de l'entrée », leur cria Maribela.

Remi déglutit un bon coup et finit par se décider. Sam lui emboîta le pas.

D'abord, ils tombèrent sur un mur écroulé, sans doute défoncé depuis l'extérieur. Une fois cette brèche franchie, ils virent une autre lampe, celle-ci posée sur un trépied au carrefour de trois tunnels.

Antonio attendit qu'ils approchent pour expliquer : « Chacun de ces boyaux mène à une crypte funéraire. La plus importante se trouve juste devant nous. Vous y verrez entre autres des objets en céramique que nous avons numérotés mais laissés en l'état, afin de pouvoir les étudier dans les prochains jours. Regardez bien où vous posez les pieds, le sol est inégal. »

Ils cheminèrent jusqu'à la première crypte. Leurs pas résonnaient contre les parois du tunnel ; dans l'air, flottaient des relents de terre mouillée et de pourriture. Antonio se pencha pour actionner un commutateur posé à ses pieds. Plusieurs lampes de chantier s'allumèrent, projetant des ombres fantasmagoriques sur les murs de pierre.

Une racine effleura l'épaule de Remi. Elle étouffa un cri.

Sam lui prit la main. « Ça fout les jetons, hein ? »

La salle faisait à peine six mètres de côté avec, au fond, un genre d'estrade qui avait servi de catafalque à la dépouille d'un haut dignitaire toltèque avant qu'on ne la transfère au labo. Des pots, des statuettes en terre, des masques, des outils en obsidienne étaient éparpillés de chaque côté, entre les ficelles blanches du carroyage que les archéologues avait tendu pour pouvoir restituer avec précision l'emplacement de chacun d'eux. Mais le plus surprenant, c'étaient les pictogrammes qui recouvraient entièrement les parois – la crypte en elle-même était un chef-d'œuvre de l'art toltèque. Sam s'arrêta près de l'estrade pour embrasser l'espace dans son ensemble. Remi le rejoignit et promena son regard sur les bas-reliefs.

« Nous pensons qu'à l'origine, ces objets étaient soigneusement empilés, commenta Maribela, mais qu'ils se sont dispersés au fil des siècles, à cause des tremblements de terre. La crypte est remarquablement conservée, mais ces bas-reliefs la rendent unique en son genre. Ils ressemblent à ceux des autres sites toltèques que nous avons découverts… mais c'est la première fois qu'il y en a autant. »

Sam et Remi se postèrent face à un pictogramme. Sam sortit une petite torche et l'alluma en vissant l'anneau supérieur.

Un visage maussade les observait. Le personnage sculpté portait une coiffe alambiquée, une massue stylisée dans une main, un serpent dans l'autre. Sam fit un pas de côté et se retrouva devant un jaguar prêt à bondir. La bête se tenait près d'un temple derrière lequel défilaient des guerriers. Plus bas, des hommes tenaient des animaux en laisse, tandis que d'autres construisaient une grande pyramide. Et ainsi de suite.

« C'est hallucinant, n'est-ce pas ? murmura Remi. Et si bien préservé. »

Antonio acquiesça. « Nous espérons en trouver d'autres au fur et à mesure de la fouille. Au cours des âges, l'eau a filtré à l'intérieur des cryptes, d'où la boue que vous voyez par terre. Mais à part cela, tout est comme neuf.

— D'après vous, qui étaient les dignitaires dont vous avez trouvé les momies ? demanda Remi.

— Je penche pour des prêtres, mais de très haut rang. Des chefs religieux. En revanche, je ne peux pas vous dire pourquoi on les a ensevelis si loin de Tula.

— Les autres sépultures de chefs religieux toltèques sont-elles aussi richement ornées ?

— Impossible à dire. Nous savons trop peu de chose sur cette civilisation. Il faudra des mois, peut-être des années, pour exploiter pleinement le site où nous sommes – en espérant que la ville nous le permette. N'oublions pas que nous sommes sous une rue. Nous pourrions acheter l'un des immeubles voisins et créer un autre accès. Mais il faut de l'argent pour ça… »

Les deux autres cryptes contenaient le même type d'objets et de bas-reliefs. De nouveau, Remi photographia les scènes gravées sur les murs. Leur quantité n'en finissait pas de la surprendre. Un tel décor avait sans doute nécessité des années de travail.

Au bout de trois heures de visite, Antonio leur proposa de souffler un peu. Maribela en tête, ils regagnèrent la surface.

« Un groupe d'étudiants viendra nous donner un coup de main cet après-midi, dit-elle. Vous pouvez rester mais je vous préviens, il y aura foule. Et comme vous avez vu l'essentiel de ce que nous avons ici, vous préférerez peut-être retourner aux archives. Je peux vous y conduire pendant qu'Antonio surveille les travaux.

— Ça me va, dit Sam. Nous ne voulons pas vous déranger. Et nous avons largement de quoi nous occuper à l'Institut. »

Remi exprima son assentiment d'un signe de tête. Quand ils émergèrent dans la rue malodorante, un soleil brûlant filtrait à travers les nuages.

Le portable de Sam sonna durant le trajet en voiture. Il lut le nom de l'appelant et décrocha en disant : « Les nouvelles sont bonnes, j'espère.

— J'en ai deux à t'annoncer, répondit Rube. Mais juste une de bonne.

— Commence par l'autre.

— Les Cubains sont aussi cachottiers que les Chinois. Nous n'avons que des rumeurs à nous mettre sous la dent.

— Donc rien de fiable.

— Exact.

— Et la bonne ?

— Il y aurait à La Havane une réserve bourrée d'antiquités espagnoles, gérée par le ministère de l'Intérieur.

— Je ne te demande pas d'où tu tiens cette info.

— D'un transfuge. Il a quitté Cuba sur un rafiot avec cinquante autres clandestins voilà de cela quarante ans.

— Ton tuyau date un peu, non ?

— C'est le cadet de nos soucis.

— J'ai comme l'impression que tu gardes le meilleur pour la fin.

— Suis-je tellement transparent à tes yeux ?

— C'est bon, vas-y franco.

— La réserve en question se trouve dans le sous-sol du fort El Morro, lequel est gardé par l'armée 24 heures sur 24.

— Aurais-tu un plan des lieux ?

— Ouvre ta messagerie. Dis-moi, Sam, puis-je te donner un petit conseil ? Les Cubains ne sont pas des tendres et ils ne portent pas les Américains dans leur cœur. Donc si tu as l'intention de faire quelque chose de stupide, je te recommande de changer d'avis tout de suite.

— Ce n'est pas très encourageant. »

Rube soupira bruyamment. « Dès que nous aurons raccroché, je ne pourrai plus rien pour toi. Tu devras te débrouiller seul, mon ami. J'insiste, il n'y aura personne pour te sortir de la mouise, alors je te déconseille formellement de t'y mettre.

— Noté. Merci encore. Je te revaudrai ça.

— J'y compte bien, Sam. Mais n'oublie pas que tu dois rester vivant pour rembourser ta dette. »

15

Vers dix-huit heures, après avoir passé l'après-midi à étudier les objets stockés à l'Institut en les comparant aux photos prises dans la matinée, les Fargo rangèrent leurs affaires et rentrèrent à l'hôtel. Une fois dans leur chambre, Sam prit connaissance du mail de Rube et des documents joints : plusieurs plans tracés à la main restituant grossièrement les différents niveaux du fort El Morro, ainsi qu'une description des forces de sécurité cantonnées sur place. Construite en 1589 pour défendre l'entrée de la baie, la forteresse était passée dernièrement du statut d'emblème national à celui d'attraction touristique.

Assise sur le lit, Remi attendait que Sam termine sa lecture. En apercevant le plan d'architecture sur l'écran, elle leva un sourcil étonné.

« Sam Fargo, j'espère que tu ne vas pas encore nous embarquer dans un truc dément ?

— Bien sûr que non. Je me disais juste que c'était la bonne saison pour voir Cancún.

— Qui se trouve à une heure de vol de Cuba, sauf erreur.

— Quoi ? C'est tout ?

— Tu ne sais pas mentir. »

Il hocha la tête. « Heureusement, je ne joue pas au poker.

— Dès que j'ai entendu parler de ce manuscrit codé, j'ai compris que tu ne résisterais pas à la tentation.

— Puisque tu évoques le sujet, je trouve honteux qu'un vestige aussi important pour le peuple mexicain soit confisqué par une puissance étrangère.

— Nous ignorons s'il est important ou pas. Nous savons juste qu'il est illisible.

— Et qu'il comporte de précieuses illustrations…

— Ainsi que des lettres écrites par des marins. Rien de folichon. En plus de cela, la conquête du Mexique par les Espagnols a duré quoi, 180 ans ? Donc ce texte peut très bien parler d'autre chose que des Toltèques.

— Oui, c'est vrai. Mais il faut bien commencer quelque part. Et pour l'instant, on n'a rien.

— Nous n'en sommes qu'au début. Je propose qu'on analyse les bas-reliefs. Ils nous indiqueront peut-être la marche à suivre et…

— … et ils seront toujours à la même place quand nous reviendrons de Cuba. »

Remi fronça les sourcils. « Si nous revenons.

— Allons. Ce sera un jeu d'enfant. On arrive, on prend deux ou trois photos et on s'en va. Ni vu ni connu. Où est le problème ?

— C'est une forteresse, Sam. Et le régime cubain est particulièrement hostile aux États-Unis. Si jamais on se fait prendre, ça va barder pour notre matricule.

— Raison pour laquelle mon plan ne prévoit pas une telle éventualité. »

Remi soupira. « Je répète que c'est une très mauvaise idée. Mais comme d'habitude, il n'y a pas moyen de te faire entendre raison.

— Tu exagères. Je me suis amélioré à ton contact.

— Ne crois pas cela. Tu es aussi entêté que le jour où je t'ai rencontré.

— Voilà ce que je propose. On atterrit à La Havane, on visite le fort, et on attend la nuit pour s'introduire dans la réserve.

— Simple comme bonjour… mais dis-moi, comment comptes-tu t'y prendre ?

— Je n'ai pas encore finalisé cet aspect de mon plan.

— Préviens-moi quand ce sera fait. »

Ce soir-là, l'équipe de La Jolla leur expédia trois mails qui ne leur offrirent rien de nouveau. Le premier contenait un article d'encyclopédie retraçant la légende de la tombe de Quetzalcóatl. En des termes que Sam trouva excessivement naïfs, on y décrivait un cercueil de jade, des monceaux d'or, de bijoux et, en prime, l'Œil du Paradis. Des merveilles prétendument cachées au fond d'une tombe édifiée sur une terre sacrée n'ayant jamais été souillée par les païens, autrement dit tout le monde sauf les Toltèques.

La deuxième pièce jointe était une thèse consacrée à une expédition partie en 1587 sur les traces d'une autre, lancée en 1521. Les explorateurs prétendaient avoir visité plusieurs grandes cités aztèques et toltèques mais ne disaient rien de la fameuse sépulture. On savait pourtant que la fièvre de l'or était déjà déclarée et que bientôt des générations d'aventuriers franchiraient l'Atlantique pour se lancer à la recherche de la tombe de Quetzalcóatl, des Sept Cités d'Or, de l'Eldorado, etc., pour ne trouver au bout du chemin que la ruine, la maladie et la mort.

Si l'on en croyait le troisième document, un article paru dans un journal à gros tirage, ces hypothétiques trésors faisaient encore rêver au XXe siècle. Dans les années 1920, un groupe d'explorateurs partis visiter les ruines des anciennes cités mexicaines avaient disparu sans laisser de traces. Sans doute étaient-ils tombés entre les mains des bandits qui infestaient la région, en ce temps-là.

Après un dîner tranquille au restaurant de l'hôtel, Sam consulta les horaires des avions effectuant la liaison Cancún-La Havane. Il y en avait plusieurs par jour. Puis il s'informa sur les conditions d'entrée à Cuba et découvrit qu'il suffisait d'un visa apposé sur une feuille volante, laquelle était insérée dans le passeport puis retirée en fin de séjour. Sam ayant exposé la procédure à Remi, ils optèrent pour un rapide aller et retour, juste le temps de visiter le fort El Morro.

Le lendemain, au réveil, Sam envoya les détails du projet à l'équipe de La Jolla en leur demandant de trouver sur place une personne fiable qui accepterait de leur servir de guide.

Après quoi, il s'occupa du trajet Mexico-Cancún. Rex, leur pilote, fut chargé d'établir un plan de vol pour un départ le soir même. Sam réserva deux places le lendemain sur un vol commercial à destination de La Havane, non sans avoir vérifié au préalable que le consulat cubain à Cancún pourrait leur fournir des visas dans les meilleurs délais.

Ils repartirent ensuite pour l'Institut. Ayant déjà visionné la plupart des bas-reliefs sur le net, ils n'apprirent rien de nouveau. Le soir arriva rapidement. Dehors, la circulation était infernale. Entre leur hôtel et l'aéroport, ils mirent presque le même temps que le vol qui allait de Mexico à Cancún. Quand le G650 s'immobilisa près du terminal et que la porte s'ouvrit, une chaleur lourde s'engouffra dans la cabine. À Cancún, le taux d'humidité avoisinait les 90 %. Un véhicule de courtoisie les conduisit au Ritz-Carlton où ils s'enregistrèrent avant de descendre dîner au restaurant étoilé de l'hôtel. Remi commença par un potage aux pois, laitue et coquilles Saint-Jacques et prit de la morue en plat principal. Sam choisit des darnes de thon poêlées et un filet mignon en croûte, le tout servi avec un Serafiel 2006 d'Adobe Guadalupe, un assemblage de cabernet et de syrah.

Quand le serveur arriva sur la pointe des pieds pour débarrasser, Sam s'appuya voluptueusement contre son dossier, fit tourner le vin dans son verre et prit une bonne gorgée. « Waouh. Tu savais qu'ils produisaient ce genre de chose au Mexique ? Ce Serafiel est extraordinaire.

— Un vrai velours. On en mangerait. »

Sam vit scintiller les cristaux du lustre dans les yeux de Remi. « Avoue que pour l'instant, ce n'est pas si terrible.

— Rien à voir avec l'île de Baffin, je dois le reconnaître… »

Après dîner, ils dégustèrent un verre de tequila près de la piscine en regardant les vagues mourir sur la plage de sable blanc. La mer brillait comme du phosphore sous le clair de lune.

« C'est tellement beau, Sam. J'espère que la journée de demain s'achèvera aussi agréablement.

— À La Havane, nous trouverons bien un établissement qui sert des mojitos convenables. On se laissera porter par l'ambiance. Que peut-il nous arriver de mal ?

— Tu réalises qu'à chaque fois que tu dis ça…

— … quelque chose de mal nous arrive, termina Sam. D'accord, je retire ma question.

— Malheureusement, une fois que c'est parti dans l'astral, on ne peut plus y remédier.

— C'est absurde. Nous sommes sur la plus belle plage du monde. Je suis avec la plus jolie femme du monde. »

Remi se lova contre Sam. Un orchestre mexicain jouait près du bar. Entre la musique des guitares, les voix langoureuses des chanteurs et la chaleur de l'alcool, ils avaient l'impression de nager dans une bulle de bien-être. Quand ils montèrent se coucher, l'avenir était toujours aussi incertain, mais le présent frisait la perfection.

Sam appela Selma pour savoir si elle leur avait dégoté un guide havanais. Il tomba sur Kendra.

« Vous avez de la chance. Selma a pu joindre l'un de ses contacts sur place. C'est un médecin, un homme plein de ressources, paraît-il, et il accepte de vous piloter.

— Selma se porte garante de lui ?

— Oui. En fait, il adore ses articles et ça fait plusieurs années qu'ils correspondent. Quand partez-vous ?

— Demain après-midi.

— Bonne chance. »

Sam laissa passer un blanc avant de demander : « Comment va-t-elle ?

— Elle continue à s'accrocher mais la rééducation l'épuise.

— Ça arrive parfois. J'espère qu'elle suit bien les instructions des médecins.

— Je pense que oui. Elle en fait peut-être même un peu trop. Hier, elle m'a dit qu'elle comptait remarcher aussi vite que possible.

— Dites-lui qu'on pense à elle.

— Je n'y manquerai pas. »

16

Ils comprirent assez vite que le taxi censé les conduire au consulat cubain ignorait totalement où celui-ci se trouvait. Après s'être renseigné auprès de trois passants, l'homme finit par les déposer devant un immeuble blanc délabré, situé dans une rue secondaire à deux cents mètres d'un grand boulevard. Il s'agissait selon lui des « nouveaux » locaux de l'improbable consulat.

Il faisait une chaleur d'enfer dans la salle d'attente. Le ventilateur sur pied qui trônait au milieu avait dû être fabriqué avant l'invention du moteur à explosion. Quand l'employé au comptoir leur remit enfin les documents tant espérés, ils lui exprimèrent leur vive reconnaissance, payèrent la somme demandée et se précipitèrent vers la sortie.

Sous un soleil ardent, ils sillonnèrent les petites rues du quartier à la recherche du boulevard emprunté à l'aller. Lorsqu'ils le trouvèrent, Sam était en nage. Ce qui ne l'empêcha pas de s'engouffrer dans une quincaillerie qu'il avait repérée après un rapide tour d'horizon.

Dix minutes plus tard, ils en ressortaient, soulagés de quelques centaines de pesos mais munis d'un gros sac d'emplettes. Ils hélèrent un taxi qui les ramena à leur hôtel.

Après un déjeuner au bord de la piscine et une dernière margarita, ils partirent gonflés à bloc pour l'aéroport. L'enregistrement des bagages – c'est-à-dire deux sacs et les ustensiles achetés le matin même – se déroula sans anicroche. Mais quand l'hôtesse de Cubana Air annonça que leur vol était reporté d'une heure pour une raison indéterminée, l'optimisme qui ne les avait pas quittés depuis la veille au soir s'envola subitement. La salle d'embarquement était loin d'être aussi confortable que la piscine du Ritz. Pour patienter, Sam alla s'acheter un paquet de chips et une bière Tecate bien fraîche. Remi se contenta d'une bouteille d'eau.

Une heure passa, puis une deuxième. Lorsqu'ils purent enfin monter dans l'avion, Remi avait eu le temps de répéter une dizaine de fois que le voyage s'annonçait mal.

« Détends-toi. Que peut-il nous… », commença Sam avant de se raviser.

Remi lui décocha un regard noir. « Voilà que tu remets ça. Tu vas finir par nous porter la poisse.

— Je ne l'ai pas dit.

— Mais tu l'as pensé. »

Faute de pouvoir se rattraper, Sam choisit de se taire et de contempler par le hublot la rangée de palmiers qui rôtissaient au bord du tarmac. Le vieil appareil alla se placer en bout de piste, fit demi-tour puis, avec moult secousses, prit de la vitesse et parvint à s'élancer vers le ciel.

L'aéroport international José-Martí à La Havane les surprit par sa taille. Il possédait trois terminaux devant lesquels stationnaient un grand nombre d'avions. En revanche, sa déco intérieure était aussi tristounette que sa structure en béton. Aimables comme des portes de prison, les agents des douanes vérifièrent scrupuleusement leurs papiers avant de leur indiquer la sortie.

Sam déposa quatre cents dollars sur le guichet d'un bureau de change et empocha en retour une grosse liasse de pesos cubains. Dès qu'ils sortirent du bâtiment, la chaleur les heurta comme une masse. Il faisait encore plus humide qu'à Cancún et la brise soufflant de la jungle voisine ne diminuait nullement la sensation de moiteur. Ils se placèrent dans la file des voyageurs qui attendaient un taxi. Rien que des véhicules neufs, de marque Mitsubishi, alignés sous un auvent en métal rouillé. Au bord du trottoir, un homme très pâle, vêtu d'un uniforme bleu délavé, dirigeait la manœuvre en soufflant dans un sifflet avec l'enthousiasme d'un croque-mort.

Le trajet dura quarante-cinq minutes. Ils traversèrent d'abord un paysage de campagne, puis s'enfoncèrent dans les faubourgs de La Havane. Sam et Remi ne s'attendaient pas à voir autant de véhicules modernes – contrairement à ce qu'on montrait dans les films, tous les Havanais ne roulaient pas dans des décapotables datant des années 1950. En fait, ils croisèrent autant de Nissan et de Honda que n'importe où dans le monde. Cela dit, un grand nombre de vieilles Fiat ou Lada pétaradaient encore dans les rues en crachant une épaisse fumée bleue.

Le taxi les déposa devant l'hôtel Iberostar Parque Central. L'établissement, qui devait son nom au grand parc marquant le centre-ville, était installé dans une élégante demeure de style colonial. Le soir approchait et les rues environnantes bruissaient d'activité. Quand Remi posa le pied sur le perron, elle vit un groom en livrée se précipiter pour lui tenir la porte. Resté en arrière le temps de régler la course, Sam prit dix secondes pour écouter un saxophoniste qui jouait un riff envoûtant bien que noyé sous les bruits de la circulation et les rires d'adolescents en goguette. Après quoi, il rejoignit Remi et pénétra avec elle dans le hall de l'hôtel.

Dès qu'ils furent dans leur chambre, Sam composa le numéro du contact que Selma leur avait indiqué : le Dr Lagarde. Quand l'homme décrocha et entendit Sam s'annoncer dans un espagnol approximatif, il passa à la langue anglaise qu'il maniait relativement bien.

« Je suppose que vous êtes l'ami de Selma Wondrash ? dit-il.

— En effet. Nous venons d'arriver. Je vous appelle pour que nous fassions connaissance et aussi pour vous demander si, par hasard, vous auriez un peu de temps à nous consacrer demain.

— Tout dépend de votre programme. Mais je pense pouvoir m'arranger. J'ai des horaires assez flexibles. Il me suffira de passer un coup de fil à l'hôpital.

— Merci. J'espère qu'on ne vous dérange pas.

— Bien sûr que non. Les amis de Selma sont mes amis. J'ai beaucoup d'admiration pour elle. »

Ils décidèrent de se rencontrer à neuf heures le lendemain matin dans le hall de l'hôtel.

« Alors, où allons-nous dîner ? » demanda Remi. Debout à la fenêtre, elle regardait les passants déambuler sur le paseo del Prado.

« J'ai trouvé sur internet un restaurant qui m'a fait bonne impression, répondit Sam. Que dirais-tu de nous balader un peu, histoire de prendre le pouls de la ville, et de souper un peu plus tard. Aux environs de vingt et une heures ?

— Ça me va. »

Sam effectua la réservation par téléphone, puis ils sortirent, s'engagèrent sur l'avenue et poursuivirent jusqu'au *malecón*, la célèbre jetée qui s'étirait d'un bout à l'autre du front de mer. C'est là qu'ils aperçurent pour la première fois le fort El Morro – ou plus précisément le Castillo de los Tres Reyes Magos del Morro – perché de l'autre côté de la baie.

« Impressionnant, dit Remi en lorgnant les murailles de l'antique forteresse. On y accède comment ?

— Par un tunnel routier qui passe sous le port.

— Nous ne traverserons pas le chenal à la nage ?

— Pas ce soir.

— Tu veux qu'on y aille maintenant ?

— La visite peut attendre demain. Ce soir, on découvre la ville, on se met dans l'ambiance. »

Un groupe de jeunes femmes les dépassa sur le *malecón*, laissant derrière elles une bouffée de parfum portée par le vent du large. N'ayant aucune destination précise, Remi et Sam décidèrent de leur emboîter le pas. Ils continuèrent vers l'ouest le long de la digue puis s'engagèrent dans une rue menant à la vieille ville, un quartier animé aux trottoirs encombrés de badauds, touristes et gens du cru. Les briques des façades lépreuses faisaient penser aux os d'un squelette et, comme le mortier qui les maintenait s'était effrité depuis belle lurette, on avait vraiment l'impression de marcher entre des maisons en ruine.

Au coin d'une rue, ils faillirent bousculer un vieil homme ratatiné dont la peau du visage avait l'aspect du cuir tanné. Coiffé d'un panama, il tirait des bouffées d'un cigare presque aussi gros que son bras. Le sourire qu'il leur adressa découvrit un instant ses gencives dégarnies. Il marmonna « Perdón » d'une voix rocailleuse et poursuivit sa route dans un nuage de fumée âcre.

« Tu es sûr qu'on ne craint rien, ici ? fit Remi dans un souffle.

— Absolument. Tous les guides touristiques s'accordent à dire que ce quartier est parfaitement sûr. »

Comme pour illustrer sa réponse, deux soldats armés de mitraillettes apparurent et scrutèrent la foule avec une vigilance digne d'une patrouille d'éclaireurs dans une zone de guerre.

« Voilà, tu te sens mieux maintenant ? demanda Sam.

— Je me sentirais encore mieux si ces types avaient plus de seize ans.

— À chacun ses goûts. »

Ils évitèrent une flaque d'eau croupie.

Remi désigna une pancarte jaune servant d'enseigne à un bar, cinquante mètres sur leur gauche. « Regarde. Voici l'un des repaires d'Ernest Hemingway. La Bodeguita del Medio.

— C'est un signe du destin. Obéissons aux forces cosmiques et arrêtons-nous.

— D'après le maître, c'est là qu'on boit le meilleur mojito de La Havane.

— Ce brave Ernest savait de quoi il parlait, dit Sam. Je te suis. »

Le bar était bondé et plus petit qu'ils n'auraient imaginé. Ses murs couverts d'autographes de célébrités plus ou moins recommandables et de personnages tombés dans l'oubli accueillaient également les incontournables portraits du Che et de Fidel Castro. Les deux révolutionnaires les contemplaient d'un œil sévère depuis leurs cadres accrochés de guingois. Un tabouret se libéra, Sam se fraya un passage et le garda pour Remi qui s'y installa, reconnaissante.

« *Dos mojitos, por favor* », dit-elle au barman en levant deux doigts.

L'homme acquiesça d'un hochement de tête et, d'un air pénétré, commença par broyer des feuilles de menthe. Puis il versa une bonne rasade de rhum dans un shaker en inox, ajouta un jus de citron vert, du sirop de canne, de l'eau gazeuse et agita le tout d'un geste si théâtral que des appareils photo surgirent aux quatre coins de la salle.

Les verres givrés garnis d'une branche de menthe atterrirent devant eux sur le comptoir en bois. Ils trinquèrent.

Au deuxième mojito, ils papotaient avec un groupe de Canadiens qui prévoyaient de se rendre à Varadero – station balnéaire située à une centaine de kilomètres à l'est de La Havane, célèbre pour ses plages surtout fréquentées par les touristes – le lendemain. Le niveau sonore ne cessait de grimper dans le bar. Sam jeta un œil sur sa montre et d'un geste, demanda l'addition.

Plongée dans l'obscurité, la rue était moins pittoresque que tout à l'heure, au soleil couchant. Courageux mais pas téméraires, ils se rapprochèrent des touristes qui remontaient vers le centre-ville. En passant devant un grand hôtel, Remi eut la bonne idée d'interroger un chauffeur de taxi qui guettait le chaland. Quand elle lui demanda à quelle distance se trouvait leur restaurant, le vieil homme la regarda de la tête aux pieds sans bouger un muscle du visage.

« San Cristobal Paladar ? Trop loin à pied. Dix minutes en voiture, peut-être moins. Je vous y emmène ? »

Sam acquiesça, ils montèrent.

Le restaurant était logé dans une bâtisse de style colonial et on y mangeait divinement bien. À la fin du repas, le patron leur appela un taxi et l'attendit avec eux sur le trottoir, tout en discutant avec Remi des avantages et des inconvénients qu'il y avait à tenir un commerce dans un pays communiste.

De retour à l'hôtel, Sam persuada Remi de prendre un dernier verre au bar. Ils savourèrent un rhum de 15 ans d'âge, un Añejo Havana Club Gran Reserva, en écoutant un musicien en smoking caresser les touches du piano à queue planté au centre de l'atrium.

« Eh bien, je dois admettre que pour l'instant, le séjour est plutôt agréable, dit Remi.

— Bien manger, bien boire et en bonne compagnie. Le trio gagnant !

— J'espère qu'on n'aura pas mal aux cheveux demain matin, avec tout cet alcool.

— Boire du rhum dans les îles vous protège de la gueule de bois. Tout le monde sait cela.

— Sauf moi. Ce ne serait pas encore une invention brevetée Sam Fargo ? »

Ils profitèrent au maximum de cette plage de calme au milieu de leur vie d'habitude si trépidante. Durant quelques heures, le monde autour d'eux se transforma en un lieu idéal, bercé par une musique hypnotique et le souffle des alizés qui agitaient les frondaisons comme ils le faisaient depuis des siècles et continueraient à le faire durant les siècles à venir.

17

Le lendemain matin, le Dr Lagarde les attendait dans le hall de l'hôtel. C'était un petit homme ventripotent d'une soixantaine d'années, avec une épaisse barbe grise et des lunettes rondes. Il portait un costume en lin blanc, une chemise bleu pâle et un panama, accessoire apparemment indispensable aux élégants de La Havane.

« C'est pour moi un honneur de vous rencontrer, dit-il en serrant d'abord la main de Remi, puis celle de Sam.

— Merci de bien vouloir nous servir de guide malgré votre emploi du temps chargé, dit Sam.

— Vous êtes sur mon île. J'estime qu'il est de mon devoir de vous piloter.

— Très aimable à vous, répondit Remi.

— *Bueno*. Que souhaitez-vous voir pour commencer ? Il y a tant de choses intéressantes ici. Tout dépend de vos goûts.

— En réalité, nous sommes là pour le fort El Morro, docteur.

— Je vous en prie, pas de docteur entre nous. Mon prénom est Raphael.

— Dans ce cas, appelez-nous Sam et Remi. Que pouvez-vous nous apprendre sur cette forteresse ?

— C'est un trésor national. Tous les Havanais connaissent son histoire et beaucoup s'y rendent régulièrement, en promenade. Autrefois, l'entrée était gratuite pour le peuple. » Raphael soupira en branlant du chef. « Tant de choses ont changé. Aujourd'hui, les Cubains doivent payer pour voir ce qui leur appartient.

— Pouvons-nous y aller ensemble ?

— Absolument. Ma voiture est garée au coin de la rue, mais il vaut mieux prendre un taxi. Les places de stationnement sont rares, là-bas. »

Remi hocha la tête. « C'est vous qui voyez. »

Sept minutes plus tard, le taxi les déposait au pied du promontoire sur lequel le fort était perché. Dépassant des murailles, les sinistres gueules noires des canons pointaient vers le chenal que jadis les envahisseurs empruntaient pour déferler sur la ville. Raphael les escorta jusqu'aux guichets où Sam s'acquitta des droits d'entrée.

Comme beaucoup de constructions havanaises, l'enceinte était en mauvais état, ses pierres érodées par des siècles de tempêtes et de rayonnement solaire.

Le Dr Lagarde retira son panama pour s'éventer avec. « Le fort a été conçu par Juan Bautista Antonelli, un ingénieur militaire italien célèbre en son temps. Les Espagnols approuvèrent ses plans et les travaux démarrèrent en 1589. Avant cela, il n'y avait sur ce rocher qu'une batterie de canons et un poste de garde, ce qui était notoirement insuffisant pour une cité en pleine expansion. En effet, le petit village des origines était devenu en quelques années un grand comptoir maritime suscitant les convoitises des hordes de pirates qui sillonnaient la mer des Caraïbes. Le gouverneur de l'époque construisit d'abord un phare, puis demanda à la Couronne de financer des fortifications. Le chantier dura quarante ans et, quand le fort fut achevé, on plaça soixante-quatre canons au sommet de ses remparts.

— Mais les Britanniques ont quand même réussi à s'en emparer, si je me souviens bien, l'interrompit Sam.

— Effectivement. C'était en 1762. Ils occupèrent La Havane durant une longue année, mais la restituèrent aux Espagnols à la fin de la guerre de Sept Ans. Peu après, un nouveau chantier vit le jour, plus loin sur le chenal. C'est ainsi qu'en l'espace de dix ans, fut érigé le fort de La Cabaña, un ouvrage encore plus impressionnant et qui, combiné au fort El Morro, rendit la ville absolument imprenable.

— Il y a pas mal d'amateurs de vieilles pierres par ici, nota Remi en désignant la foule qui envahissait tous les endroits accessibles.

— C'est l'un des monuments les plus visités de La Havane. Un lieu emblématique. Ils sont encore plus nombreux le soir à neuf heures quand retentit la canonnade. Autrefois, elle signalait la fermeture des portes de la ville. Aujourd'hui, elle fait partie des attractions qui commémorent les anciennes traditions. »

Remi désigna un bâtiment devant lequel étaient massés des touristes. « Qu'est-ce que c'est ?

— Un musée. On y expose des armes anciennes, des vestiges liés au passé maritime de la ville.

— Les caves sont-elles visitables ?

— Bien sûr. Au sous-sol, seules quelques salles sont fermées au public. Pour cause d'insalubrité, je suppose.

— Vraiment ? J'ai hâte de tout voir, dit Remi. C'est tellement fascinant. »

Ils passèrent la journée à écumer les cours, les couloirs et les douves, s'arrêtant tout de même pour déjeuner dans l'un des deux restaurants. Un trio jouait des airs de salsa pour le grand plaisir des clients attablés. Sam goûta plusieurs bières locales, dont la blonde Cristal et la Bucanero ambrée. En regagnant leur hôtel, vers seize heures, bien que harassés de soleil et de fatigue, les Fargo décidèrent d'un commun accord de retourner sur les lieux dans la soirée pour assister à la canonnade quotidienne – et, par la même occasion, mesurer le temps que mettait la foule à se disperser après le spectacle puis trouver une façon d'accéder discrètement aux caves. Sur les plans que Rube leur avait envoyés, les conduits d'aération reliant le sous-sol aux niveaux supérieurs semblaient constituer des points d'entrée convenables, au cas où les serrures se révéleraient impossibles à fracturer.

La sécurité semblait relativement souple, mais il y avait quand même pas mal de policiers et de militaires sur les lieux – il aurait suffi que l'un d'entre eux donne l'alerte pour que Sam et Remi aient de gros problèmes. L'aile où se trouvaient les anciens cachots était interdite au public et une lourde porte en fer rouillé se dressait au bout du passage dallé qui s'enfonçait dans les entrailles du fort.

Sam étudia le plan pendant une heure encore, au cas où un détail lui aurait échappé. Il devait se rendre à l'évidence : cet endroit avait été conçu pour empêcher toute intrusion. Même en passant par l'intérieur, et à supposer que la garde se relâche un peu durant la nuit, s'y introduire par effraction relevait de la gageure. De surcroît, durant la visite, ils avaient noté la présence de caméras de surveillance dans les différents couloirs. Du côté de la grosse porte en fer, il n'y en avait pas mais la zone en question était à découvert et, si jamais ils se faisaient repérer, leurs chances de quitter le pays sains et saufs seraient réduites à néant.

À 20 heures 15, ils prirent un taxi pour le fort et se mêlèrent à la foule des touristes venus assister au rituel vespéral. Le canon qui devait officier était posé au centre d'une pelouse plongée dans la pénombre. La lune avait disparu derrière les nuages. Des soldats en uniforme de parade s'activaient tout autour, sous les flashes des appareils photo. Un frisson parcourut l'assistance au moment où le capitaine d'armes hurla ses ordres au peloton. Pendant qu'une partie des troupes continuait à défiler dans l'herbe, les artilleurs procédèrent à la manœuvre avec des gestes saccadés mais néanmoins efficaces.

La détonation retentit, assourdissante. Elle fut saluée par des vivats. Puis la tension retomba, les spectateurs se dirigèrent calmement vers les issues et Remi en profita pour se rapprocher d'une des portes donnant accès à l'étage inférieur. Après s'être assurée que personne ne la voyait, elle tira sur le battant et se glissa dans l'entrebâillement. Sam, lui, n'avait pas bougé. Il faisait semblant de lire un texto sur son portable en ignorant ostensiblement le policier qui venait de le dépasser, lequel était trop intéressé par les jeunes femmes en jupe courte pour lui prêter attention.

Cinq minutes s'écoulèrent, puis dix, puis vingt. Sam commençait à trouver le temps long, quand Remi réapparut.

« J'étais inquiet, dit-il, soulagé.

— Il n'y avait aucun danger, si ce n'est la patrouille armée jusqu'aux dents sur laquelle j'ai failli tomber. »

Sam la dévisagea. « Tu plaisantes.

— J'en ai l'air ?

— Pas vraiment. Comment as-tu fait pour les éviter ?

— Quand j'ai entendu des bruits de bottes, je me suis réfugiée dans l'une des cellules qui donnent sur le couloir. Par chance, je n'étais pas dans le champ d'une caméra.

— Qu'as-tu découvert ?

— Un conduit d'aération fermé par une grille assez épaisse mais tellement rouillée qu'elle s'effrite dès qu'on la touche. Avec un pied-de-biche ou un coupe-boulons, les barreaux céderont en cinq minutes. Seulement voilà, le conduit est étroit et je doute que tu puisses t'y glisser. S'il faut absolument passer par là, je devrai y aller seule. »

Sam secoua la tête. « Il n'en est pas question.

— Bon d'accord, dans ce cas, rentrons chez nous.

— Je ne veux pas que tu y ailles seule. On doit pouvoir s'y prendre autrement.

— J'ai eu le temps d'examiner le cadenas sur la grosse porte en fer. C'est un modèle soviétique, en acier cémenté, impossible à couper – encore faudrait-il pouvoir introduire une pince dans le fort. Et même si, par chance, on arrivait à franchir ce barrage, les gardes s'en apercevraient rapidement et se lanceraient à nos trousses en tirant dans tous les sens.

— Nous avons connu des situations plus compliquées et j'ai toujours trouvé le moyen d'entrer et de ressortir en un seul morceau. Tu te sens capable de forcer ce fichu cadenas ?

— Ça me paraît jouable, mais je n'ai jamais crocheté ce genre de modèle, et s'il faut attendre que je me familiarise avec, notre timing risque d'en pâtir. Et je te signale que si nous y allons tous les deux, la première patrouille qui passera dans le coin verra que quelqu'un est entré. J'ai pris une photo du cadenas. Comme ça, nous pourrons faire des recherches en ligne. » Elle se ménagea une pause. « Je persiste à croire que le conduit d'aération est la meilleure option.

— C'est hors de question. Je ne vais pas rester les bras ballants pendant que tu prends tous les risques. »

Le visage de Remi se détendit. « C'est l'une des choses que j'aime chez toi.

— Quoi ? Mon courage ? Mon esprit chevaleresque ?

— Non, ta manie de nous mettre dans des situations hyperdangereuses et ensuite de faire comme si tu ne risquais rien. Tu sais bien que si je me fais prendre, tu n'es pas près de quitter le pays toi non plus.

— Raison de plus. Je détesterais faire de la prison ici. »

Elle posa une main fraîche sur la joue de Sam. « Bien sûr. Tu es trop mignon.

— Tu trouves toujours le mot qui tue », répondit-il avant de se retourner brusquement. Un homme portant une casquette de base-ball venait d'apparaître au coin d'un mur. Il fit semblant de regarder ailleurs, alluma une cigarette en cachant son visage, puis s'en alla comme il était venu, ne laissant derrière lui qu'un nuage de fumée.

« Ce type me dit quelque chose. Je crois qu'il nous suit, murmura Sam.

— Pour quelle raison ? Nous-mêmes ignorons ce que nous faisons ici.

— Je l'ai déjà aperçu, mais où ?… » dit Sam, tendu comme un arc. Soudain, son regard s'éclaira. « Mais oui, c'était tout à l'heure. Il se tenait à l'écart de la foule. Il t'observait, c'est pour ça que je l'ai remarqué. Essayons de le rattraper. » Sam s'élança, Remi sur les talons. Mais en débouchant sur l'esplanade, ils se retrouvèrent coincés par les derniers spectateurs qui faisaient la queue pour sortir.

« Tu le vois ? demanda-t-elle.

— Non… attends. Oui, là-bas. Casquette noire. Chemise bleue à manches courtes. Trente mètres sur la droite. Devant la boutique. »

Voyant que Sam l'avait repéré, l'homme écrasa son mégot et se noya dans la foule. Sam piqua un sprint. Remi le suivit en se demandant ce qu'il ferait s'il le rattrapait.

Mais la question ne se posa pas. Quand ils atteignirent l'entrée principale, l'autre s'était envolé. Sam eut beau scruter les silhouettes qui s'éloignaient sur la route en pente, ce fut peine perdue. Autant chercher un moustique dans une pièce obscure.

Ils passèrent encore deux heures à arpenter le fort, descendant régulièrement à l'étage inférieur pour guetter la ronde. Vérification faite, la patrouille empruntait ce passage toutes les trente minutes. À 23 heures 30, seuls quelques noctambules traînaient encore sur les lieux et, mis à part les tout derniers clients des restaurants, Sam et Remi étaient les rares civils encore présents à l'intérieur des murailles. Même les vendeurs de souvenirs avaient replié leurs étals.

De retour à l'hôtel, Sam songeait toujours avec inquiétude à la filature dont ils avaient fait l'objet. Pour lui changer les idées, Remi proposa de redescendre et d'aller prendre un verre au Floridita, deux rues plus loin. Non seulement cet établissement figurait sur la liste des bars préférés d'Hemingway, mais on y avait inventé la recette du daïquiri glacé.

Ils s'installèrent au comptoir et commandèrent. Au début, Sam ne cessait de surveiller la porte. Après le premier verre, il réussit à se détendre.

« Écoute-moi, Sam, dit Remi. Je veux bien croire que ce type m'ait observée, comme tu dis. Mais pourquoi songer immédiatement à une filature ? C'était peut-être un pickpocket à la recherche de touristes à dépouiller.

— Possible. Après tout, personne ne sait que nous sommes ici. Et même si quelqu'un le savait, quel serait l'intérêt de nous suivre ? Ce n'est pas comme si nous avions trouvé un galion rempli d'or au large de La Havane.

— Tout à fait. On est tellement obsédés par les espions que la moindre broutille prend des proportions démesurées. Cela dit, mieux vaut pécher par excès de méfiance que le contraire.

— Certes. En tout cas, si quelqu'un nous suit, il doit maintenant savoir des tas de choses passionnantes à notre sujet. Par exemple, que nous aimons visiter les monuments historiques et boire des cocktails. »

Remi sourit. « Certes, vu sous cet angle, il n'y a pas de quoi fouetter un chat. » Elle finit son verre et soupira de contentement. « Comme tu as été sage aujourd'hui, je veux bien t'accompagner à l'hôtel. Et demain, nous essaierons de régler notre petit problème de forteresse. Ou cette escapade à La Havane n'aura servi à rien. »

18

Trois jours plus tard, Sam et Remi rendaient leur chambre. Ayant laissé leurs valises à la garde de Raphael, ils emportèrent pour tout bagage deux sacs à dos noirs contenant un change, leurs objets de valeur et leurs passeports, le tout à l'abri dans des poches étanches. Kendra avait passé quarante-huit heures à régler l'opération selon leurs indications. Quant à Raphael, il avait reçu pour mission de confier leurs affaires à la première de ses connaissances qui s'envolerait pour le Mexique.

Ils sortirent par-derrière, au nez et à la barbe des espions dont ils étaient à présent convaincus de l'existence. Pour autant qu'ils le sachent, ils étaient trois – deux hommes et une femme – à se relayer en modifiant régulièrement leur apparence. Sam leur aurait bien cassé la figure mais Remi l'avait convaincu d'opter pour une méthode plus subtile, à savoir la fuite.

Pour mieux tromper l'ennemi, ils changèrent de taxi à deux reprises, puis sautèrent dans un troisième qui les déposa devant le fort. Après la cérémonie du canon, ils dînèrent au restaurant et firent durer le plaisir, histoire d'attendre dans un environnement agréable que les spectateurs aient tous quitté les lieux.

Après le repas, ils se promenèrent le long des remparts en s'efforçant de repérer les patrouilles et, à minuit juste, franchirent discrètement la première porte. Sachant qu'ils étaient encore dans un espace autorisé, ils passèrent sans se cacher devant l'inévitable caméra, puis descendirent vers la grosse barrière en fer.

Pendant que Remi faisait le guet, Sam sortit de sa poche les outils de crochetage qu'il avait habilement confectionnés à l'aide d'une canette de Coca. Pour commencer, il fit glisser une lamelle d'aluminium incurvée par-dessus l'anse du cadenas et poussa jusqu'à ce qu'elle soit complètement insérée. Après quoi, il exerça une rotation et fut récompensé par un léger déclic. Il répéta l'opération de l'autre côté de l'anse. Le cadenas s'ouvrit.

« Le spectacle va bientôt commencer », murmura-t-il. Remi se rapprocha et le regarda verser quelques gouttes d'huile sur les gonds et le loquet.

« Prêt ? demanda-t-elle.

— Toujours. »

Quand elle le rabattit, le loquet glapit comme un animal blessé, malgré le lubrifiant. Remi se faufila par l'embrasure et courut vers la réserve où étaient stockés les artefacts. Sam resta sur place, l'oreille aux aguets. Il n'entendit aucun bruit alarmant mais sentit vibrer son portable. C'était Remi.

« Ça s'annonce mal, murmura-t-elle. Il y a une autre caméra dans le couloir, près de la porte des cachots.

Ce qui veut dire qu'ils m'ont repérée. Il est temps de passer au plan B. Referme et fiche le camp. On se retrouve à l'endroit convenu.

— Non ! J'ai un plan C. Je te rejoins.

— Sam, ils m'ont vue entrer. Dans une minute, ça va grouiller de soldats par ici. Je n'ai pas le temps de discuter.

— Alors ne discutons pas. Peut-on refermer cette porte de l'intérieur ? »

Un silence accueillit ses paroles. Puis il entendit Remi chuchoter dans le téléphone : « Oui. Il y a le même loquet de l'autre côté.

— Je te retrouve dans deux secondes. Occupe-toi de la réserve. J'espère que tes travaux pratiques de crochetage se révéleront payants. »

Sam tira sur le battant, entra, glissa le cadenas dans le loquet intérieur et le referma d'un coup sec. Avec un peu de chance, cette porte métallique leur ferait gagner un peu de temps ; elle servait surtout à séparer les espaces publics des locaux réservés au personnel mais semblait assez solide pour retarder leurs poursuivants. Et, comme toutes les barrières de sécurité, elle s'ouvrait vers l'extérieur, ce qui signifiait que pour la défoncer, il fallait démonter toute la structure, pas seulement le battant. Quant à tirer dedans, Sam se disait que les gardes ne seraient pas assez stupides pour s'exposer à d'éventuels ricochets.

En matière d'éclairage, le couloir ne disposait que d'une ampoule à incandescence vissée dans une applique grillagée. Sam courut vers Remi agenouillée devant une porte en bois. Il la dépassa, s'arrêta sous la fameuse caméra fixée en hauteur, sortit de son sac une bombe de peinture noire, examina le globe de verre réfléchissant, l'ouvrit et aspergea l'objectif.

« Ils sont aveugles, maintenant. Comment ça se présente ?

— Ce n'est pas aussi compliqué que je le craignais. Donne-moi juste une seconde », répondit Remi. Soudain, des bruits de bottes retentirent à l'extérieur. Ils cessèrent devant la grosse porte cadenassée. Puis des coups puissants ébranlèrent le battant métallique.

« À mon avis, c'est le moment idéal pour ouvrir cette serrure, ma chérie.

— J'y suis presque », marmonna-t-elle en palpant les goupilles au moyen du crochet improvisé qu'elle tenait dans une main, tandis que de l'autre, elle exerçait une pression avec un tenseur, lui aussi confectionné à partir d'une épingle à cheveux. Des outils si rudimentaires que Sam s'était d'abord montré dubitatif. Mais quand Remi lui avait prouvé leur efficacité – et son savoir-faire – en ouvrant la porte de leur chambre d'hôtel en quinze secondes, montre en main, il avait dû reconnaître qu'il avait eu tort de la sous-estimer.

« C'est bon », souffla-t-elle. Ils entendirent le pêne coulisser dans son habitacle. Remi se releva. « Prêt ? »

Le vacarme reprit à l'autre bout du couloir. Les soldats attaquaient la porte métallique tantôt à coups de pied tantôt avec la crosse de leurs fusils. Une cacophonie à laquelle s'ajoutaient jurons et invectives.

« À toi l'honneur. Je m'occupe de la lumière. Si jamais ils percent un trou dans cette porte, j'aimerais autant éviter qu'ils nous voient. »

Dès qu'elle poussa le battant, une sirène se déclencha. Ils avaient envisagé la possibilité d'une alarme, sonore ou silencieuse, mais furent tout de même surpris. Sam se boucha les oreilles avec des tampons en mousse. Quand il fut sous l'applique, il ressortit sa bombe de peinture et aspergea l'ampoule. Le couloir se trouva plongé dans les ténèbres. On discernait seulement le rai de lumière provenant d'une fente d'aération dans la muraille épaisse de trois mètres, au fond de la salle où Remi venait d'entrer.

Il y eut un coup de feu derrière la porte métallique, puis un cri de douleur et des ordres hurlés. Non seulement la balle ne l'avait pas traversée mais elle avait ricoché, blessant l'un des gardes. Une mésaventure qui peut-être refroidirait leur enthousiasme et les dissuaderait de recommencer.

Dix secondes après, les coups reprirent de plus belle, mais cette fois c'était un objet en acier qui heurtait le battant. Plus tôt dans la soirée, Sam avait remarqué la présence de haches à incendie dans les casiers vitrés fixés un peu partout dans le fort, et s'était dit qu'elles finiraient par servir. Il avait eu raison. Sachant que face à un tel assaut, la porte ne résisterait plus très longtemps, il fit demi-tour et, en tâtonnant, trouva l'entrée de la réserve.

« Tu as fini ? » cria-t-il depuis le seuil. Un flash l'aveugla momentanément.

« Quasiment ! Encore trois photos et on s'en va », lui répondit-elle d'une voix assez forte pour couvrir les braillements de la sirène.

Au même instant, de la lumière apparut au loin. Ils avaient réussi à passer. Dans quelques secondes, le couloir se transformerait en champ de tir.

« Ils approchent. Il faut y aller. Maintenant ! » cria Sam. Réagissant au quart de tour, Remi se mit à courir avec lui le long du passage. D'après le plan, ce dernier formait un coude puis débouchait sur une jonction. Il fallait juste espérer qu'au cours des quarante dernières années, un brillant esprit n'avait pas eu l'idée de condamner cette partie des caves – dans le cas contraire, leur soirée serait gâchée, songea Sam.

Ils venaient d'atteindre le coude quand les premières rafales retentirent derrière eux. Plusieurs balles leur passèrent sous le nez avant de ricocher contre les murailles. Ils se jetèrent à plat ventre et parcoururent les deux derniers mètres en rampant sur les coudes, établissant un nouveau record dans cette discipline chère aux militaires. Les tirs cessèrent, le temps que les soldats rechargent leurs armes.

Sam désigna une porte ouverte, quatre mètres devant eux. Ils continuèrent leur progression au ras du sol et, au bout d'un temps qui leur parut interminable, finirent par pénétrer dans un local sombre, exigu et nauséabond. Pourtant, derrière les odeurs de pourriture, ils identifièrent l'un des parfums les plus enivrants qui soient : celui de la mer. Impression confirmée par le bruit des vagues qui se fracassaient sur les rochers en contrebas.

La muraille du fond était percée de trois brèches dont chacune accueillait un genre de toboggan débouchant sur le vide. Les conduits semblaient étroits mais suffisants pour laisser passer une personne. Au bout, des barreaux rongés par la rouille. Sam alluma une minitorche, fouilla dans son sac et en retira un démonte-pneu et une corde. Puis il dirigea le faisceau ailleurs et découvrit un évier en pierre scellé dans une paroi. Jugeant ce support assez solide, il enroula plusieurs fois la corde autour de sa base, termina par un nœud d'escalade et tira dessus pour vérifier que ça tenait.

Après quoi, il se tourna vers Remi. « Je vais démonter les barreaux et quand je serai passé, tu t'engageras à ton tour. » Il s'allongea à plat ventre sur le sol glacé, couvert de moisissures et d'autres matières gluantes, et se laissa glisser sur le plan incliné, les bras tendus devant lui, la corde filant dans sa main gauche, le démonte-pneu serré dans sa main droite.

Comme il le pressentait, les barreaux étaient mangés par la rouille. Il lui fallut moins de trente secondes pour se ménager un espace suffisant. Quand il le franchit, des bouts de ferraille corrodée se détachèrent du mur et s'écrasèrent quinze mètres plus bas, sur les rochers servant de base à la forteresse. Dès qu'il fut sorti, Sam se replaça dans le bon sens et descendit en rappel jusqu'à une étroite plate-forme où les vagues venaient se briser avant de se fondre à nouveau dans la masse noire de l'océan. Sentant vibrer la corde enroulée autour de sa taille, Sam comprit que Remi n'allait pas tarder à le rejoindre ; il fut pourtant soulagé quand il entendit ses semelles de caoutchouc heurter le rocher où lui-même se tenait en équilibre.

« Fais gaffe ! souffla-t-il. Ça glisse et les bernacles sont coupantes comme des lames de rasoir. » Il retira ses bouchons d'oreille et les glissa au fond de sa poche en observant la muraille obscure qui les dominait. « Dépêchons. Dès qu'ils comprendront comment on a fait pour sortir, ils donneront l'alerte par radio et se remettront à nous canarder. »

N'ayant d'autre solution que suivre le bord de mer, ils s'éloignèrent aussi vite que possible. Remi dérapa, Sam la rattrapa par le bras et l'aida à se remettre d'aplomb. Cinq minutes plus tard, ils trottinaient le long d'une plage caillouteuse. Le fort El Morro se profilait loin derrière eux.

« Quelle distance nous reste-t-il à parcourir ? demanda Remi.

— Une centaine de mètres, je crois. Heureusement qu'ils n'avaient pas condamné ces latrines…

— Non, je t'en prie, tu n'as pas besoin de me rappeler à quoi ont servi ces toboggans. Déjà que je vais devoir prendre une dizaine de douches pour me débarrasser de cette horrible puanteur…

— Allons, ça fait des années qu'on ne les utilise plus… enfin, une vingtaine, je crois. Le tout-à-l'égout est une belle invention, tu ne trouves pas ?

— Si tu le dis. »

Leur course ajoutait toujours plus de distance entre eux et la forteresse.

« Tu as eu ce que tu voulais ? demanda-t-il en ralentissant pour tenter d'apercevoir leur objectif, quelque part sur la côte.

— J'ai tout photographié, y compris le manuscrit. Mais quand je l'ai déroulé, il s'est quasiment désagrégé sous mes doigts. C'est une honte que personne n'ait pris soin de sa conservation.

— On a de la chance qu'il en reste quand même un bout. Tu as vu des textes, des illustrations ?

— Oui. Mais je dirais que pour l'instant ce n'est pas notre problème principal, ajouta-t-elle en voyant des points lumineux danser au pied de la forteresse. Ils ont fini par piger. J'espère que Selma a tenu parole ou nos ennuis ne font que commencer.

— Regarde. Par ici ! » dit Sam. Du doigt, il désigna un filin relié à une grosse pierre. Il se précipita et tira dessus de toutes ses forces. Le canot pneumatique de couleur noire attaché au bout s'approcha du rivage en rebondissant sur les vaguelettes. Les Fargo virent tout de suite qu'il s'agissait d'une antiquité.

« C'est une blague, j'espère…, maugréa Remi.

— Hé, que veux-tu ? On est à Cuba. J'imagine que ce boudin en caoutchouc est ce qui se fait de mieux par ici. » Il déplia son couteau suisse, trancha le filin au ras du rocher, l'enroula et le jeta à bord de l'embarcation.

« Monte. Je vais le pousser loin du ressac », dit Sam.

Remi vérifia que la poche dans son dos était hermétiquement fermée et l'appareil photo à l'abri dans son sac étanche. Puis elle aida Sam à remettre le canot à flot et sauta dedans.

Sam attendit qu'une nouvelle vague se forme. Alors qu'il faisait volte-face pour la recevoir dans le dos, il aperçut des lumières au bout de la plage. Leurs poursuivants n'étaient plus très loin. Quand il n'eut plus pied, Sam se hissa à bord du canot et alla s'asseoir à l'arrière, près du moteur qui semblait dater des années 1960. Il tira une première fois sur le cordon d'allumage.

Rien.

Sa deuxième tentative fut suivie d'une petite toux et d'un nuage de fumée.

« Remi. Prends les rames, veux-tu ? J'ai l'impression que ce machin va mettre du temps à se réveiller. »

Remi s'exécuta. Pendant qu'elle les emmenait vers le large, Sam resta penché sur le moteur, de peur qu'elle ne voie l'angoisse sur son visage. Au troisième essai, l'engin démarra.

« Bien. Je t'avais dit qu'il n'y aurait pas de problème. »

Un rayon de lune se posa sur le scarabée d'or que Remi portait en pendentif. Des hommes criaient sur la plage. « Je te conseille de le pousser au maximum, dit-elle en plissant les yeux pour les apercevoir. Je te signale qu'on est toujours à portée de tir… et que nous le resterons jusqu'à ce que le rivage disparaisse. »

Comme pour illustrer ses dires, des balles plongèrent dans l'eau derrière eux. Une seconde après, le staccato d'une rafale déchira la nuit.

« Espérons qu'ils n'ont pas de lunette de visée à infrarouge, dit Sam. Baisse la tête. » Il mit pleins gaz, le moteur gémit comme s'il allait s'éteindre mais reprit très vite de la vigueur. Et le canot s'élança à la surface des vagues. D'autres projectiles tombèrent dans l'eau. Les soldats tiraient au hasard. Bientôt le vacarme des détonations se perdit dans la nuit et le petit canot poursuivit tranquillement sa route vers le nord.

« On est encore loin ? » demanda Remi.

Sam sortit un GPS étanche de son sac à dos, l'alluma et scruta l'écran.

« Deux kilomètres plein nord. Maintenant, nous allons voir le temps qu'il leur faut pour faire décoller un hélicoptère. S'ils sont aussi mous pour ça que pour le reste, on n'a pas à s'inquiéter. Il est presque une heure du matin et je doute qu'une si petite embarcation apparaisse sur leurs écrans radar.

— Elle non, mais tu penses au navire de secours ?

— Une fois que nous serons à bord, il gagnera rapidement l'espace maritime international. Par temps calme, comme ce soir, il peut voguer à cinquante nœuds, avec des pointes à cent, en cas de nécessité. En plus, je ne crois pas que les Cubains prendront le risque de déclencher un incident international juste parce que deux énergumènes se sont introduits dans une vieille réserve moisie. Surtout qu'on n'a rien volé, ce dont ils s'apercevront très vite. J'espère qu'après cela, ils nous lâcheront la grappe.

— Ça fait beaucoup d'espoirs et de suppositions, grogna Remi. Tu sais comme moi qu'une bonne stratégie repose sur des certitudes.

— Et je suis certain que les autorités cubaines ne nous rattraperont pas. Leur vedette la plus rapide ne dépasse pas les trente-six nœuds. Encore faudrait-il qu'elle démarre.

— Et s'ils nous balancent des missiles ? J'aimerais bien savoir où se trouve leur navire de guerre le plus proche.

— J'imagine que nous aurons un radar à bord.

— Tu imagines ?

— OK, je me tais. On verra bien. »

19

Le canot pneumatique filait à vive allure sur les vagues à peine ourlées d'écume. Sam se retournait sans arrêt vers la baie. Mais rien ne bougeait de ce côté-là. Bientôt, la coque sombre d'une vedette rapide se découpa à cinquante mètres devant eux.

« Le voilà », annonça Sam en tournant légèrement la proue du canot.

Dès que les Fargo montèrent à bord du Cigarette Maraudeur, les trois gros moteurs Mercury 1075 s'éveillèrent à la vie. Le pilote, un homme de haute taille aux cheveux gris et aux yeux bleus étincelants, regarda avec eux le vieux canot pneumatique se fondre dans la nuit. Après quoi, il remonta la fermeture Éclair du coupe-vent qu'il portait au-dessus d'une chemise hawaïenne dans les tons bleus, se passa la main dans les cheveux et contempla longuement les côtes cubaines qui disparaissaient au loin.

« Combien de temps avant Cay Sal ? » demanda Sam.

Le pilote jeta un coup d'œil sur le cadran orangé de sa montre et sourit. « Si la météo nous est favorable, deux heures maximum. Mes réservoirs sont pleins et un ravitailleur nous attend à mi-chemin. Bien sûr, si une vedette de la Marine nous prenait en chasse, nous passerions à plein régime, ce qui nous ferait arriver dans un peu plus d'une heure. Quoi qu'il en soit, nous aurons quitté les eaux territoriales cubaines dans moins de dix minutes. Suffit de rester à quatre-vingts nœuds. L'affaire sera vite réglée.

— Quatre-vingts nœuds ? On va décoller.

— Vous ne croyez pas si bien dire. D'ailleurs, je vous recommande de vous attacher.

— Merci du conseil, dit Remi. Allez-y, capitaine. Inutile d'attendre que nos ennemis se ravisent.

— Entendu, ma petite dame. Accrochez-vous. »

L'homme actionna la transmission, poussa la manette des gaz et mit cap au nord-ouest. Les moteurs rugirent, la vedette bondit et, trente secondes plus tard, ils filaient au-dessus des vagues à presque quatre-vingts nœuds. Les Fargo durent se tasser sur eux-mêmes car le pare-brise du Cigarette était trop bas pour les protéger du violent déplacement d'air engendré par la vitesse.

Le pilote posa son doigt sur le point lumineux qui clignotait à la périphérie de l'écran radar. « Sans doute un navire militaire ! hurla-t-il pour couvrir le fracas des moteurs. Il vogue par vingt-deux miles à l'ouest. Voyons comment il se comporte. Ça m'étonnerait qu'il nous ait vus. Ce petit bijou est assez difficile à repérer, surtout de nuit et par temps calme. »

Le Cigarette poursuivit sa course vers le nord. Chose incroyable, le point lumineux demeurait à la même place sur l'écran.

« Ils se déplacent rapidement, commenta le pilote. Trente-cinq nœuds, je dirais, ce qui est considérable pour un bâtiment de cette taille. Cela dit, nous allons deux fois plus vite. Donc, au moment où ils atteindront la limite de leurs eaux territoriales, nous serons déjà à mi-chemin de Cay Sal. »

À vingt-quatre kilomètres des côtes, les lumières de l'île ressemblaient à des têtes d'épingle. Comme la mer devenait plus agitée, le pilote redescendit à cinquante-cinq nœuds. Une brusque décélération qui surprit les Fargo et leur donna l'impression de faire du surplace, en comparaison. Ils avaient le bas du dos en capilotade à force de rebondir sur leur banc. Leur hôte, en revanche, demeurait imperturbable ; mieux encore, à le voir accompagner chaque secousse de son bolide d'une inclinaison de tout le corps vers l'avant, on aurait dit qu'il s'amusait comme un petit fou.

Les deux heures annoncées étaient écoulées. Ils abordèrent Cay Sal par son côté sous le vent. Le pilote lança un appel radio puis, se guidant sur la lumière d'une torche qui vacillait dans la nuit, s'engagea entre les hauts-fonds. Une manœuvre délicate qu'il exécuta de main de maître avant de s'arrêter près d'un Cessna T206H Stationair qui flottait à l'abri d'une crique, moteur allumé.

Le pilote de l'hydravion dut crier pour couvrir le bruit. « Salut, cap'taine ! Hé, vous deux ! Attention où vous posez les pieds ! Prenez ça. » Sam attrapa le filin qu'on lui lançait et tira jusqu'à ce que l'avion et le bateau soient bord à bord. Remi sauta gracieusement de l'un à l'autre pendant que Sam prenait congé de l'homme qui les avait secourus.

« Merci mille fois, monsieur.

— Bon voyage à vous et à votre charmante dame. J'ignore où vous allez mais je vous souhaite d'y parvenir sans encombre. »

Sam le salua d'un signe de tête puis lança un « J'arrive » au pilote de l'hydravion.

Par un hublot, Remi vit Sam prendre appui sur un flotteur et grimper dans la cabine en s'agrippant aux montants de la porte. Quant au Cigarette, il repartit dans un rugissement mécanique vers une destination inconnue, peut-être son port d'attache. Par curiosité, Sam essaya de déchiffrer les lettres peintes sur le tableau arrière.

« *Mistress of the C.* Bizarre comme nom de bateau, tu ne trouves pas ? commenta Remi.

— Il peut bien l'appeler comme ça lui chante pourvu qu'il revienne nous aider la prochaine fois que nous serons dans la panade. »

Le pilote du Cessna était un homme fringant à la courte barbe brune émaillée d'argent. Il se leva pour refermer la porte de l'appareil. « Bienvenue à bord, leur dit-il avec un sourire fendu jusqu'aux oreilles. On s'attache pour le décollage. »

Les Fargo se retrouvèrent de nouveau collés au fond de leurs sièges. L'avion commença par rebondir sur la crête des vagues puis s'envola pour un voyage de quatre heures, direction Cancún où les attendait leur G650.

20

Dès leur retour à Mexico, Sam et Remi se rendirent à l'Institut où ils visionnèrent les images qu'ils avaient volées à Cuba au péril de leur vie. Il y avait plusieurs photos des pictogrammes et seulement quatre du manuscrit, sachant qu'ils avaient déjà mis au rebut les lettres des marins – lesquelles n'avaient d'importance que d'un point de vue purement historique.

En temps normal, ils auraient aussitôt envoyé les clichés exploitables à La Jolla. Mais Remi hésitait. Pour tout dire, elle se demandait si Kendra méritait vraiment la confiance absolue que lui témoignait sa tante.

« À part Kendra et le reste de l'équipe, personne ne savait que nous étions à Cuba, dit Remi. C'est un fait incontournable. Et comme Selma, Pete et Wendy sont au-dessus de tout soupçon…

— Lagarde était au courant, lui aussi. Il a très bien pu vendre la mèche.

— Possible. Pourtant cette Kendra m'inquiète. Elle ne me revient pas. Depuis le début, d'ailleurs.

— Et ça fausse ton jugement, lui fit remarquer Sam. Personnellement, je ne l'imagine pas dans la peau d'une espionne.

— Moi non plus, mais alors comment expliques-tu que ces individus n'aient pas cessé de nous suivre à La Havane ? Ils connaissaient le nom de notre hôtel et l'intérêt que nous portions au fort El Morro.

— Encore une fois, tu oublies Lagarde et les gens à qui il s'est peut-être confié. Allons, Remi, qu'y a-t-il de plus plausible ? Que Kendra travaille pour la concurrence ou que quelqu'un à Cuba n'ait pas su tenir sa langue ? »

Remi n'était toujours pas convaincue, mais elle surmonta sa réticence et transmit les photos à chacun des membres de l'équipe en leur demandant de comparer le texte du manuscrit avec les différents codes usités au XVIe siècle.

Quant aux bas-reliefs, leur utilité n'était guère patente. On savait d'eux qu'ils étaient arrivés à Cuba par bateau pour y être soit conservés soit transférés ensuite en Espagne – ce qui n'avait pas eu lieu, de toute évidence. On y voyait des processions composées de guerriers ou de prêtres, diverses représentations du dieu Quetzalcóatl – un classique des iconographies toltèque et aztèque – et plusieurs pyramides crachant de la fumée.

Ce type de scène se retrouvait sur de nombreux sites, que ce soit au Mexique, à Belize ou au Guatemala. Il convenait donc de se demander ce que ces bas-reliefs avaient de particulier pour que les Espagnols aient pris la peine de les arracher à leur terre d'origine.

L'équipe de La Jolla n'ayant pas répondu en fin de journée, les Fargo décidèrent de se coucher de bonne heure. Un repos amplement mérité après ce qu'ils avaient vécu au cours des dernières vingt-quatre heures.

« À mon humble avis, nous n'aurons jamais l'occasion d'explorer un galion englouti au large de La Havane, dit Sam en marchant vers le taxi garé devant l'Institut.

— Ce n'est pas comme si on l'avait espéré.

— Si on commandait un repas au service d'étage avant de tomber dans les bras de Morphée ?

— Ton idée n'est pas mauvaise mais d'abord, j'ai rendez-vous avec un long bain chaud.

— Les désirs de madame sont des ordres, dit-il en lui ouvrant la portière. Telle est ma nouvelle devise. »

Remi s'installa sur la banquette. « Comment as-tu trouvé les photos ?

— Bien cadrées, bien éclairées… », répondit-il en s'asseyant auprès d'elle.

Remi lui donna un petit coup de coude. « Arrête de faire l'imbécile.

— Ah, tu veux savoir si je pense qu'elles nous mèneront jusqu'au tombeau de notre insaisissable ami ? Eh bien, on ne peut pas dire qu'elles soient aussi parlantes qu'un X sur une carte au trésor.

— C'est également mon avis, maugréa Remi. Ces bas-reliefs ne m'évoquent rien. Ils se ressemblent tous.

— Je propose qu'on en parle demain à Maribela et Antonio. Après tout, ce sont eux les experts. Ils pourront au moins nous dire s'ils sont d'origine toltèque ou aztèque et s'ils ont un quelconque intérêt pour nous.

— Ils sont les seuls capables d'éclairer notre lanterne, et pourtant, j'hésite.

— C'est peut-être à cause de la fatigue. Je te rappelle que la journée d'hier a été plutôt sportive. On est entrés par effraction dans une forteresse, des soldats nous ont poursuivis, tiré dessus, on a passé des heures sur un speedboat, on a survolé le golfe du Mexique à bord d'un hydravion et le Mexique dans un avion à réaction.

— Tu oublies notre évasion par les latrines. C'est pas demain la veille que…

— Considère ça comme une épreuve de canyoning. Tu verras, ça change tout. »

Remi fronça le nez. « Je ne dirai qu'un mot : Beurk ! »

Le reste du trajet en taxi se déroula dans un silence agréable. Comme prévu, ils dînèrent tranquillement dans leur chambre. Voulant faire plaisir à Remi, Sam commanda son cocktail préféré, une margarita à la grenade. Pour lui-même, il choisit une tequila Don Julio Blanco avec de la glace, du sel et du citron vert. Après le repas, il appela Selma pour lui demander ce qu'avaient donné les recherches sur le manuscrit. Ce fut Kendra qui décrocha.

« Rien pour l'instant. Le traitement automatisé n'ayant fourni aucun résultat, nous essayons d'autres méthodes. Mais ça me paraît mal engagé. Pete dit que si c'était un code connu, la séquence automatisée l'aurait cassé. Donc il s'agit peut-être d'un chiffrement non répertorié.

— Ou à mettre en relation avec un autre document. Auquel cas nous n'aurons jamais la solution.

— Selma va l'entrer dans sa propre base de données. On ne sait jamais… Pourtant, la plupart des techniques de cryptage ont été analysées, de nos jours. Quant aux autres… eh bien, elles conservent leur mystère.

— Continuez à creuser, Kendra. On se rappelle demain. Y a-t-il autre chose ?

— Un rapport d'avancement nous est parvenu depuis le Canada. Un certain Dr Jennings vous informe que les préparatifs se déroulent bien. Il paraît que vous comprendrez. Et il ajoute qu'il va laisser ses collègues poursuivre l'inventaire et rentrer à Montréal pour lever des fonds en faveur de la restauration. Il vous remercie de l'avoir mis en contact avec Warren Lasch de la mission *CSS Hunley* – ce monsieur est, je cite, "un cadeau du ciel".

— Tant mieux. Je savais qu'il accepterait de leur donner un coup de main.

— Il passera plusieurs semaines au Canada pour superviser la construction des infrastructures et le transport du vaisseau. » Kendra hésita. « J'ai transféré ce rapport sur votre messagerie.

— Bien. C'est du bon boulot, Kendra. Merci. » Sam attendit un peu avant d'ajouter : « Comment va Selma ?

— Elle prend le taureau par les cornes, vous la connaissez, c'est une battante. Elle regagne des forces et de la mobilité un peu plus chaque jour mais, à mon avis, elle en fait trop. Du coup, elle a encore besoin d'antalgiques pour dormir.

— Elle est ici ? »

Kendra marqua un temps d'hésitation. « Elle fait une sieste. Vous voulez que je la réveille ?

— Non. Bien sûr que non. Laissez-la se reposer. Je voulais juste la saluer. Ce sera pour la prochaine fois.

— OK. Autre chose ?

— Non, Kendra. Je rappellerai à neuf heures demain matin, heure de Californie.

— Je serai là. »

Remi le regarda raccrocher en fronçant les sourcils. « Quelque chose ? demanda-t-elle.

— Pas encore.

— Toujours ton fameux optimisme.

— Ça fait partie de mon charme.

— Comment va Selma ?

— Kendra dit qu'elle se bat. » Sam lui résuma leur conversation.

Remi réfléchit un long moment, puis déposa un baiser sur la joue de Sam. « Tu es un homme bien, Sam Fargo.

— J'ai encore réussi à t'embobiner. Ma ruse fonctionne, dit-il avant de l'embrasser à son tour.

— Ou alors c'est la fatigue et la margarita. »

21

Les puissants moteurs du yacht faisaient vibrer le sol du salon que Janus arpentait, un verre de cognac dans une main, son portable dans l'autre. Il ne disait rien mais on le sentait sur le point d'exploser. Au loin, perchées sur les collines, on apercevait les maisons bleues et blanches de Mykonos où le navire s'apprêtait à faire escale pour une semaine. Au programme, fiestas et rendez-vous d'affaires. Janus prévoyait de rencontrer des clients désireux d'acquérir le genre d'armement qu'on ne peut se procurer qu'en dehors des circuits officiels et à prix d'or.

« Ils ont faussé compagnie aux espions cubains qui bossent pour toi ? Des amateurs comme eux ! Comment est-ce possible ? finit-il par hurler. J'exige des explications.

— Ils les suivaient 24 heures sur 24, dit Percy. Mais je suppose que les Fargo s'en sont rendu compte parce qu'ils se sont volatilisés.

— Tu cherches des excuses à cette bande de pieds nickelés ? Je ne m'intéresse qu'aux résultats, je croyais que tu le savais.

— Oui, je le sais. D'ailleurs, je leur ai passé un savon. Je leur ai dit qu'on ne les paierait pas.

— J'aurais préféré que tu les jettes aux requins.

— Certes. Mais je crains que ce genre de méthode suscite des mécontentements, même à Cuba.

— Je commence à en avoir marre de distribuer du fric à tout le monde sans rien obtenir en retour.

— Je comprends. » Percy inspira discrètement. « Toutefois, j'ai appris quelque chose d'assez intéressant par une autre de mes sources. La même nuit, des individus ont pénétré par effraction dans le sous-sol du fort El Morro. Les vidéos de surveillance montrent nos deux amis en pleine action. Les Cubains sont blêmes, c'est une place forte gardée par la police et l'armée mais, d'après ce que j'ai compris, vos deux amateurs y sont entrés sans difficulté et sont repartis de même.

— Incroyable. Qu'ont-ils volé ?

— Eh bien, c'est là que ça devient bizarre. Les autorités prétendent que rien ne manque. Apparemment, la cave en question ne contenait que des vieilleries, des instruments de marine, des papiers. Il y avait aussi quelques pierres gravées. Sans intérêt, d'après ce que j'ai compris.

— Ça m'étonnerait beaucoup. Les Fargo n'auraient pas pris un tel risque pour si peu. Je commence à les connaître, ces deux-là, et je peux te dire qu'ils ne font jamais rien sans raison. Je veux un inventaire complet des objets entreposés dans cette cave. Et plus vite que ça…

— J'ai devancé vos désirs. En ouvrant votre messagerie, vous trouverez une liste accompagnée de photos.

Vous constaterez que certains papiers ont mal supporté leur séjour prolongé dans ce cul-de-basse-fosse.

— Mais qu'ont-ils dans la caboche, ces Cubains ? Pourquoi stocker des objets précieux dans un endroit pareil ?

— J'imagine qu'ils ont déjà fort à faire avec leurs problèmes politiques. »

Janus grommela. « Bon. Je jette un œil et je te rappelle. »

Il coupa la communication et se remit à faire les cent pas. À force de tourner cette histoire dans sa tête, il avait des aigreurs d'estomac. Par son contact mexicain, il avait appris que les Fargo étaient revenus à Mexico et avaient passé la journée à l'Institut. Là, au moins, il pouvait les tenir à l'œil. Surtout qu'ils ignoraient qu'on les filait, peut-être parce que les Mexicains disposaient d'une équipe de surveillance plus importante. Il se promit d'avertir son correspondant sur place. On devait éviter de faire quoi que ce soit qui risque d'éveiller leur méfiance.

Janus pénétra dans son luxueux bureau, consulta sa messagerie et ouvrit le fichier envoyé par Percy en se demandant lequel parmi les objets de cette liste valait qu'on risque sa vie.

Mais à quoi bon se fatiguer ? Janus cultivait une arme secrète, une arme dont Percy lui-même ignorait l'existence, et qui allait enfin lui servir. Tout comme il les avait suivis pas à pas dans leurs récentes pérégrinations, il saurait prochainement ce qui faisait courir les Fargo.

Janus ferma son ordinateur portable et rejoignit son frère qui prenait du bon temps au bord de la piscine. Pour agrémenter leur séjour en Grèce, il avait engagé cinq call-girls espagnoles, une brune et quatre blondes. Connaissant ses clients syriens, il savait que la présence de jolies femmes aux cheveux blonds faciliterait les transactions, lesquelles portaient sur des sommes exorbitantes. Dans l'escalier en teck menant au pont supérieur, ses mocassins italiens cousus main ne faisaient aucun bruit. Janus s'approcha de la table, bras écartés, un sourire rayonnant sur le visage. Il avait l'intention de se distraire un peu avant l'arrivée des hommes d'affaires, dans quelques heures.

« Mesdemoiselles, s'il vous plaît. C'est impoli de vous amuser sans moi. Venez donc par ici. Le capitaine Benedict aimerait passer un peu de temps avec ses nouvelles amies. »

Les filles qui ne s'attendaient pas à le voir surgir ainsi poussèrent d'abord un petit gloussement gêné puis, notant son sourire lascif, se détendirent. Elles avaient assez d'expérience pour deviner ce qu'il avait en tête. Après tout, leur métier consistait à assouvir les appétits masculins.

Un métier aussi vieux que les collines grecques vers lesquelles voguait le yacht.

*

Avant de rejoindre leur chantier de fouilles, Maribela et Antonio avaient fait un crochet par l'Institut. À présent, ils découvraient avec stupéfaction les photos prises par les Fargo à Cuba.

« Absolument remarquable. Comment avez-vous eu accès à ces merveilles ? demanda Antonio.

— Un sourire, un peu de persuasion, répondit Sam. Il suffit de savoir s'y prendre. En fait, les Cubains semblaient ravis de nous aider. » Ils avaient décidé de leur montrer les photos des artefacts mais pas celles du manuscrit.

Assise en retrait, Remi présentait un visage impassible.

« Eh bien, vous devriez faire carrière dans la politique, s'écria Maribela avec un sourire exagérément chaleureux, au goût de Remi.

— Je crains d'être trop honnête pour m'engager dans cette voie. »

Le rire cristallin de Maribela fit à Remi le même effet que le crissement d'une craie sur un tableau noir. Elle prit son air bourru, se leva et alla se placer à côté de Sam.

« Alors, que pensez-vous des pictogrammes ? » grommela-t-elle.

Antonio colla presque son nez sur l'écran. « C'est de l'art toltèque, je suis affirmatif. Mais les scènes représentées ne m'évoquent pas grand-chose. Il faudrait que je les examine plus attentivement mais…

— Rien qui vous surprenne ? insista Remi.

— Non, rien. Une procession. Quetzalcóatl. Des prêtres ou des dignitaires. Des jaguars, des aigles, comme d'habitude. Le plus curieux, c'est cette pyramide.

— Elle n'aurait pas une signification particulière ? tenta Sam.

— Le problème c'est que nos connaissances en la matière sont essentiellement basées sur des interprétations. Et ces interprétations sont susceptibles d'évoluer à tout moment avec l'apparition de nouvelles données. Pour prendre un exemple, certaines des structures trouvées en fouilles dernièrement nous ont amenés à revoir quelques-unes de nos théories sur les Toltèques.

— Vous nous montrerez ce que vous avez découvert en notre absence ? » demanda Remi.

Antonio hocha la tête. « Bien sûr. Nous avons prévu de retourner sur le chantier après cette réunion. Vous êtes les bienvenus.

— Il y a toujours des problèmes d'hygiène, précisa Maribela, mais depuis que le réseau d'eau potable a été rétabli, les tensions se sont calmées.

— Merci pour le rendez-vous », dit joyeusement Sam. Puis il se replongea dans ses notes jusqu'à ce qu'il sente le regard assassin de Remi dans son dos.

Quand les Casuela furent partis, Remi se mit à marcher de long en large en faisant claquer ses talons sur le lino.

« Qu'est-ce qui t'arrive chaque fois que Maribela apparaît ? demanda-t-elle.

— De quoi tu parles ?

— Tu le sais pertinemment. »

Il haussa les épaules. « Non, vraiment, je ne vois pas.

— Dès qu'elle ouvre la bouche, on croirait voir un adolescent boutonneux au bal de la promo. »

Sam écarquilla les yeux. « Allons, Remi, le monstre aux yeux verts referait-il surface ? Ça m'étonne de toi. Franchement.

— Ne détourne pas la conversation. Je vois bien comment tu te comportes.

— Tu veux dire que je bave devant elle ?

— Je ne trouve pas ça drôle. »

Sam lui sourit gentiment. « Depuis le temps, tu devrais savoir que tu es la femme de ma vie. »

Elle l'observa d'un air méfiant. « Tu dis ça juste pour me rassurer, hein ?

— Si je voulais juste te rassurer, je t'aurais dit "non, tu te fais des idées".

— Tu vois ? Ce qui m'énerve chez toi c'est que tu es incapable de fournir une réponse claire.

— C'est pourtant ce que je viens de faire. Bon, si nous revenions à notre passion commune pour les trésors enfouis ? Non pas que je détesterais vivre dans un soap opéra mexicain… » Sam fit le geste de friser une moustache absente et, bien malgré elle, Remi éclata de rire.

Les rues étaient si encombrées qu'ils mirent quarante minutes pour arriver sur le site. Quand leur taxi se gara près de l'entrée du chantier souterrain, les Fargo virent que les sentinelles avaient changé. Ils présentèrent leurs passeports, descendirent le plan incliné et tombèrent sur une douzaine d'étudiants occupés à nettoyer des poteries au pinceau pour pouvoir ensuite les photographier.

Antonio les précéda dans le passage menant à la plus grande salle. « Vous savez, l'un des motifs que vous nous avez montrés tout à l'heure présente des ressemblances avec certains bas-reliefs trouvés ici. Je ne voulais rien dire avant d'avoir vérifié mais maintenant que j'en suis sûr, j'aimerais avoir votre opinion. »

En entrant dans la crypte, il s'adressa en espagnol à trois étudiants qui collaient des étiquettes sur les artefacts. En sortant, les jeunes gens croisèrent Maribela qui arrivait.

« Desquels parlez-vous ? demanda Remi à Antonio.

— Je crois que... oui, en voilà un. Juste là. Mais c'est tout petit, vous allez devoir vous pencher », précisa-t-il en posant le doigt sur un élément du pictogramme.

Il s'agissait d'un groupe de personnages, prêtres et guerriers, prosternés devant une pyramide surmontée d'un nuage.

Maribela y jeta un simple coup d'œil. « On peut en donner diverses interprétations. C'est assez vague.

— D'après les postures, c'est une cérémonie religieuse, dit Sam. Ces gens sont en adoration devant la pyramide. Est-ce un thème répandu dans l'art toltèque ? »

Antonio haussa les épaules. « Ni plus ni moins que dans l'art maya ou aztèque. Encore que nous ayons plus d'éléments de comparaison en ce qui concerne ces deux civilisations. »

Remi observa la pyramide un instant encore, puis se redressa. « Supposons que cette scène raconte la même histoire que celle du bas-relief cubain. Quelle conclusion pourrions-nous en tirer ?

— Aucune, malheureusement. » Antonio se ménagea une pause. « À part qu'un individu lambda ayant vécu cinq cents ans avant nous a éprouvé tellement d'intérêt pour la scène en question qu'il a voulu l'envoyer par-delà les mers. »

Maribela acquiesça. « Oui, la question du sens qu'il convient d'attribuer à ces motifs est loin d'être résolue. Les Cubains vous auraient-ils remis des photos du manuscrit conservé au même endroit que les bas-reliefs ? »

Remi se raidit. « Nous sommes en pourparlers avec eux, mais vous savez ce que c'est. On a déjà eu la chance d'avoir pu faire tout ça. S'ils nous contactent, vous serez les premiers informés. »

Maribela soutint son regard, puis se tourna vers la procession immortalisée dans la pierre. « Ce n'est pas très grave. On n'est même pas sûrs que le manuscrit ait un rapport avec ces pictogrammes. C'est peut-être juste une description fantaisiste des fabuleux trésors du Nouveau Monde, ou bien une demande de subsides adressée à la Couronne d'Espagne…

— Pourtant, c'est bien vous qui disiez qu'il contenait des dessins tirés de l'iconographie aztèque ou toltèque, s'étonna Sam.

— Oui, mais je ne serais pas étonnée qu'il s'agisse d'une affabulation. Ou que son auteur ait cru tomber sur une piste qui se serait ensuite révélée fausse », expliqua Maribela en s'éloignant du bas-relief.

Sam et Remi passèrent le reste de la matinée à étudier les pictogrammes. Vers midi, Maribela les ramena en voiture jusqu'au Four Seasons. Pendant qu'ils regagnaient leur chambre, Sam composa le numéro de Selma. De nouveau, ce fut Kendra qui répondit.

« Je suis contente de vous avoir en ligne, dit-elle après le traditionnel échange de politesses. Selma veut vous parler. Elle est à côté de moi.

— Très bien, j'écoute. »

Selma alla droit au fait. « J'ai passé la nuit sur le manuscrit mais je n'ai rien trouvé. S'il s'agit bien d'un code, personne n'en possède la clé. J'ai même envoyé des petites parties du texte à plusieurs universitaires spécialistes du chiffrement : ils ont tous déclaré forfait.

— Quelle solution nous reste-t-il ?

— C'est la question que je me suis posée ce matin. Et soudain, j'ai eu l'idée d'appeler ton ancien professeur de Cal Tech, George Milhaupt. Il s'y connaît en cryptologie et, en plus, il a un gros carnet d'adresses. » Selma hésita. « Il m'a cité un nom mais je crains que tu ne sois pas d'accord. D'après lui, une seule personne serait en mesure de vous aider. Lazlo.

— Lazlo Kemp ? articula Sam, le cœur serré.

— Le seul et l'unique. »

Il y eut un silence gêné sur la ligne, comme lorsqu'on raconte une blague en ratant la chute.

« Mais il est… souffrant, n'est-ce pas ? Depuis sa… heu… mésaventure ?

— Oui, depuis le scandale, il se fait très discret. Mais en creusant un peu, j'ai découvert qu'il avait renoncé aux vénérables enceintes universitaires pour se consacrer aux recherches sur le terrain. Aux dernières nouvelles, il courait après un trésor caché dans la jungle laotienne.

— Ça ne m'étonne pas, dit Sam. Il a toujours eu le profil d'un chasseur de trésors.

— Eh bien, je suppose qu'après s'être fait virer de l'enseignement, il s'est dit qu'il n'avait plus rien à perdre et il a suivi votre exemple.

— Il m'avait confié ses aspirations à plusieurs reprises. Mais je ne l'ai jamais pris au sérieux.

— Et tu as eu tort, si j'en crois mes infos. Bref, George dit que Lazlo est le meilleur et que si quelqu'un peut déchiffrer votre manuscrit, c'est lui.

— Je partage son point de vue, admit Sam. Lazlo a vraiment un don.

— J'ai tenté de le joindre. Il a plusieurs numéros mais ne répond sur aucun. J'ai même appelé sa fille. Ça fait des années qu'elle n'a pas de nouvelles de lui. Mais ça n'a pas l'air de la peiner tant que ça, vu ce qu'elle m'a déclaré avant de me raccrocher au nez.

— Outch. »

Selma s'éclaircit la gorge. « Elle a dit : "Si vous tenez absolument à déchiffrer ce manuscrit, il va falloir que vous partiez à sa recherche. Il est quelque part au Laos. Ou ailleurs. Avec lui, on ne sait jamais". »

Sam siffla entre ses dents, contempla le plafond un instant, et finit par dire : « Très bien, Selma. Merci. S'il te plaît, dis à Kendra et au reste de la troupe de se mettre à sa recherche. Je veux savoir où Lazlo a été aperçu pour la dernière fois, avec qui il travaillait, qui le finançait et à quel moment il a fermé les écoutilles…

— J'ai anticipé ta demande. Ils sont déjà au boulot.

— Tu es une déesse, Selma.

— Trop d'honneurs. »

Sam fit une pause. « Comment se passe ta rééducation ? »

Elle adopta un ton sérieux pour répondre. « Je ne souhaite cela à personne. Heureusement, c'est bientôt fini. »

Quand Sam raccrocha, il vit Remi le regarder fixement.

« Tu as bien prononcé le nom de Lazlo, n'est-ce pas ? demanda-t-elle.

— Mon vieux professeur dit qu'il est le seul à pouvoir décrypter le manuscrit.

— Tu plaisantes, j'imagine. »

Sam la considéra d'un air contrit. « Hélas non.

— Qu'est-ce qu'il devient depuis... l'incident ?

— Eh bien, ils l'ont licencié. Rien de tel qu'un scandale bien juteux. D'après Selma, il est à la recherche d'un trésor quelque part en Asie. » Sam haussa les épaules. « Quel besoin avait-il de jeter son dévolu sur la fille d'un patron de presse parmi les plus puissants d'Angleterre... et tout ça pour... Ça me dépasse. Il a pris de mauvaises décisions, il en a payé le prix. »

Remi fronça les sourcils. « Tu m'en diras tant. Rappelle-moi, elle avait dix-huit ans, non ? Et lui ? Combien ? Cinquante ?

— Non, quarante-huit ou quarante-neuf. Il n'aurait jamais dû la faire boire. Là, je trouve qu'il a franchement abusé. C'était l'une de ses étudiantes de première année, je crois. À peine majeure. Cela dit, elle a déclaré qu'elle était consentante...

— Je suis désolée, Sam, mais il n'a eu que ce qu'il méritait. Pourtant tu sais combien je l'appréciais. »

Sam nota qu'elle parlait au passé. « En plus, il a un gros problème d'alcool, ajouta-t-il en hochant la tête. Non, pas question de recourir à lui. Quel dommage, pourtant ! Ce type vous déchiffrait n'importe quel document ancien en deux temps trois mouvements. C'est d'ailleurs pour cette raison que George me l'a recommandé. »

Remi le fixa d'un air incrédule. « Non, ne me dis pas que...

— Si, il faut qu'on le trouve.

— Cet homme est un danger public. Une catastrophe ambulante. J'espère qu'après m'avoir fait dormir sur la glace et fuir par les latrines d'une forteresse, tu ne vas pas me demander d'aller chercher ce poivrot nombriliste dans la jungle de… où disais-tu qu'il était ?

— Au Laos.

— Le Laos ! Tu veux parler de ce trou paumé au bout du monde où on crève de chaud et où on se fait égorger à tous les coins de rue ? Ce Laos-là ?

— Je me suis laissé dire qu'il y avait des endroits charmants…

— Tu peux toujours courir. Tu auras beau me faire les yeux doux, jamais je ne mettrai les pieds dans le Triangle d'Or, surtout pour retrouver ce sale individu.

— Remi…

— As-tu perdu l'esprit ? IL N'EN EST PAS QUESTION. Fin de la discussion. »

22

Les pneus du G650 venaient de toucher la piste surchauffée de l'aéroport international Wattay à Vientiane, capitale de la République démocratique populaire du Laos. Le vol depuis Mexico avait duré presque vingt-quatre heures, avec une escale à Hawaii pour refaire le plein. Kendra avait obtenu tous les permis nécessaires à l'entrée de l'avion dans l'espace aérien laotien et à son séjour d'une durée indéterminée sur une voie de garage de l'aéroport. Les trois membres d'équipage étaient censés attendre le retour de leurs employeurs dans un hôtel à Vientiane.

Une fois passée la douane, un chauffeur dépêché par l'hôtel Salana les accueillit à la sortie du terminal. Leur chambre, correcte sans être luxueuse, était dotée d'un système de climatisation en état de marche. Après une bonne douche, ils dînèrent frugalement et se couchèrent tôt, épuisés par le décalage horaire – douze heures entre Mexico et Vientiane.

Quand ils émergèrent après une longue nuit de sommeil, Sam appela Kendra. Elle leur avait trouvé un guide acceptant de les conduire dans la région des hauts-plateaux où Lazlo avait été vu pour la dernière fois. D'après les renseignements glanés par Selma, il était resté une semaine dans la capitale pour se procurer de l'équipement et rendre visite à l'une de ses relations, professeur à l'université de Vientiane, puis était parti vers le nord. Avant de disparaître dans la jungle, il avait passé un appel en PCV à son frère – avec lequel il était brouillé – depuis une cabine située à Vang Vieng, une petite ville au bord de la Nam Song.

Cette conversation remontait à un mois et demi. Selma avait dû insister pour que le frère la lui rapporte. Lazlo l'avait supplié de lui envoyer 2 000 livres via l'agence Western Union de Vientiane, somme qui devait servir à financer ses recherches et à le "sortir des emmerdes", avait-il ajouté avant d'avouer qu'il avait eu des démêlés avec la justice et que la police de Vang Vieng allait bientôt l'escorter jusqu'à Vientiane pour qu'il s'acquitte d'une amende. Son frère avait accepté d'envoyer les 2 000 livres mais en précisant que c'était la dernière fois. Ce à quoi Lazlo avait répondu qu'il n'aurait plus jamais besoin de lui emprunter de l'argent parce qu'il était sur le point de faire une découverte qui mettrait un terme définitif à ses difficultés financières et à celles de toute leur famille.

Depuis lors, n'ayant plus de nouvelles, il redoutait que Lazlo n'ait encore aggravé son cas.

Leur guide, un jeune homme d'une vingtaine d'années prénommé Analu, s'exprimait dans un anglais compréhensible mais d'une voix aiguë et surexcitée. Il les escorta fièrement jusqu'à son véhicule : un 4×4 Isuzu qui avait dû être rouge dix ans auparavant et dont l'état des pneus laissait à désirer. Quand Sam lui dit qu'ils voulaient se rendre à Vang Vieng, Analu lui fit un sourire radieux, exposant par là même une dentition à faire rêver un chirurgien-dentiste.

« Vous randonnée ? Vous canoë ?

— Euh, non. Nous avons un ami là-bas, enfin s'il y est toujours.

— Beaucoup de touristes à Vang Vieng. Mais rivière dangereuse. Des blessés, des morts. Tous les ans. Mais c'est fini.

— Fini ? s'étonna Remi.

— Ouais, heu heu. Grande ville touristique, beaucoup de jeunes, beaucoup d'alcool. Maintenant c'est mieux.

— Que s'est-il passé ? s'enquit Sam.

— Le gouvernement démolir bars de rivière.

— Il n'y a plus de débits de boissons ? dit Remi. Pour quelqu'un comme Lazlo, ça doit être l'enfer…

— Non, encore beaucoup de bars. En ville. Pareils mais différents. Nouveaux bars sur la rivière mais pas beaucoup. Amis de la police. Famille, cousins, frères… Ouais ?

— Je crois comprendre. Donc vous connaissez l'endroit ? demanda Sam.

— Oui, oui. On y va ?

— C'est loin ?

— Trois ou quatre heures. Route plutôt bonne. Pas de pluie. Pas bon la pluie.

— Y a-t-il des hôtels sur place ?

— Oui, oui. Beaucoup bons hôtels.

— Dans ce cas, allons-y tout de suite, dit Sam. L'heure tourne. »

Ils s'entassèrent dans le petit 4×4 dont le moteur trois-cylindres démarra en crachant un nuage de fumée noire. Sam aurait bien aimé savoir par quel biais Kendra avait déniché leur nouvel ami, mais il garda ses réflexions pour lui.

Analu s'inséra dans la circulation sans prêter attention aux véhicules qui venaient en face – ce qui déclencha un concert de klaxons. Il accéléra et, sortant le bras par la fenêtre, fit un geste que Sam interpréta comme un signe amical. Après avoir évité de justesse un camion de livraison, incident qui ne le perturba aucunement, Analu mit pied au plancher. L'Isuzu s'élança sur le bitume en titubant comme un boxeur au bord du K.-O. technique.

Dix secondes plus tard, une grosse berline noire de marque Nissan, garée cinquante mètres derrière eux, démarra à son tour et les prit en filature. Les deux Laotiens qui l'occupaient avaient l'air très concentrés sur leur tâche. Quand l'Isuzu bifurqua pour rejoindre la route 13, le passager de la Nissan sortit son téléphone, prononça deux ou trois mots, puis se tourna vers le chauffeur et lui demanda de lever le pied.

À la sortie nord de Vientiane, l'Isuzu s'engagea sur une route mal entretenue que des milliers de motos prenaient d'assaut chaque fois qu'ils s'approchaient d'une nouvelle agglomération. Pour autant que Sam puisse en juger, les règles de conduite n'existaient pas dans ce pays. Les gens roulaient à l'estime, fonçaient comme des malades, ne freinaient qu'au tout dernier moment, circulaient souvent du mauvais côté de la route et ne se rabattaient qu'une seconde avant l'impact. Pourtant, au bout d'une heure, il finit par s'y habituer.

Le paysage qu'ils traversaient ne cessait de les surprendre. Eux qui s'attendaient à une jungle épaisse découvrirent de vastes terres agricoles d'un vert lumineux, presque fluorescent, des cultures tropicales qui s'étiraient à l'infini et ondoyaient sous le vent.

Contrairement à ce qu'ils craignaient, Analu ne tua personne, ni eux ni ceux d'en face. Et en plus, ils eurent droit à ses commentaires tout au long du chemin. Il leur parla notamment des diverses communautés dont ils parcouraient les territoires, en pimentant son discours de remarques parfois tristes, parfois empreintes d'humour. Il semblait désabusé, comme s'il était las de vivre au sein d'une société où la pauvreté était un fléau endémique et la corruption l'inévitable corollaire du pouvoir.

Quand ils furent presque arrivés à destination, Remi désigna les reliefs montagneux qui se dressaient devant eux. « Oh, regardez ! C'est vraiment magnifique.

— Des formations karstiques, expliqua Sam. Autrement dit, des roches calcaires sculptées par l'érosion.

— On se croirait dans un décor de cinéma. »

À l'entrée de Vang Vieng, la circulation était dense. À un moment, ils se retrouvèrent coincés dans un embouteillage provoqué par un troupeau de vaches stationné au milieu de la route.

« Où on va maintenant ? demanda Analu en jouant allègrement du klaxon, histoire de passer le temps.

— Au poste de police. »

Sam vit le regard atterré d'Analu au fond du rétroviseur. « Sérieux ?

— Très. Et vous venez avec nous, ajouta Remi. Au cas où les policiers ne parleraient pas anglais. »

La grimace qui déforma le visage d'Analu n'avait pas besoin de traduction. Visiblement, il regrettait de n'avoir pas vérifié les intentions des deux Américains avant d'accepter le job. À l'instar de tous les Laotiens, il savait depuis sa tendre enfance qu'entrer dans un poste de police revenait à se jeter dans la gueule du loup. Au prix d'un gros effort sur lui-même, il hocha la tête comme si leur demande tombait sous le sens, mais sa pâleur en disait long sur sa tourmente intérieure.

Parvenu au centre-ville, Analu prit à droite, continua sur une centaine de mètres, puis s'arrêta devant l'un des rares édifices en béton – les autres étant des maisons en bois peintes de couleurs vives. Son moteur toussa méchamment et s'éteignit comme s'il poussait son dernier souffle. Vu de l'extérieur, le poste de police était à peine plus grand qu'un mouchoir de poche. Sam fit signe à Analu d'entrer le premier.

Derrière le comptoir, deux individus émaciés aux cheveux noirs et huileux tiraient sur des cigarettes. Malgré le ventilateur qui brassait un air tiède, des taches de sueur maculaient leurs uniformes. Du transistor posé sur un bureau sortait une chanson mièvre sur fond de musique pop. Analu n'en menait pas large. Il bredouilla quelques mots en guise d'introduction. Les flics lui jetèrent un regard épuisé, puis l'un des deux se leva, passa dans la pièce du fond et réapparut trente secondes plus tard accompagné d'un petit homme rondouillard, âgé d'une quarantaine d'années.

Visiblement, on avait interrompu sa sieste. Il reboutonna maladroitement sa chemise et, d'une voix qui se voulait impérieuse, interrogea le malheureux Analu, lequel sourit faiblement et s'embarqua dans une série d'excuses et de justifications.

Le chef sortit un mouchoir sale, s'épongea le front et posa une deuxième question sur un ton encore plus menaçant. Analu opina à s'en décrocher la tête puis se tourna vers Sam.

« Le capitaine demande ce que vous cherchez. Je dis quoi ? Vous invités de marque, amis du gouvernement laotien ?

— Dites-lui que nous cherchons un citoyen britannique. Il a séjourné dans cette ville voilà un mois. Peut-être l'ont-ils placé en garde à vue. Il devait de l'argent à la police. Ce monsieur s'appelle Lazlo Kemp. »

En entendant ce nom, le capitaine plissa les yeux. Analu traduisit, l'autre le congédia d'un geste hautain et se mit à scruter le visage de Sam comme s'il réfléchissait intensément.

« Pourquoi il vous intéresse ? demanda-t-il dans un anglais laborieux.

— Nous sommes des amis à lui, répondit Remi. Il n'a pas donné de nouvelles depuis des mois. Ça nous inquiète. Et nous avons des choses à lui dire. » Le capitaine l'ignora ostensiblement. Il attendait que Sam reprenne la parole. Ce qu'il fit.

« Il faut qu'on lui parle. Savez-vous comment le joindre ? Si vous nous aidez, nous vous en serons infiniment reconnaissants. *Infiniment.* »

L'homme jeta un bref coup d'œil à Remi. Quand il se posa de nouveau sur Sam, son regard n'exprimait plus la colère mais la ruse. « Vous ami ?

— Oui. Un ami *généreux* qui a besoin de votre aide.

— Généreux comment ?

— Cent dollars. »

Le Laotien ricana, puis les enchères commencèrent. « Mille. »

Sam lui signifia d'un geste que sa proposition était totalement ridicule. « Cent cinquante. »

Trois minutes plus tard, Sam sortait une liasse de sa poche. Il compta deux cent cinquante dollars et les tendit au capitaine qui s'en empara sous les yeux de ses subordonnés sans manifester aucune gêne. Il vérifia chaque billet comme s'il soupçonnait Sam de les avoir imprimés le matin même, et la liasse disparut comme par magie au fond de sa poche. Prenant le stylo agrafé sur le devant de sa chemise, il se pencha sur un calepin et griffonna un nom et une adresse.

« Demandez à Bane. Peut-être il a vu l'Anglais », dit-il en déchirant la feuille pour la remettre à Analu qui la regarda comme si elle était empoisonnée.

Quand ils remontèrent en voiture, Analu était toujours aussi inquiet. « C'est pas bien, les prévint-il.

— Je suis d'accord, répondit Sam. Mais on n'a pas le choix. »

Analu dut s'y reprendre à plusieurs fois pour rallumer son moteur. Ensuite, il suivit la route sur une centaine de mètres puis bifurqua et s'engagea sur une piste qui descendait vers la rivière. Après une longue série de cahots, l'Isuzu s'arrêta devant des cabanes en planches, si vétustes qu'on pouvait craindre qu'elles ne s'écroulent à la moindre brise. Analu ne bougeait pas.

« C'est ici, dit-il, le regard braqué sur la porte en face de lui. Lui aussi demander beaucoup d'argent. Homme très méchant.

— Remi, tu ne crois pas que tu devrais rester dans la voiture, ce coup-ci ? dit Sam en ouvrant sa portière.

— Et rater le plus marrant ?

— Je pense que j'aurai moins à débourser si je me présente sans une jolie femme à mes côtés.

— Serais-tu devenu radin ?

— Je l'ignorais jusqu'à présent mais j'adore marchander.

— Bien. Mais évite de te faire tuer, si cela ne t'ennuie pas. »

Analu toqua sur le panneau en contre-plaqué servant de porte. Au bout d'une minute, le visage d'un vieil homme tout ratatiné, avec de longs cheveux blancs et une barbe clairsemée, apparut entre deux planches. Analu prononça quelques mots, le vieillard grommela, dirigea son regard perçant vers Sam et, enfin, consentit à ouvrir.

Il faisait tellement sombre à l'intérieur qu'on discernait à peine les corps allongés sur des matelas souillés, le long des cloisons. Une pièce sordide dont les occupants ne semblaient guère incommodés par la chaleur étouffante qui y régnait. Dans celle d'à côté, deux hommes étaient assis à une table de camping en métal. Entre eux, un coffret muni d'un fermoir et un présentoir à pipes. Analu s'inclina respectueusement pour leur présenter sa requête. Le plus âgé des deux n'avait plus que la peau sur les os. Les lèvres pincées, il l'écoutait en regardant Sam comme une bête curieuse.

Au terme d'un interminable marchandage, durant lequel Analu faillit tourner les talons à trois reprises, Sam exhiba une coupure de cent dollars comme s'il s'agissait d'un aller et retour Vientiane-New York en première classe. Le marchand d'opium tendit son bras décharné, saisit le billet vert, l'examina sous la faible lumière entrant par une vitre poussiéreuse et baragouina un truc à son compère. Ce dernier afficha un sourire malsain, digne d'un dragon de Komodo. Analu ne put s'empêcher de frémir.

Le vieux dealer se pencha et dit en anglais, d'une voix râpeuse comme du papier de verre : « L'Anglais fou est chez Lulu. À un kilomètre au nord », ajouta-t-il, sérieux comme un curé prononçant un éloge funèbre.

Analu prit une expression terrifiée. « On dirait que vous connaissez Lulu, dit Sam.

— C'est un mauvais lieu. »

Sam remercia son hôte et sortit en traînant Analu derrière lui. Pendant qu'ils regagnaient la voiture où Remi les attendait, des éclats de rire poussifs retentirent dans la cabane en planches.

« Ça s'est plutôt bien passé, dit Sam en remontant dans le four.

— J'ai cru entendre des gloussements, fit Remi. C'était quoi la blague ?

— Qui a dit "Si tu es à une table de poker depuis quinze minutes et que tu ignores qui sera le pigeon, ça veut dire que c'est toi" ? »

Remi se tourna vers la cabane. « Un grand sage, sûrement. »

Le moteur démarra au troisième essai. Quelques minutes plus tard, l'Isuzu se garait devant une baraque rectangulaire couverte d'un toit de chaume. Un vrai taudis. Près de la porte ouverte, ils virent deux antiques motos sur béquille et un coq surexcité à la recherche de nourriture. Il y avait de la musique à l'intérieur mais on l'entendait à peine car une femme riait encore plus fort. Le tout formait une redoutable cacophonie. Remi et Sam échangèrent un regard puis, main dans la main, s'avancèrent jusqu'au perron au-dessus duquel un panneau vert pisseux annonçait CHEZ LUL – le dernier *u* n'ayant pas survécu.

Étant donné l'aspect extérieur, Remi ne s'attendait pas à entrer dans un palace et pourtant, elle resta bouche bée tant le bar était glauque. Un sol jonché de paille et de détritus en tous genres, près de la porte six tables en plastique blanc, toutes inoccupées. Au fond à droite, noyé dans la pénombre, un comptoir en bois et bambou cachait en partie un homme entre deux âges affalé devant une télévision en noir et blanc posée devant deux frigos datant de Mathusalem. De l'autre côté de la salle, un couple était assis à une table en bois encombrée de canettes de bière vides : une Laotienne portant un pantalon de jersey rouge vif et un Occidental au teint jaunâtre. En apercevant les Fargo, l'homme se figea comme s'il avait vu un fantôme.

« Salut, Lazlo. Sympa ton nouvel appart, fit Sam pour alléger l'atmosphère.

— Dieu du ciel ! J'y crois pas ! Sam… Fargo. Mais qu'est-ce que tu fiches ici ? dit Lazlo d'une voix pâteuse. Et… si j'ai pas la berlue, t'es venu avec la charmante Rami ?

— *Remi*, corrigea-t-elle. Et non, vous n'avez pas la berlue. »

Lazlo voulut se lever mais dut y renoncer. Revoyant ses ambitions à la baisse, il se contenta d'un vague signe de la main. « Je vous en prie, asseyez-vous. Barman, à boire pour tout le monde ! » gueula-t-il. L'homme vautré derrière le comptoir dressa la tête d'un air faussement surpris.

« Une bière », dit Sam sans prendre la peine de se retourner. Remi déclina la proposition. Quant au pauvre Analu, à le voir planté sur le pas de la porte, on pouvait craindre qu'il ne détale d'une seconde à l'autre. Suspendu à une poutre, un ventilateur grinçant muni de pales en plastique fendues rabattait la fumée de la cigarette de Lazlo vers sa compagne laotienne, qui pouvait avoir entre vingt et soixante ans.

Le barman ouvrit le frigo le plus proche, sortit une bouteille de Beerlao Original et, après avoir traversé la salle sur ses pieds nus, la déposa entre les canettes vides qu'il n'eut même pas l'idée de rapatrier. Celle que tenait Lazlo était encore à moitié pleine. Il la leva. Quand Sam se pencha pour trinquer, il remarqua ses pupilles dilatées et, sur la table, trois petits verres qui avaient dû contenir de l'alcool de riz.

Curieusement, la bière était fraîche. Sam en prit une bonne goulée, la reposa parmi les cadavres, et attendit que Lazlo entame la conversation. Mais ce dernier ne semblait guère pressé. Il termina sa mousse en trois gorgées, laissa choir au fond de la bouteille le mégot qui s'éteignit en grésillant et se remit à rêvasser. Il fallut que Remi change de position sur sa chaise pour que le cerveau de Lazlo s'éclaire un tant soit peu. Se tournant vers sa compagne, il débita une phrase dans un laotien suffisamment compréhensible pour qu'elle termine son verre, se lève et s'éloigne vers le comptoir en titubant sur des talons dont la hauteur laissait deviner sa profession.

« Je suis content de te voir, vieux. Vraiment. Qui aurait cru… », fit Lazlo avant de s'arrêter net, comme à bout de souffle. « Bon, j'avoue, c'est pas la grande forme en ce moment. Tu m'as connu plus fringant.

— C'est sûr, dit Sam en se rencognant sur sa chaise. Mais moi aussi, je suis content de te voir. » Puis il ajouta avec un regard indulgent : « Dis-moi, qu'est-ce qu'un citoyen britannique bien sous tous rapports fabrique dans ce bouge ? »

Lazlo sourit tristement, fouilla les poches de son pantalon à la recherche de ses clopes, mais n'alla pas jusqu'au bout. « C'est une longue et sordide histoire… selon la formule consacrée.

— On a parcouru la moitié de la planète pour te retrouver, alors on n'est plus à cinq minutes près. »

Lazlo s'éclaircit la gorge. « J'imagine que vous êtes au courant de ma petite… incartade. » Il regarda Remi à la dérobée. « Oui, bien sûr, vous l'êtes. C'était une erreur monumentale, de quelque côté qu'on se place. Mais bon. Une fois que tout a été… arrangé, je me suis dit qu'il était temps de rebondir. Ne dit-on pas que la fortune sourit aux audacieux ? Or, il se trouve que peu de temps avant, j'étais tombé sur un manuscrit khmer. Et comme j'ai toujours eu envie de découvrir le monde, de tenter l'aventure… Mais tout a foiré. Et voilà où j'en suis.

— Voilà où vous en êtes, fit Remi en écho.

— Que s'est-il passé, Lazlo ? » murmura Sam.

Lazlo toucha la poche de sa chemise et sortit un paquet froissé contenant une cigarette qu'il alluma d'une main tremblante.

« C'était pourtant bien parti. J'avais repéré des sites prometteurs, trois potes sont venus m'aider. On a passé des mois à chercher… en vain. Mais je n'ai pas voulu lâcher l'affaire. De toute façon, j'avais hypothéqué mon appartement pour financer l'expédition, alors je n'avais vraiment pas le choix, il fallait que ça marche. Malheureusement, les dieux en ont décidé autrement.

— Que cherchais-tu exactement ?

— Un trésor. Quoi d'autre ? Au XVe siècle, quand l'empire khmer a implosé, une quantité astronomique d'or et de pierres précieuses a été transférée de ce qu'on appelle aujourd'hui le Cambodge pour se retrouver quelque part au Laos, planquée au fond d'une grotte. Du moins, c'est ce qui ressortait des textes anciens. J'étais persuadé d'y arriver mais, visiblement, j'étais un peu trop optimiste. » Il parlait d'une voix cassée, comme s'il était sur le point de s'effondrer, vidé de sa substance. « Et regardez-moi maintenant…

— Pourquoi tu vis ici ? demanda Sam.

— Quand on se bat contre ses démons, un endroit en vaut un autre. Alors pourquoi pas la jungle du Laos ? En fait, il n'y a pas mieux.

— Tu as juste perdu courage ou tu t'es aperçu que le fameux trésor n'existait pas ?

— Je ne voulais pas renoncer. Seulement voilà, chassez le naturel et il revient au galop. Je pensais contrôler la situation mais hélas, mes fonds diminuaient à vue d'œil et les recherches n'avançaient pas. Résultat, j'ai cherché du réconfort dans les bras de mon éternelle maîtresse : la bouteille. Il n'a pas fallu longtemps pour que ma chasse au trésor se dissolve dans les vapeurs d'opium et de *lao-lao*, l'alcool de riz qu'ils boivent ici et qu'on trouve au prix imbattable d'une livre la bouteille, grand maximum. » Lazlo posa sur Sam son regard d'animal traqué. « Ici, une piaule coûte deux livres la nuit. On ajoute quelques pennies pour l'opium… Avec des tarifs aussi attractifs, on peut se payer des tas de virées dans le néant. »

Sam se pencha vers lui. « Tu vaux mieux que ça, Lazlo.

— Non, plus maintenant. C'est fichu. Le passé ne se rattrape jamais. »

Remi se redressa sur son siège. « Nous avons une proposition à vous faire. »

Lazlo partit d'un rire rocailleux. « Je suis vraiment flatté. Enfin, si c'est bien à moi que vous vous adressez… »

Remi ignora sa repartie. « Nous sommes sur un projet. Et vous pouvez nous aider à le mener à bien. À condition bien sûr que vous soyez sobre. Sinon vous ne servirez à rien.

— Un projet ?

— Il s'agit d'un vieux manuscrit espagnol, intervint Sam. On l'a trouvé à Cuba. Mais il est chiffré et nous nous y sommes cassé les dents.

— Certains codes résistent à tout.

— Celui-ci ne ressemble à rien de ce que nous connaissons. »

Lazlo souffla un nuage de nicotine vers le ventilateur et ferma les yeux. « Je doute sincèrement d'en être encore capable, Sam.

— Bien sûr que si. Ne dis pas de bêtises. Il faut juste que tu cesses de t'apitoyer et de te détruire à petit feu avec l'alcool et la came. Rappelle-toi que tu es l'un des meilleurs dans ta discipline. »

Lazlo ouvrit les yeux et reproduisit son sourire larmoyant. « Je plaide coupable, mon vieux. Et je n'ai rien à dire pour ma défense. Ne faites pas attention à moi. Je vais purger ma peine jusqu'au bout. Je vous assure, je ne suis plus à la hauteur.

— Que signifie cette réponse ? Que ton cerveau est trop endommagé pour résoudre l'énigme ou que tu n'as pas envie de quitter ce trou à rats ?

— Un peu des deux, je crois…

— Lazlo, regardez-moi, rebondit Remi. Je vous ai parlé d'une proposition. Vous ne voulez pas savoir laquelle ? »

Lazlo écrasa sa cigarette et osa enfin la regarder en face. « Très bien, ma petite dame. De quoi voulez-vous qu'on discute, en dehors de mon spectaculaire renvoi de l'université ?

— Si vous nous aidez à déchiffrer ce manuscrit, nous vous aiderons à trouver le trésor khmer. Donnant-donnant. Nous sommes prêts à vous fournir le financement nécessaire, le personnel… nous irons même explorer la jungle avec vous. C'est une promesse que je vous fais. Regardez-moi, Lazlo. Et écoutez-moi bien. Si vous remplissez votre part du marché, nous ferons tout pour que votre rêve se réalise. »

Lazlo se carra au fond de son siège. On voyait qu'il tentait désespérément de chasser les brumes de son esprit. « Vous êtes… vous êtes sérieux tous les deux, vraiment sérieux ?

— Impossible de l'être davantage, répondit Remi. C'est votre seule et unique chance de sortir d'ici, de monter une véritable expédition et de faire une découverte significative. Tout cela, sans vous inquiéter pour l'argent. Une chance pareille, ça ne se laisse pas passer. »

Sam confirma d'un hochement de tête. « Oui, il faudrait être idiot. Et je sais que tu as beaucoup de défauts mais pas celui-là.

— Je connais quelques journalistes qui seraient prêts à jurer le contraire. »

Remi reprit d'une voix plus douce : « C'est du passé. Seul le présent nous intéresse. Nous avons besoin de votre savoir-faire. Il vous suffit de dire oui et nous prendrons tout en charge. On vous emmènera loin d'ici, on vous laissera le temps de vous retaper et après, vous vous mettrez au travail. »

Lazlo secoua la tête. « Ça risque d'être coton. J'ai déjà essayé, vous savez.

— Nous trouverons une bonne clinique. Ils vous débarrasseront de votre addiction. Vous serez sur pied en moins de temps qu'il n'en faut pour le dire. Enfin, Lazlo, il n'y a même pas à hésiter. Faites le bon choix… »

Le visage de Lazlo se plissa dans un rictus. « "Pour une fois". C'est bien ce que vous alliez dire, n'est-ce pas ?

— Non. Mais si ça peut faciliter les choses, alors oui. Faites le bon choix *pour une fois*. »

Lazlo garda le silence un long moment, puis cacha sa figure dans ses mains. Ses épaules frémirent et, quand il releva la tête, ses yeux étaient injectés de sang, ses paupières humides.

« Je ne le mérite pas. Vous êtes trop bons pour moi.

— La bonté n'a rien à voir dans l'affaire, répliqua Sam. Nous avons besoin de toi. On appelle ça un échange de bons procédés. Chacun obtient ce qu'il cherche, comme dans n'importe quel contrat. »

Lazlo s'essuya les yeux avec sa manche sale. « Fais gaffe à ce que tu souhaites, Sam. »

Sam sourit et se tourna vers Remi.

« Je fais toujours gaffe, Lazlo. »

23

Lazlo logeait dans une baraque insalubre près de la rivière. Sam l'aida à rassembler ses maigres affaires. Peu après, ils partaient pour Vientiane. Lazlo dormit presque tout du long et n'émergea qu'au moment où Sam, ayant enfin du réseau pour son portable, laissa un message sur le répondeur de Kendra, lui demandant de dénicher un centre de désintoxication de bonne réputation et qui prenne en charge aussi bien les alcooliques que les fumeurs d'opium. Deux heures plus tard – à cinq heures du matin, heure de Californie –, Selma appelait.

« J'ai trouvé une clinique à Bangkok, si vous pouvez l'emmener jusque-là. J'en conclus qu'il est avec vous ?

— Selma ! s'étonna Sam. Je croyais entendre Kendra. Et pas si tôt, à dire vrai.

— J'ai vu son répondeur clignoter, j'ai pensé que c'était peut-être vous et j'ai pris la liberté d'écouter le message. De toute façon, je ne dormais pas. Bon, je vous présente l'établissement. Une clinique de grand luxe. Sur les photos, on dirait un hôtel cinq étoiles. Ce qui laisse à penser qu'un bon nombre de riches Thaïlandais souffrent du même mal que Lazlo. En plus, elle est classée parmi les meilleures de Bangkok, ce qui ne gâche rien. » Sam l'écouta énoncer l'adresse et le numéro de téléphone, puis les répéta à haute voix pour que Remi les mémorise.

Après quoi, ils appelèrent les pilotes et l'hôtesse du G650, les informant de leur prochain départ. Quand Analu les déposa devant le terminal, les moteurs du jet tournaient déjà. Sandra les accueillit avec un grand sourire. Entre-temps, Sam avait contacté la clinique pour s'assurer qu'ils pouvaient recevoir Lazlo. Non seulement la directrice avait une chambre de libre mais elle donna à Sam quelques conseils à transmettre à son futur patient. Pour parer aux éventuelles convulsions dues au manque, Lazlo aurait droit à un verre durant le vol. Pas davantage.

Dès que Lazlo fut installé dans la cabine, il demanda une double vodka tonic. Sandra prépara le cocktail et le lui apporta, mais à peine eut-elle tourné les talons que le verre était vide et Lazlo tout ragaillardi. Sam et Remi s'efforcèrent de le distraire pendant le voyage, en lui parlant de choses et d'autres. Un véhicule dépêché par la clinique les attendait à la descente d'avion.

L'établissement correspondait aux photos publiées sur le site internet. Après avoir rempli et signé un formulaire long comme le bras, Lazlo fut conduit jusqu'à sa chambre par des infirmiers, pendant que la directrice, une jolie Thaïlandaise en tailleur bleu foncé, expliquait aux Fargo les méthodes qu'elle appliquait à ses patients.

« Cela peut paraître étonnant, mais des deux l'addiction à l'opium sera la plus facile à combattre. Nous le mettrons sous sédation profonde et, durant son sommeil, nous lui administrerons un traitement destiné à éliminer l'opium présent dans ses récepteurs opiacés. Comme votre ami ne fume que depuis quelques mois et qu'il ne s'est jamais injecté la substance, le problème sera réglé en l'espace d'une demi-journée. En revanche, pour l'alcool, c'est une autre paire de manches. Si je comprends bien, il boit depuis très longtemps. Donc le processus de désintoxication devra s'opérer de manière très progressive.

— Je l'ai toujours vu un verre à la main, confirma Sam. Et cela fait dix ans que je le connais.

— Ce qui veut dire que les trois ou quatre prochains jours seront très pénibles pour lui. Afin de réduire les effets délétères du sevrage, nous optons pour des régimes à base de protoxyde d'azote et de vitamines. Mais chaque patient est un cas particulier. En plus de cela, le sevrage physique n'est qu'un début. Votre ami aura besoin de soins continus pendant trente jours au minimum. Il aura tout intérêt à s'inscrire dans un programme de suivi.

— Nous avons déjà tout organisé. Il sera pris en charge dès que nous arriverons à Mexico, promit Remi.

— Dans ce cas, c'est parfait. Resterez-vous en ville durant l'hospitalisation ?

— Oui, répondit Sam. Nous sommes descendus au Mandarin Oriental. J'ai noté notre numéro de portable sur le formulaire. »

La directrice se leva et leur serra la main. « Ne vous inquiétez pas trop. Nous ferons de notre mieux pour rendre son séjour le moins désagréable possible. » Elle hésita. « À ce propos, mieux vaut éviter les visites durant la première phase du traitement. »

Remi acquiesça. S'étant informée sur le « sevrage alcoolique » durant le vol, elle comprenait parfaitement la raison d'une telle mesure. Les trois ou quatre premiers jours de la cure étaient d'une importance cruciale et nécessitaient le complet isolement du patient.

Les Fargo employèrent ce laps de temps à découvrir la ville et ses spécialités culinaires. Chaque repas était pour eux l'occasion de tester un nouveau restaurant dans la liste fournie par le concierge de l'hôtel. Comme ils ne connaissaient pas Bangkok, ils s'inscrivirent d'abord à une visite touristique et, dès le lendemain, se lancèrent sans guide dans les rues animées du centre-ville qu'ils sillonnèrent entre deux averses. Quand le moment fut venu de retrouver Lazlo, la directrice les conduisit dans sa chambre et les laissa seuls tous les trois.

« Alors, comment ça s'est passé ? demanda Sam.

— C'était horrible. Pire que je n'imaginais. » Il semblait un peu désorienté mais son regard était clair. « C'est comme si on vous traînait sur des tessons de bouteille après vous avoir cuit à la broche. Non franchement, j'ai connu des expériences plus agréables. »

Sam hocha la tête. « Pour te consoler, dis-toi que si tu continues à te montrer raisonnable, tu ne repasseras jamais par là. Comment tu te sens maintenant ?

— Je ne suis pas à 100 % de ma forme mais, l'un dans l'autre, ça peut aller.

— Ils t'ont donné un traitement ?

— Du Valium. Ce n'est pas la panacée vu qu'il y a un risque de dépendance. Mais au moins, ça m'évite de trop déguster.

— Savez-vous quand vous serez en mesure de voyager ? demanda Remi.

— Je n'ai pas posé la question. Je pensais que je travaillerais d'ici. Je me suis trompé ? »

Sam et Remi échangèrent un regard. « Il vaudrait mieux que tu nous accompagnes au Mexique.

— Dieu du ciel. Le Mexique ? J'avoue que c'est un plaisir qu'il me reste à expérimenter. » Lazlo réfléchit un instant. « J'espérais que vous me donneriez des clichés haute définition de votre document pour que je démarre les recherches immédiatement. On s'ennuie à mourir dans cette prison.

— Maintenant que vous en parlez, je crois que je les ai sur une clé », dit Remi en fouillant dans son sac. Feignant l'étonnement, elle en sortit un petit ordinateur portable. « Tiens, mais qu'est-ce que c'est ? Un ordi ? Quelle heureuse surprise ! » Elle posa la machine et la clé USB sur la table de nuit, puis replongea au fond de son sac pour en extirper un câble de branchement. « Voilà ! Maintenant, vous êtes une unité de recherche itinérante à vous tout seul.

— Génial. Je n'ai plus qu'à trouver comment ça s'allume. »

Ses mains tremblaient en saisissant l'ordinateur pour le poser sur ses genoux. Mais ce n'était guère surprenant, étant donné son état au moment de son admission. Les Fargo savaient que Lazlo resterait fragile encore quelque temps ; raison pour laquelle ils avaient contacté une clinique spécialisée à Mexico.

Ils passèrent encore dix minutes à bavarder avec lui puis, lui ayant promis de revenir le lendemain après-midi, le laissèrent face à sa nouvelle mission et rejoignirent la directrice dans son bureau. Elle consentit à signer une décharge par laquelle elle les autorisait à emmener son patient, à la stricte condition qu'il n'y ait pas une goutte d'alcool à bord de l'avion. Les Fargo n'y virent aucun inconvénient. Remi transmit le message à Sandra sur le chemin de l'hôtel.

Quarante-huit heures et un monceau de paperasse plus tard, tous les trois prenaient la route de l'aéroport. Sam et Remi avaient apprécié cette semaine de battement mais n'étaient pas mécontents de regagner le Mexique. Plus que jamais, ils sentaient la présence d'une épée de Damoclès au-dessus de leurs têtes. Quant à Lazlo, il était quasiment muet, chose inhabituelle pour lui, mais on devinait à ses petits sourires malicieux qu'il leur réservait une bonne surprise. En raison d'un fort vent arrière, la traversée du Pacifique prit une heure de moins que prévu mais fut toutefois très fatigante. Un envoyé de la clinique où Lazlo devait résider les attendait à l'aéroport de Mexico ; il les conduisit jusqu'à l'établissement situé dans un quartier chic, près du centre. Puis Sam et Remi retournèrent au Four Seasons où leurs bagages étaient arrivés de Cuba par l'entremise d'un ami de Lagarde.

Le soir, ils retrouvèrent Carlos Ramirez dans l'un des meilleurs restaurants de la ville – le Pujol – où ils furent traités comme des rois. À la demande de

Carlos, le chef avait concocté un menu spécial suivi d'une dégustation de tequilas.

Ils apprirent de la bouche de leur hôte que le mauvais temps avait ralenti les fouilles archéologiques. En effet, durant leur absence, un front orageux avait traversé le Mexique, causant de nombreuses inondations. À López Mateos, les quelques rues encore accessibles après le tremblement de terre avaient été interdites à la circulation, si bien que Maribela et Antonio n'avaient pu reprendre leurs travaux que la veille. Ils avaient néanmoins poursuivi l'examen comparatif des vestiges et découvert de nouvelles ressemblances entre les bas-reliefs trouvés dans les cryptes et ceux que Remi avait photographiés à La Havane.

En fin de repas, Sam et Remi étaient à la fois repus et confiants dans l'avenir. La participation de Lazlo à leur projet augmentait considérablement les chances de réussite. Tout en regrettant que la soirée se termine déjà, ils remercièrent Carlos pour son aide. Ce dernier se leva et offrit de les raccompagner à leur hôtel. Ils déclinèrent sa proposition, disant qu'ils souhaitaient rester encore un peu pour déguster quelques alcools. Une heure plus tard, ils se décidèrent à quitter l'ambiance chaleureuse du Pujol. Sam tint la porte à Remi et prit le temps d'admirer la robe de cocktail Hervé Léger qui épousait merveilleusement ses formes.

« Cette robe est magique. Très bon choix, comme toujours.

— Merci. Moi qui croyais que tu ne l'avais pas remarquée.

— Tu plaisantes ? Tous les mâles de Mexico sont verts de jalousie quand ils me voient. Et ces chaussures sont incroyables, ajouta-t-il dans l'espoir d'engranger encore quelques points de bonus.

— Les célèbres escarpins rouges à bouts pointus de chez Jimmy Choo. »

Sam sourit de toutes ses dents. « Tu m'en diras tant. »

24

Janus Benedict posa sa tasse et se tourna vers les îles qui se découpaient à bâbord. Leurs incroyables falaises étaient comme un défi lancé à l'érosion et à l'emprise de l'homme sur la nature. La veille au soir, il était descendu à terre avec ses clients syriens, trois hommes d'affaires intéressés par certains articles figurant dans son catalogue, à savoir des missiles sol-air et des hélicoptères russes Ka-50 Black Shark qu'il vendait pour le compte d'un fabricant d'armes régulièrement à court de liquidités. Comme il s'attendait à ce que les négociations traînent en longueur, Janus avait prévu de quoi divertir ses invités et satisfaire tous leurs désirs, aussi bien en termes de compagnie féminine que de substances hallucinogènes, ces messieurs ayant mis de côté leurs préceptes religieux, le temps de la fête.

Janus se sentait un peu pompette. Il n'aurait pas dû reprendre de la grappa mais, de temps en temps, il fallait savoir se sacrifier pour la cause. Comme chacun sait, un client repu – comme semblaient l'être les Syriens en ce moment même – a tendance à payer la somme qu'on lui demande sans sourciller. Contrairement à celui qui n'a eu droit qu'à un sandwich et un jus de fruits.

Sur l'écran de son iPad, il vit que les trois compères dormaient encore à poings fermés dans leurs cabines. Il y avait fait placer des caméras, d'abord pour éviter tout dérapage, mais surtout pour pouvoir anticiper leurs moindres désirs, ce qu'un hôte accompli se doit de faire.

Janus estima disposer d'une ou deux heures de tranquillité avant de se remettre à jouer les amphitryons.

Il vit Reginald monter les marches en titubant, des lunettes de soleil Dolce & Gabbana sur le nez, une cigarette négligemment coincée entre les lèvres. Le jeune homme s'assit en face de lui et désigna une tasse qu'un steward en uniforme blanc jailli du niveau inférieur s'empressa de remplir de café noir. Reginald fit encore un signe et le domestique repartit vers la cuisine. Deux minutes plus tard, il revenait avec un verre de whisky Bailey's qu'il mélangea au café.

« Je ne te demande pas comment tu te sens, dit Janus en regardant son jeune frère lever sa tasse d'une main tremblante. Un peu fébrile, visiblement.

— La nuit n'a pas été de tout repos. Cette Sophie…

— C'est bon… épargne-moi les détails, tu veux ? Nous faisons le nécessaire pour que nos clients se sentent comme chez eux. Et nous avons été exemplaires depuis le début. À mon avis, ils sont mûrs. On n'a plus qu'à les cueillir.

— Ah ça oui, tu peux le dire, avec la quantité de coke qu'ils se sont envoyée, marmonna Reginald dont les traits creusés trahissaient les abus auxquels lui-même s'était livré.

— Tout à l'heure, ils semblaient prêts à s'acquitter du bonus annoncé pour l'achat des hélicoptères. Des engins à peine sortis de l'usine.

— De toute façon, ils n'ont pas le choix. Pour les avoir, ils sont obligés de passer par nous.

— Peu m'importe qu'ils saisissent tous les détails de la transaction, tant que celle-ci leur convient. Et quand je vois l'enthousiasme dont ils ont fait preuve cette nuit, je me dis que c'est le cas. Après tout, cet argent ne sort pas de leurs poches. C'est le jeu. Leur boulot consiste à convaincre leurs commanditaires qu'ils ont obtenu le meilleur prix, et le nôtre à leur fournir les arguments nécessaires, tout en veillant à ce que leur séjour soit aussi plaisant que possible.

— Dans ce cas, mission accomplie.

— Oui. Et la bonne nouvelle pour toi, mon vieux, c'est que ton calvaire ici touche à sa fin. L'avion t'attend à l'aéroport d'Athènes. Tu pars pour le Mexique. J'ai tout prévu. Après le petit déjeuner, Simon te conduira à terre. Tu prendras le premier vol pour la capitale.

— Le Mexique ? Dieu du ciel, gémit Reginald. Qu'est-ce que j'irais faire au Mexique ? C'est bien ce pays immonde infesté de bandits ?

— Peut-être, mais nos clients mexicains adorent nos produits et aujourd'hui, leur terrain de chasse s'étend sur toute la surface du globe. Ce qui sous-entend des milliards de profit. Donc, quand ces gens-là veulent qu'on les approvisionne, on traite leur demande en priorité. Mais tu n'y vas pas uniquement pour cela. Sam et Remi Fargo sont revenus. Si jamais ces sales fouineurs dénichent encore quelque chose, je veux être prêt à intervenir. Mais comme je n'ai pas le temps de me rendre là-bas en personne, je te charge de démarrer les pourparlers avec Los Zetas, de lister les besoins de leur cartel en pleine expansion et, en même temps, de surveiller les faits et gestes des Fargo. » Janus prit une gorgée de café. « Au fait, Reginald, Los Zetas sont aussi très versatiles. Tu seras sur leur terrain de chasse, comme ils disent, donc je te recommande la plus grande prudence. Si tu les contraries en quoi que ce soit, je pourrais bien ne jamais te revoir.

— Génial. Si je résume, tu m'envoies dans un pays de fous furieux parlementer avec une bande de cinglés chatouilleux de la gâchette.

— Ils ne sont pas si méchants que cela. Et, comme je te le faisais remarquer, de grosses sommes sont en jeu. Sommes que nous empocherons pour peu que tu suives mes directives. Tant que tu garderas la tête froide, tout se passera comme sur des roulettes. Pour ce qui est des Fargo, ne fais rien sans m'avoir consulté au préalable. Me suis-je bien fait comprendre ? insista Janus sur un ton lourd de menaces.

— Pas besoin de me parler comme si j'avais cinq ans. » Reginald finit son café arrangé et d'un signe, en réclama un autre. « J'ai pigé. Je la joue sympa avec les péquenots et presse-papier avec les Fargo. Et si, à un moment donné, il faut réfléchir, je t'appelle. C'est bien ça ?

— Reginald, je suis sérieux. Je ne veux pas que tu agisses de manière inconsidérée. Cette affaire me tient à cœur. Ne fais pas tout capoter.

— Message reçu, chef. J'irai refiler ta verroterie aux indigènes comme un grand garçon bien sage. Tu n'entendras pas parler de moi. »

Janus le regarda un instant entre ses paupières mi-closes, puis hocha la tête. Il avait rarement vu son frère si soumis. Avec un peu de chance, tout se passerait bien. Janus savait Reginald impatient de faire ses preuves, mais pour cela, il devait d'abord mûrir un peu. Cela dit, il n'était pas tellement plus jeune que le narcotrafiquant avec lequel il était censé négocier. C'était peut-être un avantage, après tout. En plus, il serait sur place, prêt à intervenir si jamais les Fargo faisaient des leurs. Et ce n'était pas pour lui déplaire.

*

Le lendemain matin, Sam se rasait devant le miroir de la salle de bains quand son portable sonna sur la table de nuit. Remi s'étira, puis roula sur elle-même pour décrocher.

« Allô… oui ? fit-elle d'une voix ensommeillée.

— Remi, c'est Lazlo. J'avoue que je suis surpris de vous trouver au lit à sept heures du matin alors qu'un trésor vous attend quelque part…

— Euh… bonjour, Lazlo.

— À quelle heure pourriez-vous me rejoindre dans ma misérable prison ?

— Je croyais que c'était un lieu agréable.

— Là n'est pas la question. »

Elle regarda sa montre. « Tout dépend de la circulation, peut-être dans une heure. » Elle se redressa sur son séant. « Pourquoi ?

— Oh, pour rien. Je me disais juste que vous aimeriez savoir ce que j'ai fait cette nuit.

— Qu'avez-vous fait ?

— J'ai réfléchi à ma pitoyable existence, ce qui m'a causé d'affreux remords et une bonne crise d'angoisse. Oh, et puis j'ai déchiffré le manuscrit.

— Vous plaisantez.

— Non, j'ai cassé le code. Maintenant, c'est à vous de bosser pour essayer de comprendre ce charabia. Il est question d'un temple et d'un serpent avec des plumes. Drôles de cocos, ces Espagnols. »

En sortant de la salle de bains, Sam entendit Remi discuter au téléphone. Elle lui fit signe d'approcher et lui tendit l'appareil.

« Lazlo ?

— Bien l'bonjour, mon p'tit gars ! s'écria Lazlo en imitant l'accent irlandais.

— Quel est ce ton cordial ?

— J'ai déchiffré le manuscrit. Et j'ai proposé à ta meilleure moitié de me rejoindre pour prendre un café. Tu peux venir aussi, bien entendu, à moins que tu aies autre chose à faire. »

Sam battit des cils et jeta un coup d'œil à Remi. « C'est une magnifique nouvelle. Lazlo, tu es un magicien. Nous arrivons immédiatement.

— Prenez votre temps. Je n'ai pas de rendez-vous urgent maintenant que j'ai retrouvé ma virginité.

— Tu veux dire ta sobriété.

— Ça aussi. À tout à l'heure. »

Sam jeta le téléphone sur le lit. « Je ne veux pas me montrer dirigiste mais je te suggère d'écourter ta douche.

— Je serai prête dans cinq minutes, dit Remi en pénétrant dans la salle de bains. Comme c'est excitant. J'adore ces moments-là. Quand l'horizon s'éclaire tout d'un coup. »

Sam sourit. « Moi aussi. »

25

Lazlo était assis sur le petit canapé marron de sa chambre d'hôpital. Les voyant entrer, il se leva pour les accueillir puis s'installa devant une table ronde posée dans un coin, devant un ordinateur allumé en mode veille.

« Je vous en prie, prenez place, dit-il en montrant deux chaises pliantes qu'il avait dû demander pour l'occasion. Je crains que ça ne dure un certain temps.

— Vous avez meilleure mine, Lazlo », dit Remi en scrutant son visage. De fait, il avait le teint frais.

« Merci, Remi. Vous êtes une personne très persuasive – et c'est tout à votre honneur.

— Alors, qu'as-tu à nous montrer ? demanda Sam en s'asseyant à côté de lui.

— Par où commencer ? D'abord, le code. C'était un chiffrement par substitution. Le texte original sous-jacent était écrit en latin, en alternance avec l'espagnol. C'est très inhabituel. J'en ai conclu que l'auteur n'était pas un guerrier mais plutôt un membre du clergé ou un aristocrate. Je ne vous ennuierai pas avec les détails techniques, mais sachez seulement qu'il m'est arrivé juste une fois de tomber sur un codage similaire datant de la même époque. Dans une missive destinée au pape et à lui seul. Je l'ai ajouté à mon programme un peu par hasard et j'ai été bien inspiré parce que c'est grâce à lui que j'ai obtenu la clé de cryptage. Après quoi, ç'a été un jeu d'enfant.

— Intéressant. Il s'agirait donc d'un prêtre ? dit Remi.

— Ce sera à vous d'en juger.

— Pourquoi n'avons-nous rien obtenu avec notre propre base de données ?

— Peut-être parce que vous n'avez pas passé vingt ans à compiler des techniques de chiffrement afin de constituer la liste la plus exhaustive qui soit, répondit Lazlo avec un très léger sourire.

— Que dit le texte ?

— Maintenant que j'ai traduit le latin en espagnol, je peux vous dire que c'est la transcription d'une légende orale recueillie par l'auteur de la bouche même d'un prisonnier aztèque de haut rang, un grand-prêtre sans doute. Une légende qui parle d'un grand trésor enterré dans un sol consacré. Il y est question de joyaux, de sculptures et d'un truc offert à ses prédécesseurs par un dieu.

— Un dieu ?

— C'est ce que dit le texte. La traduction reste à peaufiner mais le truc en question s'appellerait "l'Œil de Dieu". »

Remi se rencogna dans son siège. « Non. Plutôt "l'Œil du Paradis". Encore qu'on ignore si les Toltèques croyaient en une vie après la mort. J'imagine que les

Espagnols ont tout naturellement utilisé le vocabulaire qui leur était familier.

— Oui, Dieu, le Paradis… pour moi, c'est du pareil au même.

— Le texte dit-il où est caché l'Œil du Paradis ? demanda Sam.

— Oui et non. J'ai cru comprendre qu'il était dans la chambre funéraire d'un de leurs grands manitous… Un nom à coucher dehors.

— Quetzalcóatl, murmura Remi.

— Peut-être bien.

— Et cette chambre funéraire se trouverait… ?

— Près d'un lieu consacré à cette divinité, bien sûr.

— C'est ce qui est écrit ?

— Oui, enfin il faut lire entre les lignes. Ça part dans tous les sens, avec des tas de digressions sur les serpents à plumes et autres délires. J'ignore si vous arriverez à tirer quelque chose de ce fatras mais bon… J'ai copié ma traduction sur votre clé USB. À vous de jouer maintenant. J'espère qu'elle vous mettra dans la bonne direction. J'imagine que vous donnerez le trésor aux Mexicains au lieu de le garder pour vous, comme le ferait tout être sensé.

— Vous imaginez bien, dit Remi. Nous ne travaillons pas pour l'argent, Lazlo. Si jamais nous trouvons le trésor et que le Mexique souhaite nous verser quelque chose en remerciement, cette somme irait dans les caisses de notre fondation à but humanitaire.

— Je suppose que votre fondation n'a pas vocation à subventionner les anciens profs de fac nécessiteux ? »

Sam sourit. « Ne mettons pas la charrue avant les bœufs.

— Pourriez-vous nous guider ligne à ligne ? » demanda Remi en activant l'affichage à l'écran. Lazlo hocha la tête.

Trente minutes plus tard, la lecture terminée, chacun arborait une expression différente. Sam était à la fois perplexe et consterné, Remi impassible. Quant à Lazlo, très fier de son travail, il rayonnait positivement.

« Ça ne nous avance guère », marmonna Sam.

Lazlo sourit. « Tu t'attendais peut-être à un itinéraire fléché, genre faites cinquante pas à partir du vieux chêne, direction ouest - nord-ouest, et quand vous voyez le rocher fendu en deux, creusez… Non, en effet, ce n'est pas aussi…

— Les temples dédiés à Quetzalcóatl ne doivent pas être si nombreux, intervint Remi en réfléchissant à haute voix.

— Bien au contraire, répliqua Sam. Ce dieu appartenait au panthéon des Toltèques mais aussi à ceux des Aztèques et des Mayas. Donc, en fonction de la date à laquelle la tombe a été creusée, le corps a pu être inhumé dans un caveau déjà existant ou réalisé pour l'occasion. Le manuscrit ne fournit aucun élément de datation, si je ne m'abuse.

— Certes. Il parle juste d'une "chambre funéraire sous une pyramide", dit Lazlo en pointant une ligne de sa traduction.

— Et des pyramides, il y en a des dizaines… des centaines même, renchérit Sam en branlant du chef. À supposer que la nôtre figure sur une carte. Parce que dans le Yucatán, il y a encore des tas de sites inexplorés. On dirait même qu'il en surgit de nouveaux chaque année.

— À supposer aussi qu'elle n'a pas été détruite, renchérit Remi.

— Je ne veux pas vous démoraliser, intervint Lazlo, mais on peut aussi craindre qu'une erreur se soit glissée entre le nahuatl que parlait l'Aztèque et l'espagnol. Au lieu d'un temple dédié à Quetzalcóatl ce pourrait être un lieu sacré où Quetzalcóatl était vénéré parmi d'autres dieux.

— Alors, que devons-nous faire ? dit Remi.

— Chercher la bonne pyramide, répondit Lazlo. Au moins, on sait que la tombe est en dessous et pas quelque part à côté. C'est déjà ça.

— À condition que la description d'origine soit exacte. Ce grand prêtre aztèque n'avait pas l'air très sûr de lui non plus.

— Le manuscrit ne fait que restituer la tradition orale. Comme la plupart des recueils de légendes anciennes, soit dit en passant. »

Sam se leva en soupirant. « Personne n'a jamais prétendu que ce serait facile. Lazlo, tu es un prince parmi les hommes. Je suis sérieux.

— Génial. Si seulement le règlement de cette clinique autorisait le gin tonic en cas d'événement exceptionnel… Mais je suppose que mon infirmière ne serait pas d'accord.

— C'est pour ton bien, Lazlo, dit gentiment Sam.

— Même si je meurs demain, le temps va me paraître bien long, long et aride », déclama Lazlo avant d'ajouter, plus sérieusement : « Blague à part, j'apprécie ce que vous faites pour moi.

— Nous ne t'avons pas tout dit. En fait, nous espérons te convaincre de pousser plus loin tes investigations. Trois paires d'yeux valent mieux que deux. Tu pourrais commencer par examiner les photos prises à López Mateos. J'aimerais savoir si tu es d'accord avec notre interprétation des pictogrammes.

— J'en serais ravi, bien sûr. Vous n'avez qu'à demander.

— C'est fait. »

*

Un taxi allait bientôt les déposer devant l'Institut. Remi prit la main de Sam et soupira discrètement. « Ne t'inquiète pas. Nous trouverons la solution.

— C'est ce qui se passe d'habitude, non ?

— Oui, on est assez doués pour ça.

— Absolument. Mais ce coup-ci, je crois qu'on aura besoin d'un coup de main. Si on mettait Carlos dans la confidence ?

— Je ne préfère pas. Voyons d'abord si on peut s'en sortir sans lui. N'oublie pas notre arme secrète, Lazlo le seul l'unique », dit Remi d'une voix un peu tendue.

Sam hocha la tête et serra la main de Remi. « Tu as raison. Maribela et Antonio me semblent tout à fait aptes… » Sam s'interrompit et jeta un coup d'œil dans le rétro latéral, comme il n'avait cessé de le faire depuis leur départ de la clinique. « Fais-moi plaisir, tu veux ? Dis au taxi de ne pas s'arrêter devant l'Institut.

— Quoi ?

— Cette voiture derrière nous, je l'ai déjà vue à l'aller. Et maintenant la revoilà. Une Toyota noire. Je pense que nous sommes suivis mais je veux en avoir le cœur net. »

Remi se pencha en avant et dit quelques mots en espagnol. Le chauffeur acquiesça puis continua vers le sud.

« Que lui as-tu demandé ? s'enquit Sam.

— De nous conduire là où l'on sert les meilleurs petits déjeuners du quartier.

— Un choix dynamique.

— Et goûteux, j'espère. Je prendrais volontiers des œufs et une tasse de café bien fort, dit-elle en vérifiant le rétro de son côté. Qu'allons-nous faire si nous sommes suivis ?

— Bonne question. Peut-être les obliger à nous dire qui ils sont et pourquoi ils nous collent aux basques ?

— Je te signale que cette formule n'a pas toujours été concluante.

— Effectivement. Une idée ?

— Nous faisons comme si de rien n'était et nous les semons à la première occasion. Notre présence dans cet hôtel et les travaux que nous menons à l'Institut n'ont rien de secret. Ce n'est pas comme si nous étions ici incognito.

— Heureusement qu'il y a un cerveau dans cette opération. Si ce n'était que moi, j'aurais sorti mon arme et tiré dans le tas.

— Méthode qui a fait ses preuves dans certaines circonstances, je te l'accorde. Mais en l'occurrence, nous ne sommes pas armés.

— Il faut toujours que tu refroidisses mon enthousiasme.

— C'est mon rôle. »

Ils roulèrent encore pendant six minutes, puis le chauffeur s'arrêta devant un restaurant populaire, à en juger d'après la foule qui se pressait à l'intérieur.

Quand ils entrèrent, la patronne leur désigna une table près de la vitre. Les arômes du café fraîchement torréfié et des plats en train de mijoter étaient si puissants que Sam se mit à saliver avant même de s'asseoir. La Toyota venait de se garer cinquante mètres plus bas, ne laissant plus aucun doute sur sa fonction.

« Sam, je sais que tu n'aimes pas que je dise ça, mais une seule personne était au courant de notre voyage à Cuba et de notre retour au Mexique.

— Il y a aussi Lagarde. C'est lui qui a fait livrer nos bagages ici, tu te souviens ?

— Ecoute-moi. Ce n'est pas Lagarde. C'est forcément Kendra.

— Si tu as raison, nous voilà dans un fichu pétrin.

— Qu'allons-nous faire ?

— Suspendre toute communication avec La Jolla, du moins sur les points importants, jusqu'à ce que Selma réintègre son poste.

— Pourquoi ne pas se contenter de la licencier ? s'étonna Remi. Cette fille nous espionne pour le compte de je ne sais trop qui. Ça me rend dingue. La propre nièce de Selma…

— D'après toi, si on la vire, comment réagira Selma ? Non, je ne veux pas lui briser le cœur. Mais à partir de maintenant, on en dira le moins possible. »

Une serveuse se présenta. Remi commanda deux tasses de café pendant que Sam faisait semblant d'étudier la carte.

« Tu sais ce que tu vas prendre ? lui demanda Remi.

— Des huevos rancheros. Ils en ont, n'est-ce pas ?

— Ce serait plus pratique si tu tenais le menu à l'endroit.

— Allons ! Je ne suis pas si nul en espagnol.

— Puisque tu le dis. Laisse-moi passer commande, sinon tu vas te retrouver avec une assiette de tête de porc bouillie, ou quelque chose dans ce goût-là.

— Une bonne tranche de bacon relève n'importe quel plat.

— Donc, nous gardons Kendra ? demanda Remi.

— Oui, mais pas de tête de porc, je t'en supplie.

— Pfft. »

26

Sam et Remi passèrent toute la journée dans les locaux de l'Institut à compulser les archives. Ils espéraient déterminer quelles pyramides étaient les plus susceptibles d'abriter la tombe de Quetzalcóatl. Le soir tombait lorsque Maribela débarqua sans prévenir dans la salle d'étude. Remi, qui s'était rapprochée de Sam, montrait à ce dernier la photo d'un temple sur son écran. Quand elle réalisa qu'elle avait laissé le manuscrit de La Havane affiché sur son propre ordinateur, il était trop tard. Maribela l'avait vu.

« Vous avez réussi ! Vous êtes incroyables. Moi qui pensais ne jamais le revoir », s'exclama-t-elle, stupéfaite, tandis que Remi se hâtait de regagner son poste de travail.

Une fois assise, elle jeta un regard résigné à Sam, puis se tourna vers Maribela. « Oui. Il arrive qu'on ait de la chance. Les Cubains ont été très sympas avec nous. C'est peut-être notre manière d'aborder…

— Je l'ai reconnu tout de suite. Malheureusement, c'est un vrai casse-tête. Il faudra sans doute des années pour le déchiffrer.

— C'est déjà fait, rétorqua Remi avec un petit sourire malicieux.

— Vraiment ! C'est… formidable. Vous êtes vraiment des magiciens. Que dit-il ? Quelque chose d'intéressant ?

— Nous étions justement en train d'en parler. En fait, il a été rédigé par un Espagnol, un prêtre ou un aristocrate, et il relate l'histoire de la tombe de Quetzalcóatl et du trésor qu'elle contient. »

Maribela prit un air interloqué. « J'ai vu cette légende mentionnée dans plusieurs ouvrages. Si je comprends bien, ce texte-ci lui serait exclusivement consacré ?

— Oui, en quelque sorte. Hélas, il demeure très vague quant à l'emplacement de la tombe. Il dit juste qu'elle est enfouie sous une pyramide sacrée. »

Sam se leva pour rejoindre les deux femmes de l'autre côté de la table. « Il va donc s'agir d'en extraire le sens caché. Consentiriez-vous à nous aider, vous et votre frère ? Enfin, si le chantier vous en laisse le temps…

— Avec plaisir ! C'est un honneur que vous nous faites. Antonio sera ravi, j'en suis certaine. Il est là-haut, dans son bureau. Je cours le chercher. »

Quand la porte se referma derrière Maribela, Remi se rassit en maugréant : « Comment ai-je pu être aussi négligente ?

— De toute façon, nous étions dans une impasse. C'est peut-être un mal pour un bien.

— Alors pourquoi ai-je cette impression désagréable ?

— C'est une réaction animale. Nous défendons notre territoire, nous rechignons à partager "nos" découvertes.

— Ce n'est pas encore une découverte. Juste un manuscrit dont on ignore s'il sera utile ou pas.

— Raison supplémentaire. Et dis-toi que si jamais des fouilles s'avéraient nécessaires, elles seraient probablement confiées à Maribela et Antonio. » Sam haussa les épaules. « De plus, si cette tombe existe et si elle est enterrée sous une pyramide, autrement dit un site classé trésor national, il faudra solliciter une autorisation spéciale du gouvernement. Tout le monde ne peut pas creuser n'importe où n'importe comment. »

Quand Maribela revint accompagnée de son frère, ils se regroupèrent tous les trois autour de Remi. Sam ne put s'empêcher de noter que Maribela était fraîche comme une rose alors qu'elle avait passé la journée sur le terrain. Remi dut lire dans ses pensées car elle lui décocha un méchant coup d'œil à l'instant même où la traduction de Lazlo s'affichait à l'écran.

Au bout de deux heures passées sur le texte, Sam regarda sa montre.

« La journée a été longue, dit-il en s'étirant. Si on reprenait demain ?

— Pas de problème, répondit Antonio avant de brandir une clé USB suspendue à un anneau. Ça vous ennuie si on emporte une copie du manuscrit et de sa traduction pour continuer à la maison ?

— Nullement, dit Remi. Mais n'oubliez pas, ce sont des documents confidentiels. Si on parvient à trouver la bonne pyramide, il faudra s'attendre à une découverte de première importance.

— Bien sûr. Personne n'en saura rien, à part ma sœur et moi. Et Carlos. En tant que directeur de cet

Institut, il doit donner son accord avant la constitution d'une équipe de fouilles.

— Oui, cela va de soi. Il est encore dans les locaux ? demanda Sam.

— Non, mais j'irai le voir demain matin et je lui exposerai notre projet. » Antonio consulta sa Panerai. « À quelle heure nous retrouvons-nous ? Neuf heures ?

— Parfait », fit Remi dans un sourire.

Sam prit la clé USB. « Je vous copie ça. »

Un quart d'heure plus tard, les Fargo regagnaient leur hôtel en taxi.

« Veux-tu qu'on mange au Four Seasons ou dans un restaurant local ? demanda Sam. Moi, ça m'est égal tant que les plats arrivent vite. J'avalerais un cheval.

— Ce qui pourrait très bien t'arriver si on dînait ailleurs qu'à l'hôtel. Personnellement, le petit déjeuner m'est resté sur l'estomac.

— Sans doute à cause de la tête de porc.

— Elle n'était peut-être pas fraîche.

— Rien de pire qu'une tête pas fraîche, dit Sam en riant de bon cœur. Tu regrettes toujours d'avoir vendu la mèche ?

— Non. Je m'en suis remise. Tu avais raison, j'ai réagi comme une gamine.

— À ta place, j'aurais fait pareil.

— Oui, mais toi tu te comportes toujours comme un gamin.

— Ça fait partie de mon charme.

— Tout à fait. »

Convenant qu'un verre la mettrait en appétit, Remi accepta de prendre un margarita au bar du Four

Seasons. Puis ils dînèrent tranquillement et montèrent se coucher en repensant aux événements de la journée. Ils se demandaient s'ils avaient bien fait de partager les fruits d'une recherche qui leur avait tant coûté, et si cette collaboration déboucherait sur quelque chose de concret.

Le lendemain matin, ils se réveillèrent au bruit des trombes d'eau qui s'abattaient sur leurs fenêtres.

« Je croyais qu'il faisait toujours beau au Mexique, dit Sam.

— Il fait quand même plus chaud que chez nous.

— Mais il pleut autant qu'à Seattle.

— C'est la saison humide, j'imagine. Est-ce qu'on a le temps d'avaler un café croissant ? »

Sam regarda sa montre et rejoignit Remi dans la salle de bains. « À condition que je ne me rase pas les jambes, dit-il.

— Va pour cette fois. »

Le chemin jusqu'à l'Institut fut long et pénible. Des ordures flottaient dans les rues inondées ; les bouches d'égout débordaient. Quand ils arrivèrent, il était déjà 9 heures 30 et Maribela trépignait d'impatience.

« Bonjour, Maribela », dit Sam en secouant ses cheveux trempés – bien qu'il ait couru depuis le taxi jusqu'à l'entrée du bâtiment.

« Bonjour.

— Vous avez bien dormi ? demanda Remi.

— Non, pas trop. Antonio non plus. Mais j'ai de bonnes nouvelles. Antonio pense avoir trouvé la pyramide.

— Vraiment ? s'écria Sam. Mais c'est génial ! Comment a-t-il fait ?

— Il a mis de côté les sites mayas ne répondant pas aux critères et ceux dont l'histoire nous est parvenue via le témoignage de religieux aztèques. Les Aztèques n'avaient que peu de relations avec les Mayas, il est donc improbable qu'un secret aussi important ait été confié à l'un des leurs. De plus, à cette époque, les voyages entre ici et le Yucatán étaient rares et périlleux. En conséquence, je doute fort qu'un tel pèlerinage, s'il avait eu lieu, soit resté longtemps secret. En tout dernier lieu, on doit tenir compte du fait que l'inhumation s'est forcément déroulée peu de temps après la mort de Quetzalcóatl – je parle du roi, bien sûr, pas du dieu –, à moins que la dépouille n'ait été conservée d'une manière ou d'une autre. Bref, tout cela réduit considérablement le champ des possibles.

— Ça se tient jusqu'à présent, reconnut Remi.

— Il nous reste donc les pyramides qui existaient à la date du décès – laquelle se situe probablement entre 980 et 1100. Il y en a un certain nombre dans ce cas, mais pas des milliers. Bien sûr, cela exclut les sites aztèques, trop récents.

— Et si la dépouille avait été déplacée par la suite, dans une autre tombe construite ultérieurement ? suggéra Sam.

— C'est possible mais ce n'est pas ce qui est dit dans le texte, pour peu qu'on le lise en tenant compte des caractéristiques des langues nahuatl. L'auteur du manuscrit a restitué ce qu'il a pu du récit de l'Aztèque. Mais je pense que beaucoup de choses lui ont échappé. Normal pour un homme de culture européenne, chrétienne et catholique. Vous me suivez ? »

Remi hocha lentement la tête. « Mais vous, comme vous êtes des spécialistes…

— … nous interprétons en essayant de retrouver ce que la transposition en espagnol a omis ou dénaturé. Tout cela pour dire que, sauf erreur de notre part, nous sommes en mesure de situer le site qui nous intéresse quelque part au nord ou à l'est de Mexico.

— C'est-à-dire dans le triangle Teotihuacán-Cholula-Tula ?

— Non. Cholula était au sud, près de l'actuelle Puebla.

— Et vous avez exclu les cités mayas ?

— Oui, catégoriquement. La construction d'une chambre funéraire sous une pyramide maya n'aurait pas manqué d'attirer l'attention. En fait, nous penchons pour le site de Teotihuacán, qui était inhabité à la mort de Quetzalcóatl, ou celui de Tula où il régna mais dont il fut chassé. Je mise sur Teotihuacán en raison même de son isolement : les bâtisseurs de la tombe auraient ainsi pu travailler sans craindre d'être vus.

— Et ils étaient nombreux, je suppose, dit Sam.

— Le manuscrit fait mention d'une mystérieuse confrérie vénérant le roi Quetzalcóatl comme un dieu vivant. Ces gens auraient été les bâtisseurs, puis les protecteurs de la tombe. On peut même supposer qu'ils ont vécu sur place durant plusieurs générations pour mieux préserver le secret.

— Si je vous suis bien, il s'agirait donc du temple du Serpent à Plumes à Teotihuacán, dit Remi. Nous l'avions inscrit sur la liste mais il nous paraissait trop évident.

— Les lieux évidents font parfois les meilleures cachettes. Il se trouve que nous y avons ouvert un chantier, dernièrement. Nous fouillons un système de tunnels aménagés sous la pyramide puis remblayés aux environs de 250 après J.-C. Il va falloir du temps pour tout explorer.

— Si la tombe était là vous l'auriez déjà trouvée, non ? » dit Remi.

Antonio fit son apparition.

« Maribela était en train de nous exposer votre théorie, lui dit Sam.

— Oui. Ce n'est encore qu'une hypothèse, mais si je devais parier, je dirais que notre chambre funéraire se trouve sous le temple du Serpent à Plumes.

— Pourtant j'ai lu quelque part que le sous-sol avait été passé au sonar peu après la découverte des tunnels mais que ça n'avait rien donné de plus, dit Remi. La tombe serait-elle reliée à l'un des tunnels ?

— J'en doute. C'est l'un de nos collègues qui dirige le chantier. S'il était tombé sur une anomalie, nous l'aurions su. Cela dit, l'examen au sonar n'a porté que sur un quadrant. La tombe peut se trouver dans une zone encore inexplorée ou une strate inférieure. Si c'est le cas, il faudra encore une dizaine d'années pour l'atteindre.

— Alors, comment allons-nous faire pour la localiser ? demanda Sam.

— Le manuscrit semble désigner certains points à la base de la pyramide. Bien sûr, au XVIe siècle, personne n'avait les compétences nécessaires pour entreprendre une exploration en bonne et due forme.

C'est sans doute pour cela que les recherches ont été abandonnées.

— Comment obtient-on un permis de fouilles ?

— On passe par le ministère. Je viens d'en parler à Carlos. Il a dit qu'il déposerait une requête spéciale afin d'accélérer la procédure.

— Combien de temps faudra-t-il ? demanda Remi.

— Si ça ne coince nulle part, une semaine, dit Maribela.

— Après, il y a la question des sous, reprit Antonio. Nous tirons le diable par la queue en permanence et le nouveau chantier de López Mateos a fait exploser notre budget. »

Sam et Remi se regardèrent en souriant.

« Si cela doit faciliter les choses, nous pouvons faire une donation, dit Sam. Dites-nous juste à combien vous estimez vos besoins. Nous avons déjà financé des fouilles archéologiques, alors pourquoi pas celles-ci ? Surtout que le jeu en vaut la chandelle… »

Antonio hocha la tête. « C'est très généreux de votre part. Je vous conseille d'en parler avec Carlos. C'est lui qui tient les cordons de la bourse. »

À peine eurent-ils frappé à la porte du bureau que Carlos leur ouvrit. La présence éventuelle d'une tombe sous le temple du Serpent à Plumes semblait le ravir positivement. En revanche, il se montra plus réticent dès qu'ils passèrent aux questions logistiques. Quand les Fargo demandèrent à participer aux fouilles, il hésita encore plus, répétant qu'il ne pouvait s'engager sur des dates précises. Puis Sam proposa de couvrir tous les frais et Carlos retrouva sa bonne humeur coutumière.

« C'est très généreux de votre part. Le permis de fouilles sera plus rapidement octroyé si un mécène nous aide à monter l'opération.

— C'est ce que nous pensions, répondit Sam. Nous aimerions commencer au plus vite. Si vous dites oui maintenant, dès demain nous ferons un virement sur le compte de l'Institut.

— Vous avez déjà ciblé le lieu à fouiller, donc ça ne devrait pas revenir très cher. En fait, il suffira d'une petite équipe, d'un superviseur, du matériel de terrassement classique…

— Et d'un scanner, si vous pensez que ça peut être utile, ajouta Remi.

— Je ne crois pas, mais rien n'empêche d'en budgéter un. Ce qui nous ferait en tout… disons… dans les 50 000 dollars américains, permis compris. On fera venir le scanner des États-Unis, avec son opérateur.

— C'est comme si c'était fait. »

Quand ils regagnèrent leur espace de travail, Antonio se tenait penché sur une vue satellite du site de Teotihuacán. Maribela assise près de lui désignait l'un des angles à la base de la pyramide du Serpent à Plumes. « Je verrais bien la tombe par ici, dit-elle aux Fargo en tapotant l'écran. Si on se fie au récit de l'Aztèque…

— Je vais peut-être poser une question idiote, mais cette pyramide est-elle pleine ou creuse ? » demanda Remi.

Maribela recula sa chaise. « Elle est creuse, mais sa base repose sur des substructions assez profondes et relativement inaccessibles. Imaginez plusieurs pyramides construites les unes sur les autres par-dessus les temples originels. Les archéologues ont percé une galerie à travers ces couches d'occupation. C'est ainsi qu'ils ont découvert plus de deux cents squelettes et d'autres vestiges répartis aux quatre coins. Ensuite, ils ont passé la zone au sonar mais sans trouver de chambre funéraire.

— Les sonars ont leurs limites, dit Sam. J'en suis parfaitement conscient. »

Remi acquiesça. « Qu'en est-il de la plate-forme d'Adosada, à l'avant de la pyramide ? Doit-on l'inclure dans le champ des recherches ou pas ?

— Cette plate-forme est de construction plus tardive, répondit Antonio. Les auteurs supposent qu'elle avait été construite pour supplanter la pyramide comme lieu de culte. Le manuscrit n'en parle pas mais vous avez raison, rien n'empêche que la tombe soit là. Peut-être pour tromper les pillards. Dernière possibilité : nous avons commis une erreur d'interprétation et ce que nous cherchons se trouve quelque part ailleurs.

— Toutes ces réserves étant posées, la pyramide du Serpent à Plumes à Teotihuacán reste quand même numéro un sur votre liste, dit Sam pour résumer.

— Tout à fait. »

Sam se frotta le visage. « Si on allait faire un tour sur place en attendant le permis ? »

Remi regarda par la fenêtre. « Dès que la pluie aura cessé. Ce n'est pas très loin, n'est-ce pas ?

— Quarante kilomètres environ.

— Alors, on fait comme ça, dit Remi. À moins que quelqu'un ait une meilleure idée ? »

Sam secoua la tête. « Pas moi. J'espère seulement qu'il y aura bientôt une éclaircie. »

27

Il plut jusqu'au soir. Ne pouvant rien faire d'autre, Sam et Remi avalèrent tout ce qu'ils trouvèrent sur Teotihuacán en général et le temple du Serpent à Plumes en particulier. L'histoire de la cité précolombienne avait quelque chose de fascinant, de même que son rapide déclin. Plus grande ville de Méso-Amérique vers l'an 500, elle s'était progressivement dépeuplée à partir de 700, et un incendie l'avait entièrement ravagée cinquante ans plus tard. C'était comme si Rome était devenue une ville fantôme à peine deux siècles après son apogée. On en savait aussi peu sur ses bâtisseurs que sur les Toltèques dont la capitale se trouvait à moins de cent kilomètres vers le nord.

Carlos ne s'étant pas manifesté de toute la journée, les Fargo supposèrent qu'il travaillait dans son bureau du ministère et qu'il attendait d'obtenir le permis de fouilles pour procéder aux formalités financières. Vers dix-sept heures, gagnés par l'ennui, ils regagnèrent leur hôtel avec un certain soulagement.

Le lendemain matin, le soleil ayant fait sa réapparition, ils partirent en taxi pour Teotihuacán, forts de leur nouveau savoir. Mais ce qu'ils découvrirent en arrivant sur les lieux dépassait en magnificence tout ce qu'ils avaient appris dans les livres ; et pour commencer, la gigantesque statue érigée à l'entrée du musée. Mêlés à un petit groupe de touristes allemands, ils remontèrent l'allée des Morts, l'avenue centrale longue de quatre kilomètres qui reliait au nord la pyramide de la Lune et au sud l'esplanade comprenant la Citadelle et le temple du Serpent à Plumes. À mi-chemin, se dressait la pyramide dite du Soleil, la deuxième d'Amérique par sa taille après celle de Cholula.

Sam pivota sur lui-même pour mieux embrasser le site. « On se sent tout petit au cœur d'une telle immensité. Ce qui m'épate le plus, c'est la précision des tracés architecturaux. La façade occidentale de la pyramide du Soleil est parfaitement orientée sur la ligne d'équinoxe et l'allée des Morts a été conçue selon la disposition des Pléiades. L'astronomie jouait un rôle essentiel dans cette civilisation.

— La deuxième chose surprenante ici, c'est la chaleur, répondit Remi. Il n'y a d'ombre nulle part. Et moi qui me plaignais du froid l'autre jour sur l'île de Baffin… »

Ils se turent et se remirent à marcher tranquillement vers le temple de la Lune. Au bout de quelques minutes, Sam leva son téléphone comme s'il cherchait du réseau. « Ne te retourne pas, murmura-t-il, mais notre ange gardien est à environ deux cents mètres derrière nous.

— Tu es sûr ?

— Vérifie par toi-même. »

Sam venait de filmer l'individu avec son portable. Il montra la vidéo à l'écran et tendit l'appareil à Remi. Les images tanguaient mais on apercevait nettement un homme de type hispanique âgé d'une trentaine d'années. Il se tenait seul dans son coin et son attitude n'avait rien à voir avec celle d'un touriste. D'ailleurs, il n'avait sans doute pas prévu de se retrouver là, car sa tenue n'était adaptée ni à la marche ni à la chaleur.

« Il n'a pas l'air très content.

— Normal. Il devait croire qu'il resterait toute la journée assis au frais dans sa voiture. Et le voilà contraint de crapahuter sous le cagnard.

— Tu viens de me donner une idée, dit Remi en lui rendant le téléphone. Si on le faisait courir un peu ?

— Espionner les Fargo n'est pas une sinécure.

— Au moins, il aura mérité son salaire.

— Tu es impitoyable, Remi Fargo.

— Eh oui, mon bon monsieur. Faut t'en faire une raison. »

La pyramide de la Lune se dressait devant eux. De part et d'autre de l'allée des Morts, s'alignaient des temples plus modestes. Ils firent une pause à l'ombre du toit en tôle protégeant le palais des Jaguars, ainsi nommé à cause des fauves représentés sur les fresques colorées ornant ses patios. Puis ils repartirent, cette fois vers le palais de Quetzalpapálotl qui, lui, devait son nom au mythique papillon figuré de manière stylisée sur ses murs. Une fois restauré, ce bâtiment avait recouvré son ancienne gloire. Ils prirent le temps d'en visiter les moindres recoins, sachant que leur poursuivant n'avait d'autre solution que rester dehors, en plein soleil. Quand, au bord de l'insolation, il se réfugia à son tour dans le palais, les Fargo en sortirent et mirent le cap sur le temple de la Lune.

« J'aurais presque pitié de lui, dit Sam en s'engageant avec Remi dans le grand escalier dont seuls les touristes les plus audacieux tentaient l'escalade.

— Pas moi. Personne ne l'oblige à nous suivre.

— Ce n'est vraiment pas son jour. Tu as vu comme il est chaussé ? On porte ce genre de godasses pour se rendre au bureau, pas pour marcher dans la terre et les cailloux. Je n'ose imaginer l'état de ses pieds, ce soir.

— Surtout qu'on est loin d'avoir tout vu. Vise un peu ce panorama », s'écria-t-elle.

Ils venaient d'arriver au sommet de la pyramide. La cité antique s'étalait en contrebas, tremblant sous la chaleur.

« Où va-t-on maintenant ? demanda Sam.

— Que dirais-tu de la pyramide du Soleil ? Et on finirait par la Citadelle et le temple du Serpent à Plumes…

— Ce qui nous fait encore deux ou trois heures de visite, à vue de nez. Heureusement que nous avons bien déjeuné ce matin.

— Dans trois heures, notre ami aura encore plus d'ampoules aux pieds. Sa maman aurait dû lui apprendre à mieux choisir ses chaussures.

— Et à se munir d'un chapeau contre les coups de soleil, ajouta Sam. Je parie qu'il regrette sa négligence, maintenant. Ça tape fort à deux mille mètres d'altitude. Ouille.

— Tout compte fait, j'ai un peu pitié de lui, dit Remi. Mais pas assez pour abréger notre visite. Je crois qu'avant la destruction de la ville, des sanctuaires étaient perchés à la pointe de ces petites pyramides, là-bas, ajouta-t-elle en désignant la rangée d'édifices sur sa gauche.

— C'est une hypothèse communément admise. Il y en avait aussi là où nous sommes.

— Quand je pense qu'il y a 1 500 ans, cette ville était riche et prospère et qu'aujourd'hui ce n'est plus qu'un champ de ruines…

— Sur cette Terre, rien ne dure. Raison de plus pour profiter du soleil tant qu'il brille. Et aujourd'hui, il se surpasse, comme notre ami est en train de le constater à ses dépens. »

Remi prit Sam par la main. « Allez, il est temps de redescendre. Je crois qu'il s'est assez reposé. À force de rester immobile, il va se faire repérer. »

Quand on les voyait depuis le sol, les "petites" pyramides devenaient nettement plus imposantes. Elles étaient toutes adossées à des banquettes de terre non déblayée, comme si les archéologues avaient voulu montrer aux futures générations jusqu'où allait la couche d'occupation quand ils avaient commencé à fouiller. En fait, le site devait ressembler à une vaste étendue de terre parsemée de tertres plus ou moins élevés, plus ou moins identifiables. Comme si, au fil des siècles, la nature s'était employée à effacer toute trace de l'ancienne Teotihuacán.

Ils grimpèrent les soixante mètres de la pyramide du Soleil et regardèrent au loin.

« Le temple de Quetzalcóatl fait un peu rachitique, comparé à celui où nous sommes. Les serpents à plumes n'avaient pas la cote, on dirait, plaisanta Sam tandis qu'une brise agréable soulevait ses cheveux.

— Faisons un détour par le musée. Je parie qu'il est climatisé. On se rafraîchit et ensuite, on va saluer l'homme-serpent. Ça te va ?

— Je trouve ton programme génial. Surtout la partie climatisation. »

Le musée présentait un grand nombre d'artefacts, tous exhumés par les missions archéologiques qui s'étaient succédé sur le site pendant plus d'un siècle. Il y avait également une carte et une gigantesque maquette reconstituant la cité à l'époque de sa splendeur. On remarquait notamment les superbes fresques dont chaque édifice était orné, certaines à l'effigie d'un dieu, d'autres commémorant des événements fondateurs. Pendant un quart d'heure, ils parcoururent les salles bien ventilées, puis ressortirent et se dirigèrent vers la zone que les conquérants espagnols avaient abusivement baptisée la Citadelle, croyant y voir les vestiges d'une forteresse alors qu'il s'agissait d'une esplanade abritant en son centre le temple du Serpent à Plumes.

Le temple était certes moins impressionnant que les deux grandes pyramides mais, en escaladant la plateforme d'Adosada, érigée à l'avant, ils furent saisis par l'étrange beauté des têtes de reptiles et autres reliefs sinueux ornant chaque degré.

« Pas de doute, ils adoraient ces bestioles, dit Sam.

— Serpent un jour, serpent toujours. Telle est ma nouvelle devise.

— Alors, réjouis-toi, tu es en bonne compagnie.

— Je parle seulement des serpents à plumes. Pas des autres.

— J'avais compris.

— Tiens, on dirait que le temple est fermé aux visiteurs, observa Remi. Ils sont en train de restaurer des têtes.

— Il y a toujours un truc à réparer dans ces vieilles bâtisses.

— Donc, si j'ai bien compris, nous sommes au cœur de la ville ?

— Effectivement. Le reste est là-bas, sous les terres agricoles.

— Et le centre commercial. »

Remi se retourna vers la pyramide. « D'après Antonio, la chambre funéraire se situerait à l'arrière. Peut-on faire le tour ?

— Je ne pense pas. Regarde cette barrière. On se rattrapera dès qu'on aura le permis. De toute façon, pour l'instant, il n'y a sans doute rien à voir, à part une couche de terre desséchée. »

Après vingt minutes passées à sillonner le secteur de la Citadelle, ils décidèrent de s'en aller. Devant l'entrée principale, une rangée de taxis attendait en plein soleil les visiteurs harassés. Ils montèrent dans le premier mais, avant de s'installer, Remi regarda discrètement derrière elle. L'homme aux chaussures de cuir cavalait vers la sortie.

« On l'attend ? suggéra-t-elle.

— Non. Pourquoi lui mâcher le travail ?

— Je me demande qui c'est. Ou, plutôt, qui le paie pour nous suivre.

— Une personne qui doit être très contrariée, en ce moment. Ne t'inquiète pas. Bientôt, ils ne nous embêteront plus. On prendra un petit hôtel discret pas loin d'ici. Et tout rentrera dans l'ordre.

— Que le ciel t'entende. »

Le trajet de retour dura une heure. Après un déjeuner tardif dans un restaurant proche du Four Seasons, ils retournèrent à l'Institut. Deux véhicules de police étaient garés devant le bâtiment ; un groupe d'étudiants faisait le pied de grue sur le trottoir.

« Pourquoi cette agitation ? » marmonna Remi en entrant dans le hall.

Près du comptoir de sécurité, Maribela s'entretenait à voix basse avec un officier de police. Les voyant entrer, elle interrompit sa conversation pour aller à leur rencontre. L'inquiétude se lisait sur son beau visage.

« Qu'y a-t-il, Maribela ? demanda Sam.

— C'est Carlos. Il a disparu. On l'aurait enlevé, d'après la police.

— Carlos ? » s'écria Remi.

Maribela acquiesça en fronçant les sourcils. « Malheureusement, vivre à Mexico comporte des risques. Les enlèvements sont monnaie courante, chez nous.

— Mais c'est horrible ! Que comptent-ils faire ?

— Ils vont passer son bureau au peigne fin. Peut-être trouveront-ils des indices permettant d'identifier les ravisseurs. Mais je n'y crois pas trop. La plupart du temps, on a affaire à des bandes organisées qui espèrent toucher une rançon. Bien sûr, les personnes riches et puissantes sont particulièrement visées. Hélas, Carlos correspond à ce profil. Sa famille a beaucoup d'argent et il appartient au gouvernement.

— Est-ce que les ravisseurs ont l'habitude de… maltraiter leurs victimes ? » demanda Remi.

Maribela s'assombrit davantage. « Parfois. Mais je préfère ne pas y songer. Il ne nous reste plus qu'à prier pour que Carlos nous soit rendu sain et sauf. »

28

Quarante-huit heures plus tard, ils apprenaient que leur demande de permis était gelée. Sans Carlos pour accélérer la procédure, elle s'était retrouvée aspirée dans le grand trou noir de l'administration mexicaine. Antonio se rendit au ministère pour tenter d'y voir plus clair, passa une demi-journée dans les bureaux et revint bredouille.

« Personne n'est au courant de rien. Du coup, j'ai déposé une autre demande. Mais nous avons perdu presque une semaine.

— C'est énervant, dit Sam. Et j'imagine qu'il n'y a pas de remède à cela.

— Non, malheureusement, c'est ainsi que vont les choses dans ce pays. Le système est pourri mais il faut faire avec.

— D'après vous, combien de temps pour que cette nouvelle demande aboutisse ?

— Ça peut prendre jusqu'à un mois. Bien sûr, j'ai fait valoir que nos financeurs nous imposaient des délais très stricts. J'espère que ça les incitera à bouger.

— Un mois c'est trop long. Carlos parlait d'une semaine.

— Et il savait ce qu'il disait. Seulement voilà, Carlos n'est plus là pour appuyer notre demande, et nous n'avons pas le dixième de son influence. Il lui suffit de décrocher son téléphone et d'inviter la bonne personne à déjeuner. Moi, je ne sais même pas qui sont les bonnes personnes. Je ne suis pas un politique, je passe ma vie dans mon labo et sur les chantiers de fouilles. »

Remi changea de position sur sa chaise. « Pouvons-nous faire quelque chose ? »

Antonio se rembrunit. « Franchement, je l'ignore. »

Ils se séparèrent. Antonio retourna à ses occupations, Sam se remit à étudier les images du tunnel découvert sous le temple du Serpent à Plumes et Remi celles des pictogrammes ornant les tombes mises au jour par le tremblement de terre, au nord de la ville. Vers treize heures, Sam appela la clinique pour prendre des nouvelles de Lazlo. Il tomba sur la directrice, Isabella Benito. Après l'inévitable échange de politesses, il passa au sujet dont il avait discuté avec Remi la veille au soir.

« Comment va-t-il ? demanda Sam.

— Physiquement, il remonte la pente. Il a déjà pris trois kilos et il participe chaque jour aux séances de remise en forme.

— Et mentalement ?

— Ah, de ce côté-là, je serai moins catégorique. La dépendance à l'alcool est un phénomène insidieux, surtout chez quelqu'un qui a bu de manière régulière pendant de nombreuses années.

— Je comprends.

— Pour pouvoir envisager un avenir sans alcool, il doit commencer par modifier l'image qu'il a de lui-même. Et ça c'est du boulot, si je puis me permettre. Malheureusement, beaucoup de patients ratent cette phase de transition psychologique et finissent par replonger. »

Sam soupira. « D'après vous, est-il assez stable pour collaborer avec nous sur un projet ?

— Tout dépend de ce que vous attendez de lui. Si vous me demandez s'il peut travailler dans sa chambre tout en suivant sa thérapie, je vous réponds oui, pourquoi pas ? Une activité peut même s'avérer bénéfique.

— Et si je voulais l'emmener sur le terrain ?

— Sur le terrain ? C'est-à-dire le faire sortir de la clinique avant la fin du traitement ?

— Pas définitivement. Disons, un jour par-ci, deux jours par-là. Qu'en pensez-vous ? »

Isabella Benito hésita avant de répondre. « Il sera bientôt capable de renouer avec le monde extérieur. Mais cela devra se faire par petites étapes, avec un suivi régulier.

— Dois-je en conclure qu'il est prêt à reprendre une vie normale ?

— Oui, mais dans un premier temps, il devra se contenter de petites sorties, comme aller manger au restaurant avec d'autres patients et un accompagnateur, faire les boutiques… Or, sauf erreur, votre proposition m'a l'air plus… fatigante.

— Señora Benito, mon ami Lazlo est avant tout un universitaire. La recherche a toujours été sa raison de vivre. Il a besoin de stimulation intellectuelle.

Le projet en question monopolisera son attention, lui donnera un but.

— Si tel est votre souhait, je ne poserai pas d'objection. Mais vous devrez vous porter garant.

— Oui, je vous remercie du fond du cœur. Si j'ai bien compris, Lazlo est capable de s'en sortir mais rien ne garantit qu'il ne fera pas de… rechute. »

La directrice adopta un ton prudent. « Je suis plutôt optimiste mais honnêtement, señor Fargo, personne n'est en mesure de prédire avec exactitude l'avenir d'un alcoolique en cours de désintoxication, surtout à ce stade. C'est trop prématuré.

— Je respecte votre point de vue. Et j'apprécie votre franchise.

— Je ne fais que mon métier.

— Nous passerons le voir cet après-midi. »

Sam raccrocha et rapporta la discussion à Remi qui éteignit son ordinateur et se mit à rassembler ses affaires d'un air préoccupé.

« Je ne sais quoi te dire, Sam. D'accord, Lazlo a accompli un petit miracle en déchiffrant le manuscrit, mais il est encore loin d'être guéri.

— Absolument. Pourtant, je pense que travailler avec nous lui ferait beaucoup de bien. Et je me dis aussi qu'un autre regard ne serait pas de trop. De toute façon, au point où nous en sommes, que peut-il nous arriver de pire ?

— Voilà que tu recommences.

— Désolé. »

Remi soupira. « Allons casser la graine. Ensuite, nous passerons voir comment il va. S'il est en forme, on avisera, OK ? »

Sam hocha la tête. « Entendu. Mais tu ne crois pas qu'on devrait lui apporter du ravitaillement, au cas où ? »

Remi brandit une clé USB. « J'y avais déjà pensé. »

Sachant qu'on les suivait mais résolus à ne pas en tenir compte, ils se rendirent à la clinique où ils trouvèrent Lazlo en train de lire, assis sur son lit.

« La vie de rentier semble te convenir, plaisanta Sam pendant que Lazlo se levait pour lui serrer la main.

— Elle me sort par les yeux, tu veux dire. J'ignorais à quel point vivre sainement pouvait être ennuyeux. »

Remi sourit. « Vous avez bonne mine.

— La flatterie vous mènera loin, jeune dame. S'il vous plaît, asseyez-vous tous les deux, dit Lazlo en désignant le canapé. Et parlez-moi de votre chasse au trésor. Puis-je vous offrir un verre d'eau ? C'est tout ce qu'il y a en magasin, navré. Mais je peux demander qu'on nous amène du café. J'ai fait une croix sur le thé, il est infect ici. »

Les Fargo exposèrent leur théorie. Lazlo les écouta avec attention sans effort apparent, puis leur posa des questions précises et pertinentes. Au bout d'une demi-heure de conversation, Remi se pencha vers lui en gardant les mains croisées sur ses genoux.

« Lazlo, nous avons besoin de votre expertise. Que diriez-vous de jeter un œil sur ce que nous avons réuni ?

— Eh bien, je ne suis pas aussi calé que vous tous, mais si je peux œuvrer pour la bonne cause, je le ferai avec plaisir. Ce n'est pas comme si j'étais en train de mettre au point la fusion à froid. »

Remi plongea la main dans son sac et lui tendit la clé USB. « Tout est là. Les photos des pictogrammes trouvés dernièrement dans les tombes toltèques, la documentation venant des archives de l'Institut, les liens internet donnant accès à tout ce qui ressort du domaine public, cartes, visuels, etc.

— Ça devrait m'occuper un bon bout de temps, dit Lazlo en prenant la clé. Les fouilles commencent quand ?

— Nous sommes toujours dans l'attente du permis, dit Sam. Il y a eu un… contretemps.

— Ah ? »

Sam lui parla de Carlos et des conséquences de sa disparition sur leur projet. Lazlo se rembrunit. « C'est vraiment pas de chance ! Du coup, vous êtes coincés ?

— On peut le dire comme ça.

— Il y a quand même un truc positif. Ça me laisse du temps pour me mettre à niveau, faire du ménage dans ma tête et raccrocher les wagons.

— Oui. Nous espérons quand même obtenir d'ici peu le feu vert du ministère, précisa Remi. À ce moment-là, vous intégrerez notre équipe. »

Lazlo arqua un sourcil. « Que vont dire mes geôliers ?

— Si vous promettez de bien vous comporter, ils vous libéreront.

— Un bon comportement pour moi est un mauvais comportement pour le reste du monde… »

Sam sourit. « Mais tu as changé, mon ami. Tu es un homme neuf. Et en participant à ces travaux, tu montreras ce que tu vaux sur le terrain.

— Si vous parvenez à convaincre le dragon qui dirige cet établissement d'ouvrir la porte de ma cage, je serais bien bête de refuser.

— J'espérais que tu répondrais cela. Bon, pour l'instant, contente-toi de regarder ces documents, et si tu trouves quelque chose, appelle-nous.

— D'accord. » Lazlo s'interrompit un instant, puis reprit d'une voix émue : « J'apprécie beaucoup ce que vous faites pour moi. »

Remi sourit. « Et nous, nous apprécions votre aide. Ça va dans les deux sens. »

Lazlo tourna les yeux vers la fenêtre. Des grains de poussière flottaient paresseusement dans la clarté du soleil. « Je ne vous décevrai pas. »

Un taxi les ramena promptement à leur hôtel sous les accents plaintifs d'un ténor soutenu par un orchestre de mariachis ayant manifestement forcé sur la tequila. Remi ne cessait de regarder dans le rétro.

« Ils nous suivent toujours, souffla-t-elle à l'oreille de Sam.

— Force est de reconnaître qu'ils ont de la suite dans les idées. »

Elle fronça les sourcils. « Qu'as-tu pensé de Lazlo ? Personnellement, je l'ai trouvé cohérent.

— Tu sais ce qu'a dit la directrice : son état peut évoluer en bien comme en mal. Moi, je continue à parier qu'il s'en sortira. Je crois qu'il a surtout besoin d'une raison de vivre… et nous venons de la lui fournir. C'est mieux qu'une baraque en planches dans un trou perdu.

— Pourvu que tu aies raison. »

Selma appela alors qu'ils s'apprêtaient à sortir dîner. « J'ai discuté avec une vieille amie du département d'État, leur annonça-t-elle, tout excitée. Une fille qui a le bras long. Elle va intervenir auprès du ministère chargé des Antiquités pour que votre dossier soit traité en priorité.

— Magnifique nouvelle, Selma. Tu t'es surpassée.

— J'ai dû lui promettre une caisse de champagne. Je vous préviens, mon amie est une connaisseuse. Alors, laissez tomber le mousseux.

— Si elle arrive à débloquer la situation, elle aura droit à du Dom Pérignon.

— Oh, elle y arrivera certainement. Elle supervise les programmes d'aide à l'étranger, y compris en direction du Mexique. Ils l'adorent, là-bas, et ils feraient n'importe quoi pour lui plaire. Ne vendons pas la peau de l'ours, mais je crois que c'est bien parti.

— Donc, je dois passer commande sans tarder.

— Je peux m'en occuper. J'ai besoin de me distraire.

— Prends le meilleur. Ne regarde pas à la dépense.

— Entendu. Je vous souhaite une bonne soirée.

— À toi aussi », murmura-t-il en souriant pour la première fois depuis trop longtemps à son goût.

Après un dîner morose, Sam et Remi montèrent se coucher de bonne heure. Le portable de Sam sonna en pleine nuit. À moitié endormi, il chercha le bouton de la lampe de chevet.

« Allô ? grogna-t-il en décrochant.

— Sam, mon vieux. J'ai retravaillé ma traduction, j'ai bien examiné les clichés des pictogrammes et j'ai le regret de te dire que la tombe que vous cherchez n'est pas là où vous pensez qu'elle se trouve.

— Lazlo, as-tu idée de l'heure qu'il est ?

— Non, pourquoi ? Je suis désolé de vous déranger mais je pensais que ça te plairait d'apprendre la mauvaise nouvelle.

— Si on parlait de tout cela demain ? répondit Sam en plissant les yeux pour lire l'heure affichée sur la pendule numérique. Enfin, plus tard dans la matinée…

— Pas de problème. Je voulais juste te mettre au courant. J'aimerais bien aller voir la tombe où vous avez pris ces photos. Elles manquent un peu de netteté.

— C'est bon. Je t'appellerai quand il fera jour.

— Génial. Je t'attends de pied ferme. »

Sam éteignit la lumière, Remi changea de position et se colla contre lui.

« Tu crois toujours que c'est une bonne idée… ? » murmura-t-elle.

Mais Sam s'était déjà rendormi.

29

Quelque part dans les faubourgs de Mexico, un vieux camion Ford bleu chargé de bois de charpente roulait sur un sentier creusé d'ornières passant devant une série d'entrepôts cernés de hauts murs en béton. Le lieu était fermé pour la semaine et pourtant, trois véhicules – une Cadillac Escalade noire, une Lincoln Navigator blanche et un Hummer H2 bordeaux aux roues surdimensionnées – étaient garés devant le hangar principal.

Carlos était retenu prisonnier dans un bâtiment annexe. Ligoté sur une chaise en bois, torse nu, le visage tuméfié, méconnaissable, le malheureux pouvait à peine respirer tant les cordes comprimaient sa cage thoracique. Devant lui, Reginald faisait les cent pas en fumant compulsivement, très énervé par la nouvelle qu'il venait d'apprendre.

Il s'arrêta et se retourna vers sa victime pour lui balancer encore un coup de poing. Ses gants de cuir noir étaient gluants de sang. Carlos produisit un gargouillement mais réagit à peine, comme s'il ne sentait plus rien. Cela faisait des heures qu'on le torturait.

« Tu disais que le permis serait annulé. Tu as menti. Je vais te le faire regretter », siffla Reginald d'une voix dégoulinante de haine.

Carlos se pencha sur le côté et cracha. Le caillot de sang atterrit près des chaussures cousues main de son bourreau. « Il aurait dû… être annulé… après… mon enlèvement, parvint-il à bredouiller.

— Tu te fous de moi ? On vient de me dire que les Fargo vont bientôt l'obtenir via l'Institut national d'Anthropologie et d'Histoire. Ils sont même passés devant tout le monde.

— C'est… un autre permis… Je suis ici depuis… des jours… » Puis sa tête bascula sur sa poitrine et il perdit connaissance.

Pour passer sa rage, Reginald le frappa de nouveau à la tempe mais le regretta aussitôt tant sa main lui faisait mal. Alors, il se remit à faire les cent pas puis retira ses gants, les jeta sur le sol en grimaçant de dégoût et sortit.

Quand il entra dans la pièce voisine, un Mexicain à la mine patibulaire et au visage couvert de cicatrices d'acné le dévisagea depuis le bureau métallique derrière lequel il était assis. De chaque côté de la porte, deux jeunes gens montaient la garde, le regard absent, une kalachnikov AKM posée en travers des cuisses.

« Alors ? Qu'est-ce qu'il a dit ? » L'homme, âgé d'une bonne trentaine d'années, n'était autre que Ferdinand Guerrero, l'une des têtes du redoutable cartel des Zetas, un réseau criminel possédant des ramifications en Afrique, en Europe, en Amérique du Sud et dans toutes les grandes villes des États-Unis. Guerrero régnait en maître sur Mexico.

« Il prétend que ce n'est pas le même… permis.

— Il dit la vérité ? demanda Guerrero dont la voix douce formait un étrange contraste avec le nez de boxeur et le rictus qu'il arborait en permanence.

— Peu importe. Tout ce que je vois c'est que les Fargo ont été servis avant nous. » Reginald balança un coup de pied dans un bureau inoccupé. Le fracas se répercuta sur les murs de la pièce exiguë.

Ils n'avaient peut-être pas de permis mais, grâce à leur taupe, ils possédaient les photos du manuscrit ainsi que sa traduction. Et comme Guerrero s'était procuré une copie de la demande ajournée, par l'entremise d'un attaché administratif accro au cristal meth, ils savaient précisément dans quel secteur de Teotihuacán se trouvait le trésor qu'ils convoitaient.

« Qu'est-ce qu'on fait de lui ? On le relâche ? S'il n'est plus utile… », reprit Guerrero en changeant de position pour mieux admirer le bout argenté de ses santiags Lagarto bordeaux en peau d'autruche.

Au prix d'un gros effort, Reginald avait fini par ravaler sa colère. « Je présume que tu as les moyens de régler la question ? » dit-il avec un geste désinvolte. Puis il ajouta : « Il pourrait m'identifier. »

Guerrero éclata d'un rire gras, sans humour. « Pour avoir les moyens, on les a. T'es pressé ou pas ?

— Attendons la fin de la semaine. Il faut que les autorités croient à un enlèvement qui aurait mal tourné. L'un de tes hommes devrait appeler la famille et demander une grosse rançon. Ça te paierait le dérangement. »

Guerrero plissa les yeux. « Le dérangement ? Je croyais qu'on s'était mis d'accord sur une somme. »

Comprenant son erreur, Reginald fit aussitôt machine arrière. « Oui, bien sûr. Et comme convenu, nous défalquerons cette somme de votre prochaine commande. Je parlais d'un petit supplément en liquide, genre prime de performance. »

Guerrero se remit à rire et abattit son poing sur le bureau. « Ha ! T'es un marrant, toi. Plus que ton frangin, en tout cas. Mais tu causes comme lui. Une prime de performance, j'y crois pas ! »

Ne voyant pas bien ce qui amusait leur chef, les deux gardes du corps crurent tout de même préférable d'esquisser un sourire. Guerrero était connu pour ses brusques changements d'humeur. Un manque de respect, même supposé, pouvait entraîner la mort subite de l'imprudent. Et les doses prodigieuses de cocaïne et de méthamphétamine que le caïd s'envoyait chaque jour ne lui amélioraient pas le caractère. Ce type était aussi dangereux qu'une grenade dégoupillée.

Guerrero hocha la tête d'un air entendu. Reginald s'autorisa lui aussi un petit sourire pour oublier le frisson qui venait de lui parcourir l'échine. « Alors on est d'accord. Tu attends… disons jusqu'à la fin de cette semaine, et après, tu disposes du corps comme tu l'entends.

— *No problemo, jefe*, dit Guerrero d'une voix plate.

— Parfait. »

Reginald fit volte-face. Un garde se leva pour lui ouvrir. Tout en regagnant le 4×4 que Guerrero avait obligeamment mis à sa disposition, il se demandait comment faire pour que son initiative n'arrive pas aux oreilles de Janus. Si son frère apprenait cette histoire d'enlèvement, il piquerait une colère noire. Janus était trop à cheval sur les principes, songeait Reginald. Or, parfois, il fallait s'adapter aux situations, quitte à revoir complètement les règles. En plus, ils avaient joué de malchance. Si tout s'était déroulé comme prévu, leur demande de permis aurait été acceptée, celle des Fargo suspendue, et les fouilles auraient pu démarrer sous leur contrôle. Seulement voilà, rien ne s'était déroulé comme prévu.

Tant que Guerrero tiendrait sa langue, Janus ne saurait rien. Et comme, par ailleurs, son frère n'aimait pas trop discuter avec le meurtrier psychopathe qui représentait les Zetas dans la ville de Mexico, Reginald ne craignait pas grand-chose dans l'immédiat. Il annoncerait à Janus la somme qu'il avait réussi à négocier, moins la remise – et les quelques milliers de livres qui atterriraient sur son propre compte bancaire, bien entendu – en jurant avoir fait de son mieux. Il n'avait aucun scrupule envers lui. Janus avait beau être son plus proche parent, il le traitait comme un gamin mal élevé, et Reginald ne pouvait décidément pas l'avaler.

Au sortir du hangar, il mit ses lunettes de soleil et, en attendant que ses yeux s'adaptent à la forte luminosité, examina ses articulations légèrement enflées. Puis, il jeta un coup d'œil à sa montre en or Patek Philippe World Timer, et rejoignit la Lincoln en fredonnant le morceau que l'orchestre de mariachis jouait la veille au soir pendant qu'il s'amusait avec la petite danseuse de seize ans que Guerrero lui avait offerte.

L'après-midi s'annonçait radieux.

*

Deux jours plus tard, Antonio et Maribela retrouvaient les Fargo à l'Institut. À leur mine réjouie, on aurait dit qu'ils avaient gagné le gros lot.

« Le permis. On l'a ! annonça Maribela en agitant un papier. Les fouilles peuvent démarrer.

— Génial, dit Remi. Vous serez à nos côtés, j'espère ? » Elle avait toujours autant de doutes à son sujet.

« Bien sûr. Nous tenons absolument à participer.

— Mais votre chantier ? Les cryptes ?

— Il nécessitera des mois voire des années de travail acharné. Nous ne sommes pas à quelques jours près. Un collègue nous remplacera durant notre absence. Comme cela, nous serons tout à vous », claironna Maribela en secouant sa luisante crinière.

Remi toucha machinalement son scarabée d'or et se fendit d'un petit sourire. Antonio sourit à son tour et se pencha vers elle pour mieux observer le pendentif : « Quel magnifique bijou ! Je n'en avais jamais vu de pareil.

— Merci. C'est mon porte-bonheur. Il vient d'Espagne », répondit-elle, enchantée.

Agacé par leurs roucoulades, Sam se racla la gorge. « Bon, il est temps de s'y mettre. Je m'occupe du virement et après, nous dresserons la liste du matériel à acheter. Vous nous direz combien de fouilleurs nous devrons engager. L'idéal serait de commencer après-demain, le temps que l'argent soit transféré et l'équipe constituée.

— Super, dit Remi. C'est bizarre, j'ai l'impression qu'on attend cet instant depuis des mois. Alors que dix jours seulement se sont écoulés… »

Antonio acquiesça. « Oui. Je regrette seulement que Carlos ne soit pas avec nous. Il aurait sûrement dégagé du temps pour participer à l'événement.

— A-t-on des nouvelles ? demanda Sam en choisissant bien ses mots.

— Non. Toujours rien. Sa femme est folle d'inquiétude. Comme vous l'imaginez.

— Ça va plus vite, d'habitude ? s'enquit Remi.

— Oui, dit Maribela. En règle générale, les ravisseurs sont pressés de toucher leur argent. Attendre ne sert à rien et augmente les risques. »

Il y eut quelques secondes de silence, puis Antonio reprit en se frottant les mains : « Malheureusement nous ne pouvons rien pour lui. Alors, si vous voulez bien, consacrons-nous aux choses qui sont de notre ressort.

— Vous avez raison, dit Sam en consultant son iPhone. Je vais faire le virement. J'ai conservé le numéro de compte que Carlos m'a transmis.

— Très bien. À plus tard. »

Le reste de la journée fut employé à dresser des listes et à organiser le programme des fouilles. Malgré leur impatience, il n'était pas question de se précipiter. Pour assurer la préservation des objets qu'ils espéraient découvrir, ils devraient procéder avec méthode.

Deux jours plus tard, ils quittaient le Four Seasons par une issue discrète et montaient dans une voiture conduite par une personne sûre. Ils avaient réservé une chambre dans un motel situé à deux kilomètres de la cité antique, El Oasis. Le confort y était réduit au strict minimum mais la climatisation et la douche fonctionnaient mieux qu'ils n'avaient espéré. À présent, ils se tenaient à l'abri d'une bâche tendue entre des piquets et contemplaient la face arrière du temple de Quetzalcóatl.

Lazlo les avait rejoints. C'était sa première sortie et il paraissait à la fois soulagé et heureux d'avoir échappé à la surveillance du personnel de la clinique et de se trouver avec eux sur le terrain. Le soleil dardait ses rayons obliques sur les terrassiers qui s'activaient au creux d'une tranchée profonde de presque trois mètres et large de douze, creusée à la base de la pyramide. Ces gens qui travaillaient dix heures par jour contre un salaire de misère avaient déjà déblayé une incroyable quantité de terre.

Le contremaître s'apprêtait à les libérer pour la soirée quand un ouvrier vêtu d'un T-shirt jaune trempé de sueur poussa un cri. Tout le monde se précipita vers lui. Remi retint son souffle. L'homme venait de toucher avec sa pelle une structure en pierre dont la surface plane ne pouvait avoir été façonnée que par l'homme.

« Nous y sommes », fit-elle à mi-voix.

Sam descendit par l'échelle au fond de la tranchée, suivi de ses quatre compagnons. Antonio lança un ordre. Précautionneusement, l'ouvrier retira encore quelques pelletées de terre ; deux de ses camarades le rejoignirent pour l'aider dans sa tâche.

Au bout d'une heure à ce rythme, aucun doute n'était plus permis. Il s'agissait bien d'un édifice, ou plus exactement d'un toit de forme arrondie, comme ceux qui recouvrent les cryptes funéraires. Épuisés par l'effort qu'ils venaient de fournir, les trois terrassiers reprenaient leur souffle, appuyés sur le manche de leurs pelles.

« Il fera bientôt nuit, dit Maribela. Nous continuerons demain. »

Remi n'était pas de cet avis. « Non, les ouvriers peuvent rentrer chez eux. Ils l'ont bien mérité. Mais personnellement, je préfère continuer. Essayons au moins de trouver un moyen d'entrer dans la crypte. »

Sam approuva d'un signe de tête. « Nous y arriverons par nous-mêmes. On a un peu d'expérience.

— Très bien », dit Antonio. Il donna ses instructions au contremaître et les hommes remontèrent avec leurs pelles.

Sam observa un long moment la structure en pierre taillée, puis leva les yeux vers le ciel obscur.

« Pourrait-on allumer ces projecteurs ? demanda Lazlo.

— Bien sûr », dit Maribela. Elle grimpa prestement les barreaux de l'échelle pour rattraper le contremaître qui discutait avec les vigiles.

Sam lui lança du fond de la tranchée : « Oh, et il nous faudra aussi des torches, des barres à mine et des cordes. »

Dix minutes plus tard, accroupis sur le pourtour de l'ouvrage en maçonnerie large de trois mètres, ils se demandaient comment faire pour entrer sans endommager le toit, les pierres étant jointes par du mortier. Antonio qui se tenait à l'une des extrémités interrogea ses compagnons.

« Vous croyez qu'on peut engager une barre dans cette fissure ? » dit-il en leur montrant la fente qu'il venait de repérer entre deux blocs.

Remi fit une première tentative. « Sam, peux-tu venir m'aider ? »

Sam la rejoignit mais la fente était trop étroite pour accepter deux barres. Il changea donc de tactique et se servit de l'outil pour gratter le mortier, lequel s'effritait facilement. Au bout d'une demi-heure, les bords de la pierre étaient dégagés. Ne restait plus qu'à la soulever. Sam et Remi se placèrent d'un côté, Antonio et Lazlo de l'autre. Une fois qu'ils l'eurent descellée et posée de chant, ils se trouvèrent face à un trou noir, large de soixante centimètres, d'où sortait une odeur de moisi. Remi tendit sa torche mais le faisceau lumineux se perdit dans les ténèbres, comme aspiré par des sables mouvants.

« Passez-moi la corde, je vais descendre voir.

— Non, s'opposa Sam. C'est moi qui vais le faire.

— Tu crois pouvoir passer ? C'est très étroit.

— J'y arriverai.

— À condition de renoncer à la tequila et aux enchiladas, le taquina Remi. Cela dit, si tu veux tenter le coup… »

Antonio déroula une corde en nylon et en tendit un bout à Sam.

« Prenez garde, il y a peut-être des serpents. Dans cette région, la plupart sont venimeux. Sans parler des scorpions et des araignées. On pourrait remettre ça à demain matin. Le collègue qui fouille les tunnels de López Mateos possède une caméra à fibre optique et des robots d'exploration. Je lui demanderai de nous les prêter. »

Sam eut un sourire sardonique. « Et renoncer à la gloire ? Jamais de la vie. J'aime trop le frisson de l'aventure.

— Mais les serpents…, insista Maribela.

— J'en mange tous les jours à mon petit déjeuner.

— Ils pensent peut-être la même chose de toi, mon vieux », fit remarquer Lazlo.

Remi leva les yeux au ciel. Sam se passa la corde autour de la taille, fit deux tours et dit : « Accrochez l'autre bout à un truc assez solide pour supporter mon poids – un pare-chocs de camion, par exemple. Quand je serai à l'intérieur, laissez filer la corde. Lentement. Si vous m'entendez crier ouille, ça voudra dire qu'il faut me remonter dare-dare et courir chercher du sérum anti-venin.

— On n'en a pas, dit Antonio.

— Aucun plan n'est parfait. Mais essayez quand même de me remonter. Pour le reste, on verra. »

Remi lui prit la main. « Sois prudent, Tarzan.

— Je pousserais bien mon fameux cri mais j'ai peur d'effrayer les serpents.

— Merci d'épargner nos oreilles, par la même occasion », ricana Lazlo.

Antonio grimpa à l'échelle sans lâcher la corde et revint cinq minutes plus tard. « Vous êtes solidement attaché.

— Parfait. Comme disait Evel Knievel, "quand faut y aller"…

— Cinq dollars qu'il n'a jamais dit ça, répliqua Remi.

— Il l'a pensé très fort. »

Sam s'assit au bord du trou en laissant pendre ses jambes. Par habitude, il tira une dernière fois sur la corde et se lança. Quand il fut enfoncé à mi-corps, il donna un peu de mou, puis disparut complètement. Remi se pencha pour l'éclairer avec sa torche.

« Des serpents ? demanda-t-elle en apercevant un sol dallé, sous leurs deux faisceaux combinés.

— Que dalle. Pas d'avocats non plus.

— C'est donc un endroit sûr, tout compte fait. »

Dès que ses pieds eurent touché le sol, Sam promena lentement sa torche le long des parois. Après quoi, il déroula une longueur de corde et se dirigea à pas lents vers un genre de seuil en pierre.

Au-dessus de lui, Antonio bouillait d'impatience. En levant les yeux, Sam aperçut deux têtes et, au-delà, le ciel noir parsemé d'étoiles clignotantes.

Maribela arpentait la tranchée en se rongeant les ongles, nerveuse comme une lionne en cage. Fidèle au poste, Remi s'efforçait d'éclairer les zones les plus reculées de la crypte.

Une minute plus tard, la corde se tendit. Sam cria : « Remontez-moi ! »

Antonio se tourna vers le camion et ordonna au vigile qui tenait le volant de faire marche arrière. Quand Sam émergea du trou, il avait les cheveux couverts de poussière et une toile d'araignée collée sur la figure. Antonio cria, le camion s'arrêta, Sam se hissa et, une fois sur ses jambes, détacha la corde nouée autour de lui.

« Alors ? demanda Remi, frémissante d'excitation.

— Mauvaise nouvelle. On dirait que des pillards sont passés avant nous. Les pierres qui bouchaient l'entrée de la tombe portent encore les traces des outils qu'ils ont utilisés pour la profaner. Mais ça ne date pas d'hier. Je pense que l'effraction remonte à l'époque où elle n'était pas encore enfouie dans le sol. Autrement dit, les voleurs sont probablement des Précolombiens morts depuis mille ans, au bas mot. Ils ont même emporté les corps. » Sam secoua la tête. « En tout cas, si c'est bien la tombe que nous cherchons, on ne peut pas dire qu'elle était soigneusement cachée. Il n'y a plus rien à voir en dehors des bas-reliefs. »

Les épaules de Remi s'affaissèrent. « Pas même un serpent ? demanda-t-elle.

— Pas la queue d'un. »

Elle épousseta le T-shirt de Sam pendant que lui-même retirait la toile d'araignée qui lui chatouillait le visage. « C'est rageant, hein ?

— Oui, je m'attendais à mieux qu'un simple trou dans le sol.

— Beaucoup de bruit pour rien…, philosopha Lazlo. Allons, il y a plus grave dans la vie. »

Sam baissa les yeux vers l'orifice. « Cette crypte a peut-être des choses à nous apprendre, mais à la question : est-ce que ça valait le coup de sauter le dîner ? je réponds non. »

Remi sourit. « Mon courageux bel et aventurier. Je parie que tu es affamé après tous ces efforts.

— Surtout assoiffé. »

Lazlo renifla sans le vouloir et se mit à tousser pour donner le change.

Remi se tourna vers Antonio. « Y a-t-il de bons restaurants dans le coin ? Nous pourrions laisser un vigile sur place et revenir demain matin pour explorer la crypte.

— Oui, je peux vous en indiquer deux. » Il lui donna les noms pendant que tout le monde sortait de la fosse à la queue leu leu et sans grand enthousiasme.

Remi s'approcha de Sam. « Si on commençait par faire un brin de toilette ? Après, nous irons noyer notre chagrin dans une piscine de margaritas. » Se tournant vers les Casuela, elle ajouta : « Que diriez-vous de fêter ce superbe échec en notre compagnie ? Vous êtes également invité, Lazlo. »

Le frère et la sœur échangèrent un regard. « Non merci, répondit Antonio. Nous devons rentrer à Mexico. Nous vous retrouverons ici demain matin. Disons vers neuf heures ? »

Sam haussa les épaules. « Pourquoi pas ? Il n'y a plus d'urgence, maintenant.

— On m'a appris à ne jamais refuser une invitation, dit Lazlo. Si ma sobre présence ne vous dérange pas…

— Ce sera avec plaisir », répondit Sam.

Mexico

Une berline marron foncé descendait au ralenti une rue déserte de Cerro de Xaltepec, un faubourg situé au pied de la Sierra de Santa Catarina. Gangréné par la violence, la drogue et le trafic d'êtres humains, ce quartier était à classer parmi les pires de Mexico.

Même la police renonçait parfois à enquêter sur les meurtres qui s'y commettaient quotidiennement. On avait coutume de dire que pour s'aventurer dans ce cloaque, il fallait soit chercher les ennuis, soit vouloir en causer à autrui et, dans ce dernier cas, on était mal placé pour se plaindre. À l'intersection, la berline s'arrêta parmi des flaques d'eau croupie, devant une maison en parpaings avec une plaque de tôle ondulée en guise de toit, le tout couvert de graffitis. Il n'y avait de lumière nulle part, ni dans la maison, ni dans la rue.

La berline s'ouvrit à l'arrière. Une masse informe dégringola sur le trottoir. La portière se referma dans un claquement, le chauffeur démarra sur les chapeaux de roues, prit la deuxième à droite et attendit d'être sur la route principale pour allumer ses phares.

Les yeux morts de Carlos fixaient sans le voir le ciel piqué d'étoiles. Il fallut des heures pour qu'apparaisse le véhicule du coroner, escorté de plusieurs camions remplis de policiers lourdement armés, censés protéger les techniciens pendant qu'ils examinaient la scène de crime. L'identification de la dépouille prendrait encore deux jours, délai qui n'avait rien d'inhabituel dans cette ville figurant parmi les plus peuplées du monde. Leur budget étant réduit à la portion congrue, les forces de l'ordre manquaient cruellement de personnel et l'équipement dont elles disposaient pour leurs enquêtes avait des dizaines d'années de retard.

Les deux vigiles que Antonio avait placés en sentinelles à l'entrée de la tombe souterraine commençaient à trouver le temps long. Aussi décidèrent-ils de s'accorder une pause. Au moment où ils s'éloignaient, un SUV s'arrêta près de la tranchée. On leur avait offert une somme rondelette pour qu'ils regardent ailleurs. Un mois de salaire contre trente minutes d'inattention. Ils n'avaient pas hésité bien longtemps.

Janus Benedict sortit côté passager et alla se poster au bord de la tranchée, bientôt rejoint par Reginald. Le chauffeur resta au volant sans couper le moteur.

« C'est ce machin-là ? Ça ne m'a pas l'air très intéressant », dit Reginald, irrité d'avoir dû se lever à quatre heures du matin pour se rendre dans ce bled paumé, à des années-lumière du palace où il séjournait.

« On dirait que pour une fois, les Fargo ont fait chou blanc. Ce qui n'est pas pour me déplaire, soupira Janus. C'est assez étonnant mais je suppose que même les meilleurs échouent de temps à autre. Ainsi va la vie.

— Alors, qu'est-ce qu'on fabrique ici ? »

Janus regarda de nouveau le fond de la tranchée, puis repartit vers la voiture. « J'ai parcouru la moitié du globe pour venir jusqu'ici. Je n'allais pas rater ça.

— Pour moi, c'est juste un trou. »

Janus lui jeta un regard assassin. « Rien ne t'échappe, on dirait », ricana-t-il en regagnant son siège.

Reginald poussa un juron à l'instant même où la portière se refermait. Il en avait marre de se faire rabrouer mais n'osait toujours pas affronter son frère. Depuis quelque temps, tout le monde avait les nerfs à fleur de peau. Et il redoutait que Janus, déjà perturbé par le décalage horaire, ne lui tombe dessus à la moindre parole déplacée.

On entendit juste un crissement de pneus sur le gravier. Le SUV fit demi-tour et disparut dans la nuit. Quand les vigiles revinrent sur le site, tout était calme et silencieux. C'est ce qu'ils mentionneraient dans leur rapport de fin de service, le lendemain matin. C'est-à-dire dans trois heures.

30

« Qu'y a-t-il ? demanda Sam en prenant place à côté de Remi dans le taxi qui devait les conduire sur le chantier.

— Je ne sais pas. Je ne cesse de repenser à ce qui s'est passé hier. Il y a un truc qui me chiffonne. C'est tellement… comment dire ?… tellement peu.

— C'est frustrant, je vous l'accorde, lança Lazlo depuis le siège avant. Mais au moins, nous avons résolu l'énigme du manuscrit et localisé la crypte.

— Justement, c'est ça mon problème. Je n'en suis pas tout à fait sûre. Nous avons trouvé une crypte, certes, mais est-ce la bonne ?

— Qu'est-ce que tu dis ? s'écria Sam.

— Et si on s'était trompés ?

— On l'a trouvée à l'endroit même où nous pensions qu'elle était.

— *Nous* ne pensions rien. C'est Antonio et sa sœur qui l'ont trouvée. Ils ont pu se tromper.

— Et nous serions tombés sur une crypte par le plus grand des hasards…

— Écoute, ça fait des années qu'ils fouillent autour de ces pyramides et qu'ils trouvent des galeries et des salles souterraines. Mais je suis prête à parier que personne n'avait jamais cherché derrière le temple de Quetzalcóatl. Nous avons déplacé une énorme quantité de terre mais nous aurions très bien pu ne rien trouver. Or, qu'y avait-il, justement, à la base de la pyramide ? Une tombe vidée de son contenu. Toi qui as vu les bas-reliefs ornant les murs, peux-tu me dire s'ils sont dignes de la sépulture d'un grand roi vénéré comme un dieu ?

— Eh bien, maintenant que tu en parles, j'ai trouvé la déco plutôt basique. Pourtant…

— Si on te chargeait de construire une tombe pour abriter la dépouille du plus prestigieux monarque ayant jamais régné sur ton peuple, une tombe destinée à entrer dans la légende, non seulement parce que nul n'en connaîtrait l'emplacement, mais aussi à cause des fabuleuses richesses entreposées à l'intérieur, choisirais-tu d'aller la creuser dans cet endroit-là ? »

Lazlo acquiesça vigoureusement. « Elle a raison. »

Sam étudia le visage de Remi. « C'est ça qui te rend si nerveuse ? Le fait que ce lieu soit si… banal ?

— Il y a un peu de ça, oui, mais pas seulement. Antonio et Maribela y sont pour quelque chose aussi. Je ne suis pas totalement convaincue qu'ils aient raison. J'ai ressenti cela dès qu'ils nous ont exposé leur théorie. Ne me demande pas pourquoi. Je n'en sais rien. Une petite voix dans ma tête. Elle m'a dit, non, il y a quelque chose qui cloche. J'ai peut-être vu un truc qui m'a mis la puce à l'oreille. J'ai oublié quoi mais mon instinct me trompe rarement. »

Sam se renfrogna. « Attends un peu. Qu'est-ce que tu viens de dire ?

— Tu n'as pas entendu ?

— Bien sûr que si. Tu as dit que tu avais vu un truc mais que tu l'avais oublié. »

Elle prit un air perplexe. « Oui, c'est exact.

— D'après toi, qu'est-ce que ça pourrait bien être ? Où aurais-tu pu *voir* ce truc qui t'as mis la puce à l'oreille ? Ce truc qui t'a convaincue qu'Antonio et Maribela faisaient fausse route ? »

Remi prit le temps de réfléchir. Le taxi allait bientôt atteindre l'entrée du site. « Je n'en sais rien. C'était juste une façon de parler.

— Je te connais depuis longtemps. Tu t'exprimes toujours de manière très précise, que tu en aies conscience ou pas. Tu as dit que tu avais vu quelque chose. Alors, maintenant, je te demande quoi.

— J'essaie de m'en souvenir, crois-moi. Mais ça ne vient pas. C'est énervant.

— Bon, laisse ton esprit vagabonder. Ne te polarise sur rien de particulier. Il va trouver la réponse tout seul, quand il l'aura décidé. C'est ainsi que les cerveaux fonctionnent.

— Tu m'as l'air d'en connaître un bout sur les cerveaux, fit-elle, sceptique.

— Je me base sur le mien. Et je me dis que le tien marche peut-être de la même manière.

— Si c'était vrai… »

Lorsque le taxi s'arrêta devant le portail, Lazlo, qui n'avait pas prononcé un mot depuis plusieurs minutes, regarda autour de lui comme s'il émergeait d'un rêve éveillé.

Ils descendirent, Sam paya la course et ils s'engagèrent sur le chemin qui menait au temple du Serpent à Plumes. Il faisait frais. Une fine couverture nuageuse les protégeait temporairement des ardeurs du soleil. Quand ils arrivèrent sur le chantier, Antonio était assis sous la bâche, devant un écran de belles dimensions.

« Qu'est-ce que c'est ? demanda Sam en s'approchant.

— Ah, bonjour ! C'est un flux vidéo diffusé par le robot que j'ai emprunté à mon collègue. J'ai pensé que filmer l'intérieur des salles avant d'y entrer nous ferait gagner du temps.

— Excellente initiative. Où est votre sœur ?

— Dans la tranchée. Elle actionne les commandes à distance. La caméra est fixée à un câble relativement court. »

Ils regardèrent les images défiler sur l'écran. Quand l'objectif glissa le long des bas-reliefs, Lazlo secoua la tête. « Que pensez-vous de ces pictogrammes ?

— Pas renversants pour un site comme celui-ci.

— Sont-ils de style toltèque ? » s'enquit Remi.

Antonio se pencha plus avant. « Pas vraiment, mais c'est difficile à dire tant que je n'ai pas vérifié…

— Pourtant, à première vue, vous trouvez qu'ils ressemblent aux autres bas-reliefs de Teotihuacán, n'est-ce pas ? »

Antonio pivota lentement vers Remi. « Où voulez-vous en venir ?

— Quelque chose me dit que cette crypte, bien qu'intéressante, n'est pas celle que nous cherchons. »

Il écarquilla les yeux. « Quoi ? »

Elle lui exposa ses réserves. Quand elle eut fini, Antonio avait perdu une bonne partie de son assurance.

« Mais qu'avez-vous vu pour douter ainsi ? »

Elle fronça les sourcils. « Je l'ignore encore. Mais cette chose a dû me faire forte impression. »

Sam se déplaça vers la tranchée. « Bonjour », lança-t-il à Maribela. Assise devant un petit moniteur posé sur une table pliante, elle manœuvrait le robot à distance au moyen d'un joystick. En l'entendant arriver, elle pressa un bouton et leva les yeux en souriant.

« *Buenos días* à vous aussi.

— Ne me dites pas que vous avez trouvé un trésor fabuleux pendant que nous dormions !

— Non. Tout ce qui avait de la valeur a disparu depuis longtemps.

— Que pensez-vous des bas-reliefs ? Pour ma part, je les ai à peine vus.

— Il est trop tôt pour se prononcer.

— Avez-vous le sentiment qu'ils sont dignes d'un dieu vivant ?

— Qu'entendez-vous par là ?

— Hier, en les découvrant, je les ai trouvés pauvres.

— Pauvres… », répéta-t-elle sur un ton neutre.

Remi interrompit leur conversation. « Sam, ça y est, je me rappelle. »

Maribela les considéra tous les deux d'un air perplexe.

« Raconte, l'encouragea Sam.

— Les bas-reliefs cubains. Rappelle-toi, la pyramide et le nuage au-dessus. C'est la même scène que sur les bas-reliefs de López Mateos, OK ? Et dans cette scène, il y a toujours un deuxième bâtiment.

— Ah bon ?

— Oui. Un temple plus petit.

— Et donc ?

— Pourquoi ? fit Remi sur un ton satisfait. Pourquoi un temple plus petit ?

— J'imagine que tu vas me le dire. »

Lazlo se racla la gorge. « Parce que la pyramide est juste un repère et que la tombe se trouve ailleurs. »

Maribela l'observa d'un œil dubitatif. « Comment le savez-vous ? »

Remi se rapprocha du bord de la tranchée. « Dans les deux cas, nous avons une pyramide, un nuage et, à l'intérieur du nuage, à peine visible, une lune. Le nuage la cache en bonne partie mais elle est bien là.

— Ah… »

Remi secoua la tête. « On s'est trompés. La tombe se trouve sous la pyramide de la Lune. On était obsédés par Quetzalcóatl. Du coup, on a cherché des serpents. Les images sont trompeuses. Tout comme le récit dans le manuscrit.

— Tu es sûre ? » insista Sam.

Elle le regarda au fond des yeux. « Impossible de l'être davantage. Nous avons creusé au mauvais endroit. »

Lazlo regarda autour de lui avant de renchérir : « Décidément, je pense qu'il est grand temps que j'aille visiter le site de López Mateos et les pictogrammes qu'il contient. Avec tout mon respect, avant d'aller plus loin, j'aimerais savoir si nous n'avons pas raté un autre truc.

— Je suis d'accord. » Remi se tourna vers Antonio. « Peut-on s'y rendre aujourd'hui ?

— Je n'y vois pas d'inconvénient. Je préviens l'équipe sur place et après, je vous y conduis. »

Les mains sur les hanches, Maribela déclara : « Je reste ici pour surveiller les opérations. »

Antonio consulta sa montre. « Très bien. Je les appellerai en roulant. Nous avons déjà perdu trop de temps. »

31

Sur la route menant à López Mateos, leur gros 4×4 resta coincé quelque temps dans les embouteillages de fin de matinée. Malgré les ravages du récent tremblement de terre, la vie revenait dans le quartier. La petite rue où se trouvait le chantier était encore fermée à la circulation et des soldats montaient la garde devant la fosse. Antonio montra ses papiers, puis ils s'engagèrent sur le plan incliné menant aux vestiges souterrains.

Le collègue d'Antonio vint à sa rencontre, lui serra la main, échangea deux mots avec lui puis remonta vers la rue.

Antonio attendit que ses yeux s'adaptent à la pénombre. « Sam, Remi, vous êtes déjà venus, dit-il en se tournant vers ses compagnons. Donc vous connaissez les précautions à prendre. Lazlo, sachez que la plupart des surfaces au sol sont interdites à la circulation. Nous voulons éviter toute dégradation pendant que nous fouillons et répertorions les vestiges. Je vous demande de ne toucher à rien. J'ai dit à l'équipe de prendre sa pause-déjeuner un peu plus tôt. Nous avons deux heures devant nous.

— N'ayez crainte. Je ne laisserai aucune trace de mon passage, promit Lazlo.

— Et encore merci pour votre obligeance, dit Remi.

— Avec un peu de chance, cette visite donnera des résultats positifs. » Antonio leur indiqua le chemin. « Par ici. Nous commencerons par ce que nous appelons la chambre funéraire principale. »

Ils se déplacèrent lentement le long du tunnel et, à la jonction, entrèrent dans la grande crypte. Antonio alluma des lampes supplémentaires et recula d'un pas. « Encore une fois, faites attention où vous posez les pieds. Les espaces de fouilles sont délimités par des ficelles tendues entre des piquets. »

Les trois autres acquiescèrent. Antonio s'avança vers le premier bas-relief. Remi le rejoignit et désigna un point précis. « Vous voyez cette procession ? C'est la même que sur les photos de Cuba.

— Quand on voit la chose en vrai, c'est absolument magnifique, marmonna Lazlo avant de s'approcher pour étudier les détails. Ils ont dû mettre des années pour sculpter tout cela. Un travail remarquable…

— Vous trouverez d'autres pictogrammes sur le catafalque et les diverses parois, mais le motif de la procession se répète à l'identique dans toutes les salles, dit Antonio. Les Toltèques devaient y attacher une importance toute particulière.

— Regardez ! Le temple du Serpent à Plumes, s'écria Sam en montrant une pyramide à six degrés gravée dans la pierre. Enfin, je crois.

— Oui, je pense que c'est lui… », confirma Lazlo.

Remi reprit quelques photos des pictogrammes, au cas où quelque chose lui aurait échappé la fois précédente. Pour lui laisser le champ libre, Sam alla examiner le mur du fond. Lazlo passa encore un moment à contempler la procession en marmonnant dans sa barbe.

« C'est ça le motif qui se répète dans toutes les pièces ? demanda-t-il à Sam en le rejoignant.

— Oui.

— Je vais aller voir les autres. Autant en profiter tant que nous sommes là.

— Demande à Antonio de t'accompagner.

— Oui, c'est préférable. Je n'ai pas envie de me perdre ou de tomber au fond d'un égout. »

Lazlo et Antonio s'engagèrent dans le boyau qui menait à la salle suivante. Restée en arrière, Remi observait intensément les pyramides gravées sur les parois, comme si elle avait pu faire apparaître la tombe de Quetzalcóatl par sa seule volonté.

« Maintenant que nous sommes allés sur place, je reconnais mieux le site de Teotihuacán, lui dit Sam.

— Ça veut dire qu'on n'est pas loin. C'est déjà ça.

— Et cet édifice que tu regardes est sûrement la pyramide du Soleil.

— C'est fort probable, étant donné sa taille. »

Sam secoua la tête. « Ce qui prouve que la tombe ne peut décidément pas se trouver sous le temple du Serpent à Plumes. Regarde l'orientation.

— Je suis d'accord. Ce qui me chiffonne c'est que Antonio et Mirabela aient pu se tromper à ce point. Ce sont des spécialistes et… »

Remi laissa sa phrase en suspens car Lazlo venait de réapparaître, rouge d'excitation, lui si placide d'habitude.

« Je crois que j'ai trouvé, les enfants. Il m'a fallu du temps. Le gars qui a gravé ce truc devait être sacrément doué. Franchement, il faut savoir quoi chercher, sinon on ne voit rien. Et les photos sont inutiles, sans vouloir vous offenser, Remi.

— De quoi parlez-vous ? demanda-t-elle.

— Le motif se répète bien dans chacune des salles, mais à quelques détails près. C'est subtil et pourtant…

— Tu es sûr ? insista Sam.

— Absolument. Venez, je vais vous montrer. »

Lazlo les conduisit dans la deuxième salle. « Vous voyez ? Les dignitaires sont placés autrement, les repères aussi. Cette pyramide est plus loin sur la droite. »

Sam fronça les sourcils. « C'est peut-être dû à un choix de l'artiste… ou aux contraintes du support. Ça n'a pas forcément de signification.

— D'accord. Maintenant, passons dans la pièce suivante. Vous verrez qu'il y a encore une très légère différence.

— Si les sculpteurs se sont basés sur un dessin, comme je le suppose, ces variations sont compréhensibles, lança Antonio, posté sur le seuil.

— J'avais tendance à penser comme vous. Mais faites-moi plaisir, voyons la troisième salle. »

Ils y entrèrent tous les quatre. Grâce aux deux lampes qui les éclairaient, les motifs se découpaient très nettement sur la pierre.

« Alors, qu'en dites-vous ? » demanda Lazlo.

Remi fit plusieurs photos. « Oui, je vois des différences. Mais qu'est-ce qu'elles signifient ? »

La bouche de Lazlo s'étira dans un sourire malicieux. « Grande question, n'est-ce pas ? Pour connaître la réponse, il faut se perdre un peu. »

Sam et Remi échangèrent un regard interloqué.

« Désolé, mais je ne te suis pas, dit Sam.

— Comme je voulais en avoir le cœur net, j'ai poussé jusqu'à la quatrième salle. Il faisait sombre mais j'ai quand même vu que les bas-reliefs étaient plus petits et perchés en haut des parois, presque au niveau du plafond. Antonio a bien voulu me prêter sa torche et devinez ce que j'ai découvert !

— Des coordonnées GPS ? s'esclaffa Sam.

— Ah, ah. Tu brûles. Venez donc jeter un œil. »

Il les précéda dans l'étroit corridor et s'arrêta sur le seuil de la dernière salle. Remi dirigea le faisceau de sa torche sur la scène que Lazlo lui désignait. « Ça vous rappelle quelque chose ? demanda-t-il.

— Encore et toujours la procession.

— En effet. Mais regardez mieux et vous verrez un élément qui n'existait pas sur les autres. »

Sam se rapprocha de Remi. « Eh bien, oui, je… »

Remi leva la tête vers Sam, une expression radieuse sur le visage.

« Il y a des planètes et des étoiles. »

À voir sa mine ravie, on aurait dit que Lazlo avait sculpté le bas-relief de ses propres mains. « Gagné. Et grâce à cette carte du ciel, nous devrions être en mesure de calculer l'emplacement de la tombe. »

32

En regagnant la deuxième salle, Antonio désigna le pictogramme de la procession. « Ici aussi, on discerne la lune et plusieurs étoiles, mais elles sont à peine esquissées, comme si l'artiste s'était repris. Un repentir ?

— Oui, même chose sur l'un des autres bas-reliefs, confirma Lazlo. Les constellations changent en fonction des salles, j'en ai peur.

— Alors, je ne comprends pas. Comment savoir laquelle de ces représentations est la bonne ? »

Lazlo réfléchit un instant. « Je ne peux m'ôter de l'esprit que ce motif récurrent revêt une signification. Un tracé astronomique, une clé offerte à ceux qui savent lire dans les étoiles. Peut-être… peut-être que si les repères terrestres varient autant d'un bas-relief à l'autre, c'est qu'il s'agit d'un même lieu à différents moments de l'année. Des moments charnières, comme les solstices d'été, d'hiver…

— Comment s'en assurer ? » demanda Remi.

Lazlo écarquilla les yeux. « Vous avez des photos du manuscrit et des pictogrammes de Cuba, n'est-ce pas ?

— Bien sûr. Mais elles sont restées au motel.

— Dans ce cas, telle sera notre prochaine étape.

— Pourquoi ?

— Parce que, sauf erreur de ma part, c'est dans le manuscrit qu'on trouvera la dernière pièce du puzzle. Remi, veuillez prendre encore quelques photos des quatre cryptes mais à la file, cette fois, de la première à la dernière. Et si possible, sous le même angle pour toutes. »

Dix minutes plus tard, ils remontaient dans le 4×4 et s'élançaient à travers les rues défoncées, direction Teotihuacán. Une heure après, ils s'arrêtèrent devant le motel, Remi courut chercher la clé USB et ressortit cinq minutes plus tard.

À peine arrivés sur le site de Teotihuacán, ils se massèrent autour de l'écran et, dans un silence religieux, attendirent que Lazlo rende son verdict. Il fit défiler les pictogrammes et les dessins illustrant le manuscrit de La Havane et enfin les photos prises deux heures auparavant, dans les cryptes.

« Le pictogramme et le manuscrit cubains sont à mettre en parallèle avec le bas-relief de la deuxième salle. Vous voyez la lune, ici ? Elle est partout dans la même position. Le reste sert à brouiller les pistes, si je puis m'exprimer ainsi.

— Vous avez raison, concéda Antonio. C'est bien une lune. Mais je ne l'aurais pas remarquée tant les motifs sont imbriqués.

— Bon, il s'agit de savoir quel temple choisir. Le plus petit, là-bas ? » proposa Sam en désignant une construction basse, vers la droite.

Lazlo s'éloigna de l'écran. « Ce n'est pas si difficile maintenant qu'on sait quoi chercher.

— Aidez-nous un peu, Lazlo, supplia Maribela.

— Observez bien les autres symboles et laissez-vous guider. Teotihuacán est organisée de manière très spécifique, en fonction des événements astronomiques. Le mouvement du soleil, des étoiles, de la lune… Tous ces corps célestes ont joué un rôle majeur dans sa conception.

— Exact, mais…

— Regardez le ciel sur ce bas-relief. Au-dessus de la lune. Vous voyez comme moi une étoile plus grosse que les autres. L'étoile polaire, en somme. »

Antonio grogna un assentiment. « Cela répond à ce que nous savons de leur cosmogonie. »

Lazlo soupira. « À présent, nous abordons l'étape la plus difficile, je le crains. On va devoir simuler le mouvement de la lune et des étoiles jusqu'à ce que leurs positions correspondent à celles présentées sur ce bas-relief. Et comme ça, nous obtiendrons les coordonnées de la tombe.

— Je connais le moyen de nous faciliter la tâche », dit Antonio.

Ce dernier s'entretint un instant avec Lazlo puis, ayant griffonné quelques notes dans un calepin, se mit à taper comme un fou sur son clavier. Il supprima un mot dans la barre de recherche, le remplaça par un autre et recommença.

« Je dispose d'un programme qui analyse la position de la lune, des étoiles et du soleil à partir de données approximatives, expliqua-t-il. Mais ça risque de prendre un peu de temps. Selon Lazlo, la dernière procession s'est déroulée à l'occasion d'un grand événement astronomique. Quelque chose d'assez spectaculaire pour marquer dignement les funérailles d'un immense monarque. J'ai donc basé ma recherche sur des phénomènes célestes tels que les équinoxes, les solstices, les alignements de planètes, enfin tout ce que les peuples d'Amérique centrale avaient coutume de célébrer. »

Une carte du ciel venait d'apparaître à l'écran. Antonio et Lazlo l'examinèrent, puis lui superposèrent un plan de Teotihuacán, essayèrent un deuxième modèle céleste, un troisième… Soudain, Antonio se redressa sur son siège.

« Le voilà, votre temple, dit Lazlo en pointant le doigt. Le premier sur la droite quand on est face à la pyramide de la Lune.

— Quelqu'un a déjà fouillé dans ce coin ? demanda Remi.

— Pas à ma connaissance, répondit Antonio. On a juste déblayé la terre accumulée devant. Les temples de moindres dimensions ne sont pas considérés comme prioritaires. La plupart des subventions ministérielles sont destinées aux grands bâtiments.

— Donc, les petites pyramides n'ont jamais été explorées de manière exhaustive, conclut Remi.

— Nous disposons de ressources très limitées et… », s'énerva Maribela.

Antonio l'interrompit d'un geste.

« Remi ne nous reproche rien. Elle regrette juste que ce choix budgétaire nous empêche d'en savoir davantage sur les petites structures. Enfin, si j'ai bien compris.

— Vous avez bien compris, confirma Remi. Il est donc tout à fait possible qu'une tombe soit enfouie sous cette pyramide, soit en son centre, soit sous l'une de ses murailles.

— Si l'on suit l'alignement, on aboutit à l'arrière du temple, répondit Antonio.

— La base mesure combien ? demanda Sam.

— La pyramide fait trente-six mètres de côté.

— Pas tellement moins que le temple du Serpent à Plumes.

— Un peu plus de la moitié, en fait. Ce qui est déjà considérable, vous avez raison.

— Avons-nous besoin d'un permis spécifique pour aller jeter un œil ?

— Non, tant que le responsable de l'INAH est sur place. »

Ils s'entassèrent de nouveau dans le 4×4 d'Antonio et remontèrent l'allée des Morts en évitant les groupes de touristes disséminés sur le site. Arrivés à destination, ils escaladèrent la butte de terre qui subsistait à l'arrière et restèrent un long moment à contempler l'édifice, comme s'il suffisait de se concentrer pour deviner l'emplacement de la tombe.

« À vue de nez, il faudrait creuser une tranchée de vingt-cinq mètres de large, dit Remi. Vous imaginez le volume de terre que ça représente ! L'idéal serait de disposer d'une tractopelle. Juste pour retirer le plus gros. Après quoi, l'équipe de fouilles prendrait le relais…

— Ça me paraît jouable, dit Antonio. Il y a pas mal d'entreprises qui louent du matériel de terrassement, en ville. Essayons de trouver une tractopelle pour cet après-midi. Moyennant un petit bonus, le conducteur acceptera peut-être de faire des heures supplémentaires. Dans ce cas, ce sera l'affaire d'un jour ou deux.

— Définissons d'abord le périmètre à dégager. »

Les travaux de déblaiement commencèrent dès l'arrivée de l'engin à quatorze heures et se poursuivirent jusqu'à vingt et une heures, sous la lumière des projecteurs. Sam, Remi et Lazlo quittèrent le chantier en même temps que le conducteur et se retrouvèrent dans le restaurant où ils avaient dîné la veille. La nourriture était savoureuse, l'humeur au beau fixe. Ayant la nette impression d'avoir progressé dans leurs recherches, ils mangèrent de bon appétit en discutant à voix basse comme des conspirateurs.

*

Les travaux de terrassement redémarrèrent le lendemain à huit heures. À quatorze heures trente, l'arrière de la pyramide était dégagé. Les ouvriers prirent le relais, armés de pelles et de pioches. Ils creusèrent jusqu'à la nuit tombée.

L'équipe revint le lendemain matin et travailla toute la journée sous un soleil de plomb. À dix-huit heures, la pioche d'un ouvrier passa à travers une couche d'argile dure, révélant la présence d'une cavité sous leurs pieds. On agrandit la brèche de façon à permettre le passage d'une personne. Cette fois, Remi obtint d'entrer la première. Elle se munit d'une radio et d'une lampe LED surpuissante. Comme Sam précédemment, elle eut droit à toutes sortes de mises en garde avant qu'on ne l'aide à se faufiler par l'ouverture.

« Que vois-tu ? demanda Sam trente secondes après qu'elle eut disparu dans le trou.

— Une galerie sommairement creusée. Qui passe sous le temple.

— Quelle longueur ?

— C'est ce que j'essaie de savoir », rétorqua Remi.

Sam décida de se taire et de la laisser explorer les lieux à son rythme. Après un long silence, la radio se remit à grésiller. « Je suis devant des montants de porte sculptés. Toujours les mêmes motifs mais en beaucoup plus complexes. L'entrée de la salle est bouchée par des moellons liés par du mortier. Il faudra l'abattre à coups de pioche. Je suggère également de renforcer la galerie. Je sais qu'elle tient bon depuis des siècles mais on ne sait jamais. »

Sam transmit l'information à Antonio qui se tenait penché au-dessus du trou avec Lazlo. Des ordres furent donnés. Le contremaître apporta une grande échelle, la fit coulisser jusqu'en bas. Trois hommes descendirent l'un après l'autre tandis que les autres, restés en surface, leur passaient les poutres et les planches nécessaires aux travaux de consolidation.

« J'y vais », dit Sam en s'emparant d'une pioche. Il attendit que le dernier ouvrier ait disparu sous terre pour descendre à son tour, suivi de Lazlo, Antonio et Maribela, tous munis de barres de fer. Parvenus au fond, ils éclairèrent les cloisons d'argile et s'engagèrent dans le tunnel au détour duquel ils tombèrent sur Remi qui se tenait face au fameux mur de moellons bouchant l'entrée. De fait, les sculptures décorant l'encadrement de la porte étaient très semblables à celles de López Mateos.

« Regardez. La pyramide et la lune, dit-elle en désignant la procession gravée sur le linteau. Nous y sommes. C'est sûr. »

Sam hocha la tête. « Reculez un peu. Je vais voir si je peux défoncer ce mur. »

Les autres firent trois pas en arrière. Dès le premier coup de pioche, Sam délogea un gros bloc de mortier. Encouragé, il redonna un coup, puis deux. Le mortier continua de se détacher par fragments. « Je vais y arriver. Il me faut juste un peu de temps.

— Laissez donc faire nos ouvriers, suggéra Maribela.

— Pas question, répliqua Sam. C'est l'affaire de quelques minutes. » Une dizaine de coups plus tard, un moellon de belle taille basculait vers l'intérieur. « On y est ! Je vais agrandir la brèche et on dégagera le reste avec les barres de fer. »

Sam abattit sa pioche. Deux autres pierres se détachèrent et tombèrent de l'autre côté. Pendant qu'il reprenait son souffle, Lazlo et Antonio finirent le travail – l'espace étant trop étroit pour que Remi ou Maribela se joignent à eux. Le mur fragilisé ne tarda pas à s'écrouler pour de bon.

« J'estime que Remi a mérité d'entrer la première », dit Sam quand la poussière fut retombée.

Antonio s'inclina devant elle. « Absolument. À vous l'honneur, señora. »

Remi tendit sa lampe à bout de bras et passa la tête. « C'est un caveau. »

Quand elle eut franchi le tas de gravats, on l'entendit pousser un cri étouffé. Sam en eut la chair de poule.

« Ça va ? bredouilla-t-il en dirigeant le faisceau de sa torche vers la salle obscure.

— À merveille. Je vous annonce que nous avons trouvé la tombe. » Elle se ménagea une pause. « J'aperçois une momie avec un collier de jade étendue sur un catafalque. Autour d'elle, des monceaux d'offrandes. Il y a beaucoup de poussière, mais j'ai l'impression que ça brille. De l'or, sans doute… Je vois aussi des masques en jade.

— De l'or ? s'exclama Maribela. Mais les Toltèques n'avaient pas de mines d'or !

— Peut-être se le procuraient-ils au moyen du troc, répliqua Remi. Ce n'est pas tout. Des objets en obsidienne. Et des poteries… De l'art toltèque, je crois.

— Ça t'ennuie si je te rejoins ? demanda Sam.

— Non, mais prends garde à ne rien écraser sous tes pieds. Nous avons affaire à un véritable trésor archéologique. »

Sam se faufila par la brèche. Maribela et Lazlo lui emboîtèrent le pas. Antonio entra le dernier.

La salle mesurait cinq mètres sur quatre et ses murs étaient couverts de bas-reliefs. Remi se tenait accroupie devant un monticule d'objets en tous genres. La lumière blanche diffusée par sa lampe LED sur les parois de la crypte créait une atmosphère étrange, presque spectrale. Elle saisit une statuette et la leva devant ses yeux. « De l'or. »

Sam et Lazlo s'étaient rapprochés du catafalque pour examiner la momie. Sa peau desséchée avait la couleur du café et la texture de la viande boucanée. Lazlo fit un rapide calcul. « Cet individu ne mesurait pas plus d'un mètre cinquante. Rien à voir avec le colosse blond et barbu des légendes. Je pencherais plutôt pour un indigène. »

Maribela les rejoignit près de la dépouille. « Pourtant la tenue correspond. Une tunique blanche – du moins l'était-elle jadis – en peau, comme celle d'un prophète…

— Ou d'un dieu, murmura Antonio.

— En revanche, l'Œil du Paradis brille par son absence, dit Sam.

— Hélas, je crains que ce joyau ne soit qu'un fantasme, dit Maribela. Au fil du temps, les merveilles décrites par les légendes ont pris des proportions démesurées. C'est le propre de toute tradition orale. Pareil pour la stature du roi Quetzalcóatl. »

Remi poursuivit son exploration. Elle observait à présent une série de pictogrammes gravés sur un mur. « Regardez, il n'y a quasiment que des serpents. Ici, c'est Quetzalcóatl. Et là… on retrouve le motif de la procession. La seule différence c'est que les personnages ont l'air de transporter la dépouille d'un serpent à plumes. Un cortège funéraire. »

Ils passèrent encore une heure à l'intérieur de la crypte tandis que les ouvriers poursuivaient les travaux d'étayage dans la galerie extérieure. Voyant que sa lampe donnait des signes de faiblesse, Remi l'éteignit, secoua ses cheveux poussiéreux et dit : « Je trouve qu'on a bien employé notre temps, aujourd'hui. Pas vous ? Laissons faire les spécialistes, maintenant. »

Antonio hocha la tête. « Cette découverte est à classer parmi les plus remarquables de ces cent dernières années. Vous avez de quoi être fiers. Travailler avec vous est pour moi un grand honneur. »

Maribela esquissa un sourire. « Oui, c'est une formidable réussite. Le peuple mexicain vous sera éternellement reconnaissant. Surtout qu'il vous était déjà redevable, ajouta-t-elle, faisant allusion au Codex maya que les Fargo avaient restitué au Mexique quelques mois auparavant.

— Vous êtes trop modestes, répliqua Sam. Le mérite de cette découverte vous revient autant qu'à nous. Seuls, nous n'aurions jamais pu accéder à ce site sacré. En tout cas, quand la nouvelle sera connue, elle risque de faire du bruit. Le trésor perdu de Quetzalcóatl et sa dépouille mortelle ! Vous avez obtenu en un jour ce que la plupart de vos collègues espèrent en vain connaître au cours de toute leur carrière. »

Gênée par la poussière, Remi dut s'éclaircir la gorge avant de résumer la pensée de Sam. « Bref, nous n'aurions rien pu faire sans vous. » La réalité était autrement plus complexe mais elle estimait inutile d'entrer dans les détails.

Seul Lazlo restait sur la réserve. Il contemplait la momie en branlant du chef.

Sam remarqua son attitude. « Qu'y a-t-il ?

— Nous ratons encore quelque chose. J'ignore quoi exactement mais j'en suis sûr. »

Maribela eut un petit rire nerveux. « Mais enfin, Lazlo, vous avez gagné. Le trésor n'est peut-être pas à la hauteur de vos espérances mais il faudra vous en contenter.

— N'oubliez pas que, dans les cryptes de López Mateos, nous avons failli passer à côté de l'essentiel. Je ne voudrais pas reproduire la même erreur ici. Donc, avant de crier victoire, permettez-moi de vérifier deux ou trois bricoles. »

Antonio s'avança vers lui.

« Je vous garantis que nous passerons tout au crible. Nous poursuivons tous le même objectif. Sachez par ailleurs que j'ai le plus grand respect pour vos intuitions. Je suis d'accord, rien ne prouve que nous ayons découvert aujourd'hui tous les secrets de Quetzalcóatl. »

Quand ils eurent regagné la surface, Antonio passa quelques coups de fil afin d'organiser la sécurité du site pour la nuit. Il n'était pas question de laisser sans surveillance des objets anciens d'une valeur inestimable, d'autant que Teotihuacán était situé dans une zone rurale, à des kilomètres du premier poste de police. De surcroît, un bon nombre d'ouvriers ayant été témoins de leur découverte, il fallait s'attendre à ce que la rumeur se répande à la vitesse grand V. Une présence armée était donc une précaution indispensable.

Le téléphone portable d'Antonio sonna. Il s'éloigna pour répondre. Tout à coup, son visage devint blême.

« Que se passe-t-il, Antonio ? s'alarma Remi.

— C'est… ils ont trouvé le corps de Carlos. »

En entendant cela, tout le monde se tut, passant immédiatement de la gaieté à la consternation. Antonio leur transmit les maigres précisions qu'on lui avait fournies mais qui n'expliquaient rien. Encore une mort absurde dans un monde de violence, encore un honnête homme assassiné sans raison. Le jour tombait. Un vent chaud comme l'haleine d'un dieu courroucé gémissait entre les ruines, telle une ode funèbre à leur ami disparu. Après un long silence, Sam et Remi rassemblèrent leurs affaires et bouclèrent leurs sacs à dos. Les Casuela donnèrent des instructions aux deux vigiles qui gardaient le site, puis Antonio rejoignit les Fargo d'un pas traînant.

« Je vais rester ici jusqu'à l'arrivée des renforts. La base militaire voisine veut bien nous envoyer des troupes. » Il vérifia l'heure. « Ils seront là dans une heure, normalement. Vous partez ?

— Nous reviendrons demain, si cela ne vous ennuie pas, dit Remi.

— Vous serez toujours les bienvenus. »

Comme branchés sur pilote automatique, Remi, Sam et Lazlo suivirent les derniers touristes le long de l'allée des Morts, franchirent le portail de sortie et montèrent dans le taxi qui les attendait. Ils ne prononcèrent pas un mot jusqu'au motel.

33

Le lendemain matin, à bord d'une voiturette de golf fournie par l'INAH, les trois mêmes roulaient en direction de la pyramide de la Lune. Le 4×4 d'Antonio était garé près de la grande tente que l'équipe de fouilles avait dressée aux premières heures du jour. Sous son ombre bienfaisante, Antonio discutait avec un groupe de jeunes gens. Maribela se tenait un peu à l'écart. Elle les vit arriver.

« *Hola !* Vous êtes bien matinaux, cria-t-elle en marchant vers eux, souple et légère comme une danseuse.

— Nous avions hâte de revoir la crypte, expliqua Sam.

— Pas de souci. L'université vient d'envoyer une douzaine d'étudiants pour nous aider à inventorier les vestiges. Antonio leur explique comment procéder sans rien abîmer.

— Nous aimerions prendre quelques photos avant que vous ne déplaciez quoi que ce soit.

— Oui, bien sûr. Venez par ici, je vais vous donner des gants et des brosses, si jamais vous avez besoin de nettoyer des objets.

— Merci, mais ce sont surtout les bas-reliefs qui nous intéressent. Nous voudrions savoir pourquoi la plupart des récits décrivent Quetzalcóatl comme un homme grand, blond et barbu. La momie trouvée dans la crypte n'étant pas franchement…

— Ah oui, toujours ces fameuses légendes, soupira Maribela.

— Ça ne coûte rien de vérifier », rétorqua Remi.

Sentant la tension monter entre les deux femmes, Lazlo crut bon de faire diversion.

« Votre frère sera-t-il bientôt disponible ? demanda-t-il.

— Oui, je pense. Ça fait déjà un bon quart d'heure qu'il briefe les étudiants. »

En effet, Antonio ne tarda pas à les rejoindre. Il les salua comme des hôtes de marque.

« Ah, vous voilà ! Vous venez fêter l'événement ?

— Nous comptions prendre quelques photos avant que vous ne démarriez l'inventaire. »

Sam regarda les six soldats postés sur le pourtour du site, M4 en bandoulière. Aucun ne semblait avoir plus de dix-neuf ans.

« Vous avez fait venir l'artillerie. Au sens propre.

— J'aimerais autant que le trésor de Quetzalcóatl ne s'évanouisse pas dans la nature. »

La journée passa comme un songe tant ils étaient concentrés sur leur tâche. En fin d'après-midi, Sam remonta à l'air libre, laissant Remi terminer ses prises de vue. Quand elle le retrouva sous la grande tente, il se tenait près de Lazlo qui examinait les premiers clichés sans paraître remarquer l'agitation régnant autour de lui.

« Tu as tout ce que tu voulais ? lui demanda Sam.

— Je crois, oui. Pourtant, j'ai toujours le même sentiment d'inachevé. Ce trésor est décidément bien modeste, comparé à certains autres.

— Les Toltèques n'étaient peut-être pas riches.

— Tu as raison. Mais pourquoi la légende se démarque-t-elle autant de la réalité ? dit Remi en tripotant son scarabée d'or. À moins que ce soit mon porte-bonheur qui me pousse au scepticisme.

— Je trouve qu'il a plutôt bien fonctionné jusqu'à présent. Personnellement, je considère que nous avons remporté une belle victoire. Encore une énigme de résolue. » Sam se tourna vers Lazlo. « Prêt à lever le camp ? »

Lazlo le regarda comme s'il venait de noter leur présence. « Nous passons à côté de quelque chose. J'ignore quoi mais…

— Ça m'inquiète quand Remi et toi êtes à ce point du même avis, plaisanta Sam. Allons, la journée a été longue. Garde tes yeux pour demain, les photos ne vont pas s'envoler. Tu as faim, Remi ?

— J'ai toujours faim. Mais je crois que tu as besoin de te rafraîchir un peu, d'abord.

— Pareil pour toi. Tu devrais te regarder dans une glace. »

Ils prirent congé d'Antonio et de Maribela et, comme ils avaient rendu leur chambre de motel le matin même, demandèrent au taxi de les conduire au St. Regis, à Mexico. Ils firent d'abord un arrêt à la clinique et, avant de déposer Lazlo, convinrent de le retrouver dans le hall le lendemain matin, après une bonne nuit de sommeil. Ils avaient fait le plus dur, alors autant s'accorder une grasse matinée.

*

Il était trois heures du matin. Un silence de mort planait sur Teotihuacán. Il faisait tellement sombre qu'on voyait à peine les hautes pyramides se découper sur le ciel de nuit, aux deux extrémités de la grande avenue pavée. Le croissant de lune qui jouait à cache-cache derrière les nuages fournissait juste assez de lumière pour que les soldats en faction devant la crypte se reconnaissent entre eux. Leur chef, un sergent de carrière, passait de l'un à l'autre, histoire de vérifier que personne ne piquait du nez. Cinquante kilomètres seulement les séparaient de Mexico, mais ici, à San Martín de las Pirámides, c'était un autre monde. Et les lumières qui vacillaient aux fenêtres n'avaient rien de commun avec les enseignes au néon de la capitale.

Près de la barrière délimitant le chantier, un caporal racontait une blague à l'oreille d'un de ses hommes. Voyant paraître son supérieur, il se mit au garde-à-vous. Le sergent traînait une réputation de dur à cuire ; ayant passé quinze ans au sein des troupes de choc qui tentaient de faire régner l'ordre à Mexico, il avait connu la période la plus dangereuse de la guerre contre les cartels. En bon professionnel, il prenait très au sérieux l'opération de surveillance qu'on lui avait confiée, contrairement aux soldats dont il assurait le commandement et qui, pour la plupart, n'avaient pas encore de poils au menton. Pour eux, passer une nuit à monter la garde relevait du pensum, comme la plupart des missions inutiles qu'ils devaient exécuter à longueur de temps.

Le sergent ouvrit la bouche pour réprimander son subordonné. Au même instant, sa casquette s'envola, de même qu'une bonne partie de sa boîte crânienne. Le caporal mit une seconde à réagir. Ce fut la dernière de sa courte existence ; un minuscule point rouge se promena sur son uniforme puis deux balles vinrent se loger dans sa poitrine, au niveau du sternum. Le deuxième-classe voulut braquer son arme sur leurs invisibles assaillants mais un projectile lui transperça le cou avant qu'il comprenne ce qui lui arrivait. De l'air s'échappa de sa gorge en gargouillant. Il s'écroula comme un tas de chiffons près de son fusil et mourut dans un dernier sursaut.

Surgis de nulle part, huit hommes en noir fondirent sur les troupes encore valides. Les pistolets 9 mm dont ils se servaient, munis de silencieux et de munitions subsoniques, ne faisaient pas plus de bruit que des carabines à air comprimé. Trois soldats tombèrent. Un autre poussa un cri d'horreur en découvrant le corps inanimé de son camarade à la limite du terrain. Le chef du commando prononça quelques mots à voix basse dans son oreillette. Un instant plus tard, un déluge de feu s'abattait sur les derniers survivants.

Les malheureux n'avaient même pas eu le temps de se défendre. Le chef des assaillants passa entre les corps pour achever les blessés d'une balle dans la tête et, quand il fut certain qu'il ne restait plus âme qui vive, sortit un téléphone portable de son coupe-vent noir.

Deux minutes après, trois gros SUV approchèrent, phares éteints. Le premier s'arrêta en bordure du site. Ses quatre portes s'ouvrirent en même temps. Guerrero descendit, suivi de Reginald.

« C'est réglé. Mais on a intérêt à faire vite. Peut-être que ces guignols avaient ordre de contacter leur base à intervalles réguliers », dit Guerrero en contemplant le carnage d'un œil froid. Dans son métier, c'était un spectacle quasi quotidien.

Reginald acquiesça. « Que tes hommes apportent les sacs. On va se dépêcher de rafler tout ce qu'il y a dans cette tombe. L'or bien sûr, mais aussi les poteries, les sculptures… Il y a pas mal d'amateurs pour ces trucs-là. C'est facile de les écouler, suffit d'avoir les bons contacts.

— Et j'imagine que tu les as », fit Guerrero en découvrant sa dentition. Le rayon de lune qui se posa sur une incisive en or rajouta une note démoniaque à son sourire cupide.

« Ce qui fait de moi le partenaire idéal, pas vrai ? Ces vieilleries valent des fortunes.

— Allons voir ce qu'il y a là-dessous. À toi l'honneur », dit le caïd.

Après avoir slalomé entre les cadavres, Reginald posa le pied sur la rampe d'accès aménagée la veille pour faciliter les allées et venues des fouilleurs. Une fois à l'intérieur, il alluma sa torche. Guerrero fit de même, bientôt imité par le reste de la troupe, hormis quatre hommes qui restèrent sur le seuil pour s'assurer que personne ne viendrait interrompre le pillage. Quand Reginald pénétra dans la crypte et vit les tas d'offrandes, il courut ramasser une statuette en or massif. Après l'avoir soupesée en grognant de plaisir, il l'enveloppa dans un linge et la déposa au fond de son sac.

« J'espérais qu'il y en aurait davantage mais c'est déjà bien. Ce bibelot à lui seul pèse au moins deux kilos. Notre petite expédition va s'avérer très rentable. Prenons tout, ça tiendra à l'aise dans quatre ou cinq sacs. Mais n'oubliez pas ce que j'ai dit, messieurs : usez de délicatesse, protégez chaque objet avec un tissu avant de le ranger. Nous ferons l'inventaire par la suite, quand nous aurons quitté les lieux. »

Les hommes se mirent au travail deux par deux : le premier soulevait les objets, l'autre les emmaillotait avant de les déposer par couches au fond des sacs. À ce rythme, la crypte fut vidée en l'espace de vingt minutes. Reginald regarda fixement la momie, puis jeta un œil sur sa montre.

« C'est bon. On a fait tout ce qu'on devait faire », dit-il en effectuant un rapide tour d'horizon. Après quoi, il rejoignit Guerrero à l'extérieur. Ce dernier lui attrapa son sac.

« Ça représente combien, d'après toi ? demanda le truand en le tenant à bout de bras.

— Des millions, j'imagine. Mais c'est difficile à chiffrer là, comme ça. Tout dépend du marché. De toute façon, on attendra que l'affaire se tasse avant de contacter les collectionneurs. Et pas n'importe lesquels, bien sûr.

— Si on faisait fondre l'or pour le convertir en cash ? Ça nous éviterait d'attendre, non ? »

Reginald fit la grimace. « Surtout pas, mon vieux. La valeur de ces objets tient à leur histoire, pas à leur poids en or. On les vendra mille fois plus cher que le métal dont ils sont faits. »

Guerrero lui adressa un regard sceptique. « Je te rappelle notre accord : moitié-moitié. Pas d'entourloupe sinon je te fais la peau. Tu auras beau te cacher à l'autre bout du monde, je te retrouverai.

— Un deal est un deal. Loin de moi l'idée de le remettre en cause », s'indigna Reginald. Face à ce balourd prétentieux, il lui était facile de jouer l'aristocrate britannique au-dessus de tout soupçon. Mais bien évidemment, il avait déjà tout prévu. Quelle que soit la valeur de ce trésor, il comptait s'en arroger au moins les trois quarts, le caïd mexicain n'ayant aucun moyen de vérifier les termes exacts de chaque transaction. Au pire, Reginald s'arrangerait pour toucher une partie de la somme en dessous-de-table.

Il avait hâte de voir la tête de Janus quand il lui montrerait toutes ces merveilles. Reginald avait agi dans le dos de son frère et il avait bien fait car son initiative allait leur rapporter une petite fortune. Pendant un temps, Reginald avait songé à ne rien dire du tout, mais hélas, il avait besoin de lui pour évaluer les objets, et de son réseau pour les écouler. Peut-être un jour, dans quelques années, aurait-il accès à ses contacts. Mais pour l'instant c'était Janus qui tenait les rênes. Et même si cela blessait sa vanité, Reginald était bien obligé de l'admettre.

Avec un peu de chance, ils auraient regagné Mexico avant que la police ne commence à bloquer les routes et à fouiller les véhicules. De toute façon, il savait que les autorités n'avaient pas les moyens de lancer une chasse à l'homme digne de ce nom.

Reginald essaya d'imaginer la réaction des Fargo, débarquant au matin sur le site et découvrant qu'en l'espace d'une nuit leur triomphe s'était mué en désastre.

Un sourire carnassier s'étala sur son visage.

Un prêté pour un rendu.

34

Le lendemain matin, Lazlo attendait les Fargo dans le hall de la clinique. Quand il vit Sam descendre d'un taxi et lui faire un signe de la main, il sortit en courant presque. Dix minutes plus tard, ils s'installaient tous les trois sur les banquettes d'un restaurant voisin.

Après avoir commandé un petit déjeuner, ils reparlèrent de la crypte.

Lazlo prit une gorgée de café. « Je voudrais y passer un peu de temps, ce matin. Je crains que nos collègues mexicains ne se soient réjouis trop vite.

— Ils sont moins pessimistes que toi, c'est tout, dit Sam.

— C'est vrai, ce que j'ai vécu ces derniers mois m'a peut-être rendu trop cynique », admit Lazlo.

Le téléphone portable de Sam sonna juste au moment où leurs assiettes arrivaient. Il regarda le numéro d'un air étonné, décrocha, et après avoir échangé quelques phrases avec son interlocuteur, posa l'appareil sur la table. Il était blême.

« Sam, s'inquiéta Remi. Que se passe-t-il ?

— Le site. Il a subi une attaque. Les gardes sont tous morts et le trésor a disparu.

— Mais c'est impossible ! fit Lazlo, incrédule.

— Ça s'est passé en pleine nuit. Ils ont tué les soldats et emporté tout ce que contenait la crypte. Il n'y a… plus rien.

— Combien d'hommes étaient sur place ? demanda Lazlo.

— Une douzaine. C'était Antonio, au téléphone. Il est anéanti, comme vous l'imaginez. » Sam leur exposa les faits. Il leur fallut un peu de temps pour encaisser le choc.

Remi brisa le silence. « Donc il ne reste rien ?

— Si, ils ont laissé la momie.

— Qui était au courant ? La presse n'en a pas parlé, bredouilla Lazlo.

— Non, dit Remi. Pourtant, il y a eu fuite. Peut-être un ouvrier ou un étudiant ou même un soldat. On a l'embarras du choix.

— Antonio dit que le site grouille de *federales* et d'équipes de télévision. Il veut bien qu'on vienne mais pas avant ce soir. La police doit d'abord faire son travail.

— C'est incroyable. On est à un jet de pierre de Mexico et…, dit Remi sans pouvoir terminer sa phrase.

— Les flics soupçonnent-ils quelqu'un en particulier ? demanda Lazlo.

— Le choix est vaste : un cartel, une bande organisée… Pas des amateurs, en tout cas. Ils ont opéré dans la plus grande discrétion. L'alerte n'a été donnée qu'à sept heures du matin, quand la relève est arrivée. Ce qui signifie que les assaillants ont réussi à abattre douze soldats sans faire le moindre bruit. Les victimes n'ont même pas pu se servir de leurs armes. Tout s'est passé en un clin d'œil.

— Ça me rappelle les commandos SAS.

— Ils ont laissé des marques de pneus. La scientifique est en train de prendre des moulages mais au téléphone, Antonio m'a semblé un peu dubitatif. Je crains que leurs experts n'aient rien de commun avec ceux de la série américaine.

— Le contraire m'étonnerait, confirma Remi.

— Je n'ai plus faim », dit Sam en s'avachissant.

Remi repoussa son assiette. « Moi non plus. »

Elle termina sa tasse de café en regardant Lazlo dévorer son omelette. Une fois rassasié, il se rencogna au fond de son siège et tourna la tête vers la rue animée, derrière la vitre du restaurant.

« Vous savez, dit-il, j'ai passé la soirée d'hier à m'instruire sur les sépultures cachées des grands rois. Tous les auteurs s'accordent sur un point : pour préserver un lieu, on doit le garder secret. Et pourtant, il y a toujours des fuites. Donc, que faisaient les anciens pour s'assurer que leurs glorieux monarques et les trésors inestimables enterrés avec eux restent à tout jamais à l'abri des voleurs ?

— Je donne ma langue au chat.

— Eh bien, certains optaient pour des leurres. Ils construisaient des tombes suffisamment plausibles et les remplissaient d'objets assez précieux pour que les voleurs croient avoir décroché le jackpot. De sacrés petits malins, pas vrai ?

— Tu penses qu'il pourrait s'agir d'une… supercherie ?

— Tout est possible. Mais ça expliquerait le décalage entre ce que vous espériez et ce qu'on a réellement découvert.

— Tu trouves vraiment que ce trésor n'était pas digne d'un grand roi ? demanda Sam. Même selon les critères toltèques ?

— Je ne suis pas seul à le penser. Remi aussi.

— Mais si cette tombe n'est pas la bonne, pourquoi l'immortaliser sur des bas-reliefs ?

— C'est bien ce qui me turlupinait. Maintenant, je me dis que l'emplacement est peut-être le bon mais que la crypte où nous sommes entrés… sert uniquement à tromper les curieux, leur faire croire qu'ils ont trouvé et les dissuader de chercher plus loin. » Lazlo soupira. « C'est d'ailleurs ce qui s'est passé, admettez-le. »

Remi tourna cette hypothèse dans sa tête, puis regarda Sam. « Je t'avais bien dit que Lazlo était un génie.

— Euh… ça reste encore à prouver mais…, répondit Sam dans un sourire.

— Non, sérieusement, qu'en penses-tu ?

— C'est loin d'être absurde, mais franchement, je doute que le gouvernement mexicain nous laisse creuser au hasard sur la base d'une simple intuition.

— Il y a forcément un moyen.

— Je n'ai jamais dit le contraire, répondit Sam. C'est juste que pour obtenir le droit de fouiller un site historique, il faudra d'abord présenter une preuve convaincante. »

Remi étudia son expression. « Tu as une idée derrière la tête, n'est-ce pas ?

— Oui. Antonio m'a dit que le sonar était arrivé. Trop tard malheureusement, a-t-il ajouté. Moi, je crois qu'il n'est peut-être pas trop tard. »

Sam régla le petit déjeuner. En sortant du restaurant, Remi héla un taxi qui s'extirpa difficilement de la circulation pour se ranger au bord du trottoir.

« Dois-je en conclure qu'on va quitter le St. Regis pour réintégrer le motel de Teotihuacán ? demanda-t-elle.

— Seulement si tu veux tenter le coup.

— Cela va sans dire. Je partage entièrement l'opinion de Lazlo. Cette crypte me laisse sur ma faim. Alors, de deux choses l'une : soit la légende a été exagérément gonflée, soit nous sommes tombés dans le piège tendu par les Toltèques.

— La nature humaine n'a pas complètement changé en mille ans, confirma Lazlo. Toute personne normale trouvant un trésor et un cadavre a tendance à se tenir pour satisfaite. »

Sam ouvrit la portière arrière et se glissa près de Remi pendant que Lazlo s'asseyait à l'avant.

« Mais nous ne sommes pas des personnes normales, dit-elle.

— Dieu merci. On s'ennuierait à mourir. »

La Jolla, Californie

Encore une journée bien remplie. Kendra recula son fauteuil et regarda Pete éteindre son ordinateur. Wendy était partie une demi-heure plus tôt, les laissant seuls dans la salle de recherches.

« Tu as trouvé quelque chose ? » demanda Pete en se levant. Une barbe de deux jours lui assombrissait le menton. Il écarta la mèche de cheveux qui balayait son front et sourit à Kendra.

« Non. En fait, je nage complètement. Mais on savait que ce serait dur et qu'il faudrait du temps.

— Raison pour laquelle on appelle ça du travail, j'imagine.

— C'est toujours mieux que vendre des hamburgers. »

Pete s'approcha d'elle. « Tu parles d'expérience ou ta comparaison n'est que théorique ? »

Kendra battit des paupières. « Je ne vais pas te révéler mes petits secrets si facilement. Une fille doit préserver son mystère… »

Pete se dandina d'un pied sur l'autre, l'air gêné. Il s'éclaircit la gorge comme s'il allait répondre, mais rien ne lui venait. Kendra leva un sourcil.

« Tu fais quelque chose, ce soir ? dit-il enfin.

— J'ai rendez-vous chez mon tatoueur. Pourquoi ? »

Cette réponse le prit de court mais il continua sur sa lancée. « Oh, pour rien. J'avais juste envie d'aller boire une bière en ville. Ils ont ouvert une nouvelle brasserie artisanale. J'ai lu un article sur le net. Il paraît qu'ils font des pizzas à tomber.

— Je ne consomme ni glucides, ni produits laitiers, ni alcool, lâcha Kendra avant de lui sourire d'un air malicieux. Je me suis toujours demandé ce que ça faisait de dire ça. Je l'ai entendu rabâcher tellement de fois. Maintenant, je sais. »

Pete semblait perdu. Kendra soupira. « C'est juste de l'humour, Pete. J'adore la pizza, j'adore la bière.

Une vraie Américaine est incapable de résister à une telle proposition.

— Donc pas de tatouages, ce soir ? demanda-t-il, à la fois soulagé et heureux qu'elle ait accepté son invitation.

— Tout dépend du nombre de bières que j'avalerai. C'est toi qui régales ?

— Je paie la première tournée. »

Elle cliqua sur une icône et, quand l'écran s'éteignit, se leva, prit son sac et fit passer la sangle par-dessus sa tête. « Voilà. Je voyage léger. Deux voitures ou une seule ?

— À toi de voir. Si tu préfères laisser la tienne ici, je te déposerai chez toi après.

— Ça marche. Vas-y, je te suis. Je meurs de faim – je crois que j'ai oublié de déjeuner aujourd'hui.

— Je pensais être le seul ici à sauter des repas.

— Qui se ressemble s'assemble. »

Sur le point de sortir, Kendra leva un doigt et articula silencieusement "Selma". Elle repartit en arrière dans l'obscurité et s'arrêta devant chez sa tante. Voyant de la lumière sous la porte, elle frappa discrètement. Zoltán lança un jappement, le battant s'entrouvrit. Selma sourit en apercevant sa nièce.

« Je m'en vais, Selma. Veux-tu que je te rapporte quelque chose demain matin ? »

Selma secoua la tête. « Non merci, ma chérie. J'ai tout ce qu'il me faut. Passe une bonne nuit. Et rappelle-toi de brancher l'alarme en partant.

— Promis. Tu vas mieux ?

— Comme dit le poète : "Ce qui ne vous tue pas…"

— Nietzsche avait le sens de la formule, n'est-ce pas ? fit Kendra.

— En effet… Prends soin de toi. » Selma vit une silhouette dans l'ombre. « Oh, Pete. Tu es encore là ?

— Oui, Selma. Je raccompagne Kendra. »

Selma regarda sa nièce d'un air entendu. Puis elle retrouva son impassibilité coutumière. « C'est fort chevaleresque de ta part. Très bien. Je crois qu'il est temps que mamie aille se coucher. Amusez-vous, les enfants. »

Kendra se pencha pour déposer un petit baiser sur sa joue. « Dors bien. »

35

Mexico

Janus Benedict faisait de gros efforts pour garder son calme. Reginald était en train de lui narrer ses dernières aventures à Teotihuacán. Un raid lancé en pleine nuit sur un site archéologique. Comme s'il y avait de quoi se vanter ! Son frère ne carburait pas seulement à l'adrénaline, pensa Janus. De plus, il semblait excité comme un gamin par le tour pendable qu'il avait joué aux Fargo.

À la fin de son récit, voyant le regard glacial de Janus posé sur lui, Reginald retrouva brusquement son instinct de survie. Cette expression, il ne la connaissait que trop bien. Mais pourquoi son frère réagissait-il ainsi ? songea-t-il. C'était pourtant une magnifique nouvelle.

Janus ne disait toujours rien. Du fond de son fauteuil, il contemplait d'un air rêveur le plafond orné de la villa qu'il avait louée pour la semaine, dans le centre de Mexico.

« Pourquoi ce silence ? demanda Reginald. Le trésor est à nous, Janus.

— Certes. Mais prenons un peu de recul, veux-tu ? Si je comprends bien, tu as organisé et participé à une attaque nocturne sur un site classé au patrimoine historique mexicain, avec la complicité d'une bande de truands appartenant au cartel des Zetas, et lors de cette même nuit, vous avez massacré une douzaine de soldats.

— Oui, comme je te le disais, tout a marché comme sur des roulettes.

— Des roulettes ! Tu t'es compromis dans l'assassinat de douze personnes et tu m'as compromis par la même occasion.

— Quelle importance ? Nous tenons le trésor.

— Parlons-en, de ce trésor. À en croire tes photos, il est loin d'être aussi fabuleux que prévu. Au fait, où l'as-tu mis ?

— Décidément, tu n'écoutes pas quand je te parle. Guerrero l'a placé dans un endroit sûr. »

Janus se leva et se dirigea vers une fenêtre donnant sur un parc. Quand il se retourna, son visage était dépourvu de toute expression. « Donc, tu n'as aucune idée de ce que tu as fait. C'est bien cela ?

— Bien sûr que si. Je me suis emparé de ce foutu trésor.

— Non. Moi, je vais te dire ce que tu as fait. Tu as participé à un bain de sang commis par les plus dangereux gangsters que ce pays ait vu naître, tout cela pour voler des objets que le gouvernement mexicain traquera jusqu'aux confins de la planète. Résultat : non seulement cette marchandise est invendable, mais tu m'as rendu complice d'une bande de tueurs capables des pires atrocités. Moi qui cherchais seulement à leur fournir les armes qu'ils convoitaient sans me mêler de leurs affaires, grâce à toi, je suis désormais leur partenaire dans le crime. Et si un jour l'un de ces sinistres individus se fait arrêter par la police, il aura de quoi négocier – il pourra balancer son chef, et nous deux par la même occasion.

— Je... je ne pensais pas que... », bredouilla Reginald.

Cette diatribe l'avait laissé K.-O. debout.

« C'est la première chose intelligente qui sort de ta bouche, dit Janus. Tu ne penses pas. Mais alors pas du tout. Sinon, tu m'en aurais parlé avant de te lancer et je t'aurais expliqué en quoi ton plan débile était à la fois dangereux et contre-productif. Je me serais arrangé pour que le cartel exécute les basses œuvres en dehors de ta présence. Et nous aurions tranquillement attendu qu'ils nous livrent la marchandise. Tout cela, sans leur promettre de contrepartie financière, du moins dans l'immédiat.

— Où est la différence ?

— La différence ? Connaissant ces parasites, je te prédis qu'ils ne vont pas tarder à réclamer leur fric. Ils se fichent de savoir que les objets ne seront négociables que dans plusieurs années, quand cette regrettable histoire sera oubliée. Un petit détail que je vais devoir passer sous silence au risque d'encourir leur colère, maintenant que je suis leur associé. Espèce de sombre idiot, tu ne t'es pas contenté de nous mettre en danger tous les deux et pour longtemps, tu m'obliges à débourser une somme considérable que je ne récupérerai peut-être jamais.

— Mais nous tenons...

— Bon sang, Reginald ! Nous ne tenons rien du tout. Ces colifichets sont entre les mains des Zetas. Non seulement on ne peut pas les vendre mais leur simple existence représente une menace pour toi. Nos anciens clients devenus nos complices peuvent à tout moment se faire arrêter et nous vendre à la justice contre une promesse de clémence. Et tu veux savoir quoi d'autre, pauvre imbécile ? La plupart des pays du monde ne demandent pas mieux que d'extrader les meurtriers de masse qui se réfugient sur leur territoire.

— Mais je n'ai tué personne.

— Ce sera ta parole contre la leur. Tu pourras toujours essayer de te faire entendre du fond de ta prison mexicaine. Mais comment as-tu pu croire une seule seconde que c'était une bonne idée ? »

Reginald fulminait, les bras croisés sur la poitrine. « Il est trop tard pour les regrets. Ce qui est fait est fait.

— Comment ai-je pu te prendre comme associé ? Tu es incapable de mesurer les conséquences de tes actes et, malgré cela, tu persistes à te croire le plus malin des deux. Ça dépasse l'entendement.

— Tu vois, Janus ? C'est exactement le genre de discours qui m'insupporte. J'en ai marre de tes grands airs. Quand vas-tu cesser de me traiter comme un collégien ?

— Tu en as marre ? » Janus respira profondément. Ses mains tremblaient de rage, le sang cognait dans ses oreilles. Il tâcha de ralentir son rythme cardiaque. « Reginald, tu nous as embarqués dans une très sale histoire. Et par-dessus le marché, tu ignores toujours les réelles intentions des Fargo.

— Que veux-tu dire ?

— Ils n'ont pas quitté Mexico. Et je tiens de source sûre qu'ils sont revenus sur le site pas plus tard que ce matin. Drôle de comportement pour des gens qui s'apprêtaient à rentrer chez eux après avoir trouvé le trésor qu'ils convoitaient.

— Mais on n'a rien laissé derrière nous, à part ce vieux tas d'os. Peut-être qu'ils sont revenus pour prendre leur équipement ou jeter un dernier coup d'œil avant de se tirer ?

— Peut-être. Bien sûr, si tu n'avais pas tout fichu par terre, nous pourrions encore les surveiller en attendant le moment propice. Mais maintenant, ils savent à quoi s'en tenir et je peux t'assurer qu'ils vont faire gaffe, désormais. La situation ne peut pas être pire. »

Reginald alluma une cigarette, s'approcha du bar et se versa une bonne rasade de scotch qu'il avala en deux gorgées, avant de se tourner vers son frère.

« Je suis désolé, Janus. Je voulais juste te faire une surprise…

— Pour une surprise c'en est une. Bon, tu vas appeler Guerrero. Je veux rencontrer mon nouvel associé le plus vite possible pour discuter de l'avenir. »

Teotihuacán

La police avait défini un périmètre de sécurité autour du temple de la Lune. La bande jaune délimitant la scène de crime se balançait dans la brise du soir quand Remi, Sam et Lazlo débarquèrent sur les lieux. Le calme était revenu, l'enquête préliminaire presque terminée. La scientifique avait collecté les indices et transporté les cadavres à la morgue. Ne restaient sur place qu'une poignée d'officiers attendant la fin du service en discutant de choses et d'autres.

Remi se présenta aux deux flics en tenue qui barraient l'entrée. Elle tentait de leur expliquer la raison de leur présence quand Maribela les aperçut et vint les aider. Le cordon une fois franchi, elle les escorta jusqu'à l'abri bâché tenant lieu de QG. Visiblement effondré, Antonio était assis sur une chaise en toile bleue. Ils avaient renvoyé les étudiants chez eux le matin même, peu après leur arrivée sur le chantier de fouilles converti en champ de bataille.

« Ah, vous voilà ! La police va bientôt plier bagages. D'ici quelques minutes, nous aurons le droit d'aller faire l'état des lieux. Par précaution, j'ai déjà demandé qu'on déplace la momie et sa parure de jade. Elle est maintenant en sécurité à l'Institut. Je me suis dit qu'avec la diffusion de la nouvelle dans la presse, nous risquions d'avoir encore de la visite.

— Sage décision, répondit Sam. Donc, si je comprends bien, il ne reste plus rien dans la crypte.

— Non. Bien sûr, tout n'est pas perdu. La tombe en elle-même revêt un grand intérêt historique, de même que les bas-reliefs. Nous ferons en sorte qu'une porte soit installée au plus vite. C'est ainsi qu'on protège la plupart des sites et, en général, ça suffit.

— Et qu'y a-t-il de prévu pour cette nuit ? demanda Lazlo.

— Les autorités nous ont attribué une équipe de surveillance, mais comme il n'y a plus rien à voler… Je vais demander aux ouvriers de venir demain pour la porte et après cela, nous nous contenterons des dispositifs de sécurité habituels.

— En quoi consistent-ils ? demanda Remi.

— Six veilleurs de nuit, des camionnettes, des voiturettes de golf. Le site de Teotihuacán couvre une surface considérable. Les gardes passent tout leur temps à patrouiller pour empêcher les actes de vandalisme. Leur présence est plus dissuasive qu'autre chose.

— Ils n'ont pas bougé durant l'attaque ?

— Le site était passé sous contrôle militaire. L'armée leur avait demandé de dégager, craignant qu'ils ne soient blessés par erreur. Et voilà le résultat.

— La police soupçonne quelqu'un ? demanda Lazlo.

— Ils n'ont pas jugé bon de m'en informer. Je ne suis qu'un universitaire qui gagne sa vie en creusant la terre. Personne ne me dit jamais rien.

— Eh bien, ça ne va pas tarder à changer, répliqua Remi. Mais attendons qu'ils soient tous partis, voulez-vous ? »

Maribela et Antonio échangèrent un regard surpris.

« C'est le sonar en question ? demanda Sam en désignant deux caissons noirs marqués *Fragile*.

— Oui. Vous avez les unités moniteur et capteur d'un côté et le support à trois roues de l'autre.

— Ça faisait longtemps que je n'en avais pas vu, dit Sam en ouvrant les caissons.

— Cet engin a déjà servi sur plusieurs sites. Mais sa portée est limitée. Les capteurs de muons sont plus efficaces.

— Pourtant, ce type de sonar peut sonder le sol sur dix à quinze mètres. Et il donne des relevés relativement précis, si j'ai bonne mémoire.

— Exact. Mais à quoi bon, à présent ? J'ai appelé mes collègues pour leur dire de décommander l'opérateur. Un camion de livraison viendra chercher les caisses demain après-midi. »

Lazlo décocha un coup d'œil à Sam. « Ça nous laisse assez de temps, répondit ce dernier.

— Assez de temps ? Pour quoi faire ? demanda Maribela en se rapprochant.

— Je vous dirai tout quand nous serons entre nous. » Sam s'accroupit pour déballer le sonar. Lazlo le rejoignit et les deux hommes se mirent à chuchoter entre eux.

Devant l'air perplexe d'Antonio, Remi se contenta de hausser les épaules. « Ne me regardez pas comme ça. Ce n'est pas ma faute si j'ai épousé un fou. »

Les derniers *federales* partirent à dix-huit heures quinze. Les six soldats de l'équipe de nuit venaient de pénétrer sur le site à bord d'une Jeep. On les sentait nerveux, ce qui n'était guère surprenant étant donné le sort qu'avaient connu leurs camarades. Ils tenaient leurs armes d'une main ferme et jetaient partout des regards méfiants, comme si l'ennemi s'apprêtait à fondre sur eux.

Le soir tombait, les ombres des pyramides s'étiraient sur le sol. Laissant Lazlo et Remi visionner les dernières images prises dans la crypte, Sam posa une chaise pliante devant Antonio et Maribela et leur expliqua son projet : il formait l'hypothèse qu'une autre tombe était enfouie à proximité et comptait se servir du sonar pour la vérifier tout en restant discret.

« C'est l'unique moyen d'éviter les fuites. Trop de gens nous ont vus entrer dans la crypte. Quelqu'un a vendu la mèche. Désormais, nous serons les seuls dans la confidence.

— Vous croyez vraiment qu'il existe une autre tombe ? s'étonna Maribela.

— C'est une possibilité qu'il ne faut pas négliger. Et ce sonar tombe à point nommé. Mettons-nous au travail dès maintenant. On n'a rien à perdre, sauf du temps. De toute façon, je ne partirai pas sans en avoir eu le cœur net. »

Antonio hocha la tête. « Comment voulez-vous procéder ?

— On va descendre le sonar dans la crypte et balayer le périmètre pour obtenir une configuration du sous-sol. Les cavités apparaîtront en négatif sur l'écran. C'est une technique très simple mais parfaitement adaptée à nos besoins. »

L'engin une fois monté ressemblait à un trotteur pour bébé. À la base, un support pliant posé sur trois roues, une devant, deux derrière et, par-dessus, le module de commandes équipé d'un écran fixé près du guidon, à hauteur de poitrine. Les antennes apparaissaient près de la roue avant. En les voyant pousser leur chariot vers la rampe d'accès, les soldats en faction les regardèrent bizarrement. Antonio s'arrêta pour leur dire de ne pas s'inquiéter, qu'ils effectuaient des mesures, rien de plus. Pendant qu'il parlait avec eux, Sam entreprit de régler la sensibilité du sonar.

« Voilà ce qui s'affiche à l'écran quand la terre est bien tassée », expliqua-t-il en jouant avec les manettes. En fait, on ne voyait que des parasites.

« Comment sait-on qu'il y a une cavité ? Ou une construction ? demanda Remi.

— C'est là que ça se corse. Tout dépend du doigté de l'opérateur. »

Ils descendirent lentement vers la crypte, Sam toujours penché sur les cadrans. Quand ils eurent parcouru les trois quarts de la rampe d'accès, il s'immobilisa et rafraîchit l'écran.

« Que voyez-vous ? demanda Maribela.

— On dirait qu'il y a quelque chose sous nos pieds. Oui, je confirme. Il y a quelque chose. » Il désigna l'écran. « Vous voyez cette perturbation du champ magnétique ? C'est une cavité. Peut-être une grotte… ou un tunnel.

— Une grotte ? s'étonna Remi.

— Oui, confirma Antonio. Une bonne partie de la ville est construite sur des grottes. Sous la pyramide du Soleil, par exemple, il y a une cavité naturelle qui servait jadis aux sacrifices rituels.

— Mais comment différencier une cavité naturelle d'une crypte aménagée par l'homme ?

— Lazlo, tu veux bien marquer cet emplacement ? dit Sam en désignant une boîte de poudre jaune. Nous reviendrons plus tard. » Lazlo traça un X que les autres prirent soin de contourner. Juste avant d'entrer dans la crypte, Sam fut obligé de reconfigurer le sonar, à cause des dalles qui avaient remplacé la terre.

Après avoir franchi le seuil, ils continuèrent jusqu'à la chambre funéraire. Sam quadrilla toute la surface de la salle en poussant l'engin devant lui, mais sans rencontrer d'anomalie notable. Au bout d'une vingtaine de minutes, il s'essuya le front et repartit en direction du tunnel.

« Je ne vois rien par ici. Il nous reste la cavité identifiée tout à l'heure sous la rampe d'accès.

— Pourtant, elle n'avait pas l'air très grande, dit Maribela.

— Non. Pas plus de deux mètres de large.

— À quelle profondeur est-elle enterrée ? demanda Lazlo.

— Entre deux mètres et deux mètres cinquante. Je te le dirai plus précisément en revenant sur la zone. » Sam fit encore quelques pas et s'arrêta près de la marque jaune.

« Nous y sommes. La cavité se trouve à deux mètres de profondeur. Sa forme est irrégulière, plus large que longue. Impossible de savoir ce que c'est. Mais si ça vous tente… »

Remi leva les sourcils. « Qu'as-tu en tête ? »

Sam regarda l'écran une dernière fois, puis éteignit le module.

« Je me disais qu'un peu d'exercice nous ferait du bien. »

36

Depuis trente minutes qu'ils creusaient le sol argileux en grognant à chaque coup de pioche, Sam, Antonio et Lazlo avaient fini par trouver le bon rythme. Ils s'étaient interrompus deux fois seulement, le temps de dégager la terre accumulée. Maintenant, ils piétinaient au fond d'un trou d'environ deux mètres carrés, situé à mi-chemin de la cavité identifiée par le sonar. Quant à Remi et Maribela, elles s'employaient à repousser les déblais contre un mur afin de pouvoir les rejeter commodément dans la fosse, après avoir satisfait leur curiosité.

Les trois hommes sentirent le sol bouger sous leurs pieds. À peine eurent-ils le temps de dire ouf qu'ils disparurent, avalés par la terre, pour atterrir presque trois mètres en dessous, sur une surface si dure qu'ils en eurent le souffle coupé. Sam entendit Remi l'appeler depuis la surface.

« Tu vas bien ? »

Avant de répondre, Sam prit le temps de s'épousseter et de se tâter les côtes.

« Je crois. Lazlo ? Antonio ? »

Antonio le rejoignit en marchant à quatre pattes. « Ça va. Juste un peu… sonné.

— C'est pas une façon de traiter les invités, c'est moi qui vous le dis, marmonna Lazlo en s'ébrouant pour se débarrasser de la terre qu'il avait sur la figure.

— Je ne m'attendais pas à ce que le sol cède si facilement, dit Sam.

— On n'est pas dans le domaine des sciences exactes. »

Sam toussa, puis leva la tête vers la brèche dans le plafond. « Remi ? Tu nous envoies des torches ? »

Quelque chose lui frôla la jambe. Sam frissonna malgré lui. Les blagues sur les serpents ne lui semblaient plus si drôles, tout à coup. Il entendit Remi marcher au-dessus d'eux.

« Attention à vos têtes ! » cria-t-elle.

Les torches en aluminium tombèrent en douceur sur la couche de terre qui résultait de l'effondrement. Peu après, la voix de Remi se répercuta contre les parois de la grotte. « Alors ? Qu'y a-t-il en bas ? »

Quand Sam alluma sa torche, des myriades de grains de poussière traversèrent le faisceau lumineux. « Encore un tunnel », répondit-il après une brève hésitation.

À leur tour, ses deux compagnons éclairèrent l'espace qui les environnait. Il s'agissait bien d'une galerie. Large de trois mètres environ, elle s'enfonçait dans les ténèbres de chaque côté d'eux.

« Attendez. J'arrive », dit Remi. Ils virent d'abord apparaître le bout d'une corde, puis la fine silhouette de la jeune femme. Avec elle, un peu de terre dégringola au fond du trou.

« C'est sympa de venir nous voir ! dit Sam. À quoi as-tu attaché ta corde ?

— Au catafalque de notre amie la momie. Maribela est restée là-haut, en cas de besoin. Ce serait idiot de se retrouver tous coincés ici.

— Maribela ? appela Antonio.

— Oui ?

— Peux-tu demander aux soldats d'apporter une échelle ? Une grande.

— Non, intervint Sam. Personne ne doit savoir. »

Antonio voulut hocher la tête mais une douleur au cou l'en empêcha. « Sam a raison, cria-t-il en grimaçant. Tu veux bien aller la chercher toi-même ? Elle n'est pas très lourde. Et prends aussi des lampes de secours. Mais pas un mot aux gardes. Entendu ?

— Très bien », dit-elle.

Ils l'entendirent s'éloigner le long de la rampe, puis le silence s'installa, seulement entrecoupé par des bruits de respiration. Remi balaya les parois du tunnel avec sa torche.

« Vous voyez ça ? dit-elle en désignant quelque chose sur sa droite.

— Oui. On dirait une antichambre, répondit Sam.

— Et ces bas-reliefs ? De l'art toltèque, visiblement. Les motifs sont les mêmes que dans la crypte au-dessus, mais plus complexes encore. » Remi s'engagea dans le tunnel et s'arrêta devant la salle aux parois gravées. Les pictogrammes qui ornaient les montants de porte étaient à la fois plus beaux et mieux exécutés qu'à l'étage supérieur. « On retrouve la procession funéraire… la pyramide… mais ici la lune n'est pas cachée par des nuages. Et Quetzalcóatl… oh, mon Dieu ! Il n'a pas du tout le même aspect. Celui-ci a des cheveux longs et une barbe.

— Prometteur », murmura Sam.

Remi regarda encore une fois autour d'elle. « Creuser un tunnel de cette taille et sculpter de tels bas-reliefs a dû leur prendre un temps considérable.

— Je me demande ce qu'il y a de l'autre côté, marmonna Sam en se retournant pour essayer d'apercevoir la galerie derrière Lazlo.

— Il n'y a qu'une façon de le savoir », répondit Remi. Elle fit demi-tour, mais quand elle rejoignit Lazlo, celui-ci promenait le faisceau de sa torche sur un tas de gravats bouchant le passage.

« On dirait que les bâtisseurs de la tombe en ont condamné l'accès en créant un éboulement, dit-il. Ils n'avaient aucune envie qu'on entre ici, visiblement. »

Sam examina les gravats. « Oui, à mon avis, c'est voulu. Ils ont fait en sorte que le tunnel s'effondre. À moins qu'ils ne l'aient comblé par le haut et tassé ensuite la terre pour effacer toute trace. »

Un bruit les fit sursauter. L'échelle venait d'apparaître. Antonio en bloqua la base avec de la terre, vérifia qu'elle était stable et dit à sa sœur qu'elle pouvait descendre. Ce qu'elle fit en tenant d'une main le montant en aluminium et de l'autre la puissante lampe de chantier dont ils s'étaient servis dans l'autre crypte.

Quand elle l'alluma, le tunnel fut inondé d'une vive lumière blanche. Les Casuela suivirent Sam et Remi dans la salle formant antichambre. Lazlo arriva derrière eux. Maribela regardait autour d'elle sans faire de commentaires. Depuis cette première pièce, on devinait que le tunnel se prolongeait. Remi ouvrit la marche. En fait, la galerie souterraine était beaucoup plus longue et tortueuse qu'on ne l'aurait cru au départ. Elle croisait le tunnel du dessus puis bifurquait et s'enfonçait sous la pyramide.

« Halte ! On ne bouge plus », cria Sam juste avant d'aborder un nouveau tournant. Remi se serra contre lui. Les autres s'arrêtèrent net.

« Que se passe-t-il ? souffla Lazlo en jetant des regards inquiets sur les parois.

— Là, par terre, devant nous, répondit Sam, le doigt pointé sur une petite dépression creusée dans le sol. J'ai déjà vu ça quelque part. C'est un piège. Un dispositif dont les Toltèques se servaient pour repousser les intrus. Ils creusaient un puits, le recouvraient de roseaux ou de branchages et répandaient de la terre par-dessus. Avec le temps, la couche s'est un peu tassée, mais… »

Lazlo recula en frémissant. Sam s'agenouilla devant la cuvette, large d'environ cinquante centimètres, puis se tourna vers Remi. « Aurais-tu un couteau sur toi ? J'ai bêtement laissé le mien à l'hôtel.

— Une femme élégante prend toujours un couteau quand elle part ramper dans un tunnel », répondit-elle en lui tendant un gros canif.

Sam déplia la lame, tourna la virole et se pencha en s'appuyant sur une main. L'acier pénétra facilement dans la terre, mais quand Sam essaya de trancher, il sentit qu'il n'y arriverait pas. Il rendit son bien à Remi.

« J'ignore pourquoi mais ça résiste », dit-il en frappant le sol avec le cul de sa torche. Comme prévu, il obtint un son creux. Pour faire bonne mesure, il donna encore un coup, puis se releva.

« Allons chercher quelques-unes des planches qui sont là-haut, sous la tente. On les disposera en travers, comme un pont. Vous verrez, le jour où quelqu'un s'avisera de creuser ici, il trouvera une fosse garnie de pointes. Peut-être des javelots ou des lames en obsidienne. Ça s'appelle une chausse-trape. »

Parmi les matériaux que les ouvriers avaient laissés après avoir consolidé le tunnel, Antonio et Sam choisirent quatre planches assez longues pour couvrir la surface critique. Lazlo aida Antonio à les installer, Sam éprouva leur solidité puis franchit la passerelle improvisée.

« Prenez garde à ne pas glisser. Une chute serait fatale », les avertit Lazlo.

Parvenus au bout du tunnel, ils se retrouvèrent face à une autre entrée condamnée. Des montants de porte, aussi finement sculptés que les précédents mais beaucoup plus massifs, et encore un mur à abattre. À ceci près que celui-ci n'était pas en moellons mais en briques. Antonio et Lazlo montèrent chercher des pioches.

La tâche ne fut guère aisée mais, au terme d'une demi-heure d'efforts soutenus, une première pierre se descella. Redoublant d'énergie, Sam et Antonio finirent par créer une brèche praticable. Pendant qu'ils reprenaient leur souffle, Remi et Lazlo entrèrent dans la salle. Maribela les suivit avec la lampe.

« Oh mon Dieu… cette fois, c'est la bonne », dit Remi. On l'entendait à peine tant l'espace était confiné. Sam la rejoignit devant un superbe sarcophage trônant sur un piédestal orné de bas-reliefs. Lazlo promena le faisceau de sa torche sur les pictogrammes couvrant les flancs du cercueil et termina par le couvercle.

« Qui veut m'aider à l'ouvrir ? » demanda Sam.

Lazlo et Antonio allèrent se poster en face de lui. Lazlo posa sa torche sur le sol dallé. « Je suis prêt, vieux. Mais ça m'a l'air sacrément lourd.

— Attendez-nous », lança Remi.

Elle se coula près de Sam, Maribela se rangea à la droite de son frère. Sam compta jusqu'à trois et tout le monde souleva.

Le couvercle bougea légèrement. Encouragés par ce premier succès, ils recommencèrent jusqu'à obtenir une ouverture de cinquante centimètres.

Quand Remi éclaira l'intérieur du sarcophage, elle poussa un cri étouffé. Maribela aussi. Sam siffla entre ses dents.

« La légende disait vrai », murmura-t-il en posant la main sur l'épaule de Remi.

Le cadavre était momifié mais sa tignasse et sa longue barbe rousses demeuraient intactes, savamment tressées et parsemées de minuscules pierres précieuses. Il portait une cotte de mailles, un casque viking classique, une épée d'acier dans une main, un javelot dans l'autre. Une hache de guerre reposait à côté de lui. Un bouclier lui couvrait les jambes à partir des genoux.

Antonio n'en croyait pas ses yeux. « Qui c'était, d'après vous ? Il doit bien mesurer un mètre quatre-vingts.

— Un peu plus, à vue de nez, dit Sam. Il était costaud, assurément. Un Viking. »

Maribela le regarda étrangement. « Vous semblez très sûr de vous. »

Sam leur parla du drakkar trouvé sur l'île de Baffin.

« Je comprends mieux pourquoi cette légende vous intéressait tant, dit Antonio. Vous la saviez basée sur des faits réels.

— Oui, enfin nous le supposions, reconnut Sam. Et maintenant, nous tenons la preuve que ces deux civilisations si éloignées l'une de l'autre entretenaient des relations.

— Regardez cette inscription, dit Lazlo en éclairant l'intérieur du couvercle.

— Vous pouvez traduire ? » demanda Remi.

Il examina longuement les caractères peints avant de répondre. « Mon alphabet runique est un peu rouillé, donc ça reste à confirmer mais, à première vue, je dirais qu'il s'agit d'un panégyrique. Il faudrait que j'aie l'ensemble sous les yeux pour pouvoir le traduire correctement.

— Ça vous aiderait si je photographiais l'intérieur du couvercle et tous les pictogrammes ornant le sarcophage ? proposa Remi.

— Je suppose que oui. Je vous laisse faire. » Pendant que ses compagnons exploraient la salle et ses bas-reliefs, Remi fit plusieurs photos de la momie et des cloisons de bois qui l'entouraient. Puis elle s'occupa du couvercle et des dessins tracés sur les montants du sarcophage.

« Vous ne trouvez pas bizarre qu'il n'y ait pas de trésor ? demanda Lazlo. La légende parlait bien d'une énorme émeraude, non ?

— Un effet de style, probablement, répondit Sam. En tout cas, je ne vois rien ici. Et vous ? » Antonio fit signe que non. Maribela désigna le mur devant elle.

« Pour moi, cette scène retrace la conquête d'une grande cité maya par Quetzalcóatl, dit-elle. Peut-être Chichen Itza. »

Antonio éclaira le pictogramme suivant. « Et ici… ce pourrait bien être… le transfert de la capitale toltèque vers la cité maya en question. Et regardez là-bas ! Le bannissement de Quetzalcóatl… et sa mort.

— Lazlo, dit Remi. Je ne le répéterai jamais trop : vous êtes un génie.

— Vos compliments me vont droit au cœur… mais franchement, vous exagérez…, répondit-il en rougissant un peu.

— Pas du tout, insista Sam. Sans toi, nous n'aurions jamais pensé que la première tombe était un leurre. »

Antonio n'était pas encore revenu de sa surprise. « C'est vraiment dingue. Plus je regarde ces pictogrammes, plus je m'aperçois que j'ignore quasiment tout des Toltèques. Leurs échanges commerciaux couvraient une zone bien plus vaste que nous n'imaginions. »

Remi tapota le flanc du cercueil. « Rappelez-vous, la légende dit qu'après avoir quitté Tollan, Quetzalcóatl a connu une longue errance.

— Il reste de nombreuses énigmes à résoudre, dit Antonio. Ma sœur et moi n'aurons pas assez d'une vie pour y arriver. C'est le rêve de tout archéologue. »

Lazlo sourit. « C'est sûr, vous avez du pain sur la planche. »

Ils admirèrent les bas-reliefs durant quelques minutes encore, puis Sam regarda sa montre. « Je suggère que nous en restions là pour aujourd'hui. Nous reviendrons demain matin faire l'inventaire et cataloguer les pictogrammes. Je ne vois rien d'autre pour l'instant. Et vous ?

— Non, dit Antonio. Mais je tiens à dire qu'il s'agit là d'une découverte qui bouleversera l'histoire de mon pays. Que l'Œil du Paradis existe ou pas, ce jour est à marquer d'une pierre blanche. »

Lazlo hocha la tête. « Oui. Parfaitement. » On entendit son estomac gargouiller. « Oh, désolé. La nature reprend ses droits.

— Si nous allions manger un morceau, Lazlo ? proposa Remi dans un sourire.

— Cette expédition souterraine m'a creusé moi aussi, dit Sam.

— Je ne voudrais pas vous voir dépérir, l'un et l'autre.

— Dans ce cas, allons-y. C'est moi qui paie la première tournée de Coca », promit Lazlo.

Quand le petit groupe fut remonté à la surface, Remi commença par transférer ses dernières photos sur une clé USB. Antonio alla donner ordre aux soldats d'interdire à quiconque l'entrée de la tombe et, en revenant sur ses pas, proposa aux Fargo de les raccompagner, ce qu'ils acceptèrent avec empressement. La lune brillait d'un éclat orangé entre les nuages épars. Laissant derrière eux leur prodigieuse découverte, ils longèrent en voiture l'allée principale de la cité antique, roulèrent jusqu'au motel et se souhaitèrent bonne nuit. Après une bonne douche, Remi et Sam retrouvèrent Lazlo au restaurant du coin.

« Je suppose que vous avez les photos du sarcophage sur vous, n'est-ce pas ? dit Lazlo quand le serveur eut débarrassé leurs assiettes.

— Décidément, vous lisez en moi comme dans un livre ouvert, s'esclaffa Remi. Il va falloir arrêter.

— Allons, Lazlo, cesse de t'inquiéter, dit Sam. Et profite de cette soirée pour décompresser un peu. »

Lazlo haussa les épaules. « Je ne m'inquiète pas. Je me disais juste que vous aimeriez peut-être savoir où se cache le trésor.

— Qu'est-ce que tu racontes ?

— Le panégyrique dans le couvercle. Mon alphabet runique n'est pas aussi rouillé que je l'ai prétendu. »

Remi plissa les yeux. « Qu'avez-vous déchiffré, Lazlo ? » dit-elle en lui remettant la clé USB.

Lazlo laissa passer un blanc, histoire de ménager le suspense. « Si vous voulez bien, je vais traduire ce texte avant que les foules ne se précipitent dans la crypte, demain matin. Sans vouloir me montrer exagérément optimiste, j'ai cru voir l'Œil du Paradis mentionné à la dernière ligne. Étant donné l'endroit où nous l'avons trouvée, je dirais que cette inscription est un peu comme la carte de l'île au Trésor. »

37

Le lendemain, au petit déjeuner, Lazlo arborait une mine défaite. Les cernes noirs qui soulignaient ses yeux lui donnaient un air de raton laveur exténué. Visiblement, il n'avait pas beaucoup dormi. Après sa troisième tasse de café, il se rencogna dans son siège et regarda fixement les Fargo.

« La réponse est oui. Oui, j'ai traduit l'inscription. Et oui, ça raconte une histoire incroyable. Malheureusement, j'ignore toujours où se trouve l'Œil du Paradis.

— Quelle est cette histoire ? » demanda Remi.

Lazlo sortit de sa poche une feuille arrachée à un calepin, la déplia et la fit glisser vers eux.

Ici repose la dépouille de Knut Eldgrim, fils de Bjorn et de Sigrid. Je suis venu de Gotalander avec quatre bateaux et deux cents hommes. J'étais leur chef et leur capitaine. Après trente jours sur une mer calme nous avons abordé une plage de sable au pied d'une falaise dominée par une haute montagne. Une forêt luxuriante recouvrait tout ce territoire.

Nous avons rencontré des hommes étranges, différents de ceux qui vivent chez nous. Ils étaient amicaux et nous ont conduits très loin, jusqu'à leur village, Tollan. Leur chef s'était fait mordre par un jaguar. Avec les onguents que nous avions emportés en cas de bataille, j'ai soigné la plaie qu'il avait à la jambe. Par gratitude, le roi a fait de moi son premier conseiller.

Je guéris d'autres villageois souffrant de blessures ou de maladies. Mes hommes d'équipage creusèrent un canal pour amener l'eau de la rivière jusqu'aux maisons. Ils reçurent en cadeau des objets rares et des pierres précieuses.

Un an plus tard, le roi mourut. Avant de disparaître, il me désigna comme son successeur et me donna le nom de Cē Ācatl Topiltzin Quetzalcóatl. Je reçus la coiffe du Grand Serpent à Plumes ainsi qu'une amulette symbolisant mon pouvoir à la fois temporel et spirituel. C'était une grosse pierre verte qui venait des régions du sud et brillait comme le soleil : l'Œil du Paradis.

Dans les années qui suivirent, j'appris à mon peuple à fondre le fer, construire des maisons solides, sculpter la pierre, faire pousser leur nourriture, tracer des routes et creuser des canaux.

Sous mon règne, l'empire s'agrandit. Nous prîmes la cité maya de Chichen Itza qui devint la capitale de notre vaste territoire. J'y construisis un temple dédié au serpent à plumes, pareil à celui de Tollan.

À ma mort, le peuple de ce pays me pleura et dit que mon frère, le dieu Tezcatlipoca, m'avait chassé de mes terres mais que je reviendrais un jour.

Mes compagnons d'armes regagnèrent notre patrie, chargés des merveilles de ce monde, avec l'espoir du retour. Un repère fut construit là où mes navires avaient accosté. Quand mes frères de Gotalander reviendront, ils prendront avec eux l'Œil du Paradis et ainsi, les gens de mon peuple sauront que je suis de nouveau parmi eux.

Sam et Remi s'attardèrent sur l'avant-dernière ligne tandis que Lazlo guettait leur réaction. Sam comprenait mieux la frustration que ressentait son ami après avoir passé la moitié de la nuit sur ce texte.

« Donc, un repère existerait quelque part près d'une falaise, elle-même dominée par une colline ou une montagne, dit-il en levant les yeux du texte. Voilà qui nous avance considérablement. Il suffit juste d'explorer le littoral sur plusieurs milliers de kilomètres en cherchant un repère qui a très bien pu tomber en poussière voilà des siècles.

— Ou disparaître dans l'un des nombreux tremblements de terre qui ont modifié la configuration des côtes et anéanti des villes entières au cours du dernier millénaire, ajouta Remi.

— Sans parler des ouragans. N'oublions pas les ouragans.

— Pourtant il est bien dit que ce repère a été construit, rebondit Lazlo. Pas érigé ou taillé. Construit. J'en conclus qu'il s'agit d'un ouvrage maçonné. Et qui se trouve à l'endroit même où les navires ont accosté.

— Au temps pour moi, reprit Remi. En fait, c'est plus simple que je pensais. On cherche juste un repère *construit* quelque part sur la côte voilà mille ans. C'est-à-dire un tas de pierres plus ou moins maçonnées. »

Perdu dans ses pensées, Sam prit une longue gorgée de café. Il allait poser sa tasse quand sa main s'arrêta à mi-chemin. Il se tourna vers Remi.

« Sur ce navire, celui qu'on a trouvé en mer de Baffin, il y avait bien une pierre runique, n'est-ce pas ? Tu as gardé la photo ?

— Oui, je crois. Mais j'ignore où elle est. Peut-être sur l'une de mes clés USB.

— Nous n'avons jamais pris la peine de la traduire. »

Remi recula sa chaise. « Oh... mon D...

— Si j'osais, je vous demanderais bien de me montrer cette photo sans tarder », dit Lazlo.

Remi quitta la salle en courant presque. La serveuse finit de débarrasser. Sam s'apprêtait à poser une centaine de pesos sur la table quand Remi réapparut, brandissant une clé bleue d'un air triomphal.

« Combien de temps vous faudra-t-il ? demanda-t-elle en la remettant à Lazlo.

— Tout dépend de la longueur du texte. Il prenait beaucoup de place sur la pierre ?

— Un rectangle de soixante centimètres sur un mètre, je dirais. La première fois que je l'ai vue dans la cale du drakkar, j'ai pensé à une pierre de ballast.

— Je vais m'y mettre. Ça ne devrait pas demander plus d'une heure ou deux. Le petit exercice de cette nuit a remis de l'huile dans mes rouages.

— Nous t'attendrons ici, dit Sam.

— Inutile. Si vous voulez retourner sur le chantier, allez-y. Je vous y retrouverai dès que j'aurai quelque chose de montrable.

— Entendu, mais n'oubliez pas, l'avertit Remi. Rien ne doit filtrer. Ce texte pourrait bien nous mener à l'Œil du Paradis. Si la nouvelle se répand, on nous prendra de nouveau pour cible ou alors on nous coiffera sur le poteau. Donc motus et bouche cousue.

— Je serai muet comme une carpe, promit Lazlo en se levant. Si jamais quelqu'un vous demande où je suis, vous direz que je fais la grasse matinée.

— Rien ne vaut le sommeil pour retrouver son teint de bébé, abonda Sam.

— Bonne chance à vous », dit Remi.

Lazlo lui fit un sourire en demi-teinte. « La chance n'a pas grand-chose à voir là-dedans. »

*

Sam et Remi trouvèrent Antonio et Maribela près de la tombe, s'entretenant avec une cohorte d'archéologues et de techniciens en blouse blanche, dépêchés par l'Institut. Un groupe de soldats surveillait la scène. En voyant les Fargo, Antonio leur fit signe de les laisser approcher.

« Bonjour. Où est votre complice ? demanda Maribela avec un sourire radieux.

— Il ne devrait pas tarder, répondit Sam. Qu'avez-vous prévu pour aujourd'hui ?

— On va commencer par cartographier la tombe et, par précaution, repasser les lieux au sonar avant de le rendre à ses propriétaires, expliqua Antonio. Je viens de donner consigne à mes collègues d'effectuer un maximum de relevés photo et vidéo.

— On dirait que la situation est sous contrôle, constata Remi.

— Autant qu'elle peut l'être étant donné l'ampleur de notre découverte. Mais ne nous y trompons pas, les travaux dureront plusieurs années. Nos autres chantiers en cours ne représentent quasiment rien, à côté de cela.

— Et l'inscription sur le sarcophage ? L'avez-vous donnée à traduire ? demanda Sam.

— On s'en occupera en temps voulu.

— Si vous avez besoin d'un coup de main, n'hésitez pas, proposa Remi.

— C'est gentil à vous mais, honnêtement, vous en avez déjà tellement fait tous les deux, intervint Maribela sur un ton cordial que démentait son regard méprisant. Au fait, j'allais oublier. La presse va venir nous interviewer, tout à l'heure. Nous aimerions que vous soyez présents. »

Leur conversation fut interrompue par l'arrivée d'un archéologue, un homme apparemment stressé muni d'une écritoire à pince et d'une radio. Sam et Remi en profitèrent pour s'esquiver. En sortant de la tente, Sam mit sa main en visière afin de mieux voir les allées et venues devant la tombe.

« Ça t'intéresse de participer à une conférence de presse ? demanda-t-il à Remi.

— Non, pas pour tout l'or du monde.

— Donc nous déclinons l'invitation ?

— Absolument. On dira que l'un de nous deux souffre d'une intoxication alimentaire.

— Oui, oui. Ça marche à tous les coups. On le joue à pile ou face ? »

Remi secoua la tête. « Non, c'est moi qui m'y colle, cette fois-ci. »

Lazlo arriva une demi-heure plus tard. Après avoir montré patte blanche, il marcha droit vers eux. Manifestement, il avait du mal à contenir son excitation. Voyant que Maribela l'observait du coin de l'œil, Sam se porta à sa rencontre avant qu'il en dise trop.

« Je crois que je… », commença Lazlo. Sam lui coupa la parole.

« Il y a beaucoup de gens dans les parages. Si nous faisions quelques pas du côté de la pyramide ?

— Ah, je comprends. Désolé. Je n'avais pas l'intention de vendre la mèche.

— Pas de problème. Remi, tu viens avec nous ?

— Plutôt deux fois qu'une. »

Dès qu'ils furent à l'abri des curieux, Lazlo leur résuma sa découverte.

« Les runes semblent fournir des indications assez précises. Mais sans faire directement allusion à l'Œil du Paradis. Elles disent que l'orgueil du Nouveau Monde réside au-dessous d'un temple. Après cela, on a quelques repères géographiques. Une montagne au sud, un lagon pas loin, des falaises, une petite île. Ça devrait suffire pour démarrer les recherches. Il faudrait suivre le littoral du golfe du Mexique, en espérant que sa configuration n'a pas trop changé depuis ce temps-là. »

Les yeux de Remi pétillaient littéralement. « C'est formidable, Lazlo. Pourriez-vous nous donner le texte intégral ?

— Bien sûr. » Il lui glissa dans la main une feuille de papier pliée en quatre qu'elle rangea aussitôt dans la poche arrière de son jean. Puis elle regarda Sam d'un air entendu.

« Lazlo, dit-elle, nous allons bientôt filer en prétextant un dérangement intestinal. Vous avez le choix. Soit vous restez, soit vous nous suivez à Mexico.

— J'avoue que j'adorerais rester ici sous le cagnard jusqu'à devenir rouge comme un homard mais, pour une fois, je vais opter pour la prudence. Vraiment, ça ne vous ennuie pas si je vous accompagne ?

— Bien sûr que non. »

Sam et Remi regagnèrent l'espace réservé aux fouilleurs et, après avoir échangé quelques mots avec Antonio, tournèrent le dos au cirque médiatique et regagnèrent le motel. Antonio les fit même raccompagner par l'un de ses assistants. Il était à peine midi quand Lazlo réintégra sa chambre à la clinique et Sam et Remi leur suite au St. Regis.

Avant toute chose, Sam prit soin d'appeler Selma pour qu'elle se tienne prête à recevoir la traduction et mette l'équipe dessus dans les plus brefs délais. Remi lui envoya le document et, en attendant l'accusé de réception, se tourna vers Sam et lui sourit.

« Tu sais qu'Antonio et Maribela ne vont pas tarder à traduire l'inscription du couvercle.

— Oui, mais ils n'ont pas celle de la pierre runique.

— Que dirais-tu de les mettre dans la confidence ?

— Quand nous en saurons davantage, peut-être. Mais pour l'instant, restons discrets. Il y a déjà eu trop de fuites. Pourquoi tenter le diable ? »

38

L'île des Femmes,
Mexique

Janus Benedict alluma posément le cigare Cohiba qu'il avait mis de côté pour après le déjeuner et tira une première bouffée en contemplant les eaux turquoise qui miroitaient entre l'île des Femmes et le pont inférieur de son yacht. Alignés le long de la baie de Cancún, les gratte-ciel en verre et acier brillaient de mille feux. Un steward apparut devant lui, se confondit en excuses et déposa un téléphone portable sur la table en teck avant de s'éclipser.

« Oui, allô ? dit Janus en empoignant l'appareil.

— Les Fargo ont encore sorti un lapin de leur chapeau. » Son interlocuteur lui parla de la pierre runique et termina en disant qu'une conférence de presse serait diffusée à la télévision dans l'après-midi.

Janus prit le temps de digérer la nouvelle, puis il regarda le ciel, recracha un nuage de fumée et transmit ses directives. Quand il eut raccroché, ses yeux se perdirent à nouveau sur l'horizon, comme si rien ne pouvait troubler sa quiétude.

Depuis leur dernière trouvaille sous la pyramide de la Lune, Janus savait que les Fargo ne lâcheraient rien tant qu'il resterait un trésor caché quelque part. Alors, pourquoi se fatiguer ? Il suffisait de patienter et de suivre leurs déplacements. D'ailleurs, s'il avait choisi de s'ancrer dans cette baie, c'était à cause de sa position géographique. Depuis Cancún, on pouvait rejoindre n'importe quel point du Mexique en l'espace de quelques heures. Dès que les Américains toucheraient au but, les intercepter serait un jeu d'enfant.

Reginald était encore à Mexico mais Janus n'avait pas l'intention de recourir à ses services, sauf en cas d'absolue nécessité. Non, il attendrait que les deux Américains fassent le travail à sa place. Ce plan était extrêmement simple et le resterait pour peu que son frère n'y soit pas mêlé. Reginald en avait déjà trop fait. Que l'immonde Guerrero soit plus ou moins devenu son associé l'irritait au plus haut point. Et pourtant, les méthodes expéditives du narcotrafiquant mexicain lui seraient peut-être utiles, un de ces jours prochains.

Janus suivit du regard le couple de pélicans qui volait en cercle au-dessus du yacht, guettant les poissons à la surface de l'eau. Eh oui, pensa-t-il, il y avait d'un côté les prédateurs et de l'autre les proies. C'était la loi de la nature.

Une loi immuable dont les Fargo feraient bientôt les frais.

Selma rappela Sam le lendemain matin. Elle avait une meilleure voix que ces dernières semaines – l'ancienne Selma était revenue, débordante d'énergie et de volonté.

« Nous avons étudié les différents lieux possibles en fonction des indications que vous avez fournies. Il y en a trois. Le premier sur la côte caribéenne, près de Belize, le deuxième dans le Yucatán, au nord de Cancún, et le troisième sur le golfe du Mexique, au nord de Veracruz. »

Sam ferma les yeux pour tenter de visualiser la carte de la région. « Quelle distance entre Teotihuacán et Belize ?

— Dans les 1 200 kilomètres.

— C'est en pleine jungle, je suppose.

— Je crois, oui.

— Et le Yucatán ?

— Encore plus loin.

— Je vois mal une troupe de Vikings parcourir de telles distances à travers la forêt vierge, dit Sam. Et toi ?

— À cœur vaillant, rien d'impossible !

— Mouais. Et combien de kilomètres entre Teotihuácan et Veracruz ?

— Dans les deux cent cinquante. Mais ces deux villes sont séparées par une chaîne de montagnes. Une barrière naturelle, en somme. »

Sam réfléchit un instant. « À la rigueur, je peux concevoir qu'ils aient franchi une montagne avec un guide. Mais une jungle inextricable, c'est une autre affaire.

— Donc tu pencherais pour Veracruz…
— À t'entendre, j'ai l'impression qu'il y a un *mais*.
— On ne peut rien te cacher, répondit Selma.
— Quel est le problème ?
— Une usine nucléaire. À deux pas du site potentiel. »
Sam garda le silence quelques secondes. « Tu plaisantes.
— Tu sais bien que non. »
Sam soupira. « Hélas.
— Votre repère pourrait fort bien se trouver en dehors du périmètre de sécurité. Je ne peux rien affirmer. Pourtant, j'ai visionné des centaines de clichés satellite. Il faut aller voir sur place, c'est la seule solution.
— Au moins, ce n'est pas très loin d'ici.
— Oui mais la région de Veracruz bat des records de criminalité.
— Plus que Mexico ?
— Oui, beaucoup plus. Veracruz est le plus grand port de la côte orientale. C'est là que débarque la cocaïne colombienne et, comme il n'y a qu'une seule autoroute en direction du nord, les passeurs sont obligés de l'emprunter pour acheminer la drogue jusqu'aux États frontaliers – lesquels, souviens-toi, sont aux mains des cartels. Enfin, c'était encore le cas récemment.
— Je t'en prie, dis-moi que ça s'arrange.
— Je croyais que tu voulais savoir où vous mettiez les pieds.
— Maintenant je le sais. Merci, Selma. Je suppose qu'il est impossible de creuser sans permis, surtout avec une centrale nucléaire dans les parages.

— Ça tombe sous le sens. »

Quand Remi revint du spa une heure plus tard, Sam lui rapporta leur conversation, puis fit monter une carte de la région sur l'ordinateur portable.

« Voyons le bon côté des choses, dit-elle. Il y a de fortes chances pour que le repère soit là-bas.

— Coincé entre des tueurs sanguinaires et des réacteurs nucléaires. En plus, on aura besoin d'un permis de fouilles en bonne et due forme. Raté pour la discrétion. »

Remi s'assit au bord du lit et se mit à coiffer ses cheveux auburn avec les doigts. « Donc, on n'a pas le choix, il faut qu'on informe Antonio et Maribela. Mais inutile de leur parler de l'Œil du Paradis. On n'a qu'à raconter qu'on est tombés sur une piste et qu'on voudrait effectuer des sondages dans le coin, mais sans rien préciser.

— Une piste ? De quel genre ?

— Eh bien, un truc lié aux Vikings. Disons qu'un indice trouvé à bord du drakkar nous pousse à croire qu'ils ont débarqué sur cette côte. Restons aussi vagues que possible. » Elle se leva. « Je vais me doucher. Toi tu réfléchis et ensuite, on appelle Antonio. Il ne pourra pas nous refuser son aide.

— Non, pas après la découverte de la tombe de Quetzalcóatl. En revanche, il va vouloir nous accompagner. Ce n'est pas très loin d'ici et je te rappelle qu'il ne nous lâche pas d'une semelle depuis qu'on a posé le pied à Mexico.

— Tu as raison. Et on risque de se coltiner la sœur aussi.

— Oui, ils m'ont l'air inséparables.

— Sans commentaire. »

Au téléphone, Antonio se montra poli mais peu disert. Il était encore à Teotihuacán et devait y rester encore un moment, le temps de s'assurer que tout se passait correctement et qu'un chef d'équipe serait nommé pour le remplacer.

« Je vais me renseigner sur les conditions d'accès. Mais ce n'est pas gagné. Il va falloir négocier avec l'autorité de régulation nucléaire, et cet organisme fait ses propres lois. La compagnie d'électricité aura aussi son mot à dire, à cause des risques posés par les réacteurs…

— Je comprends, Antonio, insista Remi. Mais nous tenons vraiment à nous rendre là-bas.

— Si le repère en question se trouve à l'intérieur du périmètre réservé, ce sera encore plus compliqué. Imaginez un chantier de fouilles au milieu d'une centrale aux États-Unis…

— Alors, cessons d'imaginer le pire et allons voir sur place. Si nous partons du principe que nous n'empiéterons pas sur le territoire de la centrale, ce sera plus facile pour vous ?

— Oui, peut-être. Je dois quand même passer quelques coups de fil. » Antonio hésita. « Dites-moi, c'est vraiment si important ? »

Remi éclata de rire, espérant ainsi désarmer sa réticence. « En fait, nous aimerions en avoir le cœur net avant de rentrer en Californie. Je vous en serais tellement reconnaissante…

— Je m'en voudrais de vous décevoir, Remi. Je vous appelle dès que j'ai du nouveau.

— Merci, Antonio. »

Remi raccrocha et regarda Sam en souriant. « Il va faire l'impossible.

— Ça ne m'étonne pas. »

Elle scruta son visage. « Dis-moi, Fargo, est-ce de la jalousie que j'entends dans ta voix ?

— Non, non. Ce n'est qu'une crampe d'estomac. Tu sais, cette intoxication alimentaire.

— Arrête. Tu n'es pas malade.

— Ah bon ? »

Remi s'assit au bord du lit et prit la main de Sam. « Pour moi, tu es le seul, l'unique chasseur de trésors sur cette Terre.

— Tu dis ça à tous les aventuriers que tu rencontres. »

Elle l'embrassa sur la joue. « Non, juste à ceux qui acceptent de se déguiser en poulet.

— Ouf, j'en fais partie. »

Elle l'embrassa encore. « Et j'adore le poulet. »

39

Veracruz,
Mexique

Le train du Gulfstream toucha le tarmac. Le pilote enclencha le système de freinage et roula vers l'extrémité sud de la piste où se dressait le terminal des vols privés. Lazlo sourit à Maribela assise face à lui, mais la jeune femme détourna les yeux, feignant de s'intéresser aux nappes de brume qui recouvraient l'aéroport international. Remarquant sa moue dépitée, Antonio haussa les épaules. Dès qu'ils furent à l'arrêt, Sam et Remi détachèrent leurs ceintures. Quelques minutes plus tard, l'équipe au grand complet traversait le hall des arrivées.

Après un bref échange téléphonique, Antonio leur annonça : « Nos voitures seront là dans cinq minutes.

— Des voitures ? s'étonna Maribela.

— Oui. La compagnie d'électricité a posé ses conditions. Nous serons escortés par trois agents de la police locale. Ils assureront notre protection tout en veillant à ce que nous n'empiétions pas sur le territoire de la centrale. Si, après vérification, il s'avère que nous avons besoin d'y pénétrer, il faudra reprendre les discussions.

— Leur présence ne me pose aucun problème tant qu'ils tiennent leur langue, dit Sam.

— C'était la condition *sine qua non*. Avec la violence qui sévit dans cette région, cela n'a rien d'un luxe.

— Vous avez dit violence ? demanda Lazlo, mal à l'aise.

— Ne vous inquiétez pas, Lazlo, répondit Remi. Antonio veut sans doute parler des décapitations qui ont défrayé la chronique, dernièrement.

— Et des combats à l'arme lourde, ajouta Sam.

— Tu oublies l'attentat à la grenade. Mais c'était peut-être ailleurs… »

Lazlo pâlit. « Très amusant. J'adore votre humour.

— Allons, Lazlo, on n'a qu'une vie, lança Remi.

— Raison de plus pour la garder. Surtout que je l'apprécie davantage depuis quelque temps, bien que je sois au régime sec. Je ne voudrais pas qu'un coup de machette vienne tout gâcher. »

Ils virent Antonio leur faire signe depuis les portes vitrées du terminal. « Ils sont là. »

Deux Chevrolet Suburban gris métallisé étaient garées le long du trottoir. À côté, trois policiers en tenue, mitraillette sanglée à l'épaule, se tenaient en position défensive comme pour contrer une attaque imminente. Cette vision les rappela brusquement à la réalité et leur enleva toute envie de plaisanter sur le sujet.

« Je monte dans le véhicule de tête avec les policiers, annonça Antonio. Lazlo, venez avec moi. Maribela, tu nous suis avec les Fargo. »

Bagages et matériel furent promptement chargés. Quinze minutes plus tard, ils quittaient Veracruz par une route qui longeait la côte vers le nord. Ils traversèrent de superbes paysages, des prairies plantées d'herbes hautes ondulant sous la brise, des champs cultivés qui s'étiraient jusqu'aux collines fermant l'horizon. Après une demi-heure de trajet, des dunes de sable roux apparurent sur leur droite.

« C'est incroyable. On se croirait dans le Sahara », dit Remi. Un buggy équipé de quatre roues motrices surgit au sommet de la dune la plus proche et fonça vers la route en projetant du sable derrière lui. Puis, sans ralentir, il repartit en direction de la mer.

Dix minutes plus tard, ils dépassèrent un lagon. Une étendue d'eau calme, vert émeraude, bordée de palmiers et de maisons aux murs en parpaings badigeonnés de couleurs vives. Sam désigna sur sa gauche une roche gigantesque dressée vers le ciel comme un monolithe.

« Ce pain de sucre me rappelle quelque chose, dit-il. En tout cas, il doit plaire aux amateurs de varappe. Mais tout le monde n'apprécie pas les parois lisses. »

Maribela lui lança un coup d'œil dans le rétroviseur. « El Cerro de los Metates. Un relief très connu dans la région. On a découvert des tombes totonaques pas loin d'ici, à Quiahuiztlan. Et le rocher lui-même recèle d'importants vestiges. On peut faire un détour, si ça vous intéresse. »

Remi secoua la tête, Sam haussa les épaules. « Commençons déjà par explorer la bande côtière, dit-il. Nous verrons le reste par la suite. Y avait-il des implantations totonaques par ici, à l'époque de Quetzalcóatl ? Aux environs de 1000 après J.-C. ?

— Bien sûr, répondit Maribela. La région est habitée depuis des milliers d'années.

— Intéressant. Pourtant, je croyais qu'elle était presque désertique.

— Eh bien, tout dépend de ce qu'on entend par "habitée". On était bien loin des villes que nous connaissons aujourd'hui.

— Donc il n'y avait pas foule.

— En dehors des villages de pêcheurs, non, pas vraiment. »

Six kilomètres plus loin, ils aperçurent les tours en brique rouge de la centrale nucléaire de Laguna Verde. Maribela se tourna vers ses deux passagers.

« Le lieu où nous nous rendons se situe de l'autre côté de la centrale. Comme vous pouvez le constater, c'est une installation colossale. Elle fonctionne depuis le milieu des années 1990. » Après qu'ils eurent dépassé le complexe, Maribela désigna une étendue d'eau turquoise, nichée entre l'autoroute et le golfe du Mexique. « Laguna Verde, le "lagon vert" d'où l'usine tire son nom. La route que nous allons emprunter le contourne par le nord. »

Ils virent s'allumer les feux de freinage et le clignotant droit du véhicule qui les précédait. Le SUV bifurqua sur un chemin de terre, soulevant aussitôt des nuages de poussière. Maribela le suivit. Ils passèrent devant plusieurs maisons puis tournèrent encore sur la droite. Le sentier toujours plus étroit s'enfonçait dans la végétation. Ils s'arrêtèrent au pied d'une colline densément boisée. Antonio, Lazlo et deux policiers descendirent pour laisser le chauffeur garer tranquillement son véhicule.

Après quoi, Antonio ouvrit le compartiment arrière et repoussa pelles, pioches, barres de fer et lampes de chantier pour pouvoir accéder au petit matériel. Il invita les autres à se servir. Sam choisit une machette, en vérifia le tranchant et la replongea dans son fourreau en toile.

Quand ils furent tous équipés, Antonio les harangua. « Par mesure de précaution, la police restera auprès des véhicules. Chacun a une gourde, une machette ? Bien, il me reste à vous mettre en garde contre les serpents. Il y a pas mal de crotales par ici, donc marchez doucement et faites attention où vous posez les pieds. Normalement, ils ont plus peur de vous que vous d'eux. Mais comme on ne sait jamais, je vous conseille d'annoncer votre arrivée. Ça leur laissera le temps de décamper.

— Je n'étais pas au courant pour les serpents, dit Lazlo à l'oreille de Sam.

— Maintenant tu l'es. »

Quand Antonio eut fini son discours, Remi prit le relais : « Nous cherchons les ruines d'un temple. Mais les siècles et les intempéries ont sans doute fait leur œuvre. Il ne reste peut-être plus grand-chose de visible. Si vous apercevez un objet, un mur, n'importe quel signe d'occupation humaine, criez. Je propose qu'on avance tous de front, à dix mètres les uns des autres, en direction du sud.

— Je ne sais toujours pas comment on évite les serpents, insista Lazlo.

— En marchant doucement et en regardant vos pieds, répéta Antonio.

— Tu peux aussi dire une prière, proposa Sam.

— Tout le monde est prêt ? » demanda Remi.

Ils commencèrent à progresser vers le sommet de la colline avec, en fond sonore, les vagues s'écrasant sur les rochers, trente mètres plus bas. Autour d'eux, une végétation inextricable ; au-dessus, la canopée. La fin de matinée se transforma en début d'après-midi. Le soleil entamait à peine sa descente vers les pics de la Sierra Madre quand Remi, qui marchait côté mer, poussa un cri.

« J'ai trouvé quelque chose !

— J'arrive ! répondit Sam en pivotant pour la rejoindre.

— C'est caché parmi les herbes, précisa-t-elle. Mais ça ressemble à un pan de mur. »

Lazlo suivit Sam. Maribela et Antonio approchèrent depuis l'autre côté. Ils se rejoignirent tous au pied d'un monticule surgissant du sous-bois.

Remi sonda la couche végétale avec la pointe de sa machette. On entendit l'acier cogner contre la pierre.

« J'ai creusé la terre sur une trentaine de centimètres à deux endroits différents, dit-elle. C'est bien une construction qu'il y a dessous. Et si j'en juge par les dimensions de cette butte, elle doit faire dans les quatre mètres de hauteur.

— Ce qui correspond à la taille d'un petit temple, confirma Antonio. Imaginez mille ans de pluie, de tempêtes, de ruissellement. Sans parler des couches d'humus qui se sont accumulées cycle après cycle. Le résultat est là devant nos yeux. »

Sam trancha quelques lianes sur un flanc du monticule et planta sa machette dans la terre. « Allons chercher les pelles et les pioches. »

Antonio et Lazlo retournèrent aux voitures. En attendant, Sam, Remi et Maribela continuèrent à défricher la butte. Quand les deux autres revinrent, ils étaient en nage. Heureusement pour eux, une brise rafraîchissante soufflait de la mer qu'on entendait frapper la falaise, quelques mètres plus loin.

« Ce temple est idéalement situé, dit Sam. Les navires à l'approche ne pouvaient pas le rater. En plus, je parie que ses gardiens allumaient des feux chaque soir.

— C'est fort plausible, abonda Remi. Et cela expliquerait la présence de ce nuage au sommet de la pyramide, sur les bas-reliefs. Un nuage de fumée. »

Maribela la regarda avec insistance. « Si vous nous disiez enfin ce qu'il y a ici ?

— Lazlo a récemment traduit une inscription runique trouvée dans la cale du drakkar, expliqua Remi. Il y est question d'un repère sur la côte – un temple censé guider les troupes vikings le jour où elles reviendront prendre possession de la terre où leur chef est mort et enterré. Imaginez la portée d'une telle découverte pour la recherche historique ! »

Sam se leva et s'empara d'une pelle. « Allez, mettons-nous au travail. J'ai hâte de voir ce qui se cache là-dessous. »

Antonio le suivit avec une pioche. Ils s'attaquèrent à l'un des flancs du monticule tandis que les trois autres faisaient de même sur l'autre face. Au bout d'une heure, Sam recula de quelques pas pour apprécier le résultat de leurs efforts.

« Remi ? Viens voir par ici. On dirait des montants de porte. L'ouverture est condamnée, malheureusement. »

Sam leva sa pelle et, avec la lame, tapota le tas de moellons encastrés entre les pierres taillées. « Tu devrais prendre une ou deux photos de ce charmant motif. Pour ton album-souvenir. »

Remi s'approcha et posa sa pelle contre le monticule. Maribela qui la suivait de près ne put retenir un cri de surprise en découvrant le motif dont Sam venait de parler.

Sculptée dans le granite, on voyait une tête de mort coiffée d'un casque et, sur ce casque, un serpent à plumes en posture d'attaque, gueule ouverte, ailes déployées.

40

Stupéfaite, Maribela se tourna vers Antonio.

« Je… je ne comprends pas. Cette effigie n'a rien de commun avec les figures toltèques que nous connaissons.

— En effet, ça rappelle l'imagerie des anciens peuples scandinaves, dit Remi en mitraillant le bas-relief. Incroyable. Ce crâne porte une barbe ! Nous avons sous les yeux la toute première pièce d'iconographie viking découverte au Mexique.

— La fusion des systèmes de représentation viking et précolombien produit un résultat pour le moins… frappant, commenta Maribela.

— En tout cas, cette tête de mort est tout sauf accueillante, dit Lazlo.

— C'est le moins qu'on puisse dire, confirma Sam. Je me demande pourquoi ils ont condamné l'entrée de ce temple ?

— Peut-être qu'ils en ont eu marre d'attendre le retour de leurs copains ? proposa Lazlo.

— Il n'y a qu'un moyen de le savoir. Je propose qu'on essaie d'entrer tant qu'il fait encore jour. » Sam se tourna vers Antonio. « Qu'en pensez-vous ? Ça vous ennuie si on défonce ce mur ?

— Jusqu'à présent, vos intuitions se sont révélées justes.

— Alors, allons-y. Voyons ce que ce temple a dans le ventre. »

Le mortier entre les moellons était devenu aussi dur que du caillou. Le soleil allait disparaître derrière les montagnes quand ils ouvrirent la première brèche. Après quoi, les pierres se détachèrent plus facilement. Voyant qu'ils touchaient au but, ils mirent les bouchées doubles. Au bout de quinze minutes, l'accès fut complètement dégagé.

Maribela alluma une torche et la tendit à Sam qui passa la tête par l'ouverture en plissant les yeux. Remi le rejoignit et l'aida à éclairer l'intérieur.

« Si je m'attendais à ça ! souffla-t-elle avant de faire un pas de côté pour laisser sa place à Antonio et Maribela.

— Que de surprises, décidément ! s'écria Maribela. C'est la première fois que je vois autant de squelettes dans un tel lieu. Combien y en a-t-il ? »

Antonio compta à mi-voix. « Une douzaine. Mais regarde ce qu'ils portent. » Presque timidement, il descendit la marche tenant lieu de seuil. Maribela entra après lui, suivie de Lazlo. Sam et Remi leur emboîtèrent le pas. La pièce était plus vaste qu'on ne l'aurait cru depuis l'extérieur – un carré de six mètres de côté. Les squelettes assis par terre le long des murs portaient tous une cotte de mailles à laquelle s'ajoutaient pour certains une épée ou une hache de guerre passées à la ceinture. Sur leur crâne grimaçant, était enfoncé le fameux casque ailé des combattants vikings.

« Regardez ! » souffla Remi en désignant les objets traînant près de l'entrée. Sous le faisceau de sa torche, se dessinèrent les contours d'une auge en bois rectangulaire et, à côté, des outils de maçon. « C'est là-dedans qu'ils ont fabriqué le mortier. »

S'ensuivit un long silence. Ces objets apportaient la preuve tangible que le temple avait été scellé de l'intérieur. Impossible de savoir combien parmi les individus dont la dépouille reposait ici étaient encore en vie à ce moment-là. En tout cas, il y en avait au moins un, celui qui s'était chargé de l'épouvantable besogne avant de mourir à petit feu, emmuré dans sa propre tombe.

« Vous avez vu ces pictogrammes, reprit Remi en promenant son regard sur les bas-reliefs au-dessus des squelettes. Ils sont de facture plus grossière. Mais regardez ce qu'ils représentent. »

Un guerrier barbu, un peu reptile, un peu oiseau, pourfendait à coups d'épée une troupe ennemie lancée à l'assaut d'un petit temple. Dans l'arrière-fond, un pic montagneux surmonté d'un nuage. C'était une scène particulièrement violente, avec des corps démembrés, décapités. Un vrai carnage. Des éclairs jaillissaient des yeux de la belliqueuse créature. Des silhouettes se tordaient dans les flammes de son regard incendiaire.

« Pas franchement réjouissant ! marmonna Lazlo. Les histoires d'apocalypse, très peu pour moi. Cela dit, le message est clair. »

Sam hocha la tête. « Je le prends comme un avertissement à l'intention des intrus.

— Nous par exemple », compléta Remi.

Après un nouveau silence, Antonio se tourna pour sortir. « Il commence à faire sombre. Rassemblons nos affaires et laissons notre escorte policière sécuriser le site. Je vais leur donner des consignes.

— Je serais plutôt d'avis qu'on reste ici, répliqua Remi. Avec les lampes de chantier, on y verra suffisamment.

— Rien ne presse, protesta Maribela. Pourquoi ne pas attendre demain ?

— Je ne suis pas fatiguée. Les policiers sont censés monter la garde jusqu'au matin, n'est-ce pas ? Alors, je ne vois pas ce qui nous empêcherait de passer la nuit sur place, nous aussi. Ce ne serait pas la première fois. Tant que les piles fonctionnent…

— Vous voyez comme elle est ? dit Sam à Antonio d'un air résigné. Moi, je préfère ne pas la contrarier.

— Franchement, je ne vois pas où est l'urgence, répéta Maribela. Ils sont morts, ils ne vont pas s'envoler. Et le temple non plus. »

Remi décocha un coup d'œil à Sam avant de lancer à la cantonade : « Ce n'est pas juste un temple.

— Que voulez-vous dire ? s'écria Antonio.

— Il se peut que l'Œil du Paradis soit quelque part à l'intérieur de cet édifice, attendant le retour des guerriers vikings. Cette émeraude était un attribut royal. Grâce à elle, les Vikings espéraient revendiquer leur hégémonie sur le peuple toltèque. »

Maribela ouvrit de grands yeux. « Vous êtes sérieuse ?

— Je ne voulais rien dévoiler avant qu'on trouve le site.

— Mais où est-il exactement ? demanda Maribela. Cet Œil du Paradis ? »

Sam haussa les épaules. « Voilà le hic. Les runes ne le disent pas clairement. L'expression utilisée – "au-dessous du temple" – est ambiguë. Elle peut désigner une crypte sous nos pieds ou bien une grotte naturelle à flanc de falaise ou encore une simple cachette enfouie dans un coin de l'édifice. Les bas-reliefs nous fourniront peut-être d'autres indices, mais je ne suis guère optimiste. Après tout, depuis le départ, nous ne faisons que rebondir d'un mystère à l'autre. »

Remi alla se placer au centre de la salle carrée. « D'où notre désir d'agir vite et en toute discrétion. Nous avons subi trop de revers jusqu'à présent. Je ne voudrais pas qu'il nous arrive des ennuis pendant qu'on est ici, au milieu de nulle part. Personne n'est au courant, sauf nous cinq. Mais plus nous tarderons à trouver le joyau, si tant est qu'il existe, plus les risques augmenteront. »

Antonio hocha la tête. « Je comprends. Allons chercher d'autres lampes. Je vais demander aux policiers qu'ils redoublent de vigilance cette nuit et fassent venir des troupes pour les remplacer demain matin. Ce qui m'inquiète, c'est qu'en rentrant chez eux, ils parleront de ce qu'ils auront vu ici. Et quand on connaît le taux de criminalité dans le secteur… » Antonio n'eut pas besoin d'en dire davantage.

« Ce n'est rien à côté des serpents », lança Lazlo. Sa boutade allégea quelque peu l'atmosphère.

Une demi-heure plus tard, tout était prêt. Les trois lampes de chantier illuminaient l'intérieur du temple. Un agent montait la garde devant l'entrée tandis que ses collègues, à bord des deux SUV toujours garés au même endroit, surveillaient le sentier au cas où un véhicule approcherait. Dans la salle, Lazlo marchait de long en large en se grattant la tête. Sam donnait des petits coups sur le sol avec le manche de sa machette, Remi faisait la même chose avec sa torche. Quant à Antonio et Maribela, ils s'appliquaient à photographier chaque élément des bas-reliefs.

Lazlo cessa brusquement de déambuler. « Sam ? Je viens de remarquer un truc, dit-il en regardant droit devant lui.

— Quoi ? demanda Sam sans se relever.

— Les murs. Ils ne sont pas posés par terre.

— Qu'est-ce que tu racontes ?

— Regarde mieux. Tu vois ces pierres ? Elles font toutes la même taille. Sauf celles qui forment la base : il leur manque un tiers en hauteur. Alors, de deux choses l'une : soit ce sol en terre ne recouvre pas directement la roche, contrairement à ce que nous croyons, soit nos petits camarades Vikings ont creusé des tranchées de fondation avant de monter leurs murs. Technique inconnue à l'époque, que je sache.

— Ton hypothèse ? demanda Sam.

— Il faut s'attendre à trouver une autre salle sous nos pieds. *Au-dessous*, comme disent les runes. » Lazlo dégaina sa machette, s'accroupit et se mit à gratter la terre accumulée au fil des siècles. « Et si tu n'as pas perçu de différence en tapant avec ta machette, c'est que toute la surface est creuse. Je parie que ça rend le même son où qu'on se place. »

Sam regarda Remi, puis hocha la tête. Un instant plus tard, ils étaient à quatre pattes tous les cinq. Ils cherchèrent pendant une heure mais sans savoir quoi.

« J'ai trouvé une cheville », s'écria soudain Antonio.

Remi s'approcha de lui. « Une cheville ?

— Vous auriez un canif ? »

Remi déplia le sien et le lui tendit. Avec la pointe, Antonio dégagea un disque en pierre de douze centimètres de diamètre.

« Un dispositif courant chez les Mayas, expliqua Maribela. Les bâtisseurs utilisaient des chevilles en pierre pour fixer des dalles et les empêcher de glisser. Il y en a certainement d'autres. »

Antonio enfonça la lame dans l'interstice entre le disque et la surface où il était enchâssé puis essaya de donner du jeu. La cheville remua légèrement.

« Quelqu'un aurait-il un autre couteau ? Il va falloir la coincer des deux côtés. »

Sam lui tendit le SOG AE04 Aegis à lame pliante dont il se séparait rarement. Antonio l'inséra délicatement et, à force de batailler, réussit à soulever la cheville. Dès qu'elle émergea d'un centimètre, Sam la pinça entre deux doigts et tira. C'était un cône de granite parfaitement taillé. Il l'observa un instant et le posa par terre. « Suivantes. »

Une heure et sept chevilles plus tard, une dalle mesurant un mètre sur un mètre trente apparut devant leurs yeux. Ensuite, il fallut la hisser. Lazlo et Antonio partirent chercher des rondins assez épais pour servir de roulettes. Maribela revint munie d'un bidon d'huile de moteur dont elle versa quelques gouttes autour de la dalle pour faciliter son extraction. Antonio rapporta deux branches cylindriques de taille convenable, Lazlo deux autres ; ils les posèrent près de la dalle, prirent ensuite des barres de fer et les glissèrent dans l'interstice.

« Vous allez soulever de ce côté et nous, on poussera de l'autre », dit Sam à Remi et Maribela. Avec leurs pelles, elles exercèrent un mouvement de levier tandis qu'en face, les trois hommes poussaient avec les barres. La dalle s'inclina lentement.

« Génial. Encore un effort… allez… » La dalle se souleva. Un centimètre, puis un autre. « Lazlo, glisse un rondin dans la fente, ordonna Sam. Fais gaffe à tes doigts ! »

Lazlo s'exécuta. Il fit si bien qu'au moment où les quatre autres retirèrent pelles et barres métalliques, la dalle resta posée sur le bois. Sans attendre, Antonio ajouta les rondins restants, puis Lazlo repassa du côté de Sam pour l'aider à pousser. La dalle glissa sur ses roulettes improvisées. Les deux hommes transpiraient à grosses gouttes. Sam dut faire une pause pour s'essuyer le front.

« Je croyais que tu avais mal au dos, dit-il à son ami.

— J'ai retrouvé ma jeunesse. C'est un miracle.

— Tu m'en vois ravi. Maintenant, si on déplaçait ce truc, histoire de voir ce qu'il y a dessous ? »

Ils se remirent au travail. Pour réduire les frottements, Maribela versa la fin du bidon d'huile. Remi reprit sa pelle et alla prêter main-forte aux trois hommes. La lourde pierre coulissa encore, s'inclina et retomba sur les quatre rondins, révélant un trou béant.

Antonio et Maribela lui donnèrent une dernière impulsion. Elle glissa jusqu'aux squelettes et s'arrêta juste à temps pour ne pas les écraser.

Quand le silence revint, Sam décrocha la torche qu'il portait à la ceinture et la pointa vers le bas. On aurait entendu une mouche voler. Puis soudain, Lazlo s'écria : « Pourvu qu'il n'y ait pas de serpents. »

41

Remi épousseta la terre collée sur son pantalon et se plaça de l'autre côté de la trappe pour aider Sam à éclairer la structure qui se dessinait en contrebas. C'était un escalier étroit et si profond que ses dernières marches se perdaient dans les ténèbres. D'énormes toiles d'araignée tendues en travers du chemin empêchaient la lumière de se propager. Pris dans le faisceau, un gros scarabée noir disparut entre deux pierres. On n'y voyait goutte, même après que Maribela et Antonio eurent allumé leurs torches.

« À qui l'honneur ? » demanda Lazlo.

Remi toussa. « Vas-y, Sam.

— Dès que j'ai vu les toiles d'araignée, j'ai compris que ce serait à moi de m'y coller.

— Allons, ne fais pas la tête. Tu adores ces moments-là. »

Sam sourit de toutes ses dents. « Ce n'est pas faux. » Il contourna la dalle et plongea son regard dans le néant.

Son pied botté se posa sur la première marche. Serrant très fort sa torche dans sa main gauche, il commença par écarter quelques toiles puis, très lentement, se mit à descendre. Ses épaisses semelles ne produisaient aucun bruit. En revanche, sa respiration faisait penser à un soufflet de forge. L'espace était si bas de plafond que, par réflexe, il baissait la tête. Parvenu sur la huitième marche, il s'accroupit.

Remi lui lança : « Qu'y a-t-il ?

— J'avais cru voir un piège. À cause de ce trou à la base du mur. Mais ce n'est rien.

— Tu es sûr ?

— Nous le saurons dans une seconde. »

Il posa le pied sur la marche suivante. Rien.

Ses compagnons le voyaient de moins en moins. À un certain moment, craignant de perdre l'équilibre, il voulut se tenir au mur mais retira vite sa main. Certaines fissures entre les pierres ressemblaient étrangement à des nids de serpents. Comme pour illustrer ses craintes, un mille-pattes lui passa devant le nez. La vision de son exosquelette marron foncé lui arracha un frisson.

Sam inspira un bon coup et continua. La température descendait au même rythme que lui. À une dizaine de mètres sous le temple, il atteignit un palier au sol gluant de moisissure. Face à lui, encore un bas-relief. Mais celui-ci racontait une histoire bien différente des précédents.

Un drakkar voguait sur une mer agitée. Le sculpteur avait restitué avec une époustouflante précision sa voile carrée et les têtes de dragon ornant ses deux extrémités. Un personnage barbu, portant une cape gonflée par le vent et le fameux casque frappé d'un serpent ailé, tenait la barre. Sur les flancs du navire, des boucliers ronds ; à son bord, des guerriers en grand nombre, armés de lances et de haches disproportionnées. Dans le ciel au-dessus de la proue, une forme circulaire – un soleil ou peut-être une planète. Les ondes de lumière ou d'énergie qui en émanaient semblaient montrer une direction.

En s'approchant, Sam comprit que ce qu'il prenait pour un corps céleste était en fait un œil stylisé, braqué sur le navire.

Il se tourna vers le point de lumière qui tremblotait au sommet des marches, comme s'il était à un kilomètre de distance.

« Je crois qu'on y est ! cria-t-il.

— Qu'est-ce que tu vois ? demanda Remi dont la voix résonna dans la cage d'escalier.

— Un pictogramme. Ça représente un drakkar piloté par Quetzalcóatl. Et au-dessus, il y a un joyau gros comme ma tête. »

Ses paroles lui revinrent en écho. Pivotant d'un quart de tour sur la droite, Sam découvrit que le palier où il se tenait se prolongeait par un petit couloir débouchant sur une grotte creusée par le ruissellement des eaux de pluie. Il fit un pas, arracha les toiles d'araignée qui encombraient le passage et soudain, sentit une chose vivante ramper sur son bras gauche. Très lentement, il leva sa torche et, dans le halo, vit une veuve noire posée sur sa peau nue.

Pétrifié d'horreur, il coinça la torche entre ses dents, respira profondément pour éviter de trembler et, d'un revers de main, envoya valser l'araignée qui atterrit à ses pieds. Visiblement contrariée, la bestiole s'enfuit à toutes pattes et se réfugia dans un coin sombre. Sam ferma les yeux en maugréant une vague imprécation. Une fois remis de ses émotions, il pointa sa torche devant lui. Au fond de la grotte, posée sur une stalagmite décapitée, quelque chose brillait. Par précaution, Sam inspecta le sol avant d'entrer et, ne voyant pas de piège, s'approcha à pas mesurés de l'étrange piédestal.

Pendant ce temps, dix mètres au-dessus de lui, Remi et Lazlo attendaient impatiemment qu'il se manifeste. Ils osaient à peine respirer, comme s'ils craignaient que le moindre déplacement d'air ne brise un mystérieux équilibre et provoque une catastrophe. Près de l'entrée du temple, Maribela soignait sa nervosité en faisant les cent pas. Antonio, lui, n'avait d'yeux que pour les squelettes.

« Leur stature à elle seule atteste leur origine scandinave, dit-il. Ils doivent bien mesurer trente centimètres de plus que les momies trouvées dernièrement. »

Lazlo confirma d'un signe de tête. « L'arrière-garde. Ces pauvres bougres ont attendu en vain le retour des leurs. Ils ont dû en baver. Quand je vois leurs barbes grises, je me dis qu'ils sont restés ici pendant des décennies. Ou alors c'était une maison de retraite.

— Quand le temple sera déblayé, je suppose qu'on trouvera à son sommet les cendres du brasier qu'ils rallumaient chaque soir, dit Remi en contemplant les guerriers défunts.

— Vous imaginez ce qu'ils ont enduré ? Jour après jour, année après année… »

La voix de Sam interrompit Lazlo au milieu de sa phrase.

« C'est sûr, une telle abnégation est plutôt rare, de nos jours », lança-t-il en émergeant derrière eux. Ses épaules, ses cheveux étaient couverts de toiles d'araignée. « Savez-vous que j'ai horreur des veuves noires ?

— Sam ! Qu'est-ce que tu as trouvé ? » s'écria Remi.

Sam regarda ses compagnons les uns après les autres avec un air découragé assorti d'un grand soupir. Brusquement son visage s'illumina.

« Oh, pas grand-chose. À part une émeraude d'une taille gigantesque. Un truc inca, visiblement. Mais je n'y connais rien. »

42

Sam les précéda dans l'escalier en leur disant de prendre garde à la huitième marche. Puis il continua vers la grotte où trônait l'Œil du Paradis.

« Attention, marchez dans mes pas, insista-t-il. Je me méfie de ce sol. Il pourrait dissimuler un piège mortel. » Prenant soin de poser les pieds dans les empreintes que Sam laissait sur la couche de terre, Remi s'avança vers le joyau perché sur la stalagmite tronquée. Derrière elle, Lazlo peinait à assurer son équilibre tant il était obsédé par les toiles d'araignée suspendues un peu partout comme dans un mauvais film d'horreur. Habitués à explorer les galeries souterraines, Antonio et Maribela fermaient la marche d'un pas régulier.

À présent, ils étaient tous face à l'émeraude. Un coffre en bois vermoulu, ou du moins ce qu'il en restait, c'est-à-dire quasiment rien, gisait au pied de la stalagmite, comme si quelqu'un l'avait traîné jusqu'ici avant de changer d'avis. Sam dénoua son bandana pour essuyer la pierre verte salie par les dépôts de calcaire. Une fois astiquée, elle se mit à briller de mille feux, comme éclairée de l'intérieur. De la taille d'un pamplemousse, elle semblait n'avoir aucun défaut. L'écrin en or martelé sur lequel elle reposait était gravé à l'effigie de Quetzalcóatl.

« C'est stupéfiant, murmura Lazlo. On dirait un organisme vivant. Je n'ai jamais rien vu de semblable. »

Remi fit un pas de côté et s'accroupit pour examiner les vestiges du coffre dont seules les charnières métalliques laissaient deviner l'aspect d'origine. Parmi les fragments de bois en décomposition, elle reconnut des statuettes incas. « On peut affirmer sans trop de risques que les Toltèques avaient pénétré en territoire inca, dit-elle. Ces figurines l'attestent. C'est sans doute aussi de cette région que vient l'émeraude. L'actuelle Colombie. »

Antonio hocha la tête. « Encore une trouvaille qui bouleverse nos certitudes.

— Combien de carats ? demanda Lazlo.

— Ça dépasse mes compétences, dit Sam. Beaucoup, j'imagine.

— Merci pour la précision, mon vieux. Au fait, mes félicitations à vous tous. Et aux Fargo en particulier. Leur semaine fut pénible mais fructueuse.

— Nous avons eu beaucoup de chance, dit Remi en se tournant vers lui. Mais c'est maintenant que le vrai travail commence. Et ce travail revient à Antonio et à son équipe. En fait, nous n'avons fait que suivre des pistes. Si elles nous ont menés jusqu'ici c'est en grande partie grâce à vous, mon cher Lazlo. » Elle s'interrompit avant d'ajouter : « Comme je l'ai dit à maintes reprises, vous êtes un génie.

— Je m'en voudrais de vous contredire », fit Lazlo, rayonnant de fierté.

Maribela consulta sa montre. « Je m'aperçois que nous n'avons rien avalé depuis ce matin. Si quelqu'un a faim, je veux bien aller en ville acheter de quoi dîner. J'imagine que les policiers ont également besoin de se sustenter. »

Sam se tourna vers elle. « Bonne idée. Nous n'avons plus grand-chose à faire ici, à part nous assurer que personne ne perturbe le site jusqu'à l'arrivée des autorités.

— Alors, j'y vais pendant que vous prenez des photos. On passe la nuit ici ? demanda Maribela.

— Oui, je suppose, répondit Remi. De toute façon, je n'arriverai pas à fermer l'œil où que je sois. Attendez, je vous accompagne.

— Inutile. Il va me falloir du temps pour trouver un magasin ouvert à cette heure-ci. Tout le monde aime les enchiladas au poulet ? »

Ils acquiescèrent tous en chœur.

« Parfait. Je reviens aussi vite que possible.

— Vous voulez de l'argent ? demanda Sam.

— Vous avez été si généreux depuis le début de cette opération. Vous offrir un modeste repas est bien le moins que nous puissions faire. »

Quand Maribela fut partie, Antonio regarda autour de lui. « Ça manque un peu de lumière pour les photos. Je vais remonter prendre l'une des lampes que nous avons laissées là-haut.

— Bonne idée, dit Sam. Et pendant que vous y êtes, demandez qu'on renforce l'équipe de sécurité. Cette dernière découverte change considérablement la donne.

— Je m'en occupe. »

Lazlo se pencha sur le coffre pour examiner les statuettes, sans y toucher. Antonio réapparut au bout de cinq minutes avec une lampe LED qu'il posa au pied de la stalagmite. Remi photographia les objets présents dans la grotte et termina par le bas-relief sur le palier. Après quoi, tout le monde fit demi-tour et s'engagea en file indienne dans l'escalier, Sam d'abord, puis Antonio, puis Remi et enfin Lazlo.

Il leur restait une dizaine de marches à gravir lorsque des coups de feu retentirent au-dessus d'eux. Dans l'espace confiné où ils se trouvaient, ils résonnèrent comme des coups de canon. Une silhouette s'encadra dans l'ouverture de la trappe. C'était le policier qui gardait l'entrée du temple. Il tomba tête la première et dégringola le long des marches. Sam stoppa sa chute. Après avoir vainement cherché son pouls, il s'empara du fusil qui avait glissé avec lui. Antonio lui prit son pistolet de service. La scène s'était déroulée sans qu'un mot soit prononcé. Encore assourdis par les détonations, tous contemplaient sidérés le corps sans vie qui gisait en travers du passage.

Une voix s'éleva à l'intérieur du temple. Celle de Janus Benedict.

« Ne faites pas l'imbécile, Fargo. Vous êtes trop jeune pour mourir. Je suppose que vous avez pris le fusil du garde. Je vous conseille de le poser gentiment et de sortir avec les mains au-dessus de la tête. » Janus Benedict parlait sans hausser le ton, comme s'il commentait une partie d'échecs.

Sam leva les yeux vers la lumière. « Qu'est-ce qui me dit que vous n'allez pas nous abattre comme ce pauvre homme ?

— Ce n'est pas mon genre. En revanche, mes associés mexicains ne sont pas aussi patients. Si vous ne lâchez pas vos armes, vous aurez affaire à eux. Vous ne faites pas le poids, croyez-moi. Et je sens qu'ils s'énervent. » Janus se ménagea une pause avant de reprendre : « J'oubliais, nous avons capturé cette jeune femme brune. Ils tiennent un pistolet sur sa tempe. S'il lui arrive malheur, ce sera de votre faute. Sortez de votre trou et on s'arrangera entre nous. Vous avez ma parole.

— La parole d'un voleur et d'un meurtrier ? » cracha Sam.

Janus durcit le ton. « C'est votre dernière chance. Si vous la laissez passer, ces hommes tueront la femme et jetteront son corps dans l'escalier. Maintenant, fini de discuter. Les renforts de police ne vont pas tarder et je n'ai pas l'intention de les attendre. Donc à vous de choisir. Soit vous persistez dans votre erreur et la femme meurt, soit vous faites preuve d'intelligence et vous avez tous la vie sauve. »

Antonio regarda Sam et lui fit signe de refuser. Mais Sam ne voulait pas courir le risque. Il jeta son fusil, lequel atterrit sur le sol du temple. Antonio fronça les sourcils mais fit de même avec le pistolet.

« Nous sommes désarmés, cria Sam en levant les mains.

— Oui. C'est mieux comme ça », dit Janus en regardant émerger les deux hommes. Maribela se tenait à côté de lui, non loin de l'entrée. Un peu plus loin, il y avait Reginald, pistolet au poing, et derrière, Guerrero avec son gros calibre.

Le visage d'Antonio exprima d'abord le soulagement de revoir sa sœur saine et sauve, mais très vite il se troubla car, au lieu de courir vers lui, Maribela se contentait de l'observer en souriant. Guerrero fit trois pas et, d'un coup de pied, écarta les deux armes qui traînaient par terre. Puis il alla se placer auprès de Reginald.

« Pas très glorieux tout ça, dit Sam en plongeant son regard dans celui de Janus. Même pour une ordure comme vous, hein, Benedict ?

— Je n'y peux rien, mon vieux. Je vous assure. Les gens d'ici font les choses à leur manière. Après tout, ils sont chez eux. À Rome, fais comme les Romains..., déclama-t-il. Croyez-moi, les bains de sang me répugnent autant que vous.

— Pourtant, vous avez laissé faire.

— Je n'avais pas le choix. Ce qui ne veut pas dire que j'approuve. J'avais demandé qu'on y mette les formes mais hélas, j'ai peu d'influence sur ces Mexicains. Des tueurs assoiffés de sang, tous autant qu'ils sont. J'ai dû capituler.

— Vous auriez été à votre place à Nuremberg dans le box des accusés.

— Ferme ta grande gueule ou j'ajoute ton cadavre à la pile, gronda Reginald en pointant son pistolet sur Sam. Pour qui tu te prends ? Tu as de la chance d'être encore en vie, abruti d'Amerloque.

— Décidément, vous m'étonnez, Janus. Vous chargez votre frère du sale boulot, maintenant ? Vous craignez sans doute de vous casser un ongle en pressant la détente ? » ironisa Sam.

Reginald fit un pas vers lui et le frappa au visage avec le canon de son arme. Sam grogna en portant la main à sa joue. Il saignait.

Janus se tourna vers son frère. « C'était inutile. Je suis sûr qu'ils seront raisonnables. » Puis il reporta son attention sur Sam. « Où se trouve votre charmante épouse, Fargo ? »

Sam laissa passer un blanc, avant de répliquer : « Va pourrir en enfer, Benedict. »

Janus branla du chef comme s'il discutait avec un gosse insolent. Puis il sortit son iPhone et regarda l'écran. « Peu importe. Ah ! Je vois qu'elle est encore dans l'escalier. Elle espère un miracle à la sauce Fargo, je parie. » Il s'éclaircit la gorge. « Remi ? Soyez gentille, ne m'obligez pas à descendre vous chercher. Je sais que vous êtes là. Venez jouer avec nous. »

Sam écarquilla les yeux. « Un traceur ?

— Vous êtes futé, vous ! Oui, je suis vos moindres déplacements depuis que vous avez quitté l'Espagne. Son porte-bonheur est aussi le mien. Je l'ai payé une somme dérisoire mais il fonctionne à merveille. »

Remi apparut à son tour. Elle gravit les dernières marches à pas lents, la torche serrée dans sa main, la bouche tordue par une grimace de dégoût. Janus, lui, jubilait. Lazlo la suivait, les mains levées, le visage blême.

« Je me disais bien que ça sentait mauvais par ici, ricana Remi. J'aurais dû comprendre que c'était vous, Benedict.

— Allons, allons. Ne soyez pas mauvaise perdante. Ça n'est pas beau du tout, fit Janus en haussant les épaules. J'adore votre collier. Vous ne pouvez pas savoir à quel point. »

Remi arracha le pendentif et le jeta par terre. Maribela le ramassa. « Très joli. Bien qu'un peu vulgaire. Je penserai à vous chaque fois que je le mettrai. »

Remi s'élança vers elle comme pour la gifler. « Salope.

— Allons, allons, chère madame, dit Janus en s'interposant. Pas de grossièretés. Ne gâchez pas vos derniers instants. »

Sam cracha du sang mêlé de salive aux pieds de Janus. « Donc, vous allez nous tuer. Vous, le grand champion de la morale. En réalité, vous n'êtes qu'un voleur à deux balles doublé d'un meurtrier. Et en plus, vous manquez à ce point de cervelle que vous êtes obligé de voler ce que d'autres ont découvert. »

Janus fronça les sourcils. « Vous êtes aussi grossier que votre femme, Fargo. Quant à vous tuer, très peu pour moi. En revanche, ce monsieur ici présent déteste faire les choses à moitié. Il est du genre prudent, si vous voyez ce que je veux dire. Par conséquent, je crains que vous n'ayez fêté votre dernier anniversaire de mariage. Le frère sera épargné mais il devra jurer le silence, sinon lui et mademoiselle sa sœur connaîtront une fin précoce. Pour vous deux, je ne peux rien faire, à part vous promettre une mort rapide et indolore. »

Janus consulta sa montre Patek Philippe. « Profitez au mieux du temps qu'il vous reste.

— Sois maudit, Benedict ! » s'écria Sam en serrant Remi contre lui.

43

Reginald et Guerrero tenaient les Fargo en respect. Janus laissa traîner un instant son regard sur l'ouverture dans le sol puis sur la lourde dalle reposant à côté. Se tournant vers Maribela, il lui demanda avec un léger sourire : « Pourquoi tu ne descendrais pas dans la grotte avec Reginald pendant que je m'occupe de ces détails désagréables ? Tu lui montreras l'émeraude.

— Entendu, Janus, répondit-elle. Reginald ? »

Antonio la fixait, comme hébété. « Mais pourquoi tu… ? »

Maribela haussa les épaules. « Tais-toi, Antonio. C'est mieux ainsi. Nous avons les photos. L'émeraude ne nous apportera rien de plus. Tu dis toi-même que la seule richesse des Toltèques tient à leur histoire. Et cette histoire, personne ne nous l'enlèvera. »

Sam secoua la tête. « Quel genre de femme êtes-vous ? Je vous rappelle que des hommes ont perdu la vie… à cause de, quoi, votre cupidité ? Combien Janus vous paie-t-il ? Combien pour trahir ce en quoi vous avez cru ? J'aimerais bien le savoir. »

Janus fit un geste comme pour évacuer le sujet. « Ça ne vous concerne pas. Je reconnais toutefois que la charmante Maribela aura bien mérité sa récompense. Bon, trêve de bavardages. Le temps presse.

— Maribela…, gémit Antonio.

— Laisse tomber, Antonio, dit-elle. Et fais-moi confiance. Dans une semaine, nous serons assez riches pour entreprendre nos propres recherches sans avoir à mendier auprès du ministère. Peut-être que tu aimes vivre dans le besoin, mais pas moi », ajouta-t-elle, dédaigneuse. Puis elle désigna l'escalier. « Venez, Reginald. Je vous montre le chemin.

— Attendez-moi. Je viens, grogna Guerrero dans un anglais chargé d'un fort accent.

— Ce n'est pas nécessaire, répliqua Janus. Vous serez plus utile ici, si je puis dire.

— Non, je descends, s'obstina Guerrero en lorgnant Reginald d'un air méfiant.

— Ah ! Bon, oui, je vois. Mais… qui gardera les trois autres en votre absence ? » bredouilla Janus, renonçant un bref instant à son flegme légendaire.

Guerrero alla ramasser le beretta qu'il avait écarté d'un coup de pied quelques minutes auparavant et le tendit à Janus qui l'attrapa comme s'il s'agissait d'un serpent.

« Vous n'avez qu'à le faire vous-même. Je finirai le boulot en remontant », dit Guerrero avec un horrible rictus. Puis il appela l'un de ses hommes qui attendait dehors. Le tueur s'encadra sur le seuil, armé d'un fusil d'assaut. « Tu les tiens à l'œil », ordonna-t-il en espagnol.

Il repassa à l'anglais pour dire à Maribela : « À vous l'honneur. Votre petit copain a raison sur une chose, le temps presse. Les soldats qui gardent la centrale seront bientôt ici et j'ai pas envie qu'ils nous trouent la peau. »

Maribela descendit. Reginald rengaina son arme et la suivit. Malgré ses airs bravaches, il n'en menait pas large, comme le démontrait sa façon d'observer le plafond.

« Pas d'inquiétude, dit Maribela. Il tient bon depuis un millénaire. Il ne va pas s'écrouler maintenant.

— Je ne m'inquiète pas. C'est juste que les espaces clos me donnent des angoisses, répondit-il d'une voix blême.

— Comme à la plupart des gens. »

En bas, dans la grotte, la lampe de chantier éclairait encore. Ils s'arrêtèrent devant l'émeraude.

« Nom d'un chien. Elle est encore plus grosse que je croyais. Un sacré caillou, pas vrai ? » murmura Reginald, fasciné.

Maribela hocha la tête sans quitter la pierre du regard. Reginald fit encore un pas.

« L'Œil du Paradis. Quelle merveille, poursuivit-il sur le même ton mais avec, dans les yeux, une lueur maligne. J'en reviens pas.

— J'aimerais bien savoir quelle somme un collectionneur serait prêt à débourser pour l'acquérir, dit-elle en calculant mentalement la part censée lui revenir. Plusieurs millions, j'imagine. Peut-être des centaines de millions. »

Reginald sortit son arme et la pointa sur elle. « Il n'y a vraiment que le fric qui t'intéresse, hein ? »

La surprise et la peur déformèrent les traits de la jeune femme. « Mais… j'ai fait tout ce que vous m'avez demandé.

— Ce qui prouve que tu es aussi bête que cupide.

— Votre frère m'a donné sa parole..., bredouilla-t-elle, prise de panique.

— Ah oui ? Eh ben, pas moi. Je me charge de Janus. Quand il empochera tes vingt pour cent, il comprendra que j'ai eu raison. »

La balle 9 mm parabellum perça le front de Maribela. Son corps se raidit puis s'écroula sans vie sur le sol de la grotte. Amplifiée par l'écho, la détonation fit autant de bruit qu'une bombe. Reginald rangea tranquillement le pistolet dans son étui et se remit à contempler l'émeraude. Derrière lui, Guerrero souriait de toutes ses dents. Il lui donna une grande claque sur l'épaule.

« Hé, *cabrón*, t'aimes le pognon toi aussi, on dirait, s'esclaffa-t-il en regardant la pierre avec convoitise. Tant mieux. Ça nous en fera plus ! »

Quelques secondes avant le coup de feu, la situation à l'intérieur du temple était déjà très tendue. D'un côté, le tueur à la kalachnikov tenait les Fargo en respect. De l'autre, Janus menaçait Antonio avec le beretta. On voyait toutefois à son expression qu'il n'était pas très à l'aise dans ce rôle. Tuer un homme de ses propres mains devait lui paraître excessivement vulgaire.

Quand Reginald tira, l'onde de choc fit trembler le temple sur sa base. Et ce fut comme si le temps se comprimait... la suite des événements se déroula au ralenti. L'homme de Guerrero tourna la tête vers le bruit. Sam en profita pour sortir son couteau de la poche de son pantalon, le déplier et le lancer, tout cela en un seul geste. Les huit centimètres d'acier pénétrèrent dans la gorge du tueur, sectionnant la trachée artère. D'instinct, l'homme pressa la détente de son fusil d'assaut, des balles réduisirent en poussière les squelettes alignés, d'autres ricochèrent sur les murs du temple. Sam se précipita et l'attrapa à bras-le-corps, évitant du même coup les balles qui, tirées par ses complices à l'extérieur, vinrent se ficher dans le dos du cadavre.

Ne sachant que faire, Janus pointa son arme sur Sam. Remi ne lui laissa pas le temps de tirer. D'un coup de pied bien ajusté, elle fit tomber le beretta et, quand Janus se pencha pour le ramasser, l'attrapa avant lui et l'assomma d'un coup de crosse. Au même instant, Sam s'emparait de la kalachnikov.

Il se dépêcha d'éteindre la lampe LED. Dès que le temple fut plongé dans le noir, les tirs reprirent de plus belle. Avant de répliquer, Sam choisit d'attendre que ses yeux s'habituent à l'obscurité. De toute façon, sans lumière, leurs adversaires étaient incapables de viser. C'était le seul avantage qu'il avait sur eux et il comptait bien l'exploiter.

« Antonio, lança-t-il en regardant le cadavre du tueur. Ce type avait sûrement un pistolet sur lui. Vous savez vous servir d'une arme ?

— Je ferai de mon mieux. »

On entendit Guerrero hurler dans l'escalier. « Jaime ! Qu'est-ce qui se passe là-haut ? »

Remi rampa jusqu'à Sam. « Je me charge d'eux, murmura-t-elle. Tu t'occupes des autres dehors. »

Sam évalua rapidement la situation. « Ça marche. »

Quelque chose remua dans les fourrés blanchis par la lune. Sam épaula et tira à trois reprises. Un homme gémit. Les représailles ne se firent guère attendre mais, faute de visibilité, les balles ennemies se fichèrent encore une fois dans le cadavre gisant en travers de l'entrée. Sam rampa vers lui et, le canon de la kalachnikov pointé vers l'extérieur, entreprit de le fouiller. Il s'attendait à trouver un chargeur ou un pistolet automatique mais c'est la crosse d'un revolver que ses doigts reconnurent. Il sortit l'arme de son étui et la fit glisser vers Antonio.

Il y eut un bruissement de feuilles sur la gauche. Sam tira plusieurs rafales au jugé. À court de munitions, il chercha dans le coupe-vent du tueur et tomba sur deux chargeurs pleins qu'il empocha avant de se mettre à couvert. Tandis qu'il roulait sur lui-même, des balles sifflèrent à dix centimètres de sa tête. Il éjecta son chargeur vide, le remplaça par un plein, engagea une cartouche dans la culasse et riposta en y allant à l'économie.

À plat ventre près de la trappe, Remi essayait d'identifier les bruits du sous-sol, une gageure étant donné le vacarme ambiant. Antonio s'approcha d'elle en rampant. « Que puis-je faire ?

— Dès que je me mettrai à tirer, faites de même. »

Puis elle se remit à écouter. Reginald et Guerrero étaient en train de monter. Une torche s'alluma. Sans doute Reginald craignait-il de trébucher. Supposition confirmée par la voix de Guerrero qui lui ordonna d'éteindre. Mais trop tard, Remi les avait repérés. Elle fit feu à quatre reprises ; Antonio tira trois fois. Les balles ricochèrent, transformant l'étroit passage en un véritable champ de tir. Quand le silence revint, Remi perçut un grognement suivi d'un bruit mou, comme celui d'un corps qui tombe. Elle pressa encore deux fois sur la détente, par précaution, et obtint en retour un cri d'effroi et un bruit de bottes. L'un des deux hommes avait fait demi-tour et dévalait les marches.

C'était Reginald. Il poussa un juron et, une seconde plus tard, dégringola dans l'escalier.

« Ça va ? demanda Sam, toujours tapi non loin de l'entrée.

— En pleine forme ! répondit Remi.

— Oui… je crois », balbutia Antonio.

Un cri de douleur les fit se retourner. Remi dut plisser les yeux pour distinguer Lazlo couché sur le sol, près des squelettes.

« Lazlo, murmura-t-elle.

— Je… je suis… blessé, fit-il d'une voix rauque.

— C'est sérieux ? demanda Sam.

— Bien sûr que c'est sérieux… je me suis pris une balle.

— Où ça ? »

Lazlo toussa. « Dans l'épaule.

— Tenez bon, dit Remi. On s'occupe de vous dans deux secondes. » Remi se tourna vers Antonio. « Faites tout ce que Sam vous dira. Compris ? »

Antonio hocha la tête. « Et vous, qu'allez-vous faire ? »

L'ennemi recommença à tirer depuis les fourrés. Des balles percutèrent les murs du temple. Remi attendit que Sam réplique et, avec en fond sonore le staccato de la kalachnikov, elle se pencha sur la trappe pour tenter de percer les ténèbres.

« En finir. »

44

Profitant d'un instant de répit entre deux rafales, Remi rampa jusqu'à Sam et lui exposa son plan.

« Je vais descendre. Nous avons mis le Mexicain hors d'état de nuire. Il ne reste plus que Reginald et Maribela. Et j'ai un compte à régler avec elle.

— Remi. Réfléchis avant de te lancer. Tu devrais rester ici. Ils remonteront bien un jour.

— Les savoir dans cette grotte avec l'émeraude me donne des boutons.

— Ce n'est pas comme s'ils pouvaient s'enfuir avec. »

Ce dernier argument porta. « Très bien. Comme tu voudras. Mais je reste en faveur de la méthode Sam Fargo : faire parler la poudre.

— Je ne suis pas contre non plus. C'est juste que t'imaginer descendant cet escalier pendant que Reginald te tire dessus, planqué au bas de marches, me chagrine un peu. Tu ne vas quand même pas lui mâcher le travail.

— Ta remarque est pertinente. Quelle autre solution envisages-tu ?

— On est tous coincés ici. Nous ne pouvons pas sortir, ils ne peuvent pas entrer. Je propose qu'on les amuse jusqu'à ce que les gardes de la centrale se manifestent. Je suppose qu'ils ont entendu les échanges de coups de feu.

— Espérons. Le problème c'est qu'on ignore dans combien de temps ils vont arriver. Imagine qu'ils croisent en chemin les tueurs du cartel. Ou même qu'ils aient reçu pour consigne de ne pas intervenir. Après tout, la fusillade pourrait n'être qu'un moyen de les attirer hors de la centrale. »

Sam regarda Antonio qui se tenait accroupi, son pistolet en main. « Votre portable fonctionne ? Vous avez du réseau ? »

Antonio sortit l'appareil de sa poche. « Oui.

— Alors, appelez. Ameutez toute l'armée mexicaine, s'il le faut. Et tout de suite. Il est grand temps que la cavalerie débarque. »

Antonio composa un numéro d'urgence et prononça un long discours à voix basse pendant que Sam et Remi surveillaient les buissons à l'extérieur. Quand il raccrocha, il semblait confiant.

« L'opératrice m'a demandé de rester en ligne. J'ai dit que je ne pouvais pas, que nous avions besoin d'une intervention armée immédiate. Et de quoi évacuer les blessés. Elle m'a promis de faire de son mieux.

— Donc rien n'est sûr, grommela Remi.

— Si, ils vont envoyer des troupes. Malheureusement, je ne sais pas quand. » Antonio hésita. « Qu'allons-nous faire pour Reginald et ma sœur ?

— Rien pour l'instant. On n'a pas le choix. Descendre cet escalier serait du suicide.

— Il pourrait faire du mal à Maribela. Ou la retenir en otage. »

Remi lui toucha la main. « Antonio. Réfléchissez. Juste après qu'ils sont descendus tous les trois, il y a eu un coup de feu. Et tout à l'heure, ils n'étaient que deux dans l'escalier. Reginald et Guerrero. » Elle fit une pause. « Je suis désolée, Antonio.

— Et si elle était juste blessée… comme Lazlo. »

Sam hocha la tête. « C'est possible. Mais pour l'instant, on ne peut rien faire. Il faut qu'on tienne jusqu'à l'arrivée des militaires. Ensuite, nous leur passerons la main. Je pense que Reginald se rendra dès qu'il les verra se pointer en tenue de commando. »

Lazlo se remit à gémir.

« Comment ça va, Lazlo ? demanda Sam sans cesser de scruter les buissons.

— Pas… terrible. »

Remi rampa vers lui. Il saignait.

« Lazlo, les secours vont arriver. Ce ne sera plus très long.

— Gé… nial. »

Une grêle de balles arracha des éclats de pierre aux montants de l'entrée. Sam riposta en visant l'éclair orangé qui sortait du fusil ennemi. Remi arriva derrière lui. « Laisse-moi faire. C'est moi la tireuse d'élite, ne l'oublie pas.

— Tu me trouves maladroit ?

— Pas vraiment. Mais ils sont encore vivants, que je sache, et ils continuent à nous prendre pour cible. Allez, on échange. Une kalachnikov contre un beretta 9 mm quasiment neuf. Marché conclu ? »

Sam lui remit le fusil et soupesa le beretta au creux de sa paume. « Je ne sais pas trop à quoi peut servir ce pistolet à bouchons.

— Ne cherche pas. Contente-toi de tirer dans les buissons, que je voie où ils se planquent. »

Sam pressa par deux fois la détente. Quand l'autre en face répliqua, Remi attendit qu'il ait fini puis tira trois balles l'une après l'autre.

Le silence revint. Remi se tourna vers Sam avec un petit sourire. « Ne confie jamais à un homme…

— … le travail d'une femme. Je sais. Tu crois que tu l'as eu ?

— Lui sûrement. Mais il y en a peut-être d'autres.

— On tente une sortie ?

— Je préfère attendre ici que l'armée vienne nous sauver », dit Remi en regardant autour d'elle. « Où est Antonio ?

— Il était là il y a deux minutes.

— Quel imbécile, maugréa Remi. Il est descendu. J'aurais dû le prévoir. » Elle tendit le fusil à Sam. « Rends-moi le beretta.

— Remi, si Antonio veut se faire hara-kiri, tu n'es pas obligée de l'imiter.

— Il fait ce que j'aurais dû faire tout à l'heure.

— Non, il est en train de commettre une bêtise. Et je te conseille de ne pas t'en mêler.

— N'en dis pas davantage, Fargo.

— Remi… »

Avant que Sam puisse l'en empêcher, elle se précipita dans l'escalier et se mit à descendre marche après marche, son arme braquée devant elle. Aucun tir n'avait retenti dans la grotte depuis quelque temps.

C'était déjà un point positif. En revanche, Antonio était invisible, ce qui signifiait qu'il avait déjà tourné le coin du palier et qu'il se trouvait probablement dans le couloir menant à la grotte.

Le cadavre de Guerrero gisait à quelques marches de celui du garde. Elle s'arrêta, le fouilla, trouva son pistolet à tâtons et le glissa dans sa ceinture, au niveau des reins. En arrivant sur le palier, elle vit le bas-relief faiblement éclairé par la lampe de chantier toujours allumée.

Remi préféra s'accroupir. Mais il n'y avait personne de l'autre côté. Elle se releva et continua de progresser dans la semi-pénombre, son arme braquée devant elle. Elle avait beau dresser l'oreille, elle n'entendait que l'eau tombant goutte à goutte quelque part au fond de la grotte.

Elle entra en pivotant sur elle-même et s'arrêta net. Reginald se tenait derrière Antonio et pointait une arme sur sa tête.

« Lâchez ce flingue ou je lui fais sauter la cervelle, brailla-t-il.

— Tirez, Remi ! dit Antonio. Maribela est morte. Il l'a tuée. »

Reginald voulut nier. « C'est pas moi. C'est Guerrero qui l'a descendue. »

Antonio se débattit. « Allez-y, tirez !

— Reginald, donnez-moi une seule raison de vous épargner, dit Remi en faisant encore un pas vers lui.

— Je vais l'abattre, je le jure.

— Si je lâche mon arme, c'est moi que vous abattrez, dit Remi en avançant toujours.

— Ça ne devait pas se passer comme ça. Je veux juste sortir d'ici vivant. Alors, ne m'obligez pas à le tuer. »

Reginald reprit son souffle et se mit à hurler. « T'as cinq secondes avant que je le crève ! »

Remi baissa son arme. « Doucement, Reginald. Je vous crois. Sam est là-haut. Si vous tirez, vous signez votre arrêt de mort. » Elle vit briller son regard.

« La ferme. Lâchez ce pistolet.

— Qu'est-ce que vous attendez pour tirer ? suppliait Antonio.

— Je vais poser mon arme. » Remi s'agenouilla lentement tout en épiant les réactions de Reginald. Quand elle posa le beretta, elle vit dans ses yeux l'étincelle de triomphe qu'elle attendait.

Reginald éloigna son pistolet de la tête d'Antonio et le dirigea vers elle en ricanant. « Pauvre conne… »

Trop occupé à surveiller la main droite de Remi, Reginald ne vit pas sa main gauche glisser dans son dos et empoigner le pistolet de Guerrero.

La balle l'atteignit à l'épaule, quelques centimètres au-dessus de la poitrine d'Antonio. Elle lui brisa la clavicule et le projeta en arrière. Rendu à moitié fou par la mort de sa sœur, Antonio se jeta sur lui et se mit à le rouer de coups. Quand Reginald lâcha son arme, Remi se précipita pour l'écarter d'un coup de pied. Au même instant, la voix de Sam retentit dans le couloir menant à la grotte.

« Remi ! Tu vas bien ?

— Evidemment, Fargo. Quelle question ! »

Sam confia son fusil à Lazlo, lequel se tenait appuyé contre un mur, trop faible pour aller plus loin. Après quoi, il courut mettre un terme à la bagarre. Mais il n'eut pas à employer la force. Antonio s'était calmé. Assis à califourchon sur Reginald, il le contemplait d'un œil froid, encore agrippé à sa chemise.

Reginald avait perdu connaissance. Sam examina son visage tuméfié, puis se tourna vers Antonio. « Il ne causera plus d'ennuis à personne, du moins pas avant longtemps. Et vous, ça va ?

— Cette ordure a tué ma sœur, gronda Antonio.

— Je suis désolé, mon vieux. Vraiment. Mais vous allez devoir le remettre aux autorités, et vivant de préférence. »

Comme s'il sortait d'une transe, Antonio lâcha prise et se releva très lentement. À la manière dont il examinait ses poings meurtris, on pouvait craindre qu'il ne porte le coup de grâce.

Sam s'interposa. « Ce n'est pas une solution. Si nous voulons survivre jusqu'à l'arrivée des secours, il va falloir se ressaisir, mon vieux.

— Vous avez raison, répondit Antonio en s'ébrouant. Je suis sonné, c'est tout. Et les tueurs du cartel ?

— À leur place, j'aurais mis les bouts depuis longtemps. Avant de descendre vous rejoindre, j'ai entendu deux camions approcher. Ils ont dû s'arrêter sur le parking en contrebas. » Sam examina Antonio du coin de l'œil. « Remontons, voulez-vous ? Ils seront là d'une minute à l'autre. »

Le regard d'Antonio glissa le long des parois et s'arrêta sur le cadavre de sa sœur.

Lazlo trouva la force d'entrer dans la grotte et de se planter devant lui, ce qui coupa court à ses tergiversations.

Sam ramassa l'arme abandonnée par Antonio et prit ce dernier par le bras. « Allons accueillir nos sauveteurs comme il se doit. »

Remi les suivit dans l'escalier. Au bout d'une dizaine de marches, elle se retourna pour demander : « Lazlo ? Vous tenez le choc ?

— Ne craignez rien, Remi. Je suis juste derrière vous. »

Sur le point d'émerger dans le temple, Sam ralluma sa torche et s'immobilisa.

« Qu'y a-t-il ? » souffla Remi.

Sam répondit sans desserrer les dents : « Janus a disparu. »

45

« Comment ça “disparu” ?

— Quand je suis descendu vous chercher, il était étendu là sans connaissance. Soit il s’est réveillé soit il faisait semblant. Quoi qu’il en soit, il a filé.

— Il faut le rattraper. Je ne veux pas qu’il s’en sorte comme ça, tonna Antonio.

— Tout à fait d’accord. Je m’en charge. »

Remi se précipita. « Sam, réfléchis. Il a très bien pu récupérer l’une des armes qui traînent dehors…

— Non, je le connais. Il aurait trop peur de devoir s’en servir.

— Et si tu te trompais ? » répliqua Remi.

Sam lui tendit le beretta et sortit le revolver qu’Antonio avait perdu dans la grotte. « Voilà de quoi vous défendre. Si quelqu’un se pointe, tirez. Sauf si c’est moi ou la police, bien sûr.

— Tu n’as pas répondu à ma question.

— Je prends le risque. »

Sam éteignit sa torche et alla se coller contre le mur près de l’ouverture, tous ses sens en alerte. Il resta deux secondes dans cette position, puis se jeta dans les herbes piétinées et roula plusieurs fois sur lui-même afin d'échapper aux tirs qu'il redoutait.

Mais tout était calme autour du temple.

Le clair de lune l'étonna par son intensité. Impossible de savoir par où l'Anglais s'était enfui. Sam fit quelques pas au hasard et tomba sur un cadavre caché par un buisson. Un homme de Guerrero. Son holster était vide. Quelqu'un avait pris son arme. Janus, bien sûr. Sam s'engagea sur le sentier par lequel l'ennemi avait surgi. Il marchait à pas de loup pour tenter de surprendre son adversaire.

Le bord de la falaise n'était pas très loin, à une dizaine de mètres peut-être. Sam entendait la mer se briser sur les rochers, sentait l'odeur d'iode qui se dégageait des embruns. De temps à autre, il s'arrêtait, tendait l'oreille, espérant distinguer entre deux vagues les pas de Janus fonçant comme un taureau blessé à travers les fourrés. Mais rien.

Sam plongea entre les lianes suspendues comme des rideaux aux branches des arbres, traversa les broussailles du sous-bois et finit par déboucher sur un espace défriché au bord de la falaise. Janus était là, quelques mètres devant lui, baigné par l'étrange clarté de la lune. Et il tenait une arme.

De gibier, il était devenu chasseur.

Sam sortit son revolver. « C'est fini, Benedict. Rendez-vous.

— Vous faites erreur, répondit Janus avec un sourire figé. Nous sommes à égalité. Je crois qu'au cinéma, ça s'appelle une impasse mexicaine. C'est drôle, non ?

— Pas vraiment. Je vais vous faire regretter d'avoir assassiné des innocents.

— Je n'ai assassiné personne, rétorqua Janus.

— Menteur.

— Croyez ce qui vous chante. Je n'ai jamais fait couler le sang.

— Non, vous avez trop peur de vous salir. Mais tous ces gens sont morts à cause de vous.

— Pas du tout. Je n'y suis pour rien. Je n'étais pas maître de la situation – mon associé mexicain a voulu prendre les choses en main, pour notre malheur à tous. Comme je le dis souvent, ces gens n'ont pas les mêmes méthodes que nous. Ils ne réfléchissent pas. Dommage.

— Vous auriez pu empêcher cela », répliqua Sam.

Janus secoua la tête. « Non, je ne pouvais pas. Je n'étais plus en position de décider quoi que ce soit, tout cela à cause de mon frère et de ses bévues. Je risquais ma peau, moi aussi. Hélas, mon pouvoir n'est pas sans limites. »

Un hélicoptère arrivait au loin. On ne le voyait pas encore mais on entendait le battement de ses rotors au-dessus de la mer. Les deux hommes se turent. Le bruit enfla. Soudain, un faisceau de lumière déchira la pénombre, les piégeant à l'intérieur d'un cercle.

« La police mexicaine, dit Sam. Vous allez vous retrouver en taule, Janus. J'espère que vous apprécierez la balade. »

À la grande surprise de Sam, Janus éclata de rire. « Oui, je vais apprécier la balade, comme vous dites, mais la taule ce sera pour une autre fois. Cet appareil va me conduire jusqu'à mon yacht ancré dans les eaux internationales. »

Sam serra les dents tant ces fanfaronnades l'agaçaient. Mais quand il vit que l'hélicoptère était peint en bleu et non en kaki, il comprit que Janus ne bluffait pas. « Je peux encore vous abattre. »

Janus le dévisagea un long moment, puis il baissa son pistolet et, pivotant lentement sur lui-même, se tourna vers l'engin qui venait d'atterrir. Deux hommes en descendirent, arme au poing.

Malgré son évidente infériorité, Sam tenait toujours son revolver braqué sur Janus. « Tôt ou tard, vous paierez pour vos crimes. »

Mais l'autre ne l'écoutait plus. Avant de grimper dans l'hélicoptère, il lui jeta un dernier regard. « Vous voyez ? hurla-t-il. Je ne tue personne. Même pas vous, Fargo.

— Vous avez échoué, Benedict. L'Œil du Paradis ne sera jamais à vous.

— Exact. Mais un jour ou l'autre, un nouveau trésor nous rassemblera. »

Sam regarda l'appareil s'élever au-dessus de la falaise, virer sur le flanc et repartir par où il était venu. « Oui, murmura-t-il, un jour ou l'autre. »

Comme s'il sortait d'un rêve, Sam baissa son arme et suivit du regard la tache sombre qui diminuait rapidement dans le ciel de nuit. Quand elle eut disparu, il fit demi-tour et repartit tranquillement vers le temple. Le vent jouait dans les plis de ses vêtements.

Remi le vit arriver, courut vers lui et se jeta à son cou. Ils restèrent longuement enlacés.

« Janus s'est sauvé », dit enfin Sam.

Remi le regarda sans comprendre. « Sauvé ?

— Je l'ai laissé partir. Pour l'arrêter, il aurait fallu que je lui tire dans le dos. Et je ne peux me résoudre à faire une chose pareille, même à Benedict. » Il lui décrivit la scène en détail.

Remi prit le revolver pour l'examiner sous le clair de lune. Elle ouvrit le barillet.

« De toute façon, tu n'avais plus de balles. »

46

L'armée encerclait le périmètre. Sam et Remi virent quatre urgentistes courir vers eux. Remi désigna Lazlo avachi contre un mur. Les deux premiers posèrent leur brancard, les autres suivirent Antonio dans le temple.

Pendant qu'on lui administrait les premiers soins, Lazlo tendit une main tremblante vers son ami.

« N'essaie pas de parler, dit Sam en s'approchant. Ils vont te tirer de là. »

Mais Lazlo s'obstina. Alors, Sam regarda les infirmiers en leur faisant une moue d'excuse. Les deux hommes haussèrent les épaules et s'éloignèrent après avoir stabilisé leur patient.

« Économise tes forces, mon vieux, dit Sam en s'agenouillant. Tu vas en avoir besoin. »

Au même instant, Antonio apparut à l'entrée du temple. Il semblait paniqué.

« Qu'y a-t-il ? s'inquiéta Remi.

— L'émeraude. Elle a disparu, souffla Antonio en surveillant du coin de l'œil les soldats qui inspectaient la salle derrière lui. C'est une catastrophe. »

Lazlo fut pris d'une quinte de toux. « Ma… ma veste », fit-il en grimaçant. Il désigna le coupe-vent taché de sang que les infirmiers avaient déposé au pied du mur.

« Tu as froid ? demanda Sam, alarmé.

— Non. La… la pierre est dedans.

— Quoi ? » Ils crurent tous à une plaisanterie, jusqu'à ce que Sam trouve l'émeraude au fond d'une poche.

« J'ai préféré la cacher… Elle est si tentante… et comme on attendait de la visite… » Lazlo ferma les yeux, épuisé par l'effort qu'il venait de fournir.

Remi et Sam échangèrent un regard soulagé. Sam s'avança vers Antonio et lui remit l'Œil du Paradis. « Prenez-en bien soin, Antonio. C'est tout un pan de l'histoire humaine que vous tenez là. »

Antonio contempla gravement l'émeraude au creux de sa main. Il songeait à sa sœur, sans doute. Le chagrin de l'avoir perdue rendait son triomphe bien amer.

*

Sept heures plus tard, Lazlo reprenait connaissance à l'hôpital militaire de Veracruz. L'intervention s'était bien déroulée et les médecins se déclaraient optimistes. Avec un peu de chance, il ne garderait de sa mésaventure qu'une cicatrice en forme de croissant. Juste de quoi frimer.

Quand il rouvrit les yeux, Sam et Remi étaient à son chevet. Il faisait peine à voir avec son teint encore cireux malgré les transfusions qui lui avaient sauvé la vie. Il s'éclaircit la gorge pour parler mais Sam l'en dissuada.

« Ne dis rien. Nous repasserons demain. Nous voulions juste être là à ton réveil. J'ai l'impression que la faucheuse n'est pas passée très loin. Encore une fois. Sacré Lazlo.

— Je…

— Chut. Rien ne presse. Je veux juste que tu saches que tu peux compter sur nous. Repose-toi. On se voit demain, d'accord ? »

Lazlo acquiesça faiblement, ferma les yeux et se rendormit.

*

L'armée avait interdit l'accès à la zone entourant le temple et barré la route qui y menait. Un caporal sérieux comme un pape était chargé du contrôle des voitures. Sam et Remi montrèrent leurs passeports. L'homme consulta la liste des personnes autorisées et ne les laissa passer qu'après avoir obtenu par radio le feu vert de sa base. Un autre les dirigea vers le parking rempli de véhicules militaires. Sur la piste qu'ils avaient empruntée la veille, ne poussait plus un seul brin d'herbe. C'était maintenant un sentier boueux, élargi pour permettre le passage du matériel et des troupes, avec une sentinelle postée sur le bas-côté tous les dix mètres. *Les autorités mexicaines prennent cette opération très au sérieux*, songèrent les Fargo.

Le monticule sous lequel se nichait le temple faisait penser à une termitière. Des dizaines d'ouvriers munis de pelles, de pioches et de brouettes effectuaient d'incessants allers et retours le long de ses pentes. Une intense activité se déroulant sous le regard vigilant d'Antonio. Non loin de là, une tente avait été dressée. Une bâche jetée sur quatre poutres protégeait le matériel électronique. C'est là que s'affairait l'équipe technique, sous le vrombissement continu d'un générateur.

« Vous avez dormi, Antonio ? demanda Remi après l'avoir salué.

— Oui, quelques heures. Il y a tellement de choses à faire ici. Comme vous voyez, j'ai divisé les fouilleurs en deux groupes. Pendant que l'un dégage les structures externes, l'autre s'occupe d'inventorier les vestiges présents à l'intérieur du temple. Ce ne sera pas une mince affaire.

— Et l'Œil du Paradis ?

— Il restera dans le coffre du commandant de la base jusqu'à ce que nous le transférions par avion à Mexico.

— Combien de temps prévoyez-vous de rester sur place ?

— Une semaine au moins. Je partagerai mon temps entre ici et Teotihuacán. Deux sites de première importance et dont le peuple mexicain n'aurait peut-être jamais connu l'existence sans vous.

— Leur découverte est notre plus belle récompense », dit Remi. Sam approuva d'un signe de tête.

Antonio interpella les ouvriers et leur désigna une surface plate située au sommet du temple. Il donna des ordres en espagnol puis reporta son attention vers les Fargo.

« Quelles nouvelles de Lazlo ?

— Il va s'en sortir.

— Et Reginald ?

— Il est en état d'arrestation, répondit Sam. Pour l'instant, il se remet de ses blessures dans le même hôpital que Lazlo. Il a perdu beaucoup de sang mais il survivra.

— À ce propos, je voulais vous parler d'une chose. C'est un peu gênant mais je dois le faire, ne serait-ce que pour mes parents. J'aimerais que personne ne sache que Maribela était la complice de Benedict. »

Les Fargo eurent un sourire indulgent. « Nous en avons déjà discuté entre nous, dit Sam. En ce qui nous concerne, Maribela est morte en accomplissant son devoir.

— Ternir sa mémoire ne servirait à rien, ajouta Remi.

— Je vous remercie. Vous n'imaginez pas à quel point je vous suis reconnaissant.

— Nous sommes vraiment désolés que les choses aient mal tourné… pour elle. Elle était si jeune. »

Le regard d'Antonio se perdit au loin, sur les eaux scintillantes du golfe du Mexique. Il resta quelques secondes ainsi, le visage impassible. Quand il se retourna vers eux, ses yeux étaient humides.

« Malgré ce qu'elle a fait… c'était ma sœur. »

Remi déglutit.

« Je sais, Antonio. Je sais », dit Sam, saisi par l'émotion lui aussi.

47

La Jolla,
Californie

Quatre jours plus tard, Sam et Remi prenaient leur petit déjeuner en contemplant les flots bleu cobalt du Pacifique. Selma les rejoignit, posa la cafetière près de sa tasse de thé et s'assit en face d'eux. « Vous m'avez l'air en pleine forme, dit-elle en les couvant d'un regard admiratif. Quel beau bronzage !

— Rien ne vaut un séjour au Mexique quand on a besoin de décompresser, dit Sam.

— Je dirais plutôt que vous avez eu votre comptant d'adrénaline, nuança Selma.

— Oh, tu sais, pas plus que d'habitude, blagua Remi. Fusillades, narcotrafiquants, trésors enfouis… La routine… »

Pendant qu'ils buvaient leur café, Selma les mit au courant de ce qui s'était passé à La Jolla durant leur absence. Pour finir, elle leur annonça que Kendra avait décroché le poste dont elle rêvait, à l'université de San Diego. Elle devait commencer la semaine suivante.

« C’est formidable, nous sommes ravis pour elle. Kendra nous a bien aidés pendant ton congé. Encore merci de nous l’avoir présentée.

— Elle a vraiment adoré travailler pour vous. Et elle m’a dit qu’elle serait heureuse de nous dépanner si nous avions encore besoin d’elle.

— C’est très gentil de sa part.

— Elle doit passer demain prendre le reste de ses affaires et dire au revoir.

— Parfait. Comme ça, nous la remercierons de vive voix, dit Sam.

— Oh, vous savez la dernière ? Antonio a été nommé à la tête de l’INAH. Ils n’ont jamais eu de directeur aussi jeune.

— Il mérite ce poste à bien des égards, dit Remi. C’est un archéologue accompli et il a payé le prix fort. Il faudra penser à lui écrire pour le féliciter, Sam.

— Bien sûr. » Sam laissa passer un blanc. « Quant à toi, Selma, je te trouve bonne mine.

— Merci. J’ai presque entièrement retrouvé mon autonomie. Les médecins sont fiers de moi. L’opération s’est bien déroulée, la rééducation est un succès, je dois encore subir quelques contrôles mais sinon tout va bien. En fait, je me suis inscrite à un cours de claquettes. Sur ordre du médecin. Il paraît que ça aide à assouplir les articulations de la hanche. »

Remi la regarda d’un air incrédule. « C’est génial. Mais tu es sûre pour les claquettes ?

— On verra à l’usage. La mauvaise nouvelle, c’est que je suis apte pour le service. Vous allez devoir me reprendre dans l’équipe.

— Plutôt deux fois qu'une, répliqua Sam. Quand on a la chance d'avoir à sa disposition la meilleure chercheuse du monde… »

Toujours aussi modeste, Selma piqua un fard et détourna les yeux vers l'océan.

« Quel sera le sort des frères Benedict ? »

Sam fronça les sourcils. « Reginald est derrière les barreaux. Il attend son procès en prison. Je suppose qu'on nous demandera de venir témoigner. Quand les juges entendront notre déposition et celle d'Antonio, j'imagine qu'ils lui donneront perpète.

— Tu es sûr qu'il n'y coupera pas ?

— Certain. Il était en cheville avec un gros bonnet du cartel Los Zetas. En plus, la scientifique a trouvé ses empreintes sur le pistolet qui a tué Maribela. Non, c'est joué d'avance, encore que certains redoutent qu'il ne se fasse descendre avant l'ouverture du procès. Los Zetas semblent le tenir pour responsable de la mort de Guerrero. Du coup, les autorités ont dû le mettre à l'isolement.

— Et Janus ? Refera-t-il jamais surface ?

— Nous avons porté plainte mais, comme il a disparu, je ne sais pas ce que ça donnera. Les charges contre lui sont difficiles à rassembler. La police n'a pas réussi à prouver son implication dans les homicides, Guerrero était le seul témoin oculaire et il n'est plus en état de parler, sauf avec le diable.

— Mais Janus était présent sur les lieux, s'indigna Selma. Vous pouvez en témoigner.

— Oui, mais c'est compliqué. S'il était encore au Mexique, je ne dis pas, mais comme il n'y est plus…

— Donc, il va peut-être s'en sortir, conclut Remi.

— Je sais qu'Antonio se battra jusqu'au bout, dit Sam. Il s'est juré de leur faire rendre gorge. »

Selma se carra au fond de son siège. « Eh bien, voilà une autre page qui se tourne dans le grand livre des Fargo. Qu'allez-vous faire maintenant ? Vous parliez de Lazlo et de son projet…

— Ça reste à préciser, l'interrompit Sam. Aux dernières nouvelles, Lazlo comptait rester quelque temps au Mexique pour aider Antonio, mais je soupçonne qu'il passera nous voir plus souvent, dans l'avenir.

— Tant mieux, dit Selma. Enfin, à condition qu'il ait définitivement renoncé à ses mauvaises habitudes.

— On a tendance à considérer la vie autrement quand on a failli la perdre. Je crois qu'il est sur le bon chemin. »

Selma plissa les yeux et sourit. « L'avenir nous le dira. »

48

Mexico,
45 jours plus tard

Des bannières colorées accrochées sur la façade du musée national d'Anthropologie annonçaient l'ouverture d'une nouvelle exposition. Dédiée à l'héritage toltèque, elle mettait à l'honneur le plus beau fleuron de la recherche archéologique de ces dernières années, un objet dont la photo avait été diffusée par les magazines et les télévisions du monde entier : le célèbre Œil du Paradis. Au-delà même de son exceptionnelle beauté, l'émeraude était la preuve tangible que deux civilisations, aussi différentes et géographiquement éloignées que les Vikings et les Toltèques, avaient entretenu des liens et mêlé leurs cultures.

Le vernissage de « l'événement à ne pas manquer cette saison » avait attiré tout un aréopage de gens distingués, ministres, hauts fonctionnaires et représentants de la haute bourgeoisie mexicaine dans le patio où se tenait la réception. Un orchestre mariachi composé de seize musiciens interprétait des standards pendant que les serveurs fendaient la foule, proposant amuse-gueule et rafraîchissements.

Sam, Remi et Antonio sirotaient du champagne près de la porte d'entrée flanquée de deux gardes en uniforme. À côté d'eux, un verre de soda à la main, Lazlo se dandinait en observant les convives.

« Je dois reconnaître que vous portez bien le smoking », lui lança Remi. Depuis qu'il était arrivé, Lazlo n'avait cessé de tripoter son nœud papillon.

« Ne le répétez pas mais je fomente un coup d'État, répondit Lazlo avec un clin d'œil rusé. Ce costume fait partie de mon plan. Blague à part, ma chère Remi, j'ai l'air minable à côté de vous. Tous les hommes vous dévorent des yeux. » Remi portait ce soir-là une robe de chez Carolina Herrera, en mousseline ornée de perles qui étincelaient sous la lumière des lustres.

Antonio intervint. « Votre ami m'a été d'une aide précieuse, sur le chantier. D'ailleurs, je crois qu'il commence à bafouiller quelques mots d'espagnol.

— Je constate que tu as repris du poil de la bête, dit Sam à Lazlo. Cela dit, je savais qu'il fallait plus qu'une malheureuse balle pour t'arrêter.

— Les mauvaises graines ont la vie dure. Eh oui, mon vieux Sam, je suis un homme neuf. Mais j'aurais quand même préféré éviter de me faire trouer la peau.

— Comme on dit, tout est bien qui finit bien », conclut Remi en levant sa coupe pour porter un toast.

Antonio se rembrunit. « J'imagine que vous êtes au courant pour Reginald ?

— Non. Ne me dites pas qu'il s'est évadé, s'écria Sam.

— Il a été tué hier, durant une bagarre entre détenus. L'enquête est en cours mais d'après mes sources, ce serait une exécution. La bagarre servait juste à faire diversion. Les hommes de Guerrero ont vengé la mort de leur chef, et ils n'y sont pas allés avec le dos de la cuiller, apparemment. »

Remi secoua la tête. « Qui sème le vent…

— Ce n'est pas une grande perte pour le genre humain », lança Lazlo. Antonio acquiesça vigoureusement.

« Des nouvelles de Janus ? demanda Sam.

— Aucune, répondit Antonio. Il s'est volatilisé. Un mandat d'arrêt a été lancé par la justice mexicaine, mais il ne fait pas autorité hors de nos frontières. Et comme on n'a pas grand-chose de concret à lui reprocher, faire jouer la coopération entre États, surtout contre un homme aussi riche et puissant, se révèle très compliqué. C'est le moins qu'on puisse dire. »

Les musiciens posèrent leurs instruments. Une dame élégante s'approcha du micro pour faire une annonce en espagnol. Antonio leur fournit la traduction à voix basse.

« Dans deux minutes, les portes du musée s'ouvriront et le Mexique tout entier pourra découvrir pour la première fois le joyau nommé l'Œil du Paradis. Quelle émotion ! ajouta-t-il. J'espère que vous accepterez de prononcer quelques mots devant la presse. Et, au fait, les journaux tiennent absolument à prendre des photos de vous à côté de l'émeraude.

— On est vraiment obligés ? demanda Sam.

— Je crains que oui. Ça fait partie du jeu.

— Et si Lazlo parlait à notre place ? C'est un excellent orateur, il a le smoking, la cravate qu'il faut, et tout et tout.

— Tu n'es pas franchement débraillé non plus, répliqua Lazlo en examinant le costume en soie bleu marine de chez Canali que portait Sam. Pas question de te défiler. Quand on est une star de l'archéologie, on assume. »

Sam haussa les épaules et se tourna vers Remi. « Eh bien, ma chérie, je crois qu'il est temps de monter sur scène. »

Remi fit un clin œil à Lazlo, puis se tourna vers son mari. Dressée sur la pointe des pieds, elle lui murmura au creux de l'oreille : « Poule mouillée. »

49

Deux ans plus tard,
Montréal, Canada

Mis en valeur par un savant système d'éclairage, le drakkar reposait d'aplomb sur une série de cales taillées dans du bois de charpente. Sa quille surtout étonnait par sa robustesse. L'équipe de restauration avait œuvré sans relâche, le bichonnant jusqu'à ce qu'il retrouve sa splendeur passée. Et comme une telle merveille méritait un écrin à sa mesure, on avait construit un bâtiment rien que pour lui en annexe du musée. Le jour était venu de le présenter à la presse. Dans une ambiance quasi religieuse, journalistes, photographes et équipes de tournage arpentaient la salle d'exposition, entre l'imposante coque du navire viking et les vitrines qui, disposées le long des murs, abritaient une remarquable collection d'artefacts.

Sam et Remi aperçurent le Dr Jennings à l'entrée. À ses côtés, marchait un homme grand et bronzé, vêtu d'un superbe smoking Armani. C'était leur vieil ami Warren Lasch. Il s'avança vers eux avec un sourire fendu jusqu'aux oreilles, serra la main de Sam et embrassa Remi sur les deux joues. Warren avait activement participé au projet de restauration et n'aurait manqué cet événement pour rien au monde.

Ils se rapprochèrent tous du navire pour mieux admirer le travail d'orfèvre qui avait été accompli.

« C'est un vrai miracle, s'exclama Remi en contemplant le dragon furieux qui ornait la proue. Vous avez fait un boulot remarquable. Félicitations.

— Même les boucliers ont l'air neuf. Bravo ! Vraiment », renchérit Sam.

Le Dr Jennings sourit. « Merci. Mais il faut dire que nous avons bénéficié de conditions idéales, grâce à cette fondation inconnue qui nous a dotés d'un budget plus que confortable… » Il se tourna vers Lasch : « … et à la présence assidue de Warren. Notre ange gardien.

— Jennings, vous exagérez, se récria Lasch.

— Non, il a raison, dit Sam. Les objets présentés dans les vitrines sont franchement impressionnants. Je crois que l'événement restera dans les annales de ce musée.

— Certainement. Savez-vous que nous avons déjà reçu des demandes de prêt ? Paris et New York souhaiteraient exposer plusieurs de nos artefacts, au cours des années à venir. Mais, à vrai dire, j'hésite à m'en séparer. Peut-être suis-je trop sentimental.

— Je connais cela, dit Remi. Il y a un peu de soi dans chaque objet trouvé en fouilles. »

Un serveur s'approcha et s'inclina légèrement devant Sam. « Monsieur Fargo ?

— Je plaide coupable.

— Un message pour vous, monsieur, dit l'homme en lui tendant une enveloppe beige.

— Un message ? s'étonna Sam. De la part de qui ?

— Le monsieur qui me l'a remis n'a pas donné son nom. Il a seulement dit qu'il était désolé de ne pouvoir rester davantage.

— De quoi avait-il l'air ?

— Grand, très distingué, cheveux gris. »

Sam demanda qu'on l'excuse et s'éloigna pour lire. Quand il revint, il avait sa tête des mauvais jours.

« Que se passe-t-il, Sam ? s'inquiéta Remi. On dirait qu'on t'a volé ta bicyclette. »

Sam soupira avant de lui tendre le papier. « De la part d'un vieil ami. »

Remi lut à mi-voix : « J'ai hâte de vous revoir. En attendant ce jour, profitez bien de la vie. Janus Benedict. » Remi leva les yeux. « Ça t'affecte, apparemment.

— Je vais lui donner ma réponse, et pas plus tard que tout de suite », gronda-t-il en promenant son regard sur la foule. Il vit des dames en robe de soirée, des messieurs portant leur smoking noir comme les cadets de West Point leur uniforme, mais pas la moindre trace de Janus Benedict. « Je crains qu'il n'ait filé.

— Et le jour en question, je suppose qu'il sera moins magnanime », fit Remi, sarcastique.

Sam hocha la tête. « Surtout s'il apprend que nous sommes à la recherche de l'Arche d'alliance. »

Remi écarquilla les yeux. « Aurais-tu oublié de m'avertir ? » fit-elle, piquée au vif.

Sam éclata rire. « J'espère que Benedict tombera dans le panneau, lui aussi.

— Attends un peu. Tu comptes lui jouer un de tes tours ?

— Parfaitement. Je vais le faire courir après un leurre. Et comme ce gentleman supporte mal la frustration…

— Tu réalises à quoi tu t'exposes ? C'est comme si tu agitais un bâton devant un nid de frelons.

— J'en suis conscient.

— Et où serons-nous quand Janus se lancera à notre poursuite ? »

Sam fit un grand sourire. « En train de barboter dans un lagon du Pacifique. Je suis sûr qu'aux îles Salomon, il y a des tas de trésors enfouis qui n'attendent que nous. »

Sans se préoccuper des regards curieux, Remi se jeta au cou de Sam.

« Je ne dirai qu'une seule chose, murmura-t-elle, des étoiles plein les yeux. Sam Fargo, tu sais parler aux femmes. »

PAPIER À BASE DE
FIBRES CERTIFIÉES

Le Livre de Poche s'engage pour
l'environnement en réduisant
l'empreinte carbone de ses livres.
Celle de cet exemplaire est de :
300 g éq. CO_2
Rendez-vous sur
www.livredepoche-durable.fr

Composition réalisée par Belle Page

Achevé d'imprimer en France par
CPI BRODARD & TAUPIN (72200 La Flèche)
en mars 2020
N° d'impression : 3038053
Dépôt légal 1re publication : avril 2020
LIBRAIRIE GÉNÉRALE FRANÇAISE
21, rue du Montparnasse – 75298 Paris Cedex 06

54/1274/6